U0942625

Yilin Classics

Cuore

爱的教育

[意大利] 德 · 亚米契斯 著

夏丏尊 译

译林出版社

图书在版编目(CIP)数据

爱的教育／（意）德·亚米契斯著；夏丐尊译. —南京：译林出版社，2017.5（2024.3 重印）
（经典译林）
ISBN 978-7-5447-6858-0

Ⅰ.①爱… Ⅱ.①德… ②夏… Ⅲ.①儿童文学-日记体小说-意大利-近代 Ⅳ.①I546.84

中国版本图书馆 CIP 数据核字（2017）第 051262 号

书　　名 爱的教育
作　　者 ［意大利］德·亚米契斯
译　　者 夏丐尊
责任编辑 鲍迎迎　李浩瑜
责任印制 颜　亮
出版发行 译林出版社
地　　址 南京市湖南路 1 号 A 楼
邮　　箱 yilin@yilin.com
网　　址 www.yilin.com
印　　刷 南京爱德印刷有限公司
开　　本 880 毫米×1240 毫米　1/32
印　　张 10.75
插　　页 4
字　　数 298 千
版　　次 2017 年 5 月第 1 版
印　　次 2024 年 3 月第 30 次印刷
书　　号 ISBN 978-7-5447-6858-0
定　　价 39.00 元

译林版图书若有印装错误可向出版社调换
市场热线：025-86633278　质量热线：025-83658316

CONTENTS · 目录

爱的教育

亚米契斯

续爱的教育

孟德格查

爱的教育

亚米契斯　著
夏丏尊　译

译者序言

这书给我以卢梭《爱弥儿》、裴斯泰洛齐《醉人之妻》以上的感动。我在四年前始得此书的日译本,记得曾流了泪三日夜读毕,就是后来在翻译或随便阅读时,还深深地感到刺激,不觉眼睛润湿。这不是悲哀的眼泪,乃是惭愧和感激的眼泪。除了人的资格以外,我在家中早已是二子二女的父亲,在教育界是执过十余年的教鞭的教师。平日为人为父为师的态度,读了这书好像丑女见了美人,自己难堪起来,不觉惭愧得流泪。书中叙述亲子之爱,师生之情,朋友之谊,乡国之感,社会之同情,都已近于理想的世界,虽是幻影,使人读了觉到理想世界的情味,以为世间要如此才好。于是不觉就感激了流泪。

这书一般被认为是有名的儿童读物,但我以为不但儿童应读,实可作为普通的读物。特别地应介绍给与儿童有直接关系的父母教师们,叫大家流些惭愧或感激之泪。

学校教育到了现在,真空虚极了。单从外形的制度上、方法上,走马灯似的更变迎合,而于教育的生命的某物,从未闻有人培养顾及。好像掘池,有人说四方形好,有人又说圆形好,朝三暮四地改个不休,而于池的所以为池的要素的水,反无人注意。教育上的水是什么?就是情,就是爱。教育没有了情爱,就成了无水的池,任你四方形也罢,圆形也罢,总逃不了一个空虚。

因了这种种,早想把这书翻译。多忙的结果,延至去年夏季,正想鼓兴开译,不幸我唯一的妹因难产亡了。于是心灰意懒地就仍然延搁起来。既而,心念一转,发了为纪念亡妹而译这书的决心,这才偷闲执笔,在《东方杂志》连载。中途因忙和病，又中断了几次，等全稿告成，已在亡妹周年忌后了。

这书原名《考莱》，在意大利语是“心”的意思。原书在一九〇四年已出三百版，各国大概都有译本，书名却不一致。我所有的是日译本和英译本，英译本虽仍作《考莱》，下又标《一个意大利小学生的日记》几字，日译本改称《爱的学校》（日译本曾见两种，一种名《真心》，忘其译者，我所有的是三浦修吾氏译，名《爱的学校》的）。如用《考莱》原名，在我国不能表出内容，《一个意大利小学生的日记》，似不及《爱的学校》来得简单。但因书中所叙述的不但是学校，连社会及家庭的情形都有，所以又以己意改名《爱的教育》。这书原是描写情育的，原想用《感情教育》作书名，后来恐与法国佛罗贝尔的小说《感情教育》混同，就弃置了。

译文虽曾对照日英二种译本，勉求忠实，但以儿童读物而论，殊愧未能流利生动，很有须加以推敲的地方。可是遗憾得很，在我现在实已无此工夫和能力。此次重排为单行本时，除草草重读一过，把初刷误植处改正外，只好静待读者批评了。

《东方杂志》记者胡愈之君，关于本书的出版，曾给予不少的助力，邻人刘薰宇君、朱佩弦君，是本书最初的爱读者，每期稿成即来阅读，为尽校正之劳；封面及插画，是邻人丰子恺君的手笔。都足使我不忘。

刊开明书店版《爱的教育》

一九二四年十月一日

序

特将此书奉献给九岁至十三岁的小学生们。

也可以用这样的书名：一个意大利市立小学四年级学生写的一学年之纪事。——然而我说：一个四年级的小学生，我不能断定他就能写成恰如此书所印的一般。他是本自己的能力，慢慢地笔记在校内校外之见闻及思想于一册而已。年终他的父亲为之修改，仔细地未改变其思想，并尽可能保留儿子所说的这许多话。四年后，儿子入了中学，重读此册，并凭自己记忆力所保存的新鲜人物又添了些材料。

亲爱的孩子们，现在读这书吧，我希望你们能够满意，而且由此得益！

第一 十月

始业日

十七日

今天开学了，乡间的三个月，梦也似的过去，又回到了这丘林的学校里来了。早晨母亲送我到学校里去的时候，心还一味想着在乡间的情形哩，不论哪一条街道，都充满着学校的学生们；书店的门口呢，学生的父兄们都拥挤着在那里购买笔记簿、书袋等类的东西；校役和警察都拼命似的想把路排开。到了校门口，觉得有人触动我的肩膀，原来这就是我三年级时候的先生，是一位头发赤而卷拢、面貌快活的先生。先生看着我的脸孔说：

"我们不再在一处了！安利柯！"

这原是我早已知道的事，今天被先生这么一说，不觉重新难过起来了。我们好容易地到了里面，许多夫人、绅士、普通妇人、职工、官吏、女僧侣、男用人、女用人，都一手拉了小儿，一手抱了成绩簿，挤满在接待所楼梯旁，嘈杂得如同戏馆里一样。我重新看这大大的休息室的房子，非常欢喜，因为我这三年来，每日到教室去都穿过这室。我的二年级时候的女先生见了我：

"安利柯！你现在要到楼上去了！要不走过我的教室了！"

说着，恋恋地看我。校长先生被妇人们围绕着，头发好像比以前白了。学生们也比夏天的时候长大强壮了许多。才来入一年级的小孩们不愿到教室里去，像驴马似的倔强，勉强拉了进去，有的仍旧逃出，有的因为找不着父母，哭了起来。做父母的回了进去，有的诱骗，有的叱骂，先生们也弄得没有法子了。

我的弟弟被编入在名叫代尔卡谛的女先生所教的一组里。午前十时，大家进了教室，我们的一级共五十五人。从三年级一同升上来的只不过十五六人，惯得一等奖的代洛西也在里面。一想起暑假中跑来跑去游过的山林，觉得学校里暗闷得讨厌。又忆起三年级时候的先生来：那是常常对着我们笑的好先生，是和我们差不多大的先生。那个先生的红而卷拢的头发已不能看见了，一想到此，就有点难过。这次的先生，身材高长，没有胡须，长长地留着花白的头发，额上皱着直纹，说话大声，他瞪着眼一个一个地看我们的时候，眼光竟像要透到我们心里似的。而且还是一位没有笑容的先生。我想：

"唉！一天总算过去了，还有九个月呢！什么用功，什么月试，多讨厌啊！"

一出教室，恨不得就看见母亲，飞跑到母亲面前去吻她的手。母亲说：

"安利柯啊！要用心啰！我也和你们用功呢！"

我高高兴兴地回家了。可是因为那位亲爱快活的先生已不在，学校也不如以前的有趣味了。

我们的先生

十八日

从今天起，现在的先生也可爱起来了。我们进教室去的时候，先生已在位子上坐着。先生前学年教过的学生们都从门口探进头来和先生招呼。"先生早安！""配巴尼先生早安！"大家这样说着。其中也有走进教室来和先生匆忙地握了手就出去的。可知大家都爱慕这先生，今年也想仍请他教。先生也说着"早安！"去拉学生伸着的手，却是不看学生的脸。和他们招呼的时候，虽也现出笑容，额上皱纹一蹙，脸孔就板起来，并且把脸对着窗外，注视着对面的屋顶，好像他和学生们招呼是很苦的。完了以后，先生又把我们一一地注视，叫我们默写，自己下了讲台在桌位间巡回。看见有一个面上生着红粒的学生，就让他中止默写，两手托了他的头查看，又摸他的额，问他有没有发热。这时先生后面有一个学生乘着先生没看见，跳上椅子玩起洋娃娃来。恰好先生回过头去，那学生就急忙坐下，俯了头预备受责。先生把手按在他的头上，只说："下次不要再做这种事了！"另外一点没有什么。

默写完了,先生又沉默了,看着我们好一会儿,用粗大的、亲切的声音这样说:

"大家听我！我们从此要同处一年,让我们好好地过这一年吧！大家要用功,要规矩。我没有一个家属,你们就是我的家属。去年以前,我还有母亲,母亲死了以后,我只有一个人了！你们以外,我没有别的家属在世界上,除了你们,我没有可爱的人！你们是我的儿子,我爱你们,请你们也欢喜我！我一个都不愿责罚你们,请将你们的真心给我看看！请你们全班成为一家,给我慰藉,给我荣耀！我现在并不要你们用口来答应我,我确已知道你们已在心里答应我'愿意'了。我感谢你们。"

这时校役来通知放学,我们很静很静地离开座位。那个跳上椅子的学生走到先生的身旁,抖抖索索地说:"先生！饶了我这次!"先生用嘴亲着他的额说:"快回去！好孩子!"

灾难

二十一日

学年开始就发生了意外的事情。今晨到学校去,我和父亲正谈着先生所说的话。忽然见路上人满了,都奔入校门去。父亲就说:

"出了什么意外的事了？学年才开始,真不凑巧!"

好容易,我们进了学校,人满了,大大的房子里充满着儿童和家属。听见他们说:"可怜啊！洛佩谛!"从人山人海中,警察的帽子看见了,校长先生的光秃秃的头也看见了。接着又走进来了一个戴着高冠的绅士,大家说:"医生来了!"父亲问一个先生:"究竟怎么了?"先生回答说:"被车子轧伤了!""脚骨碎了!"又一先生说。原来是洛佩谛,是二年级的学生。上学来的时候,有一个一年级的小学生忽然离开了母亲的手,倒在街上了。这时,街车正往他倒下的地方驶来。洛佩谛眼见这小孩将被车子轧伤,大胆地跳了过去,把他拖救出来。不料他来不及拖出自己的脚,被车子轧伤了自己。洛佩谛是个炮兵大尉的儿子。正在听他们叙述这些话的时候,突然有一个妇人发狂似的奔到,从人堆里挣扎进来,这就是洛佩谛的母亲。另一个妇人同时跑拢去,抱了洛佩谛的母亲的头颈啜泣,这就是被救出的小孩的母亲。两个妇人向室内跑去,我们在外边可以听到她们"啊！洛佩谛呀！我的孩子呀!”的哭叫声。

立刻,有一辆马车停在校门口。校长先生抱了洛佩谛出来。洛佩谛把头伏在校长先生肩上,脸色苍白,眼睛闭着。大家都静默了,洛佩谛母亲的哭声也听得出了。不一会儿,校长先生将抱在手里的受伤的人给大家看,父兄们、学生们、先生们都齐声说:“洛佩谛!好勇敢!可怜的孩子!”靠近一点的先生学生们都去吻洛佩谛的手。这时洛佩谛睁开他的眼说:“我的书包呢?”被救的孩子的母亲拿书包给他看,流着眼泪说:“让我拿吧,让我替你拿去吧。”洛佩谛的母亲脸上现出微笑。这许多人出了门,很小心地把洛佩谛载入马车。马车就慢慢地驶去,我们都默默地走进教室。

格拉勃利亚的小孩

二十二日

洛佩谛到底做了非拄了杖不能行走的人了。昨日午后,先生正在说这消息给我们听的时候,校长先生领了一个陌生的小孩到教室里来。那是一个黑皮肤、浓发、大眼而眉毛浓黑的小孩。校长先生将这小孩交给先生,低声地说了一二句什么话就出去了。小孩用他黑而大的眼看着室中一切,先生携了他的手向着我们:

“你们大家应该欢喜。今天有一个从五百英里以外的格拉勃利亚的莱奇阿地方来的意大利小孩进了这学校了。因为是远道来的,请你们要特别爱这同胞。他的故乡很有名,是意大利名人的产生地,又是产生强健的劳动者和勇敢的军人的地方,也是我国风景区之一。那里有森林,有山岳,住民都富于才能和勇气。请你们亲爱地对待这小孩,使他忘记自己是离了故乡的,使他知道在意大利,无论到何处的学校里都是同胞。”

先生说着,在意大利地图上指格拉勃利亚的莱奇阿的位置给我们看,又用了大声叫:“尔耐斯托 · 代洛西!”——他是每次都得一等赏的学生——代洛西起立了。

“到这里来!”先生说了,代洛西就离了座位走近格拉勃利亚小孩面前。

“你是级长。请对这新学友致欢迎辞!请代表譬特蒙脱的小孩,表示欢迎格拉勃利亚的小孩!”

代洛西听见先生这样说,就抱了那小孩的头颈,用了响亮的声音说:“来得很好！”格拉勃利亚小孩也热烈地吻代洛西的脸颊。我们都拍手喝彩。先生虽然说：“静些，静些！在教室内不可以拍手！”而自己也很欢喜。格拉勃利亚小孩也欢喜。一等到先生指定了座位，那个小孩就归座了。先生又说：

“请你们好好记着我方才的话。格拉勃利亚的小孩到了丘林，要同住在自己家里一样。丘林的小孩到了格拉勃利亚，也应该毫不觉得寂寞。实对你们说，我国为此曾打了五十年的仗，有三万的同胞为此战死。所以你们大家要互相敬爱。如果有谁因为他不是本地人，对这新学友无礼，那就没有资格来见我们的三色旗！”

格拉勃利亚小孩归到座位。和他邻席的学生有送他钢笔的，有送他画片的，还有送他瑞士的邮票的。

同窗朋友

二十五日

送邮票给格拉勃利亚小孩的，就是我所最欢喜的卡隆。他在同级中身躯最高大，年十四岁，是个大头宽肩笑起来很可爱的小孩，却已有大人气。我已认识了许多同窗的友人，有一个名叫可莱谛的我也欢喜。他着了茶色的裤子，戴了猫皮的帽，常说有趣的话。父亲是开柴店的，一八六六年曾在温培尔脱亲王部下打过仗，据说还拿到三个勋章呢。有个名叫耐利的，可怜是个驼背，身体怯弱，脸色常是青青的。还有一个名叫华梯尼的，他时常穿着漂亮的衣服。在我的前面，有一个绰号叫做“小石匠”的，那是石匠的儿子，脸孔圆圆的像苹果，鼻头像个小球，能装兔子的脸，时常装着引人笑。他戴着破絮样的褴褛的帽子，常常将帽子像手帕似的叠了藏在口袋里。坐在“小石匠”旁边的是一个叫做卡洛斐的瘦长、老鹰鼻、眼睛特别小的孩子。他常常把钢笔、火柴空盒等拿来做买卖，写字在手指甲上，做种种狡猾的事。还有一个名叫卡罗·诺琵斯的高傲的少年绅士。这人的两旁有两个小孩，我看是一对。一个是铁匠的儿子，穿了齐膝的上衣，脸色苍白得好像病人，对什么都胆怯，永远没有笑容。一个是赤发的小孩，一只手有了残疾，挂牢在项颈里。听说他的父亲到亚美利加去了，母亲走来走去卖着野菜呢。靠我的左边，还有一个奇怪的小孩，他名叫斯带地，身材短而肥，项颈好像没有一样，他是个乱暴的小孩，不和人讲话，好像什么都不知道，可是先生的话，他总目不转睛地蹙了眉头、闭紧了嘴听着。先生说话的时候，如果有人说话，第二次他还忍耐着，一到第三次，他就要愤怒起来顿脚了。坐在他的旁边的是一个毫不知顾忌的相貌狡猾的小孩，他名叫勿兰谛，听说曾在别的学校被除了名的。此外还有一对很相像的兄弟，穿着一样的衣服，戴着一样的帽子。这许多同窗之中，相貌最好最有才能的，不消说要算代洛西了。今年他大概还是要得第一的。我却爱铁匠的儿子，那像病人似的泼来可西。据说他父亲常要打他，他非常老实，和人说话的时候，或偶然触犯别人的时候，他一定要说"对不住"，他常用了亲切而悲哀的眼光看人。至于最长大的和最高尚的，却是卡隆。

义侠的行为

二十六日

卡隆的为人，我看了今日的事情就明白了。我因为二年级时候的女先生来问我何时在家，到校稍迟，入了教室，先生还未来。一看，三四个小孩聚在一处，正在戏弄那赤发的一手有残疾的卖野菜人家的孩子克洛西。有的用三角板打他，有的把栗子壳向他的头上投掷，说他是"残废者"，是"鬼怪"，还将手挂在项颈上装他的样子给他看。克洛西一个人坐在位子里，脸色都苍白了，眼光看着他们，好像说"饶了我吧"。他们见克洛西如此，越加得了风头，越加戏弄他。克洛西终于怒了，红了脸，身子都发震了。这时那个脸很讨厌的勿兰谛忽然跳上椅子，装出克洛西母亲挑菜担的样子来。克洛西的母亲因为要接克洛西回家，时常到学校里来的，现在听说正病在床上。许多学生都知道克洛西的母亲，看了勿兰谛装的样子，大家笑了起来。克洛西大怒，突然将摆在那里的墨水瓶对准了勿兰谛掷去。勿兰谛很敏捷地避过，墨水瓶恰巧打着了从门外进来的先生的胸部。

大家都逃到座位里，怕得不做一声。先生变了脸色，走到教桌的旁边，用严厉的声音问："谁？"一个人都没有回答。先生更高了声说："谁？"

这时，卡隆好像可怜了克洛西，忽然起立，态度很坚决地说："是我！"先生眼盯着卡隆，又看看呆着的学生们，静静地说："不是你。"

过了一会儿，又说："决不加罚，投掷者起立！"

克洛西起立了，哭着说："他们打我，欺侮我。我气昏了，不知不觉就把墨水瓶投过去了。"

"好的！那么欺侮他的人起立！"先生说了，四个学生起立了，把头俯着。

"你们欺侮了无罪的人了！你们欺侮了不幸的小孩，欺侮弱者了！你们做了最无谓、最可耻的事了！卑怯的东西！"

先生说着，走到卡隆的旁边，将手摆在他的腮下，托起他俯下的头来，注视了他的眼说："你的精神是高尚的！"

卡隆附拢先生的耳，不知说些什么。先生突然向着四个犯罪者说："我饶恕你们。"

我的女先生

二十七日

我二年级时候的女先生，今日准约到家里来访我了。先生不到我家已一年，我们很高兴地招待她。先生的帽子旁仍旧罩着绿色的面幕，衣服极朴素，头发也不修饰，她原是没有工夫打扮的。她脸上的红彩比去年似乎薄了好些，头发也白了些，时时咳嗽。母亲问她：

"那么，你的健康怎样？先生！你如果不再顾着你的身体……"

"一点没有什么。"先生回答说，带着又喜悦又像忧愁的笑容。

"先生太高声讲话了，为了小孩们太劳累自己的身体了。"母亲又说。

真的，先生的声音，听不清楚的时候是没有的。我还记得：先生讲话总是连续着一息不停，弄得我们学生连看旁边的工夫都没有了。先生不会忘记自己所教过的学生，无论在几年以前，只要是她教过的总还记得起姓名。听说，每逢月考，她都要到校长先生那里去询问他们的成绩的。有时站在学校门口，等学生来了就叫他拿出作文簿给她看，查他进步得怎样了。已经入了中学的学生，也常常穿了长裤子，挂了时计，去访问先生。今天，先生是领了本级的学生去看绘图展览会，回去的时候转到我们这里来的。我们在先生那一班的时候，每逢星期二，先生常领我们到博物馆去，把种种的东西说明给我们听。先生比那时衰弱了许多了，可是仍旧非常起劲，遇到学校的事情，讲起来，很快活。二年前，我大病在床上卧着，先生曾来望过我，先生今日还说要看看我那时睡的床，这床其实已经归我的姊姊睡了。先生看了一会儿，也没有说什么。先生因为还要去望一个学生的病，不能久留。听说是个马鞍匠的儿子，发麻疹卧在家里呢。她又夹着今晚非改不可的作业本，据说，晚饭以前，某商店的女主人还要到她那里来学习算术。

"啊！安利柯！"先生临走向着我说，"你到了能解难题、做长文章的时候，仍肯爱你以前的女先生吗？"说着，吻我。等到出了门，还在阶沿下扬声说："请你不要忘了我！安利柯啊！"

啊！亲爱的先生！我怎能忘记你呢？我成了大人，一定还记得先生，会到校里来拜望你的。无论到了何处，只要一听到女教师的声音，就要如同听见你先生的声音一样，想起先生教我的两年间的事来。啊啊！那两年里，我因了先生学会了多少的事！那时先生虽有病，身体不健，可是无论何时都热心地爱护我们，教导我们的。我们书法上有了恶癖，她就很担心。试验委员考问我们的时候，她担心得几乎坐立不安。我们书写清楚的时候，她就真心欢喜。她一向像母亲样地爱待我。这样的好先生，叫我怎么能忘记啊！

贫民窟

二十八日

昨日午后，我和母亲、雪尔维姊姊三人，送布给报纸上记载的穷妇人。我拿了布，姊姊拿了写着那妇人住址姓名的条子。我们到了一处很高的家屋的屋顶小阁里，那里有长的走廊，沿廊有许多室，母亲到最末了的一室敲了门。门开了，走出一个年纪还轻，白色而瘦小的妇人来。是一向时常看见的妇人，头上常常包着青布。

"你就是报纸上所说的那位吗？"母亲问。

"呃，是的。"

"那么，有点布在这里，请你收了。"

那妇人非常欢喜，好像说不出答谢的话来。这时我瞥见有一个小孩，在那没有家具的暗腾腾的小室里，背向外，靠着椅子好像在写字。仔细一看，确是在那里写字，椅子上摊着纸，墨水瓶摆在地板上。我想，在这样暗黑的房子里，如何写字呢。忽然看见那小孩长着赤发，穿着破的上衣，才恍然悟到：原来这就是那卖菜人家的儿子克洛西，就是那一只手有残疾的克洛西。乘他母亲收拾东西的时候，我轻轻地告诉了母亲。

“不要做声！”母亲说，“如果他觉到自己的母亲受朋友的布施，多少难为情呢。不要做声！”

可是恰巧这时，克洛西回过头来了。我不知要怎样才好，克洛西对了我微笑。母亲背地里向我背后一推，我就进去抱住克洛西，克洛西立起来握我的手。

克洛西的母亲对我母亲说：

“我只是娘儿两个。丈夫这七年来一直在亚美利加。我又生了病，不能再挑了菜去卖，什么桌子等类的东西都已卖尽；弄得这孩子读书都为难，要点盏小小的灯也不能够，眼睛也要有病了。幸而教科书、笔记簿有市公所送给，总算勉强地进了学校。可怜！他是很欢喜到学校去的，但是……像我这样不幸的人，是再没有的了！”

母亲把钱囊中所有的钱都拿出来给了她，吻了克洛西，出来几乎哭了。于是对我说：

“安利柯啊！你看那个可爱的孩子！他不是很刻苦地用功吗？像你，是什么都自由的，还说用功苦呢！啊！真的！那孩子一日的勤勉，比了你一年的勤勉，价值不知要大多少呢！像那小孩，才是应该受一等赏的哩！”

学校

二十八日

爱儿安利柯啊！你用功怕难起来了，像你母亲所说的样子。我还未曾看到你有高高兴兴勇敢地到学校里去的样子过。但是我告诉你：如果你不到学校里去，你每日要怎样地乏味，怎样地疲倦啊！只要这样过了一礼拜，你必定要合了手来恳求把你再送进学校去吧。因为游嬉虽好，每日游嬉就要厌倦的。

现在的世界中，无论何人，没有一个不学的。你想！职工们劳动了一日，夜里不是还要到学校里去吗？街上店里的妇人们、姑娘们劳动了一星期，星期日不是还要到学校里去吗？兵士们日里做了一天的勤务，回到营里不是还要读书吗？就是瞎子和哑子，也在那里学习种种的事情，监狱里的囚人，不是也同样地在那里学习读书写字等的功课吗？

每晨上学去的时候，你要这样想想：此刻，这个市内，有和我同样的三万个小孩都正在上学去。又,同在这时候,世界各国有几千万的小孩也正在上学去。有的正三五成群地走过清静的田野吧,有的正走在热闹的街道上吧,也有沿了河边或湖边在那里走着的吧,在猛烈的太阳下走着的也有吧,在寒雾蓬勃的河上驶着短艇的也有吧,从雪上乘了橇走的,渡溪的,爬山的,穿过森林的,渡过了急流的,踯躅行着冷静的山路的,骑了马在莽莽的原野跑着的也有吧。也有一个人走着的,也有两个人并着走的,也有成了群排了队走着的。着了不同的服装,说着不同的语言,从被冰锁住的俄罗斯以至椰子树深深的阿拉伯,不是有几千万数都数不清楚的小孩,都夹了书学着同样的事情,同样地在学校里上学吗?你想像想像这无限数小孩所成的集体!又想像想像这样大的集体在那里做怎样大运动!你再试想:如果这运动一终止,人类就会退回野蛮的状态了。这运动才是世界的进步,才是希望,才是光荣。要奋发啊!你就是这大军队的兵士,你的书本是武器,你的一级是一分队,全世界是战场,胜利就是人类的文明。安利柯啊!不要做卑怯的兵士啊!

——父亲——

少年爱国者(每月例话)

做卑怯的兵士吗?决不做!可是,先生如果每日把像今日那种有趣的故事讲给我们听,我还要更加欢喜这学校呢。先生说,以后每月要讲一次像今天这样的高尚的少年故事给我们听,并且叫我们用笔记下来。下面就是今天讲的《少年爱国者》:

一艘法兰西轮船从西班牙的巴塞罗那开到意大利的热那亚来。船里乘客有法兰西人、意大利人、西班牙人还有瑞士人。其中有个十一岁的少年,服装褴褛,避开了人们,像野兽似的用白眼看着人家。他用这种眼色看人也不是没有原因的。原来在两年前他被在乡间种田的父母卖给了戏法班子,戏法班子里的人打他,蹴他,叫他受饿,强迫他学会把戏,带他到法兰西、西班牙到处跑,一味虐待他,连食物都不充分供给他。戏法班子到了巴塞罗那的时候,他受不起虐待与饥饿,终于逃了出来,到意大利领事馆去求保护。

领事可怜他，叫他乘上这艘船，还给他一封到热那亚的出纳官那里的介绍书，要送他回到残忍的父母那里去。少年遍体是伤，非常衰弱，因为住的是二等舱，人家都很奇怪，对他看。和他讲话，他也不回答，好像憎恶一切的人。他的心已变到这步田地了。

有三个乘客从各方面探问他，他才开了口。他用夹杂法兰西语和西班牙语的意大利语，大略地讲了自己的经历。这三个乘客虽不是意大利人，却听懂了他的话，一半因了怜悯，一半因了吃酒以后的高兴，给他少许的金钱，一面仍继续着和他谈说。这时有大批妇人从舱里走出来，她们听了少年的话，也就故意要人看见似的拿出若干钱来掷在桌上，说："这给了你，这也拿了去！"

少年低声答谢，把钱收入袋里，苦郁的脸上到这时才现出喜欢的笑容。他回到自己的床位上，拉拢了床幕，卧着静静地沉思：有了这些钱，可以在船里买点好吃的东西，饱一饱两年来饥饿的肚子；到了热那亚，可以买件上衣换上；拿了钱回家，比空手回去也总可以多少好见于父母，多少可以得着像人的待遇。在他，这金钱竟是一注财产。他在床位上正沉思得高兴，这时那三个旅客围牢了二等舱的食桌在那里谈论着，他们一壁饮酒，一壁谈着旅行中所经过的地方情形。谈到意大利的时候，一个说意大利的旅馆不好，一个攻击火车。酒渐渐喝多了，他们的谈论也就渐渐地露骨了。一个说，如其到意大利，还是到北极去好，意大利住着的都是拐子土匪。后来又说意大利的官吏都是不识字的。

"愚笨的国民！"一个说。"下等的国民！"别一个说。"强盗……"

还有一个正在说出"强盗"的时候，忽然银币铜币就雹子一般落到他们的头上和肩上，同时在桌上地板上滚着，发出可怕的声音来。三个旅客愤怒了，举头看时，一握铜币又被飞掷到脸上来了。

"拿回去！"少年从床幕里探出头来怒叫。"我不要那说我国坏话的人的东西。"

第二 十一月

烟囱扫除人

一日

昨天午后到附近的一个女子小学校里去。雪尔维姊姊的先生说要看《少年爱国者》,所以我拿去给她看。那学校大约有七百个女小孩,我去的时候正放学。因为从明天起接连有“万圣节”、“万灵节”两个节日,学生们正在欢喜高兴地回去。我在那里看见一件很美的事:在学校那一边的街路角里,立着一个脸孔墨黑的烟囱扫除人。他还是个小孩,一手靠着了壁,一手托着头,在那里啜泣。有两三个三年级女学生走近去问他:“怎么了?为什么这样哭?”他总不回答,仍旧哭着。

“来!快告诉我们,怎么了?为什么哭的?”女孩子再问他,他才渐渐地抬起头来。那是一个小孩似的脸,哭着告诉她们,说扫除了好几处烟囱,得着三十个铜币,不知什么时候从口袋的破洞里漏掉了。说着又指破孔给她们看。据说,如果没有钱就不能回去。

“师父要打的!”他说着又哭了起来,把头俯伏在臂上,很为难的样子。女学生们围着他看,觉到他很可怜。这时其余的女学生也夹了书包来了。有一个帽子上插着青羽的大女孩从袋里拿出两个铜币来说:

“我只有两个,再凑凑就好了。”

“我也有两个在这里。”一个着红衣的接着说。

“大家凑起来,三十个光景是一定有的。”又叫其余的同学们:“亚马里亚!璐迦!亚尼娜!一个铜币,你们哪个有钱吗?请拿出来!”

果然,有许多人为了买花或笔记本都带着钱,大家都拿出来了。小女孩也有拿出一个半分的小铜币的。插青羽的女孩将钱集拢了大声地数。

八个,十个,十五个,但是还不够。这时,恰巧来了一个像先生一样的大女孩,拿出一个当十的银币来,大家都高兴了。还不够五个。

“五年级的来了!她们一定有的。”一个说。

五年级的女孩一到,铜币立刻集起许多了。大家还都急急地向这里跑来。一个可怜的烟囱扫除人,被围在美丽的衣服、摇动的帽羽、发丝带、鬈毛之中,那样子真是好看。三十个铜币不但早已集齐,而且还多出了许多了。没有带钱的小女孩挤入大女孩群中,将花束赠给少年作代替。这时,忽然校役出来说:“校长先生来了!”女学生们就麻雀般地四方走散。烟囱扫除人独自立在街路中,欢喜地拭着眼泪,手里装满了钱,上衣的纽孔里、衣袋里、帽子里都装满了花,还有许多花散布在他的脚边。

万灵节

二日

安利柯啊!你晓得万灵节是什么日子吗?这是祭从前死去的人的日子。小孩在这天,应该纪念已死的人——特别应纪念为小孩而死的人。从前死过的人有多少?又,即如今天,有多少人正在将死?你曾把这想到过吗?不知道有多少做父亲的在劳苦之中失了生命呢?不知道有多少做母亲的为了养育小孩,辛苦伤身,非命地早入地下呢?因不忍见自己小孩的陷于不幸,绝望了自杀的男子,不知有多少?因失去了自己的小孩,投水悲痛,发狂而死的女人,不知道有多少?安利柯啊!你今天应该想想这许多死去的人啊!你要想想:有许多先生因为太爱学生,在学校里劳作过度,年纪未老,就别了学生们而死去!你要想想:有许多医生为了要医治小孩们的病,自己传染了而死去!你要想想:在难船、饥馑、火灾及其他非常危险的时候,有许多人是将最后的一口面包,最后的安全场所,最后从火灾中逃生的绳梯,让给了幼稚的小灵魂,自己却满足于牺牲而从容地瞑目了!

啊!安利柯啊!像这样死去的人,数也数不尽。无论哪里的墓地,都眠着成千成百的这样神圣的灵魂。如果这许多的人能够暂时在这世界中复活，他们必定要呼唤那些小孩们的名字，为他们而贡献出自己的壮年的快乐，老年的平和，以及爱情、才能和生命的小孩们的名字。二十岁的女子，壮年的男子，八十岁的老人，青年的——为幼者而殉身的这许多无名的英雄——这许多高尚伟大的人们墓前所应该撒的花，单靠这地球，是无论如何不够长的。你们小孩是这样地被他们爱着，所以，安利柯啊！在万灵节，要用感恩的心去纪念这许多亡人。这样，你对于爱你的人们，对于为你劳苦的人们，自会更亲和、更有情了。你真是幸福的人啊！你在万灵节，还未曾有想起来要哭的人呢。

——母亲——

好友卡隆

四日

虽只两天的休假，我好像已有许多日子不见卡隆了。我愈和卡隆熟悉，愈觉得他可爱。不但我如此，大家都是这样。只有几个高傲的人嫌恶卡隆，不和他讲话，因为卡隆一向不受他们的压制。那大的孩子举起手来正要打幼小的孩子的时候，幼小的只要一叫“卡隆”，那大的就会缩回手去的。卡隆的父亲是铁道的司机。卡隆小时有过病，所以入学已迟，在我们一级里身材最高，气力也最大。他能用一手举起椅子来；常常吃着东西；为人很好，人有请求他，不论铅笔、橡皮、纸、小刀，都肯借给或赠予。上课时，不言不笑不动，石头般地安坐在狭小的课椅上，两肩上装着大大的头，把背脊向前屈着。我看他的时候，他总半闭了眼给笑脸我看。好像在那里说：“喂，安利柯，我们大家做好朋友啊！”我一见卡隆总是要笑起来。他身子又长，肩膀又阔，上衣、裤子、袖子都太小太短；至于帽子，小得差不多要从头上落下来；外套露出绽缝，皮靴是破了的，领带时常搓扭得成一条线。他的相貌，一见都使人喜欢，全级中谁都欢喜和他并座。他算术很好，常用红皮带束了书本拿着。他有一把螺钿镶柄的大裁纸刀，这是去年陆军大操的时候，他在野外拾得的。他有一次因这刀伤了手，几乎把指骨都切断了。不论人家怎样嘲笑他，他都不发怒，但是当他说着什么的时候，如果有人说他“这是说谎”，那就不得了了：他立刻火冒起来，眼睛发红，一拳打下来，可以击破椅子。有一个星期六的早晨，他看见二年级里有一小孩因失掉了钱，不能买笔记簿，立在街上哭，他就把钱给那小孩。他在母亲的生日，费了三天工夫，写了一封有八页长的信，纸的四周还画了许多装饰的花样。先生常目注着他，从他旁边走过的时候，时常用手轻轻地去拍他的后颈，好像爱抚柔和的小牛的样子。我真欢喜卡隆。当我握着他那大手的时候，那种欢喜真是非常！他的手和我的相比，就像大人的手了。我的确相信：卡隆真是能牺牲自己的生命而救助朋友的人。这种精神，从他的眼光里很显明地可以看出。从他那粗大的喉音中，谁都可以听辨出他所含有的优美的真情。

卖炭者与绅士

七日

昨天卡罗·诺琵斯向培谛说的那样的话，如果是卡隆，决不会说的。卡罗·诺琵斯因为他父亲是上等人，很是高傲。他的父亲是个长身有黑须的沉静的绅士，差不多每天早晨都要伴着诺琵斯到学校里来。昨天，诺琵斯和培谛相骂了。培谛年纪顶小，是个卖炭者的儿子。诺琵斯因为自己的理错了，无话可辩，就说："你父亲是个叫化子！"培谛气得连发根都红了，不做声，只簌簌地流着眼泪。好像后来他回去向父亲哭诉了。午后上课时，他那卖炭的父亲——全身墨黑的矮小的男子就携着他儿子的手到学校里来，把这事告诉了先生。我们大家都默不作声。诺琵斯的父亲照例正在门口替他儿子脱外套，听见有人说起他的名字，就问先生说："什么事？"

"你们的卡罗对这位的儿子说：'你父亲是个叫化子！'这位正在这里告诉这事呢。"先生回答说。

诺琵斯的父亲脸红了起来，问自己的儿子："你曾这样说的吗？"诺琵斯俯了首立在教室中央，什么都不回答。他父亲捉了他的手臂，拉他到培谛身旁，说："快道歉！"

卖炭的好像很对不住他的样子，连连说："不必，不必！"想上前阻止，可是绅士不答应，对他的儿子说：

"快道歉！照我所说的样子快道歉，'对于你的父亲，说了非常失礼的话，这是我所不该的。请原恕我。让我的父亲来握你父亲的手。'要这样说。"

卖炭的越发现出不安的神情来,好像在那里说“那不敢当”。绅士总不答应。于是诺琵斯俯了头,用断断续续的声音说:

“对于……你的父亲……说了……非常失礼的话,这是……我所不该的。请你……原恕我。让我的父亲……来握……你父亲的手。”

绅士把手向卖炭的伸去,卖炭的就握着大摇起来。还把自己的儿子推近卡罗·诺琵斯,叫用两手去抱他。

“从此,请叫他们两个坐在一处。”绅士这样向先生请求。先生就令培谛坐在诺琵斯的位上,诺琵斯的父亲等他们坐好了,才行了礼出去。卖炭的注视着这并坐的两个孩子,沉思了一会儿,走到座位旁,好像要对诺琵斯说什么,好像很依恋,好像很对不起他,终于什么都没有说。他张开了两臂,好像要去抱诺琵斯了,可是也终于没有去抱,只用他那粗大的手指在诺琵斯的额上碰了一碰。等走出门口,还回头向里面一瞥,这才出去。

先生对我们说:“今天的事情,大家不要忘掉。因为这可算这学年中最好的教训了。”

弟弟的女先生　　十日

弟弟病了,他的女教师代尔卡谛先生来探望。原来,卖炭者的儿子,从前是这位先生教过的。先生讲出可笑的故事来,引得我们都笑。两年前,卖炭家小孩的母亲因为儿子得了赏牌,用很大的围身裙满包了炭,拿到先生那里,当做谢礼。先生无论怎样推谢,她终不答应,等拿了回家去的时候,居然大哭了。先生又说,还有一个女人,曾把金钱装入花束中送去过。先生的话使我们听了有趣发笑。弟弟先还无论怎样不肯吃药,这时也好好地吃了。

教导一年级的小孩,多少费力啊!有的牙齿未全,像个老人,发音发不好;有的要咳嗽;有的淌鼻血;有的因为靴子在椅子下面,哭着说“没有了”;有的因钢笔尖头触痛了手叫了起来;有的把习字帖的第一册和第二册掉错了,吵个不休。要教会五十个手没有准的小孩写字,真是一件不容易的事。他们的袋里藏着什么甘草、纽扣、瓶塞、碎瓦片等等的东西,先生要去搜他们的时候,他们甚至会藏到鞋子里去。先生的话,他们是毫不听的。有时窗口里飞进一个苍蝇来,他们就大吵。夏天呢,把草拿进来,有的捉了甲虫往里面放;甲虫在室中东西飞旋,有时落入墨水瓶中,墨水溅污了习字帖。先生代小孩们的母亲替他们整顿衣装;他们手指受了伤,替他们裹绷带;帽子落了,替他们拾起;留心不让他们拿错了外套;用尽了心叫他们不要吵闹。女先生真辛苦啊!可是,学生的母亲们还要来诉说不平:什么"先生,我儿子的钢笔头为什么不见了"?什么"我的儿子一些都不进步,究竟为什么"?什么"我的儿子成绩那样的好,为什么得不到赏牌"?什么"我们配罗的裤子被钉戳破了,你为什么不把那钉去了"?

据说:先生有时受不住小孩的气闹,不觉举起手来,终于用牙齿咬住了自己的指,把气忍住了。她发了怒以后,非常后悔,就去抱慰方才骂过的小孩。也曾把顽皮的小孩赶出过教室,赶出以后,自己却咽着泪。有时听见家长责罚自己的小孩,不给食物,先生总是很不高兴,要去阻止。

先生年纪真轻,身材高长,衣装整饬,很是活泼,无论做什么事都像弹簧样地敏捷。是个多感而温柔慈爱、容易出眼泪的人。

"孩子们都非常和你亲热呢。"母亲说。

"这原是有的,可是一到学年完结,就大都不顾着我了。他们到要受男先生教的时候,就把受过女先生教育当做羞耻的事了。两年间,那样地爱护了他们,一旦离开,真有点难过。那个孩子是一向亲热我的,大概不会忘记我吧。心里虽这样自忖,可是一到放了假以后,你看!他回到学校里来的时候,我虽'我的孩子,我的孩子!'地叫着,走近他去,他却把头向着别处,睬也不睬你了哩。"

先生说到这里,暂时闭了口。又举起她的湿润的眼,吻着弟弟说:

"你不是这样的吧?你是不会把头向着别处的吧?你是不会忘记我的吧?"

我的母亲 十日

安利柯!当你弟弟的先生来的时候,你对母亲说了非常失礼的话了!像那样的事,不要再有第二次啊!我听见你那话,心里苦得好像针刺!我记得,数年前你病的时候,你母亲恐怕你病不会好,终夜坐在你床前,数你的脉搏,算你的呼吸,担心得至于啜泣。我以为你母亲要发疯了,很是忧虑。一想到此,我对于你的将来,有点恐怖起来。你会对你这样的母亲说出那样不该说的话!真是怪事!那是为要救你一时的痛苦不惜舍去自己一年间的快乐,为要救你生命不惜舍去自己生命的母亲哩。

安利柯啊!你须记着!你在一生中,当然难免要尝种种的艰苦,而其中最苦的一事,就是失了母亲。你将来年纪大了,尝遍了世人的辛苦,必然会几千次地回忆你的母亲来的。一分钟也好,但求能再听听母亲的声音,只一次也好,但求再在母亲的怀里作小儿样的哭泣:这样的时候必定会有的。那时,你忆起了对于亡母曾经给予种种苦痛的事来,不知要怎样地流后悔之泪呢!这不是可悲的事吗?你如果现在使母亲痛心,你将终生受良心的责备吧!母亲的优美慈爱的面影,将来在你眼里将成了悲痛的轻蔑的样子,不绝地使你的灵魂苦痛吧!

啊!安利柯!须知道亲子之爱是人间所有的感情中最神圣的东西。破坏这感情的人,实是世上最不幸的。人虽犯了杀人之罪,只要他是敬爱自己的母亲的,其胸中还有美的贵的部分留着;无论如何有名的人,如果他是使母亲哭泣、使母亲苦痛的,那就真是可鄙可贱的人物。所以,对于亲生的母亲,不该再说无礼的话,万一一时不注意,把话说错了,你该自己从心里悔罪,投身于你母亲的膝下,请求赦免的接吻,在你的额上拭去不孝的污痕。我原是爱着你,你在我原是最重要的珍宝。可是,你对于你母亲如果不孝,我宁愿还是没有了你好。不要再走近我!不要来抱我!我现在没有心来拥抱你!

——父亲——

朋友可莱谛

十三日

父亲饶恕了我了,我还悲着。母亲送我出去,叫我和门房的儿子到河边去散步。两人在河边走着,到了一家门口停着货车的店前,听到有人在叫我。我回头去看,原来是同学可莱谛。他身上流着汗正在活泼地扛着柴。立在货车上的人抱了柴递给他,可莱谛接了运到自己的店里,急忙堆在一起。

“可莱谛,你在做什么?”我问。

“你不看见吗?”他把两只手伸向柴去,一面回答我。“我正在复习功课哩!”他接着说。

我笑了,可是可莱谛却认真地在嘴里这样念着:“动词的活用,因了数——数与人称的差异而变化——”一面抱着一捆柴走,放下了柴,把它堆好了:“又因动作起来的时而变化——”走到车旁取柴:“又因表出动作的法而变化。”

这是明日文法的复习。“我真忙啊!父亲因事出门去了,母亲病了在床上卧着,所以我不能不做事。一边做事,一边读着文法。今日的文法很难呢,无论怎样记,也记不牢。——父亲说过,七点钟回来付钱的哩。”他又向运货的人说。

货车去了。“请进来!”可莱谛说。

我进了店里,店屋广阔,满堆着木柴,木柴旁边挂着秤。

“今天是一个忙日,真的!一直没有空闲过。正想作文,客人来了。客人走了以后,执笔要写,方才的货车来了。今天跑了柴市两趟,腿麻木像棒一样,手也硬硬的,如果想作画,一定弄不好的。”说着又用扫帚扫去散在四周的枯叶和柴屑。

“可莱谛,你用功的地方在哪里?”我问。

“不在这里。你来看看!”他引我到了店后的小屋里,这室差不多可以说是厨房兼食堂,桌上摆着书册、笔记簿和已开头的作文稿。“在这里啊!我还没有把第二题做好——用皮革做的东西。有靴子、皮带——还非再加一个不可呢——及皮袍。”他执了钢笔写着清楚的字。

“有人吗?”喊声自外面进来,原来买主来了。可莱谛回答着“请进来!”奔跳出去,称了柴,算了钱,又在壁角污旧的卖货簿上把账记了,重新走进来:“非快把这作文做完不可。”说着执了笔继续写上:“旅行囊,兵士的背囊——咿哟!咖啡滚了!”跑到暖炉旁取下咖啡瓶:“这是母亲的咖啡。我已学会煮咖啡了。请等一等,我们拿了一同到母亲那里去吧。母亲一定很欢喜的。母亲这个礼拜一直卧在床上。——呃,动词的变化——我好几次,被这咖啡壶烫痛了手了呢——兵士的背囊以后,写些什么好呢?——非再写点上去不可——一时想不出来——且到母亲那里去吧!”

可莱谛开了门,我和他一同走进那小室。母亲卧在阔大的床上,头上包着白的头巾。

“啊!好哥儿!你是来望我的吗?”可莱谛的母亲看着我说。

可莱谛替母亲摆好了枕头,拉直了被,加上了炉煤,赶出卧在箱子上的猫。

“母亲,不再饮了吗?”可莱谛说着从母亲手中接过杯子,“药已喝了吗?如果完了,让我再跑药店去。柴已经卸好了。四点钟的时候,把肉来烧了。卖牛油的如果走过,把那八个铜子还了他就是了。诸事我都会弄好的,你不必多劳心了。”

“亏得有你!你可以去了。一切留心些。”他母亲这样说了,还一定要我吃一块方糖。可莱谛指他父亲的照相给我看。他父亲穿了军服,胸间挂着的勋章,据说是在温培尔脱亲王部下的时候得来的。相貌和可莱谛一模一样,眼睛也是活泼泼的,露出很快乐的笑容。

我们又回到厨房里。“有了!”可莱谛说着继续在笔记簿上写,“——马鞍也是革做的——以后晚上再做吧。今天非迟睡不可了。你真幸福,有工夫用功,还有闲暇散步。”他又活泼地跑出店堂,将柴搁在台上用锯截断:

“这是我的体操哩。可是和那‘两手向前’的体操不同。父亲回来以前,我把这柴锯了,使他见了欢喜。最讨厌的就是手拿了锯以后,写起字来,笔画同蛇一样。但是也无法可想,只好在先生面前把事情直说了。——母亲快点病好才好啊!今天已好了许多,我真快活!明天鸡一叫,就起来预备文法吧。——咿哟!柴又来了。快去搬吧!”

货车满装着柴,已停在店前了。可莱谛走向车去,又回过来:“我已不能陪你了,明日再会吧。你来得真好,再会,再会,快快乐乐地散你的步吧,你真是幸福啊!”他把我的手紧握了一下,仍来往于店与车之间,脸孔红红地像蔷薇,那种敏捷的动作,使人看了也爽快。

“你真是幸福啊!”他虽对我这样说,其实不然,啊!可莱谛!其实不然。你才比我幸福呢。因为你既能用功,又能劳动;能替你父母尽力。你比我要好一百倍,勇敢一百倍呢!好朋友啊!

校长先生

十八日

可莱谛今天在学校里很高兴，因为他三年级的旧先生到校里来做试验监督来了。这位先生名叫考谛，是个肥壮、大头、鬈发、黑须的先生，目光炯炯，话声响如大炮。这先生常恐吓小孩们，说什么要撕断了他们的手足交付警察，有时还要装出种种可怕的脸孔。其实他决不会责罚小孩的，无论何时，总在胡须底下作着笑容，不过被胡须遮住，大家都看不出他。男先生共有八人，考谛先生之外，还有像小孩一样的助手先生。五年级的先生是个跛子，平常围着大的毛项巾，据说他在乡间学校的时候，因为校舍潮湿，壁里满是湿气，就成了病，到现在身上还是要作痛哩。那一级还有一位白发的老先生，据说以前曾做过盲人学校的教师。另外还有一位衣服华美，戴了眼镜，留着好看的颊须的先生。他一边教书，一边自己研究法律，曾得过证书。所以得着一个“小律师”的绰号。这位先生又著过书简文教授法之类的书。教体操的先生原来是军人，据说属于格里巴第将军①的部下，项颈上留着弥拉查战争时的刀伤，还有一位就是校长先生，高身秃头，戴着金边的眼镜，半白的须，长长地垂在胸前；经常穿着黑色的衣服，纽扣一直扣到腮下。他是个很和善的先生。学生犯了规则被唤到校长室里去的时候总是战战兢兢的，先生并不责骂，只是携了小孩的手好好开导，叫他下次不要再有那种事，并且安慰他，叫他以后做好孩子。他声气和善，言语亲切，小孩出来的时候总是红着眼睛，觉得比受罚还要难过。校长先生每晨第一个到学校，等学生来上学，候父兄来谈话。别的先生回去了以后，他一人还留着，在学校附近到处巡视，防恐有学生被车子碰倒或在路上胡闹。只要一看见先生那高而黑的影子，群集在路上逗留的小孩们就会弃了玩的东西逃散。先生那时，总远远地用了难过而充满了情爱的脸色，唤住正在逃散的小孩们。

据母亲说：先生自爱儿参加志愿兵死去以后，就不见有笑容了。现在校长室的小桌上，置着他爱儿的照相。先生遭了那不幸以后，一时曾想辞职，

---

① 本书中格里巴第、格里波底、格里勃尔第均指意大利民族解放运动领袖加里波第（Giuseppe Garibaldi，1807—1882）。——编者

据说已将向市政所提出辞职的辞职书写好,藏在抽屉里,因为不忍与小孩别离,还踌躇着未曾决定。有一天,我父亲在校长室和先生谈话。父亲向先生说:“辞职是多少乏味的事啊!”这时,恰巧有一个人领了孩子来见校长,是请求转学的。校长先生见了那小孩似乎吃了一惊,将那小孩的脸貌和桌上的照相比较打量了好久,拉小孩靠近膝旁,托了他的头,注视一会儿,说了一句“可以的”,记下姓名,叫他们父子回去,自己仍自沉思。我父亲继续说:“先生一辞职,我们不是困难了吗?”先生听了,就从抽屉里取出辞职书,撕成两段,说:“已把辞职的意思打消了。”

兵士

二十二日

校长先生自爱儿在陆军志愿兵中死去以后,课外的时间,常常出去看军队通过。昨天又有一联队在街上通过,小孩们都集拢在一处,合了那乐队的调子,把竹尺敲击皮袋或书夹,依了拍子跳旋着。我们也集在路旁,看着军队行进。卡隆着了狭小的衣服,也嚼着很大的面包在那里立着看。还有衣服很漂亮的华梯尼呀;铁匠店的儿子、穿着父亲的旧衣服的泼来可西呀;格拉勃利亚少年呀;“小石匠”呀;赤发的克洛西呀;相貌很平常的勿兰谛呀;炮兵大尉的儿子,因从马车下救出幼儿自己跛了脚的洛佩谛呀,都在一起。有一个跛了足的兵士走过,勿兰谛笑了起来。忽然有人去攫勿兰谛的肩头,仔细一看,原来是校长先生。校长先生说:“注意!嘲笑在队伍中的兵士,好像辱骂缚着的人,真是可耻的事!”勿兰谛立刻躲到不知哪里去了。兵士分作四列行进,身上满是汗和灰尘,枪映在日光中闪烁地发光。

校长先生对我们说:

“你们不可不感谢兵士们啊!他们是我们的防御者。一旦有外国军队来侵犯我国,他们就是代我们去拼命的人。他们和你们年纪相差不多,都是少年,也是在那里用功的。看哪!你们一看他们的面色,就可知道全意大利各处的人都有在里面:西西里人也有,耐普尔斯人也有,赛地尼亚人也有,隆巴尔地人也有。这是曾经加入过一八四四年战争的古联队,兵士虽经变更,军旗还是当时的军旗,在你们未出生以前,为了国家在这军旗下战死过的人,不知多少呢!”

“来了!”卡隆叫着说。真的,军旗就在兵士们的头上飘扬。

“大家听着!三色旗通过的时候,应该行举手注目的敬礼!”

一个士官捧了联队旗在我们面前通过。旗已经破裂了,褪色了,旗竿顶上挂着勋章。大家向着旗行举手注目礼。旗手对了我们微笑,举手答礼。

“诸位,难得。”后面有人这样说。回头去看,原来是年老的退职士官,纽孔里挂着克里米亚战役的从军徽章,“难得!你们做得好!”他反复着说。

这时候,乐队已沿着河转了方向了,小孩们的哄闹声与喇叭声彼此和着。老士官目注着我们说:“难得,难得!从小尊敬军旗的人,长大了就是拥护军旗的。”

耐利的保护者

二十三日

驼背的耐利,昨日也在看兵士的行军,他的神气很可怜,好像说:“我不能当兵士了。”耐利是个好孩子,成绩也好,身体小而弱,连呼吸都似乎困难。他母亲是个矮小白皙的妇人,每到学校放课总来接她儿子回去。最初,别的学生都要嘲弄耐利,有的用革囊去碰他那突出的背。耐利毫不反抗,且不将人家以他为玩物的话告诉他母亲,无论怎样被人捉弄,他只是靠在座位里无言地哭泣。

有一天,卡隆突然跳了出来对大家说:

“你们再碰耐利一碰看!我一个耳光,要他转三个旋子!”

勿兰谛不相信这话,当真尝了卡隆的老拳,一掌打去果然转了三个旋子。从此以后,再没有人敢捉弄耐利了。先生知道了,使卡隆和耐利同坐一张桌子。两人很要好,耐利尤其爱着卡隆,他到教室里,必要先看卡隆有没有到,回去的时候,没有一次不说“卡隆再会”的。卡隆也一样,耐利的钢笔书册落到地下,卡隆不要耐利费力,立刻俯下去替他拾起来,还处处帮他的忙,或替他把用具装入革囊,或替他着外套。耐利常看着卡隆,听见先生称赞卡隆,就欢喜得如同称赞自己一样。后来,好像耐利把从前受人捉弄、自己暗泣,幸赖一个朋友保护的事告诉了母亲。今天学校里发生了这样一件事:先生有事差我到校长室去,恰巧来了一个着黑衣服的小而白皙的妇人,这就是耐利的母亲。

“校长先生,有个名叫卡隆的,和我的儿子在一级里吗?”她这样问。

“是的。”校长回答。

“有句话要和他说,可否请叫了他来?”

校长命校工去叫卡隆。不一会,卡隆的大而短发的头已出现在门框间了。他不知叫他为了何事,露出吃惊的样子。那妇人一看见他,就跳了过去。将腕弯在他的肩上,不绝地吻他的额:

“你就是卡隆!是我儿子的好友!帮助我儿子的!就是你!好勇敢的人!就是你!”说着,急忙地用手去摸衣袋,又取出荷包来看,一时找不出东西,就从颈间取下带着小小十字架的链子来,套上卡隆的项颈:

“将这给你吧,当做我的纪念!——当做感谢你,时时为你祈祷着的耐利的母亲的纪念!请你悬挂了!”

级长

二十五日

卡隆令人喜爱,代洛西令人佩服。代洛西每次总是第一,取得一等赏,今年大约仍是如此的。可以敌得过代洛西的人,一个都没有。他什么都好,无论算术、作文、图画,总是他第一。他一学即会,有着惊人的记忆力,凡事不费什么力气。学问在他好像游戏一般。先生昨日向着他说:

“上帝给了你非常的恩赐,不要自暴自弃啊!”

他身材高大,神情挺秀,黄金色的发蓬蓬地覆着额头。身体轻捷,只要用手一撑,就能轻松地跳过椅子。剑术也学会了。年纪十二岁,是个富商之子,穿着青色的金纽扣的衣服。平常总是高兴活泼,待什么人都和气,试验的时候肯教导别人。对于他,谁都不曾说过无礼的言语。只有诺琵斯和勿兰谛白眼对他,华梯尼看他时,眼里也闪着嫉妒的光。可是他似乎毫不介意这些。同学见了他,谁也不能不微笑。他做了级长,来往桌位间收集作业的时候,大家都要去握他的手。他从家里得了画片来,全部分赠朋友,还画了一张小小的格拉勃利亚地图送给那格拉勃利亚小孩。他给东西与别人的时候,总是笑着,好像不以为意似的。他不偏爱哪一个,待哪一个都一样。我有时候觉到敌不过他,不由得难过啊!我也和华梯尼一样嫉妒着代洛西呢!当我拼命思索题目的时候,想到代洛西此刻已做完,无气可出,常常要怒恼他。但是一到学校,见了他那秀美而微笑的脸孔,听着他那可爱的话声,接着他那亲切的态度,就把怒恼他的念头消释了,觉得自己可耻,而和他在一处读书是很可喜的了。他的神情,他的声音,都好像替我鼓起勇气、热心和快活喜悦的。

先生把明天的每月例话稿子交给代洛西,叫他誊清。他今天正写着。好像那篇讲演的内容使他大受感动,他脸烧得火红,眼睛几乎要下泪,嘴唇也发颤了。那时他的神气,看去真是纯正!我在他面前,几乎要这样说:"代洛西!你什么都比我高强,与我相比,好像一个大人!我真正尊敬你,崇拜你啊!"

少年侦探(每月例话)

一八五九年,法意两国联军因救隆巴尔地,与奥地利战争,曾几次打败奥军。这正是那时候的事:六月里一个晴天的早晨,意国骑兵一队,沿了间道徐徐前进,一边侦察敌情。这队兵由一个士官和一个军曹指挥着,都噤了口注视着前方,看有没有敌军前哨的影子。一直到了在树林中的一家农舍门口,见有一个十二岁光景的少年立在那里,用小刀切了树枝削做杖棒。农舍的窗间飘着三色旗,人已不在了。因为怕敌兵来袭,所以插了国旗逃走了。少年看见骑兵来,就弃了在做的杖棒,举起帽子。是个大眼活泼而面貌很好的孩子,他脱了上衣,正露出着胸脯。

"在做什么?"士官停了马问。"为什么不和你家族逃走呢?"

"我没有家族,是个孤儿。也会替人家做点事,因为想看看打仗,所以留在此地。"少年回答说。

"见有奥国兵走过么?"

"不,这三天没有见到。"

士官沉思了一会,下了马,命兵士们注意前方,自己爬上农舍屋顶去。可是那屋太低了,望不见远处。士官又下来,心里想,"非爬上树去不可。"恰巧农舍面前有一株高树,树梢在空中飘动着。士官考虑了一会儿,上下打量着树梢和兵士的脸,忽然问少年:

"喂!孩子!你眼力好吗?"

"眼力吗？一里外的雀儿也看得出呢。"

"你能上这树梢吗？"

"这树梢？我？那真是不要半分钟工夫。"

"那么，孩子！你上去替我望望前面有没有敌兵，有没有烟气，有没有枪刺的光和马之类的东西！"

"就这样吧。"

"应该给你多少？"

"你说我要多少钱吗？不要！我欢喜做这事。如果是敌人叫我，我哪里肯呢？为了国家才肯如此。我也是隆巴尔地人哩！"少年微笑着回答。

"好的，那么你上去。"

"且慢，让我脱了皮鞋。"

少年脱了皮鞋，把腰带束紧了，将帽子掷在地上，抱向树干去。

"当心！"士官的叫声好像要他转来。少年回过头来，用青色的眼珠看着士官，似乎问他什么。

"没有什么，你上去。"

少年就像猫一样地上去了。

"注意前面！"士官向着兵士扬声。少年已爬上了树梢。身子被枝条网着。脚被树叶遮住了，从远处却可望见他的上身。那蓬蓬的头发，在日光中闪作黄金色。树真高，从下面望去，少年的身体缩得很小了。

"一直看前面！"士官叫着说。

少年将右手放了树干，遮在眼上望。

"见有什么吗？"士官问。

少年向了下面，用手圈成喇叭摆在口头回答说："有两个骑马的在路上站着呢。"

"离这里多少路？"

"半英里。"

"在那里动吗？"

"只是站着。"

"别的还看见什么？向右边看。"

少年向右方望："近墓地的地方，树林里有什么亮晶晶的东西，大概是枪刺吧。”

“不见有人吗?”

“没有,也许躲在稻田中。”

这时,“嘶”的一声,子弹从空中掠了过来,落在农舍后面。

“下来! 你已被敌人看见了。已经好了,下来!”士官叫着说。

“我不怕。”少年回答。

“下来!”士官又叫,“左边不见有什么吗?”

“左边?”

“唔,是的。”

少年把头转向左去。这时,有一种比前次更尖锐的声音就在少年头上掠来。少年一惊,不觉叫说:“他们射击我了。”枪弹正从少年身旁飞过,相差真是一发。

“下来!”士官着急了。

“立刻下来。有树叶遮牢,不要紧的。你说看左边吗?”

“唔,左边。但是,可以下来了!”

少年把身体突向左方,大声地:“左边有寺的地方——”话犹未完,又一很尖锐的声音掠过空中。少年忽然下来了,还以为他正在靠住树干,不料张开了手,石块似的落在地上。

“完了!”士官叫着跑上前去。

少年仰天横在地上,伸开两手死了。军曹与两个兵士从马上飞跳下来。士兵伏在少年身上,解开了他的衬衫一看,见枪弹正中在右肺。“已无望了!”士兵叹息说。

“不,还有气呢!”军曹说。

“唉! 可怜! 难得的孩子! 喂! 当心!”士官说着,用手巾抑住伤口。少年两眼炯炯地张了一张,头就向后垂下,断了气了。士官青着脸对少年看了一看,就把少年的上衣铺在草上,将尸首静静横倒,自己立正了看着,军曹与两个兵士也立正不动。别的兵士注意着前方。

“可怜! 把这勇敢的少年——”士官反复说,忽然转念,把那窗口的三色旗取下,罩在尸体上当做尸衣。军曹集拢了少年的皮鞋、帽子、小刀、杖等,放在旁边。他们一时都静默地立正。过了一会儿,士官向军曹说道:“叫他们拿担架来！这孩子是当做军人而死，可以用军人的礼来葬他的。”他看着少年的尸体，吻了自己的手再用手加到尸体上，代替接吻。立刻向兵士们命令说：“上马！”

一声令下，全体上了马继续前进。经过了几个小时之后，这少年就从军队受到下面样的敬礼：

日没时，意大利军前卫的全线向敌行进，数日前把桑马底诺小山染成血红的一大队射击兵，从今天骑兵通行的田野路上分作两列进行。少年战死的消息，出发前已传遍全队，这队所取的路径，与那农舍相距只有几步。在前面的将校等，见大树下用三色旗遮盖着的少年，通过时皆捧了剑表示敬意。一个将校俯身到小河岸摘取东西散开着的花草，撒在少年身上，全队的兵士也都模仿着摘了花向尸体上投撒，一瞬间，少年已埋在花的当中了。将校兵士齐声高呼：“勇敢啊！隆巴尔地少年！”“再会！朋友啊！”“金发儿万岁！”一个将校把自己挂着的勋章投了过去，还有一个走近去吻他的额。有人继续将花草投过去，落雨般地落在那可怜的少年的脚上、染着血的臂上、黄金色的头上。少年横卧在草地上，露出苍白的笑脸，好像是听到许多人的称赞，很满足于自己的为国牺牲！

贫民

二十九日

安利柯啊！像隆巴尔地少年的为国捐身，固然是大大的德行，但你不要忘记，我们此外不可不为的小德行，不知还有多少啊！今天你在我的前面走过街上时，有一个抱着瘦弱苍白小孩的女乞丐向你讨钱，你什么都没有给，只是看着走开罢了！那时，你囊中应该是有铜币的。安利柯啊！好好听着！不幸的人伸了手求乞时，我们不该假装不知的啊！尤其是对于为了自己的小孩而求乞的母亲，不该这样。这小孩或者正饥饿着也说不定，如果这样，那母亲将怎样的难过呢？假定你母亲不得已要对你说“安利柯啊！今日不能再给你食物了！”的时候，你想，那时的母亲，心里是怎样？

给予乞丐一个铜币，他就会真心感谢你，说“神必保佑你和你家族的健康。”听着这祝福时的快乐，是你所未曾尝到过的。受着那种言语时的快乐，我想，真是可以增加我们的健康的。我每从乞丐那里听到这种话时，觉得反不能不感谢乞丐，觉得乞丐所报我的比我所给他的更多，常这样抱了满足回到家里来。你碰着无依的盲人，饥饿的母亲，无父母的孤儿的时候，可从钱囊中把钱分给他们。单在学校附近看，不是就有不少贫民吗？贫民所欢喜的，特别是小孩的施与，因为大人施与他们时，他们觉得比较低下，从小孩受物是不足耻的。大人的施与不过只是慈善的行为，小孩的施与于慈善外还有着亲切——你懂吗？用譬喻说，好像从你手里落下花和钱来的样子。你要想想：你什么都不缺乏，世间有缺乏着一切的；你在求奢侈，世间有但求不死就算满足的。你又要想想：在充满了殿堂车马的都会之中，在穿着美丽服装的小孩们之中，竟有着无食的女人和小孩，这是何等可寒心的事啊！他们没有食物哪！不可怜吗？说这大都会之中，有许多素质也同样的好，也有才能的小孩，穷得没有食物，像荒野的兽一样！啊！安利柯啊！从此以后，如逢有乞食的母亲，不要再不给一钱管自走开了！

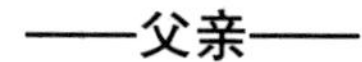

第三 十二月

商人

一日

父亲叫我以休假日招待朋友来家或去访问他们，使彼此更加亲密。所以这次星期日，我预备和那漂亮人物华梯尼去散步。今天卡洛斐来访——就是那身材瘦长，长着鸦嘴鼻，生着狡猾的眼睛的。他是杂货店主的儿子，真是一个奇人，袋里总带着钱，数钱的本领要算一等，心算之快更无人能及了。他又能储蓄，无论怎样断不滥用一钱。即使有五厘铜币落在座位下面，他虽费了一礼拜的工夫，也必须寻得了才肯罢休。不论是用旧了的钢笔头、编针、点剩的蜡烛或是旧邮票，他都好好地收藏起来。他已费两年的工夫收集旧邮票了，好几百张地粘在大大的空簿上，各国的都有，说粘满了就去卖给书店。他常拉了同学们到书店购物，所以书店肯把笔记簿送他。他在学校里，也做着种种的交易，有时买进别人的东西，有时卖给别人；有时发行彩票；有时把东西和别人交换；交换了以后有时懊悔了，还要调回来。他善做投钱的游戏，一向没有输过。集了旧报纸，也可以拿到纸烟店里去卖钱。他带着一本小小的手册，把账目细细地记在里面。在学校，算术以外，他什么都不用功。他也想得赏牌，但这不过因为想不出钱去看傀儡戏的缘故。他虽是这样的一个奇人，我却很喜欢他。今天，我和他做买卖游戏，他很熟悉物品的市价，称戥也知道，至于折叠喇叭形的包物的纸袋，恐怕一般商店里的伙计也不及他。他自己说，出了学校要去经营一种新奇的商店。我赠了他四五张外国的旧邮票，他那脸上的欢喜，真是了不得，还把每张邮票的卖价说给我听。我们正在这样玩着的时候,父亲虽在看报纸,却静听着卡洛斐的话,看他那样子好像听得很有趣味似的。

卡洛斐口袋里满装着物品,外面罩了长的黑外套。他平时总是商人似的在心里打算着什么。他最看重的要算那邮票簿了,好像是他的最大的财产,平日不时和人谈及这东西。大家都骂他是悭吝者,说他盘剥重利,我不知道为什么却欢喜他。他教给我种种的事情,俨然像个大人。柴店里的儿子可莱谛说他即使到用了那邮票簿可以救母亲生命的时候,也不肯舍弃那邮票簿的。我的父亲却不信这话。父亲说:

"不要那样批评人,那孩子虽然气量不大,但也有亲切的地方哩!"

虚荣心 五日

昨日与华梯尼及华梯尼的父亲,同在利华利街方面散步。斯带地立在书店的窗外看着地图。他是无论在街上或别的什么地方也会用功的人,不晓得什么时候到了此地。我们和他招呼,他只把头一回就算,好不礼啊!

华梯尼的装束不用说是很漂亮的。他穿着绣花的摩洛哥长皮靴,着了绣花的衣裳,纽扣是绢包的,戴了白海狸的帽子,挂了时计,阔步地走着。可是昨天,华梯尼因了虚荣遭遇了很大的失败:他父亲走路很缓,我们两个一直走在前,在路旁石凳上坐下。那里又坐了一个衣服质素的少年,好像很疲倦了,垂下了头在沉思。华梯尼坐在我和那少年的中间,忽然似乎记起自己的服装华美,想向少年夸耀,举起脚来对我说:

"你见了我的军靴了吗?"他的意思是给那少年看的,可是少年竟毫不注意。华梯尼放下了脚,指绢包的纽扣给我看,一面眼瞟着那少年说:"这纽扣不合我意,我想换银铸的。"那少年仍旧不向他看一眼。

于是,华梯尼将那白海狸的帽子用手指顶了打起旋来。少年也不瞧他,好像是故意如此的。

华梯尼愤然地把时计拿出,开了后盖,叫我看里面的机械。那少年到了这时,仍不抬起头来。我问:

"这是镀金的吧?"

"不,金的啰!"华梯尼答说。

“不会是纯金的，多少总有一点银在里面吧？”

“哪里！那是不可能的。”华梯尼说着把时计送到少年面前，问他：

“你，请看！不是纯金的吗？”

“我不知道。”少年淡然地说。

“嗄呀！好骄傲！”华梯尼怒了，大声说。

这时，恰巧华梯尼的父亲也来了。他听见这话，向那少年注视了一会，锐声地对自己的儿子：“别做声！”又附着儿子的耳朵说：“这是一个瞎子。”

华梯尼惊跳起来，细看少年的面孔。他那眼珠宛如玻璃，果然什么都看不见。

华梯尼羞耻了，默然地把眼注视着他，过了一会儿，非常难为情地说：“我不好，我没有知道。”

那瞎少年好像已明白了一切了。用了亲切的、悲哀的声音：

“哪里！一点没有什么。”

华梯尼虽好卖弄阔绰，却全无恶意。他为了这件事，在散步中一直不曾笑。

初雪

十日

利华利街的散步，暂时不必再想，现在，我们美丽的朋友来了——初雪下来了！昨天傍晚已大片飞舞，今晨积得遍地皆白。雪花在学校的玻璃窗上，片片地打着，窗框周围也积了起来，看了真有趣，连先生也搓着手向外观看。一想起做雪人呀，摘檐冰呀，晚上烧红了炉子围着谈有趣的故事呀，大家都无心上课。只有斯带地热心在对付功课，毫不管下雪的事。

放了课回去的时候，大家多高兴啊！都大声狂叫，跳着走，或是用手抓雪，或是在雪中跑来跑去。来接小孩的父兄们拿着的伞上也完全白了，警察的帽上也白了，我们的书袋，一不顾着转瞬也白了。大家都喜得像发狂。永没有笑脸的铁匠店里的儿子泼来可西今天也笑了；从马车下救出了小孩的洛佩谛也拄了拐杖跳着；还未曾手触着过雪的格拉勃利亚少年把雪围拢了，像吃桃子样地吃着；卖菜人家的儿子克洛西把雪装在书袋里。最可笑的是“小石匠”，我父亲叫他明天来玩，他口里正满含着雪，欲吐不得，欲咽不能，眼看着我父亲的脸。大家见了都笑了起来。

女先生们都跑了出来,也好像很高兴。我二年级时的可怜的病弱的先生,也咳嗽着在雪中跑来了。女学生们“呀呀”地从间壁的学校涌出来,在铺着毛毡似的雪地上跳跃回旋。先生们都大了声叫着说:“快回去,快回去!”他们看了在雪中狂喜的小孩们,也是笑着。

安利柯啊!你因为冬天来了而快乐,但你不要忘记,世间有许多无衣无履、无火暖身的小孩啊!因为要想教室暖些,有的小孩用迸出血长着冻疮的手,拿着许多薪炭到远远的学校里。在世界上,全被埋在雪中的学校也很多。在那种地方,小孩都牙根震抖着,看着不断下降的雪,怀着恐怖。雪积得多了,从山上崩下来,连房屋也会被压没的。你们因为冬天来了欢喜,但不要忘了冬天一到世间,就有许多要冻死的人啊!

——父亲——

“小石匠” 十一日

今天,“小石匠”到家里来访过我们了。他着了父亲穿旧的衣服,满身都沾着石粉与石灰。他如约到我们家里来,我很快活,我父亲也欢喜。

他真是一个有趣的小孩。一进门就脱去了被雪打湿了的帽子,塞在袋里,阔步地到了里面,脸像苹果一样,注视着一切。等走进食堂,把周围陈设打量了一会儿,看到那驼背的滑稽画,就装了一次兔脸。他那兔脸,谁见了也不能不笑的。

我们做搭积木的游戏。“小石匠”对于筑塔造桥有异样的本领,坚忍不倦地认真去做,样子居然像大人。他一边玩着积木,一边告诉我自己家里的事情:他家只是一间人家的屋阁,父亲夜间进夜校,母亲还替人家洗衣服。我看他父母必定是很爱他的。他衣服虽旧,却穿得很温暖,破绽了的处所补缀得很妥帖,像领带,如果不经母亲的手也断不能结得那样整齐好看。他身形不大,据说,他父亲是个身材高大的人,进出家门都须屈着身,平时呼他儿子叫“兔子头”。

到了四时,我们坐在安乐椅上,吃牛油面包。等大家离开了椅子,我看见“小石匠”上衣上沾着的白粉沾在椅背上了，就想用手去拭。不知为什么，父亲忽然抑住我的手。过了一会儿，父亲自己偷偷地拭净了。

我们在游戏中，“小石匠”上衣的纽扣忽然落下了一个，我母亲替他缝缀。“小石匠”红了脸在旁看着。

我将滑稽画册给他看。他不觉一一装出画上的面式来，引得父亲也大笑了。回去的时候，他非常高兴，以至于忘记了戴他的破帽。我送他出门，他又装了一次兔脸给我看，当做答礼。他名叫安东尼阿·拉勃柯，年纪是八岁零八个月。

安利柯啊！你去拭椅子的时候，我为什么阻止你，你不知道吗？因为如果在朋友面前拭，那就无异于骂他说：“你为什么把这弄龌龊了？”他并不是有意弄污，并且他衣服上所沾着的东西，是从他父亲工作时沾来的。凡是从工作上带来的，决不是龌龊的东西，不管他是石灰、是油漆或是尘埃，决不龌龊。劳动不会生出龌龊来，见了劳动着的人，决不应该说“啊！龌龊啊！”应该说“他身上有着劳动的痕迹”。你不要把这忘了！你应该爱“小石匠”，一则，他是你的同学；二则，他是个劳动者的儿子。

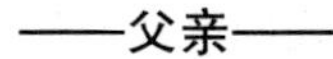

雪球

十六日

雪还是不断地下着，今天从学校回来的时候，雪地里发生了一件可怜的事：小孩们一出街道，就将雪团成了石头一样硬的小球来往投掷，有许多人正在旁边通过。行人之中有的叱叫着说，“停止，停止！他们太恶作剧了。”忽然听见惊人的叫声，急去看时，有一老人落了帽子双手遮了脸，在那里蹒跚着。一个少年立在旁边叫着：“救人啊！救人啊！”

人从四方集拢来，原来老人被雪球打伤了眼了！小孩们立刻四面逃散。我和父亲站在书店面前，向我们这边跑来的小孩也有许多。嚼着面包的卡隆、可莱谛、“小石匠”、收集旧邮票的卡洛斐，都在里面。老人已被人围住，警察也赶来了。也有向这里那里跑着的人。大家都齐声说：“是谁掷伤了的？”

卡洛斐立在我旁边,脸色苍白,身体战抖着。

“谁? 谁? 谁闯了这祸?”人们叫着说。

卡隆走近来,低声向着卡洛斐说:“喂! 快走过去承认了,瞒着是卑怯的!”

“但是,我并不是故意的。”卡洛斐声音发抖地回答。

“虽则不是故意的,但责任总须你负。”卡隆说。

“我不敢去!”

“那不成。来! 我陪了你去。”

警察和观者的叫声,比前更高了:“是谁投掷的? 眼镜打碎,玻璃割破了眼,恐怕要变成瞎子了。投掷的人真该死!”

这时,我以为卡洛斐要跌倒在地上了。“来! 我替你想法。”卡隆说着,捉了卡洛斐的手臂像扶病人似的拉了过去。群众见这情形,也猜到闯祸的是卡洛斐,有的竟捏紧了拳头想打他。卡隆推开了他们说:“你们集了十个以上的大人,来和一个小孩作对手吗?”人们才静了不动。

警察携了卡洛斐的手,推开人们,带了卡洛斐到那老人暂时住着的人家去。我们也随后跟着。走到了一看,原来那受伤的老人就是和他的侄子同住在我们上面五层楼上的一个雇员。他卧在椅子上,用手帕盖住眼睛。

“我不是故意的。”卡洛斐用了几乎听不清楚的低声,抖抖索索地反复着说。观者之中有人挤了进来,大叫:“伏在地上谢罪!”想把卡洛斐推下地去。这时,另外又有一人用两腕将他抱住,说“咿呀,诸位! 不要如此。这小孩已自己承认了,不再这样责罚他,不也可以了吗?”那人就是校长先生。先生向卡洛斐说:“快赔礼!”卡洛斐眼中忽然迸出泪来,前去抱住老人的膝。老人伸手来摸卡洛斐的头,抚掠他的头发。大家见了都说:

“孩子! 去吧。好了,快回去吧。”

父亲拉了我出了人群,在归路上向我说:“安利柯啊! 你在这种时候,有承认过失负担责任的勇气吗?”我回答他:“我愿这样做。”父亲又问我:“你现在能对我立誓说必定能这样做吗?”我说:“是的,我立誓,父亲!”

女教师

十七日

卡洛斐怕先生责罚他，很担心。不料先生今天缺席，连助手先生也没有在校，由一个名叫克洛弥夫人的年龄最大的女先生来代课。这位先生有两个很大的儿子，其中一个正病着，所以她今天面有忧容。学生们见了女先生就喝起彩来。先生用和缓的声音说："请你们对我的白发表示些敬意，我不但是教师，还是母亲呢。"大家于是都肃静了，唯有那铁面皮的勿兰谛，还在那里嘲弄先生。

我弟弟那级的级任教师代尔卡谛先生，到克洛弥先生所教的一级里去了。另外有位绰号"修女"的女先生，代着代尔卡谛先生教那级的课。这位女先生平时总穿黑的罩服，是个白皮肤、头发光滑、炯眼、细声的人，无论何时，好像总在那里祈祷。她性格很柔和，用那种丝一样的细声说话，听去几乎不能清楚，发大声和动怒那样的事是决没有的。虽然如此，只要略微举起手指训诫，无论如何顽皮的小孩也立刻不敢不低了头肃静就范，霎时间教室中就全然像个寺院了，所以大家都称她作"修女"。

此外还有一位女先生，也是我所喜欢的。那是一年级三号教室里的年轻的女教师。她脸色好像蔷薇，颊上有着两个笑涡，小小的帽子上插着长而大的红羽，项上悬着黄色的小十字架。她自己很快活，学生也被他教得很快活。她说话的声音像银球转滚，听去和唱歌一样。有时小孩喧扰，她常用教鞭击桌或用拍手来使他们镇静。小孩从学校回去的时候，她也小孩似的跳着出来，替他们整顿行列，帮他们戴好帽子，外套的扣子不扣的代他们扣好，使他们不至于伤风；还怕他们路上争吵，一直送他们出了街道。见了小孩的父亲，教他们在家里不要打小孩；见小孩咳嗽，就把药送他们，伤风了，把手套借给他们。年幼的小孩们缠牢了她，或要她接吻，或去抓她的面罩，拉她的外套，吵得她很苦。她永不禁止，总是微笑着一一地去吻他们。她回家去的时候，身上不论衣服或别的什么，都被小孩们弄得乱七八糟，她仍是快快活活的。她又在女子学校教女学生绘画。据说，她用她一人的薪金养着母亲和弟弟呢。

访问负伤者　　十八日

伤了眼睛的老人的侄子,就是帽上插红羽那位女先生所担任一级里的学生。今天在他叔父家里看见过他了。叔父像自己儿子一样地爱着他。今晨,我替先生誊清了下星期要用的《每月例话·少年笔耕》,父亲说:“我们到五层楼上去望望那受伤的老人吧,看他的眼睛怎样了。”

我们走进了那暗沉沉的屋里,老人高枕卧着,他那老妻坐在旁边陪着,侄子在屋角游戏。老人见了我们很欢喜,叫我们坐,说已大好了,受伤的不是要紧地方,四五日内可以痊愈。

“不过受了一些些伤。可怜!那孩子正担心着吧。”老人说,又说医生立刻就来。恰巧门铃响了,他老妻说“医生来了”,前去开门。我看时,来的却是卡洛斐,他着了长外套站在门口,低了头好像不敢进来。

“谁?”老人问。

“就是那掷雪球的孩子。”父亲说。

老人听了:“嗄!是你吗?请进来!你是来望我的,是吗?已经大好了,请放心。立刻就复原的。请进来!”

卡洛斐似乎不看见我们也在这里,他忍住了哭脸走近老人床前。老人抚摩着他:

“谢谢你!回去告诉你父亲母亲,说经过情形很好,叫他们不必挂念。”

卡洛斐站着不动,似乎还有话要说。

“你还有什么事吗?”老人说。

“我,也没有别的。”

“那么,回去吧。再会,请放心!”

卡洛斐走出门口,仍站住了,眼看着送他出去的侄子的脸。忽然从外套里面拿出一件东西交给那侄子,低声地说了一句:“将这给了你。”就一溜烟去了。

那侄子将东西拿给老人看,包纸上写着“奉赠”。等打开包纸,我见了不觉大惊。那东西不是别的,就是卡洛斐平日那样费尽心血,那样珍爱着的邮票簿。他竟把那比生命还重视的宝物,拿来当做报答原宥之恩的礼品了。

少年笔耕（每月例话）

叙利亚是小学五年级生，十二岁，是个黑发白皮肤的小孩。他父亲在铁路做雇员，在叙利亚以下还有许多儿女，一家营着清苦的生计，还是拮据不堪。父亲不以儿女为累赘，一味爱着他们，对叙利亚百事依从，唯有学校的功课，却毫不放松地督促他用功。这是因为想他快些毕业，得着较好的位置，来帮助一家生计的缘故。

父亲年纪大了，并且因为一向辛苦，面容更老。一家生计全负在他肩上。他于日间在铁路工作以外，又从别处接了书件来抄写，每夜执笔伏案到很迟才睡。近来，某杂志社托他写封寄杂志给定户的封条，用了大大的正楷字写，每五百条写费六角。这工作好像很辛苦，老人每于食桌上向自己家里人叫苦：

“我眼睛似乎坏起来了。这个夜工，要缩短我的寿命呢！”

有一天，叙利亚向他父亲说：“父亲！我来替你写吧。我能写得和你一样好。”

父亲终不许可：“不要，你应该用你的功。功课，在你是大事，就是一小时，我也不愿夺了你的时间。你虽有这样的好意，但我决不愿累你。以后不要再说这话了。”

叙利亚向来知道父亲的脾气，也不强请，独自在心里设法。他每夜夜半听见父亲停止工作，回到卧室里去。有好几次，十二点钟一敲过，立刻听到椅子向后拖的声音，接着就是父亲轻轻回卧室去的步声。一天晚上，叙利亚等父亲去睡了后，起来悄悄地着好衣裳，蹑着脚步走进父亲写字的房子里，把洋灯点着。案上摆着空白的纸条和杂志定户的名册，叙利亚就执了笔，仿着父亲的笔迹写起来，心里既欢喜又有些恐惧。写了一会儿，条子渐渐积多，放了笔把手搓一搓，提起精神再写。一面动着笔微笑，一面又侧了耳听着动静，怕被父亲起来看见。写到一百六十张，算起来值两角钱了，方才停止，把笔放在原处，熄了灯，蹑手蹑脚地回到床上去睡。

第二天午餐时，父亲很是高兴。原来他父亲一点不察觉。每夜只是机械地照簿誊写，十二点钟一敲就放了笔，早晨起来把条子数一数罢了。那天父亲真高兴，拍着叙利亚的肩说：

“喂！叙利亚！你父亲还着实未老哩！昨晚三小时里面，工作要比平常多做三分之一。我的手还很自由，眼睛也还没有花。”

叙利亚虽不说什么，心里却快活。他想：“父亲不知道我在替他写，却自己以为还未老呢。好！以后就这样去做吧。”

那夜到了十二时，叙利亚仍起来工作。这样经过了好几天，父亲依然不曾知道。只有一次，父亲在晚餐时说：“真是奇怪！近来灯油突然费多了。”叙利亚听了暗笑，幸而父亲不再说别的，此后他就每夜起来抄写。

叙利亚因为每夜起来，渐渐睡眠不足，朝起觉着疲劳，晚间复习要打瞌睡。有一夜，叙利亚伏在案上睡熟了，那是他有生以来第一次的打盹。

“喂！用心！用心！做你的功课！”父亲拍着手叫。叙利亚张开了眼。再用功复习。可是第二夜，第三夜，又同样打盹，愈弄愈不好：总是伏在书上睡熟了，或早晨晏起，复习功课的时候，总是带着倦容，好像对功课很厌倦似的。父亲见这情形，屡次注意他，结果至于动气，虽然他一向不责骂小孩。有一天早晨，父亲对他说：

“叙利亚！你真对不起我！你和从前不是变了样子吗？当心！一家的希望都在你身上呢。你知道吗？”

叙利亚有生以来第一次受着叱骂，很是难受。心里想：“是的，那样的事不能够长久做下去的，非停止不可。”

这天晚餐的时候，父亲很高兴地说。“大家听啊！这月比前月多赚六元四角钱呢。”他从食桌抽屉里取出一袋果子来，说是买来让一家人庆祝的。小孩们都拍手欢乐，叙利亚也因此把心重新振作起来，元气也恢复许多，心里自语道：“咿呀！再继续做吧。日间多用点功。夜里依旧工作吧。”父亲又接着说：“六元四角哩！这虽很好，只有这孩子——”说着指了叙利亚：“我实在觉得可厌！”叙利亚默然受着责备，忍住了要迸出来的眼泪，心里却觉得欢喜。

从此以后，叙利亚仍是拼了命工作，可是，疲劳之上更加疲劳，终究难以支持。这样过了两个月，父亲仍是叱骂他，对他的脸色更渐渐担起忧来。有一天，父亲到学校去访先生，和先生商量叙利亚的事。先生说：“是的，成绩好是还好，因为他原是聪明的。但是不及以前的热心了，每日总是打着呵欠,似乎要睡去,心不能集注在功课上。叫他作文,他只是短短地写了点就算,字体也草率了,他原可以更好的。”

那夜父亲唤叙利亚到他旁边,用了比平常更严厉的态度对叙利亚说:

“叙利亚!你知道我为了养活一家怎样地劳累?你不知道吗?我为了你们,是把命在拼着呢!你竟什么都不想想,也不管你父母兄弟怎样!”

“啊!并不!请不要这样说!父亲!”叙利亚咽着眼泪说。他正想把经过的一切说出来,父亲又拦住了他的话头:

“你应该知道家里的境况。一家人要刻苦努力才可支持得住,这是你应该早已知道的。我不是那样努力地做着加倍的工作吗?本月我原以为可以从铁路局得到二十元的奖金的,已预先派入用途,不料到了今天,才知道那笔钱是无望的了。”

叙利亚听了把口头要说的话重新抑住,自己心里反复着说:

“咿呀!不要说,还是始终隐瞒了,仍旧替父亲帮忙吧。对父亲不起的地方,从别一方来补报吧。学校里的功课原非用功及格不可,但最要紧的是要帮助父亲养活一家,略微减去父亲的疲劳。是的,是的。”

又过了两个月。儿子仍继续做夜工,日间疲劳不堪,父亲依然见了他动怒。最可痛的是父亲对他渐渐冷淡,好像以为儿子太不忠实,是无甚希望的了,不多同他说话,甚至不愿看见他。叙利亚见这光景,心痛的了不得。父亲背向他的时候,他几乎要从背后下拜。悲哀疲劳,使他愈加衰弱,脸色愈加苍白,学业也似乎愈加不勤勉了。他自己也知道非停止做夜工不可,每夜就睡的时候,常自己对自己说:“从今夜起,真是不再夜半起来了。”可是,一到了十二点钟,以前的决心不觉忽然宽懈,好像睡着不起,就是逃避自己的义务,偷用了家里的两角钱了,于是熬不住了仍旧起来。他以为父亲总有一日会起来看见他,或者在数纸的时候偶然发觉他的作为。到了那时,自己虽不申明,父亲自然会知道的。这样一想,他仍继续夜夜工作。

有一天晚餐的时候,母亲觉得叙利亚的脸色比平常更不好了,说:

“叙利亚!你不是不舒服吧?”说着又向着丈夫:

“叙利亚不知怎么了,你看看他脸色青得——叙利亚!你怎么啦?”说时显得很忧愁。

父亲把眼向叙利亚一瞟:“即使有病也是他自作自受。以前用功的时候,他并不如此的。”

“但是,你！这不是因为他有病的缘故吗?”父亲听母亲这样说,回答说:

“我早已不管他了!”

叙利亚听了心如刀割。父亲竟不管他了！那个他偶一咳嗽就忧虑得了不得的父亲！父亲确实不爱他了,眼中已没有他这个人了！“啊！父亲！我没有你的爱是不能生活的！——无论如何,请你不要如此说,我一一说了出来吧,不再欺瞒你了。只要你再爱我,无论怎样,我一定像从前一样地用功。啊！这次真下决心了!”

叙利亚的决心仍是徒然。那夜因了习惯的力,又自己起来了。起来以后,就想往几月来工作的地方做最后的一行。进去点着了灯,见到桌上的空白纸条,觉得从此不写有些难过,就情不自禁地执了笔又开始写了。忽然手动时把一册书碰落到地。那时满身的血液突然集注到心胸里来:如果父亲醒了如何;这原也不算什么坏事,发见了也不要紧,自己本来也屡次想说明了。但是,如果父亲现在醒了,走了出来,被他看见了我,母亲怎样吃惊啊,并且,如果现在被父亲发觉,父亲对于自己这几月来待我的情形,不知要怎样懊悔惭愧啊！——心念千头万绪,一时迭起,弄得叙利亚震栗不安。他侧着耳朵,抑了呼吸静听,并无什么响声,一家都睡得静静的,这才放了心重新工作。门外有警察的皮靴声,还有渐渐远去的马车蹄轮声。过了一会,又有货车“轧轧”地通过。自此以后,一切仍归寂静,只时时听到远犬的吠声罢了。叙利亚振着笔写,笔尖的声音“唧唧”地传到自己耳朵里来。

其实这时,父亲早已站在他的背后了。父亲从书册落地的时候就惊醒了,等待了好久,那货车通过的声音,把父亲开门的声音夹杂了。现在,父亲已进那室,他那白发的头,就俯在叙利亚小黑头的上面,看着那钢笔头的运动。父亲对从前一切忽然都恍然了,胸中充满了无限的懊悔和慈爱,只是钉住一样站在那里不动。

叙利亚忽然觉得有人用了震抖着的两腕抱他的头,不觉突然“呀!”地叫了起来。及听出了他父亲的啜泣声,叫着说:

“父亲！原恕我！原恕我!”

父亲咽了泪吻着他儿子的脸:

“倒是你要原恕我！明白了！一切都明白了！我真对不起你了！快来！”说着抱了他儿子到母亲床前，将他儿子交到母亲腕上：

“快吻这爱子！可怜！他三个月来竟睡也不睡，为一家人劳动！我还只管那样地责骂他！”

母亲抱住了爱子，几乎说不出话来：

“宝宝！快去睡！”又向着父亲：“请你陪了他去！”

父亲从母亲怀里抱起叙利亚，领他到他的卧室里，让他睡倒了，替他整好枕头，盖上棉被。

叙利亚说了好几次：

“父亲，谢谢你！你快去睡！我已经很好了。请快去睡吧！”

父亲仍伏在床旁，等他儿子睡熟，携了儿子的手说：

“睡熟！睡熟！宝宝！”

叙利亚因为疲劳已极，就睡去了。几个月来，到今天才得好好地睡一觉，梦魂为之一快。早晨醒来太阳已经很高了，忽然发见床沿旁近自己胸部的地方，横着父亲白发的头。原来父亲那夜就是这样过的，他将额贴近了儿子的胸，还是在那里熟睡哩。

坚忍心

二十八日

像笔耕少年那样的行为，在我们一级里，只有斯带地做得到。今天学校里有两件事：一件是受伤的老人把卡洛斐的邮票簿送还了他，还替他粘了三枚危地马拉共和国的邮票上去。卡洛斐欢喜得非常，这是当然的，因为他寻求了危地马拉的邮票已三个月了。还有一件是斯带地受二等奖。那个呆笨的斯带地居然和代洛西只差一等，大家都很奇怪！那是十月间的事，斯带地的父亲领了他的儿子到校里来，在大众面前对先生说：

“要多劳先生的心呢，这孩子是什么都不懂的。”当他父亲说这话时，谁会料到有这样的一日！那时我们都以为斯带地是呆子，可是他不自怯，说着“死而后已”的话。从此以后，他不论日里、夜里，不论在校里、在家里、在街路上，总是拼命地用功。别人无论说什么，他总不顾，有扰他的时候，他总把他推开，只管自己。这样不息地上进，遂使呆呆的他到了这样的地位。他起初毫不懂算术,作文时只写些无谓的话,读本一句也记不得。现在是算术的问题也能做,文也会做,读本熟得和唱歌一样了。

斯带地的容貌,一看就知道他有坚忍心的:身子壮而矮,头形方方的像没有项颈,手短而且大,喉音低粗。不论是破报纸,还是剧场的广告,他都拿来读熟。只要有一角钱,就立刻去买书,据说自己已设了一个小图书馆,邀我去看看呢。他不和谁闲谈,也不和谁游戏,在学校里上课时候,只把两拳摆在双颊上,岩石样坐着听先生的话。他得到第二名不知费了多少力呢!可怜!

先生今天样子虽很不高兴,但是把赏牌交给斯带地的时候,却这样说:

"斯带地!难为你!这就是所谓精神一到何事不成了。"

斯带地听了并不表示得意,也没有微笑,回到座位上,比前更认真地听讲。

最有趣的是放课的时候:斯带地的父亲到学校大门口来接,父亲是做针医的,和他儿子一样,也是个矮身方脸、喉音粗大的人。他不相信自己的儿子居然会得赏牌,等先生出来和他说了,才哈哈地笑了拍着儿子的肩头,用了力说:

"好的,好的,竟看你不出,你将来会有希望呢!"我们听了都笑,斯带地却连微笑都没有,只是抱了那大大的头,复习他明日的功课。

感恩

三十一日

安利柯啊!如果是你的朋友斯带地,决不会派先生的不是的。你今天恨恨地说"先生态度不好",你对自己的父亲母亲,不是也常有态度不好的时候吗?先生有时不高兴是当然的,他为了小孩们,不是劳动了许多年月了吗?学生之中有情义的固然不少,然而也有许多不知好歹,蔑视先生的亲切,轻看先生的劳力的。平均说来,做先生的苦闷胜于满足。无论怎样的圣人,处在那样的地位,能不时时动气吗?并且,有时还要耐了心去教导那生病的学生,神情的不高兴是当然的。

应该敬爱先生:因为先生是父亲所敬爱的人,因为是为了学生牺牲自己一生的人,因为是开发你精神的人。先生是要敬爱的啊!你将来年纪大了,父亲和先生都去世了,那时,你在想起你父亲的时候也会想起先生来吧,那时想起先生的那种疲劳的样子,那种忧闷的神情,你会觉得现在的不是了吧。意大利全国五万的学校教师,是你们未来国民精神上的父亲。他们立在社会的背后,拿着轻微的报酬,为国民的进步发达劳动着。你的先生就是其中的一人,所以应该敬爱。你无论怎样爱我,但如果对于你的恩人——特别的是对于先生不爱,我断不欢喜。应该将先生当做叔父一样来爱他。不论待你好,或责骂你,都要爱他。不论先生是的时候,或是你以为错了的时候,都要爱他。先生高兴,固然要爱,先生不高兴,尤其要爱他。无论何时,总须爱先生啊!先生的名字,永远须用了敬意来称呼,因为除了父亲的名字,先生的名字是世间最尊贵、最可怀慕的名字呢!

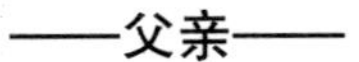

第四 一月

助教师

四日

父亲的话不错，先生的不高兴，果然是病了的缘故。这三天来，先生告假，另外有一位助教师来代课。那是一个没有胡须的像孩子似的先生。今天，学校里发生了一件可耻的事：这位助教师，无论学生怎样说他，他总不动怒，只说："诸位！请规矩些！"前两日，教室中已扰乱不堪，今天竟弄得无可收拾了。那真是稀有的骚扰。先生的话声全然听不清了，无论怎样晓谕，怎样劝诱，学生都当做耳边风一样。校长先生曾到门口来探看过两次，校长一转背，骚扰就依然如故。代洛西和卡隆在前面回过头来，向大家使眼色叫他们静些，他们哪里肯静。斯带地独自用手托了头凭着桌子沉思，那个钩鼻的旧邮票商人卡洛斐呢，他向大家各索铜元一枚，用墨水瓶为彩品，做着彩票。其余有的笑，有的说，有的用钢笔尖钻着课桌，有的用了吊袜带上的橡皮筋弹纸团。

助教师一个一个地去禁止他们，或是捉住他的手，或是拉了去叫他立壁角。可是仍旧无效。助教师没了法，很和气地和他们说：

"你们为什么这样？难道一定要我责罚你们吗？"

说了又以拳敲桌，用了愤怒而兼悲哀的声音叫："静些！静些！"可是他们仍是不听，骚扰如故。勿兰谛向先生投掷纸团，有的吹着口笛，有的彼此以头相抵赌力，完全不知道在做什么了。这时来了一个校工，说：

"先生，校长先生有事请你。"

先生现出很失望的样子，立起身匆忙就去。于是骚扰愈加厉害了。

卡隆忽然站起来，他震动着头，捏紧了拳，怒不可遏地叫说：

“停止！你们这些不是人的东西！因为先生好说话一点，你们就轻侮他起来。倘然先生一用腕力，你们就要像狗一样地伏倒在地上哩！卑怯的东西！如果有人再敢嘲弄先生，我要打掉他的牙齿！就是他父母看见，我也不管！”

大家不响了。这时卡隆的样子真是庄严：堂堂的立着，眼中几乎要怒出火来，好像是一匹发威的小狮子。他从最坏的人起，一一用眼去盯视，大家都不敢仰起头来。等助教师红了眼进来的时候，差不多肃静得连呼吸的声音都听不出了。助教师见这模样，大出意外，只是呆呆地立住。后来看见卡隆怒气冲冲地站在那里，就猜到了八九分，于是用了对兄弟说话时的那种充满了情爱的声气说：“卡隆！谢谢你！”

斯带地的图书室

斯带地的家在学校的前面。我到他家里去，一见到他的图书室，就羡慕起来了。斯带地不是富人，虽不能多买书，但他能保存书籍，无论是学校的教科书，无论是亲戚送他的，都好好地保存着。只要手里得到钱，都用以买书。他已收集了不少书，摆在华丽的栗木的书架里，外面用绿色的幕布遮着，据说这是父亲给他的。只要将那细线一拉，那绿色的幕布就牵拢在一方，露出三格书来。各种的书，排得很整齐，书背上闪烁着金字的光。其中有故事、有旅行记、有诗集，还有书本。颜色配合得极好，远处望去很是美丽。譬如说，白的摆在红的旁边，黄的摆在黑的旁边，青的摆在白的旁边。斯带地还时常把这许多书的排列变换式样，以为快乐。他自己作了一个书目，俨然是一个图书馆馆长。在家时只管在那书箱旁边，或是拂拭尘埃，或是把书翻身，或是检查钉线。当他用粗大的手指把书翻开，在纸缝中吹气或是做着什么的时候，看了真是有趣。我们的书都不免有损伤，他所有的书却是簇新的。他得了新书，拂拭干净，插入书架里，不时又拿出来看，把书当做宝贝珍玩，这是他最大的快乐。我在他家里停了一点钟，他除了书以外，什么都未曾给我看。

过了一会儿,他那肥胖的父亲出来了,手拍着他儿子的背脊,用了和他儿子相像的粗声向我说道:

“这家伙你看怎样?这个铁头,很坚实哩,将来会有点希望吧。”

斯带地被父亲这样地嘲弄,只是像猎犬样地半闭着眼。不知为了什么,我竟不敢和斯带地取笑。他只比我大一岁,这是无论如何不能相信的。我回来的时候,他送我出门,像煞有介事地说:“那么,再会吧。”我也不觉像向着大人似的说:“愿你平安。”

到了家里,我和我父亲说:“斯带地既没有才,样子也不好,他的面貌令人见了要笑,可是不知为了什么,我一见了他,就觉得有种种事情可以学。”父亲听了说:“这是那孩子待人真诚的缘故啊。”我又说:“到了他家里,他也不多和我说话,也没有玩具给我看。我却很喜欢到他家里去。”“这因为你佩服那孩子的缘故。”父亲这样说。

铁匠的儿子

是的,父亲的话是真的。我还佩服泼来可西。不,佩服这个词还不足表示我对于泼来可西的心情。泼来可西是铁匠的儿子,就是那身体瘦弱的小孩,有着悲哀的眼光,胆子很小,向着人总说“原恕我,原恕我”,他却是很能用功的。他父亲酒醉回来,据说常要无故打他,把他的书或笔记簿掷掉。他常在脸上带了黑痕或青痕到学校里来,脸孔肿着的时候也有,眼睛哭红的时候也有。虽然如此,他无论如何总不说父亲打他。“父亲打你了。”朋友这样说的时候,他总立刻替父亲包庇说:“没有的事,没有的事。”

有一天,先生看见他的作文簿被火烧了一半。对他说:“这不是你自己烧了的吧?”

“是的,我不小心把它落在火里了。”他回答。其实,这一定是他父亲酒醉回来踢翻了桌子或油灯的缘故。

泼来可西的家就住在我家屋顶的小阁上。门房时常将他们家的事情告诉给我母亲听。雪尔维姊姊有一天听得泼来可西哭。据说他向他父亲要买文法书的钱,父亲把他从楼梯上踢了下来。他父亲一味喝酒,不务正业,一家都为饥饿所苦。泼来可西时常饿着肚皮到学校里来,吃卡隆给他的面包。

一年级时教过他的那个戴赤羽的女先生，也曾给他苹果吃。可是，他决不说“父亲不给食物”的话。

他父亲也曾到学校里来过，脸色苍白，两脚抖抖的，一副怒容，发长长地垂在眼前，歪戴着帽子。泼来可西在路上一见父亲，虽战惧发震，可是立刻走近前去。父亲呢，他并不顾着儿子，好像心里在想着别的什么似的。

可怜！泼来可西把破的笔记补好了，或是借了别人的书来用功。他把破了的衬衣用针别牢了穿着，拖着太大的皮鞋，系着长得拖到地上的裤子，穿着太长的上衣，袖口高高地卷到肘上。见了他那样子真是可怜！虽然如此，他却很勤勉，如果他在家里能许他自由用功，必定能得到优良的成绩的。

今天早晨，他颊上带了爪痕到学校里来，大家见了说：

“又是你父亲吧，这次可不能再说‘没有的事’了。把你弄得这步田地的，一定是你父亲。你去告诉校长先生，校长先生就会叫你父亲来，替你劝说他的。”

泼来可西跳立起来，红着脸，抖索着，发怒地说：“没有的事，父亲是不打我的。”

话虽如此，后来上课时他究竟眼泪落在桌上了。人家去看他，他就抑住眼泪。可怜！他还要硬装笑脸给人看呢！明天，代洛西与可莱谛、耐利原定要到我家里来，我打算约泼来可西一块儿来。我想明天请他吃东西，给他书看，领他到家里各处去玩耍，回去的时候，把果物给他装进口袋带回去。那样善良而勇敢的小孩，应该使他快乐快乐，至少一次也好。

友人的来访　　十二日

今天是这一年中最快乐的星期四。正好两点钟，代洛西和可莱谛领了那驼背的耐利来了。泼来可西因为他父亲不许他来，竟没有到。代洛西和可莱谛笑着对我说，在路上曾遇见那卖野菜人家的儿子克洛西，据说克洛西提着大卷心菜，说是要卖了去买钢笔。又说，他新近接到父亲不久将自美国回来的信，很欢喜着呢。

三位朋友在我家里留了两小时光景，我高兴非常。代洛西和可莱谛是同级中最有趣的小孩，连父亲都欢喜他们。可莱谛穿了茶色的裤子，戴了猫皮帽子,性情活泼,无论何时非活动不可,或将眼前的东西移动,或是将它翻身。据说他从今天早晨起,已搬运过半车的柴,可是他还没有疲劳的样子,在我家里跑来跑去,见了什么都注意,口不住地说话,像松鼠一般地活动着。他到了厨房里,问女仆每束柴的价钱,据说他们店里卖二角一束。他欢喜讲他父亲在温培尔脱亲王部下参加柯斯脱寨战争时候的事。礼仪很周到。确像我父亲所说:这小孩虽生长在柴店里,却含着真正的贵族血统。

代洛西讲有趣味的话给我们听。他熟悉地理,竟同先生一样闭了眼睛说:

"我现在眼前好像看见了全意大利。那里有亚配那英山脉突出在爱盎尼安海中,河水在这里那里流着,有白色的都会。有湾,有青的内海,有绿色的群岛。"他顺次背诵地名,像眼前摆着地图一样。他穿着金纽扣的青色的上衣,举起了金发的头,闭了眼,石像似的直立着,那种丰采,使我们大家看了倾倒。他把明后日大葬纪念日所要背诵的三页光景长的文章,在一小时内记牢。耐利看了他也在那悲愁的眼中现出微笑来。

今天的会集真是快乐,并且给我在胸中留下了一种火花样的东西。他们三人回去的时候,那两个长的左右夹辅着耐利,携了他的手走,和他讲有趣的话,使一向未曾笑过的耐利笑。我看了真是欢喜。回来到了食堂里,见平日挂在那里的驼背的滑稽画没有了,这是父亲故意除去的,因为怕耐利看见。

维多利亚·爱马努爱列王的大葬　　十七日

今天午后二时,我们一进教室,先生就叫代洛西。代洛西立刻走上前去,立在小桌边,向着我们朗背那大葬纪念辞。开始背诵的时候,略微有点不大自然,到后来声音步步清楚,脸上充满着红晕。

"四年前今日的此刻,前国王维多利亚·爱马努爱列二世陛下的玉棺,正到罗马太庙正门。维多利亚·爱马努爱列二世陛下,功业实远胜于意大利开国诸王,从来分裂为七小邦,为外敌侵略及暴君压制所苦的意大利,到了王的时代,才合为一统,确立了自由独立的基础。王治世二十九年,勇武绝伦,临危不惧,胜利不骄,困逆不馁,一意以发扬国威爱抚人民为务。当王的柩车在掷花如雨的罗马街市通过的时候，全意大利各部的无数群众，都集在路旁拜观大葬行列。柩车的前面有许多将军，有大臣，有皇族，有一队仪仗兵，有林也似的军旗，有从三百个都市来的代表，此外凡是可以代表一国的威力与光荣者，无不加入。大葬的行列到了崇严的太庙门口，十二个骑兵捧了玉棺入内，一瞬间，意大利全国就与这令人爱慕不尽的老王作最后的告别了，与二十九年来做了国父、做了将军、爱抚国家的前国王永远离别了！这实是最崇高严肃的一瞬间，上下目送玉棺，对了那色彩黯然的八十旒的军旗掩面泣下。这军旗实足令人回想到无数的战死者，无数的鲜血，我国最大的光荣，最神圣的牺牲，及最悲惨的不幸来。骑兵把玉棺移入，军旗就都向前倾倒。其中有新联队的旗，也有经过了不少的战争而破碎的古联队旗。八十条黑旒，向前垂下，无数的勋章触着旗杆丁冬作响。这响声在群众耳里好像有上千人齐声在那里说：‘别了！我君！在太阳照着意大利的时候，君的灵魂永远宿在我们臣民的心胸里！’

“军旗又举到空中了。我们的维多利亚·爱马努爱列二世陛下，在灵庙之中永享着不朽的光荣了！”

勿兰谛的斥退　　二十一日

代洛西读着维多利亚·爱马努爱列王的吊词的时候，笑的只有一人，就是勿兰谛。勿兰谛真讨厌，他确是个坏人。父亲到校里来骂他，他反高兴，见人家哭了，他反笑了起来。他在卡隆的面前胆小得发抖，碰见那怯弱的“小石匠”或一只手不会动的克洛西，就要欺侮他们。他嘲诮大家所敬服的泼来可西，甚至于对于那因救援幼儿跛了脚的二年生洛佩谛，也要加以嘲弄。他和弱小的人吵闹了，自己还要发怒，务必要对手负了伤才爽快。帽子戴得很低，他那深藏在帽檐下的眼光好像含有着什么恶意，谁都见了要害怕的。他在谁的面前都不顾虑，对了先生也会哈哈大笑。有机会的时候，偷窃也来，偷窃了东西还装出不知道的神气。时常和人相骂，带了大大的钻子到学校来刺人。不论自己的也好，人家的也好，摘了上衣的纽扣，拿在手里玩。他的纸、书籍、笔记簿都又破又脏，三角板也破碎了，钢笔杆都是牙齿咬过的痕迹，不时咬指甲，衣服非破则龌龊。听说，他母亲为了他曾忧郁得生病，父亲已把他赶出过三次了。母亲常到学校里来探听他的情形，回去的时候，眼睛总是哭得肿肿的。他嫌恶功课，嫌恶朋友，嫌恶先生。先生有时也把他置之度外，他不规矩，先生只装作没看见。他因此愈加坏了，先生待他好，他反嘲笑先生；若是骂他呢，他用手遮住了脸装假哭，其实在那里暗笑，曾罚他停学三天，再来以后，反而更加顽强乱暴了。有一天，代洛西劝他："停止！停止！先生怎样为难，你不知道吗？"他胁迫代洛西说："不要叫我刺穿你的肚皮！"

今天，勿兰谛真个像狗一样地被逐出了。先生把《每月例话·少年鼓手》的草稿交付给卡隆的时候，勿兰谛在地板上放起爆竹来，爆炸的声音震动全教室，好像枪声，大家大惊。先生也跳了起来：

"勿兰谛出去！"

"不是我。"勿兰谛笑着假装不知。

"出去！"先生反复地说。

"不情愿。"勿兰谛反抗。

先生大怒，赶到他座位旁，捉住他的臂，将他从座位里拖出。勿兰谛咬了牙齿抵抗，终于力气敌不过先生，被先生从教室里拉到校长室里去了。

过了一会儿，先生独自回到教室里，坐在位子上，两手掩住了头暂时不响，好像很疲劳的样子。那种苦闷的神气，看了教人不忍。

"做了三十年的教师，不料竟碰到这样的事情！"先生悲哀地说，把头向左右摇。

我们大家静默无语。先生的手还在发抖，额上直纹深得好像是伤痕。大家都不忍起来。这时代洛西起立：

"先生！请勿伤心！我们都敬爱先生的。"

先生听说也平静了下去，说：

"上功课吧。"

少年鼓手（每月例话）

这是，一八四八年七月二十四日，柯斯脱寨战争开始第一日的事。我军步兵一队，六十人光景，被派遣到某处去占领一空屋，忽受奥地利二中队攻击。敌人从四面来攻,弹丸雨一样地飞来,我军只好弃了若干死伤者,退避入空屋中,闭住了门,上楼就窗口射击抵御。敌军成了半圆形,步步包拢来。我军指挥这队的大尉是个勇敢的老士官,身材高大,须发都白了。六十人之中,有一个少年鼓手,赛地尼亚人,年虽已过了十四岁,身材却还似十二岁不到,是个肤色浅黑,眼光炯炯的少年。大尉在楼上指挥防战,时时发出尖利如手枪声的号令。他那铁锻成般的脸上,一点都没有感情的影子,面相的威武,真足使部下见了战栗。少年鼓手脸已急得发青了,可是还能沉着地跳上桌子,探头到窗外,从烟尘中去观看白服的奥军近来。

这空屋筑在高崖上,向着崖的一面,只有屋顶阁上开着一个小窗,其余都是墙壁。奥军只在别的三面攻击,向崖的一面安然无事。那真是很厉害的攻击,弹丸如雨,破壁碎瓦,天幕、窗子、家具、门户,一击就成粉碎。木片在空中飞舞,玻璃和陶器的破碎声,轧啦轧啦地东西四起,听去好像人的头骨正在破裂。在窗口射击防御的兵士,受伤倒在地板上,就被拖到一边。也有用手抵住了伤口,呻吟着在这里那里打圈子走的。在厨房里,还有被击碎了头的死尸。敌军的半圆形只管渐渐地逼近拢来。

过了一会儿,一向镇定自若的大尉忽然现出不安的神情,带了一个军曹急忙地出了那室。过了三分钟光景,那军曹跑来向少年鼓手招手。少年跟了军曹急步登上楼梯,到了那屋顶阁里。大尉正倚着小窗拿了纸条写字,脚旁摆着汲水用的绳子。

大尉折叠了纸条,把他那使兵士战栗的凛然的眼光注视着少年,很急迫地叫唤:

“鼓手!”

鼓手举手到帽旁。

“你有勇气吗?”大尉说。

“是的,大尉!”少年回答,眼睛炯炯发光。

大尉把少年推近窗口:

“往下面看!靠近那屋子有枪刺的光吧,那里就是我军的本队。你拿了这条子,从窗口溜下去,快快地翻过那山坡,穿过那田畈跑入我军的阵地,只要一遇见士官,就把这条子交给他。解下你的皮带和背囊!”

鼓手解下了皮带、背囊,把纸条放入口袋中。军曹将绳子从窗口放下去，一端缠在自己的臂上。大尉将少年扶出了窗口，使他背向外面：

“喂！这分队的安危，就靠你的勇气和你的脚力了！”

“凭我！大尉！”少年一边回答一边往下溜。

大尉和军曹握住了绳：

“下山坡的时候，要把身子伏倒！”

“放心！”

“但愿你成功！”

鼓手立刻落到地上了。军曹取了绳子走开了。大尉很不放心，在窗畔踱来踱去，看少年下坡。

差不多快要成功了。忽然在少年前后数步之间冒出五六处烟来。原来奥军已发见了少年，从高处射击着他。少年拼了命跑，突然倒下了。“糟了！”大尉咬着牙焦急地向自己说。正在此时，少年又站起来了。“啊，啊！只是跌了一跤！”大尉吐了一口气。少年虽然拼命地跑着，可是，望过去一条腿像有些跛。大尉想：“踝骨受了伤了哩！”接着烟尘又从少年的近旁冒起来，都很远，没有打中。“好呀！好呀！”大尉欢喜地叫，目光仍不离少年。一想到这是十分危险的事，不觉就要战栗！那纸条如果幸而送到本队，援兵就会来；万一误事，这六十人只有战死与被虏两条路了。

远远望去：见少年跑了一会儿，忽而把脚步放缓，只是跛着走。及再重新起跑，力就渐渐减弱，坐下休息了好几次。

“大概子弹穿过了他的脚。”大尉一边这样想，一边目不转睛地注视着少年，急得身子发震。他眼睛要迸出火星来了，测度着少年距离发光的枪刺间的距离。楼下呢，只听见子弹穿过声，士官与军曹的怒叫声，凄绝的负伤者的哭泣声，器具的碎声和物件的落下声。

一士官默默地跑来，说敌军依旧猛攻，已高举白旗招降了。

“不要睬他！”大尉说，眼睛仍不离那少年。少年虽已走到平地，可是已经不能跑了，望去好像把脚拖着一步一步勉强地往前走。

大尉咬紧了牙齿，握紧了拳头：“走呀！快走呀！该死的！畜生！走！走！”过了一息，大尉说出可怕的话来了：“咿呀！没用的东西！倒下哩！”

方才还望得见在田畈中的少年的头。忽然不见了，好像已经倒下。隔了一分钟光景，少年的头重新现出，不久为篱笆挡住，望不见了。

大尉急忙下楼，子弹雨一般地在那里飞舞，满室都是负伤者，有的像醉汉似的乱滚，扳住家具，墙壁和地板上染满血迹，许多尸骸堆在门口。副官被打折了手臂，到处是烟气和灰尘，周围的东西都看不清楚了。

大尉高声鼓励着喊：

“大胆防御，万勿后退一步！援兵快来了！就在此刻！注意！”

敌军渐渐逼近，从烟尘中已可望见敌兵的脸，枪声里面夹杂着可怕的哄声和骂声。敌军在那里胁迫叫快降服，否则不必想活了。我军胆怯起来，从窗口退走。军曹又追赶他们，迫他们向前，可是防御的火力渐渐薄弱，兵士脸上都表现出绝望的神情，再要抵抗已不可能了。这时，敌军忽然减弱了火力轰雷似的喊叫起来：“投降！”

“不！”大尉从窗口回喊。

两军的炮火重新又猛烈了。我军的兵士接连有受伤倒下的。有一面的窗已没人守卫，最后的时刻快到了。大尉用了绝望的声音：“援兵不来了！援兵不来了！”一边狂叫，一边野兽似的跳着，以震抖的手挥着军刀，预备战死。这时军曹从屋顶阁下来，锐声说道：

“援兵来了！”

“援兵来了！”大尉欢声回答。

一听这声音，未负伤的、负伤的、军曹、士官都立刻冲到窗口，重新猛力抵抗敌军。

过了一会儿，敌军似乎气馁了，阵势纷乱起来。大尉急忙收集残兵，叫他们把刺刀套在枪上，预备冲锋，自己跑上楼梯去。这时听到震天动地的呐喊声和杂乱的脚步声。从窗口望去，意大利骑兵一中队，正全速从烟尘中奔来。远见那明晃晃的枪刺，不绝地落在敌军头上、肩上、背上。屋内的兵士也抱了枪刺呐喊而出。敌军动摇混乱，开始退却。转瞬间，两大队的步兵带着两门大炮占领了高地。

大尉率领残兵回到自己所属的联队里。战争依然继续，在最后一次冲锋的时候，他为流弹所中，伤了左手。

这天战斗的结果，我军胜利。次日再战，我军虽勇敢对抗，终以众寡不敌，于二十七日早晨，退守泯契阿河。

大尉负了伤，仍率领部下的兵士徒步行进。兵士困惫疲劳，却没有一个不服从的。日暮,到了泯契阿河岸的哥伊托地方,找寻副官。那副官伤了手腕,被救护队所救,比大尉先到这里。大尉走进一所设着临时野战病院的寺院,其中满住着伤兵。病床分作两列,床的上面还设着床。两个医师和许多助手应接不暇地奔走,触耳都是幽泣声与呻吟声。

大尉一到寺里,就到处寻找副官,听得有人用低弱的声音在叫"大尉'。大尉近身去看,见是少年鼓手。他卧在吊床上,胸以下覆盖着粗的窗帘布,苍白而细的两腕露出在布外面,眼睛仍像宝石一样地发着光。大尉一惊,对他喊道:

"你在这里?真了不得!你尽了你的本分了!"

"我已尽了我的全力。"少年答。

"你受了什么伤?"大尉再问,一边看附近各床,寻觅副官。

"完全没料到。"少年回答说。他的元气恢复过来了,开始觉得负伤在他是荣誉。如果没有这满足的快感,他在大尉前恐将无开口的气力了。"我拼命地跑,原是恐被看见,屈着上身,不料竟被敌人看见了。如果不被射中,还可再快二十分钟的。幸而逢着参谋大尉,把纸条交付了他。可是在被打伤以后,一点也走不动,口也干渴,好像就要死去。要再走上去是无论如何不能的了。愈迟,战死的人将愈多。我一想到此,几乎要哭起来。还好!我总算拼了命达到了我的目的。不要替我担心。大尉!你要留心你自己,你流着血呢!"

的确如他所说,滴滴的血,正从大尉臂下的绷带里顺着手指流下来。

"请把手交给我,让我替你包好绷带。"少年说。

大尉伸过左手来,用右手来扶少年。少年把大尉的绷带解开重新结好。可是,少年一离开枕头,面色就变得苍白,不得不仍旧躺下去。

"好了,已经好了。"大尉见少年那样子,想把包着绷带的手缩回来,少年似乎不肯放。

"不要顾着我。留心你自己要紧!即使是小小的伤,不注意就要厉害的。"大尉说。

少年把头向左右摇。大尉注视着他:

"但是,你这样困惫,一定是出了许多血吧?"

"你说出了许多血?"少年微笑说。"不但血呢,请看这里!"说着把盖布揭开。

大尉见了不觉大吃一惊，向后退了一步。原来，少年已经失去了一只脚！他左脚已齐膝截去，切口用血染透了的布包着。

这时，一个矮而胖的军医穿着衬衣走过，向着少年唧咕了一会儿，对大尉说：

“啊！大尉！这真是出于不得已，他如果不那样无理支撑，脚是可以保牢的。——起了严重的炎症哩！终于把脚齐膝截断了。但是，真是勇敢的少年！眼泪不流一滴，不惊慌，连喊也不喊一声。我替他施行手术时，他以意大利男儿自豪哩！他家世出身一定是很好的！”军医说完急忙走开了。

大尉蹙了浓而白的两眉，注视少年一会儿，替他依旧将盖布盖好。他眼睛仍不离少年，不知不觉，就慢慢地举手到头边除了帽子。

“大尉，”少年惊叫。“做什么对了我！”

一向对于部下不曾发过柔言的威武的大尉，这时竟用了充满了情爱的声音说道：

“我不过是大尉，你是英雄啊！”说了这话，便张开了手臂，伏在少年身上，在他胸部吻了三次。

爱国

二十四日

安利柯啊！你听了少年鼓手的故事，既然感动，那么在今天的试验里，做“爱意大利的理由”题目的文字，一定很容易了。我为什么爱意大利！因为我母亲是意大利人，因为我脉管所流着的血是意大利的血，因为我祖先的坟墓在意大利，因为我自己的生地是意大利，因为我所说的话、所读的书都是意大利文，因为我的兄弟、姊妹、友人，在我周围的伟大的人们，在我周围的美丽的自然，以及其他我所见、所爱、所研究、所崇拜的一切，都是意大利的东西，所以我爱意大利。这对于祖国的感情，你现在也许尚未真实理解，将来长大了就会知道的。从外国久客归来，倚在船舷从水天中望见故国的青山，这时，自然会涌出热泪或是发出心底的叫声来。又，远游外国的时候，偶然在路上听到有人操我国的国语，必会走近去与那说话的接近。外国人如果对于我国有无礼的言语，怒必从心头突发，一旦和外国有交涉时，对于祖国的爱，格外容易发生。战争终止，疲惫的军队凯旋的时候，见了那被弹丸打破了的军旗，见了那裹着绷带的兵士高举着打断了的兵器在群众喝彩声中通过，你的感激欢喜将怎样啊！那时，你自能真正了解爱国的意义吧。那时，你自会觉到自己与国家成为一体了吧。这是高尚神圣的感情。将来你为国出战，我愿见你平安凯旋——你是我的骨肉，愿你平安自不必说。但是，如果你做了卑怯无耻的行径，偷生而返，那么，现在你从学校回来时这样欢迎你的父亲，将以万斛之泪来迎接你，父子不能再如旧相爱，终而至于断肠忧愤而死。

——父亲——

嫉妒

二十五日

以爱国为题的作文，第一仍是代洛西。华梯尼自信必得一等奖——华梯尼虽有虚荣心，喜阔绰，我却欢喜他，但一见到他嫉妒代洛西，就觉可厌。他平日想和代洛西对抗，拼命地用功，可是究竟敌不过代洛西，无论哪一件，代洛西都要胜他十倍。华梯尼不服，总嘲弄代洛西。卡罗·诺琵斯也嫉妒代洛西，却藏在心里，华梯尼则竟表现在脸上。听说他在家里曾说先生不公平。每次代洛西很快地把先生的问话做出圆满的回答的时候，他总板着脸，垂着头，装着不听见，还故意笑。他笑的样子很不好，所以大家都知道。只要先生一称赞代洛西，大家就对华梯尼看，华梯尼必定在那里苦笑。"小石匠"常在这种时候装兔脸给他看。

今天，华梯尼很难为情。校长先生到教室里来报告成绩：

"代洛西一百分，一等奖。"正说时，华梯尼打了一个喷嚏。校长先生见了他那神情就猜到了：

"华梯尼！不要饲着嫉妒的蛇！这蛇是要吃你的头脑，坏你的心胸的。"

除了代洛西，大家都向华梯尼看。华梯尼像要回答些什么，可是究竟说不出来，脸孔青青的像石头般固定着不动。等先生授课的时候，他在纸上用了大大的字，写了这样的句子：

"我们不艳羡那因了不正与偏颇而得一等奖的人。"

他写了是想给代洛西的。坐在代洛西近处的人都互相私语。有一个竟用纸做成大大的赏牌,在上面画了一条黑蛇。华梯尼全不知道。先生因事暂时出去的时候,代洛西近旁的人都立起身来,离了座位,要将那纸赏牌送给华梯尼。教室中一时充满了杀气。华梯尼气得全身震抖。忽然,代洛西说:"将这给了我!"把赏牌取来撕得粉碎。恰好先生进来了,就继续上课。华梯尼脸红得像火一样,把自己所写的纸片搓成团塞入口中,嚼糊了吐在椅旁。功课完毕的时候,华梯尼好像有些昏乱了,走过代洛西位旁,落掉了吸墨水纸。代洛西好好地代他拾起,替他藏入革袋,结好了袋纽。华梯尼只是俯视着地,抬不起头来。

勿兰谛的母亲　　二十八日

华梯尼的脾气仍是不改。昨天早晨宗教班上,先生在校长面前问代洛西有否记牢读本中"无论向了哪里,我都看见你大神"的句子。代洛西回答说不曾记牢。华梯尼突然说:"我知道呢。"说了对着代洛西冷笑。这时勿兰谛的母亲恰好走进教室里来,华梯尼于是失去了背诵的机会。

勿兰谛的母亲白发蓬松了,全身都被雪打得湿湿的。她屏了气息,把前礼拜被斥退的儿子推了进来。我们不知道将发生什么事情,大家都咽着唾液。可怜!勿兰谛的母亲跪倒在校长先生面前,合掌恳求着说:

"啊!校长先生!请你发点慈悲,许这孩子再到学校里来!这三天中,我把他藏在家里,如果被他父亲知道,或者要弄死他的。怎样好呢!恳求你救救我!"

校长先生似乎想领她到外面去,她却不管,只是哭着恳求:

"啊!先生!我为了这孩子,不知受了多少苦楚!如果先生知道,必能怜悯我吧。对不起!我怕不能久活了,先生!死是早已预备了的,但总想见到这孩子改好以后才死。确是这样的坏孩子——"她说到这里,呜咽得不能即说下去,"——在我总是儿子,总是爱惜的。——我要绝望而死了!校长先生!请你当作救我一家的不幸,再一遍,许这孩子入学!对不起!看我这苦女人面上!"她说了用手掩着脸哭泣。

勿兰谛好像毫不觉得什么，只是把头垂着。校长先生看着勿兰谛想了一会儿，说：

“勿兰谛，坐到位子上去吧！”

勿兰谛的母亲把手从脸上放了下来，反复地说了许多感谢的话，连校长先生要说的话都被她遮拦住了。她拭着眼睛走出门口，又连连说：

“你要给我当心啊！——诸位！请你们大家原恕了他！——校长先生！谢谢你！你做了好事了！——要规规矩矩的啊！——再会，诸位！——谢谢！校长先生！再会！原恕我这个可怜的母亲！”

她走出门口，又回头一次，用了恳求的眼色又对儿子看了一眼才走。她脸色苍白，身体已有些向前弯，头仍是震着，下了楼梯，就听到她的咳嗽声。

全级复肃静了。校长先生向勿兰谛注视了一会儿，用极郑重的调子说：

“勿兰谛！你在杀你的母亲呢。”

我们都向勿兰谛看，那不知羞耻的勿兰谛还在那里笑。

希望

二十九日

安利柯！你听了宗教的话回来跳伏在母亲的胸里那时候的热情，真是美啊！先生和你讲过很好的话了哩！神已拥抱着我们，我俩从此已不会分离了。无论我死的时候，无论父亲死的时候，我们不必再说“母亲，父亲，安利柯，我们就此永诀了吗?”那样绝望的话了，因为我们还可在别个世界相会的，在这世多受苦的，在那世得报；在这世多爱人的，在那世遭逢自己所爱的人。在那里没有罪恶，没有悲哀，也没有死。但是，我们须自己努力，使可以到那无罪恶无污浊的世界去才好。安利柯！这是如此的：凡是一切的善行，如诚心的情爱，对于友人的亲切，以及其他的高尚行为，都是到那世界去的阶梯。又，一切的不幸，使你与那世界接近。悲哀可以消罪，眼泪可以洗去心上的污浊。今天须比昨天好，待人须再亲切一些：你要这样地存心啊！每天早晨起来的时候，试如此决心：“今天要做良心赞美我的事，要做父亲见了欢喜的事，要做能使朋友先生及兄弟们爱我的事。”并且要向神祈祷，求神给予你实行这决心的力量。

“主啊！我愿善良、高尚、勇敢、温和、诚实，请帮助我！每夜母亲吻我的时候，请使我能说，‘母亲！你今夜吻着比昨夜更高尚更有价值的少年哩！’的话。”你要这样的祈祷。

到来世去，须变成天使般清洁的安利柯，无论何时，都要这样存心，不可忘了，并且还要祈祷。祈祷的欢悦在你或许还未能想像，见了儿子敬虔地祈祷，做母亲的将怎样欢喜啊！我见你在祈祷的时候，只觉得有什么人在那里看着你、听着你的。这时，我能更比平时确信有大慈大悲至善的神存在。因此，我能起更爱你的心，能更忍耐辛苦，能真心宽恕他人的罪恶，能用了平静的心境去想着死时的光景。啊！至大至仁的神！在那世请使能再闻母亲之声，再和小孩们相会，再遇见安利柯——与圣洁而有无限生命的安利柯做永远不离的拥抱！啊！祈祷吧！时刻祈祷，大家相爱，施行善事，使这神圣的希望，牢印在心里，牢印在我高贵的安利柯的灵魂里！

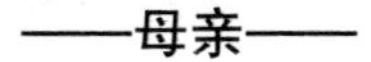
——母亲——

第五 二月

奖牌授予

四日

今天，视学官到学校里来，说是来给予赏牌的。那是有白须着黑服的绅士，在功课将完毕的时候，和校长先生一同到了我们的教室里，坐在先生的旁边，对三四个学生做了一会儿考问。把一等奖的赏牌给与代洛西，又和先生及校长低声谈说。

“受二等奖的不知是谁？”我们正这样想，一边默然地咽着唾液。继而，视学官高声说：

“配托罗·泼来可西此次应受二等奖。他答题、功课、作文、操行，一切都好。”大家都向泼来可西看，心里都代他欢喜。泼来可西张皇得不知如何才好。

“到这里来！”视学官说。泼来可西离了座位走近先生的案旁，视学官用悯怜的眼光打量着泼来可西的蜡色的脸和缝补过的不合身材的服装，替他将赏牌悬在肩下，深情地说：

“泼来可西！今天给你赏牌，并不是因为没有比你更好的人，并且并不单只因为你的才能与勤勉；这赏牌还奖励你的心情、勇气及强固的孝行。”说着又问我们：

“不是吗？他是这样的吧？”

“是的，是的！”大家齐声回答。泼来可西喉头动着，好像在那里咽什么，过了一会儿，用很好的脸色对我们看，充满了感谢之情。

"好好回去,要更加用功呢!"视学官对泼来可西说。

功课已完毕了,我们一级比别级先出教室。走出门外,见接待室里来了一个想不到的人,那就是做铁匠的泼来可西的父亲。他仍然脸色苍白,歪戴了帽子,头发长得要盖着眼,抖抖索索地站着。先生见了他,同视学官附耳低声说了几句。视学官就去找泼来可西,携了他的手一同到他父亲的旁边。泼来可西震栗起来,学生们都群集在他的周围。

"是这孩子的父亲吗?"视学官快活地对铁匠说,好像见了熟识的朋友一样。并且不等他回答,又继续说:

"恭喜!你看!你儿子超越了五十四个同级的得了二等奖了。作文、算术,一切都好。既有才,又能用功,将来必定成人事业。他心情善良,为大家所尊敬,真是好孩子!你见了也该欢喜吧。"

铁匠张开了口只是听着。他看看视学官,看看校长,又看看俯首战栗着的自己的儿子。好像到了这时,他才知道自己这样虐待儿子,儿子却总是坚强地忍耐着的。他脸上不觉露出茫然的惊讶和惭愧的情爱,急把儿子的头抱在自己的胸前。我们都在他们前面走过。我约泼来可西在下礼拜四和卡隆、克洛西同到我家里来。大家都向他道贺:有的去抱他,有的用手去摸他的赏牌,不论哪个走过他旁边总有一点表示。泼来可西的父亲用惊异的眼色注视着我们,他还是将儿子的头抱在胸前,他儿子啜泣着。

决心

五日

见了泼来可西取得赏牌,我不觉后悔,我还一次都未曾得过呢。我近来不用功,自己固觉没趣,先生、父亲、母亲为了我也不快活,像从前用功时候的那种愉快,现在已没有了。以前,离了座位去玩耍的时候,好像已有一月不曾玩耍的样子,总是高兴跳跃着去的。现在,在全家的食桌上,也没有从前快乐了。我心里有一个黑暗的影子,这黑影在里面发声说,"这不对!这不对!"

一到傍晚,看见许多小孩杂在工人之间从工场回到家里去,他们虽很疲劳,神情却很快活。他们想要快点回去吃他们的晚餐,都急忙地走着,用被煤熏黑或是被石灰染白了的手,大家相互拍着肩头高声谈笑着。他们都从天明一直劳动到了现在。还有比他们还小的小孩,终日在屋顶阁上、地下室里,在炉子旁或是水盆里劳动,只能用一小片面包充饥,这样的人也尽多尽多。我呢,除了勉强做四页光景的作文以外,什么都不曾做。想起来真是可耻!啊!我自己既没趣,父亲对我也不欢喜。父亲原要责骂我,不过因为爱我,所以忍住了!父亲一直劳动辛苦到现在,家里的东西,哪一件不是父亲的力换来的?我所用的、穿的、吃的和教我的、使我快活的种种事物,都是父亲劳动的结果。我受了却一事不做,只让父亲在那里操心劳力,从未给他丝毫的帮助。啊!不对,这真是不对!这样子不能使我快乐!就从今日起吧!像斯带地样地捏紧了拳咬了牙齿用功吧!拼了命,夜深也不打呵欠,天明就跳起床来吧!不绝地把头脑锻炼,真实地把惰性革除吧!就是病了也不要紧。劳动吧!辛苦吧!像现在这样,自己既苦,别人也难过,这种倦怠的生活决计从今日起停止!劳动!劳动!以全心全力用功,拼了命!这样才能得到游戏的愉快和食事的快乐,才能得到先生的亲切的微笑和父亲的亲爱的接吻。

玩具的火车　　十日

今天泼来可西和卡隆一道来了。就是见了皇族的儿子,我也没有这样的欢喜。卡隆是头一次到我家,他是个很沉静的人,身材那样长了,还是四年生,见了人好像很羞愧的样子。门铃一响,我们都迎出门口去,据说,克洛西因为父亲从美国回来了,不能来。父亲就与泼来可西接吻,又介绍卡隆给母亲,说:

"卡隆就是他。他不但是善良的少年,并且还是一个正直的看重名誉的绅士呢。"

卡隆低了平顶发的头,看着我微笑。泼来可西挂着那赏牌,听说,他父亲重新开始做铁匠工作,五日来滴酒不喝,时常叫泼来可西到工作场去帮他的忙,和从前比竟然如两个人了。泼来可西因此很欢喜。

我们开始游戏了。我将所有的玩具取出给他们看。我的火车好像很中了泼来可西的意。那火车附有车头。只要把发条一开,就自己会动。泼来可西从未见过这样的火车玩具,惊异极了。我把开发条的钥匙交付给他,他低了头只管一心地玩。那种高兴的脸色，在他面上是未曾见过的。我们都围集在他身旁，注视他那枯瘦的项颈，曾出过血的小耳朵，以及他的向里卷的袖口，细削的手臂。在这时候，我恨不得把我所有的玩具、书物，都送给了他，就是把我自己正要吃的面包，正在穿着的衣服全送给他，也决不可惜。还想伏倒在他身旁去吻他的手。我想："至少把那火车送他吧！又觉得非和父亲说明不可。正踌躇间，忽然有人把纸条塞到我手里来，一看，原来是父亲。纸条上用铅笔写着：

"泼来可西很欢喜你的火车哩！他不曾有过玩具，你不想个办法吗？"

我立刻双手捧了火车，交在泼来可西的手中：

"把这送给你！"泼来可西看着我，好像不懂的样子，我又说：

"是把这送给你。"

泼来可西惊异起来，一边看我父亲母亲，一边问我：

"但是，为什么？"

"因为安利柯和你是朋友。他这个送给你，当做你得赏牌的贺礼。"父亲说。

泼来可西很难为情的样子：

"那么，我可以拿了回去吗？"

"自然可以。"我们大家答他。泼来可西走出门口时，欢喜得嘴唇发振，卡隆帮他把火车包在手帕里。

"几时，我引你到父亲的工作场里去，把钉子送你吧！"泼来可西向我说。

母亲把小花束插入卡隆的纽孔中，说："给我带去送给你的母亲！"卡隆低了头大声地说："多谢！"他那亲切高尚的精神，在眼光中闪耀着。

傲慢　　十一日

走路的时候偶然和泼来可西相碰，就要故意用手拂拭衣袖的是卡罗·诺琵斯那个家伙。他自以为父亲有钱，一味傲慢。代洛西的父亲也有钱，代洛西却从不以此骄人。诺琵斯有时想一个人占有一张长椅，别人去坐，他就要憎嫌，好像玷辱他了。他看不起人，唇间无论何时总浮着轻蔑的笑。排了队出教室时，如果有人踏着他的脚，那可不得了了。平常一些些的小事，他也要当面骂人，或是恐吓别人，说要叫父亲到学校里来。其实，他对着卖炭者的儿子骂他的父亲是叫化子的时候，就被自己的父亲责骂过了。我不曾见过那样讨厌的学生，无论谁都不和他讲话，回去的时候也没有人对他说“再会”。他忘了功课的时候，连狗也不愿教他，别说人了，他嫌恶一切人，代洛西更是他嫌恶的，因为代洛西是级长。又因为大家欢喜卡隆，他也嫌恶卡隆。代洛西就是在诺琵斯的旁边的时候，也从来不留意这些。有人告诉卡隆，诺琵斯在背后说他的坏话。他说：“怕什么，他什么都不懂，理他做什么？”

有一天，诺琵斯见可莱谛戴着猫皮帽子，很轻侮地嘲笑他。可莱谛说：

“请你到代洛西那里去学习学习礼貌吧。”

昨日，诺琵斯告诉先生，说格拉勃利亚少年踏了他的脚。

“故意的吗？”先生问。

“不，无心的。”格拉勃利亚少年答辩。于是先生说：

“诺琵斯，在这样小的事情上，你有什么可动怒的呢？”

诺琵斯像煞有介事地说：

“我会去告诉父亲的！”

先生怒了：“你父亲也一定说你不对。因为在学校里，评定善恶，执行赏罚，全由教师掌管。”说完又和气地说：

“诺琵斯啊！从此改了你的脾气，亲切地对待朋友吧。你也早应该知道，这里有劳动者的儿子，也有绅士的儿子，有富的，也有贫的，大家都像兄弟一样地亲爱，为什么只有你不愿意这样呢？要大家和你要好是很容易的事，如果这样，自己也会快乐起来哩。对吗？你还有什么要说的话吗？”

诺琵斯听着，依然像平时一样冷笑。先生问他，他只是冷淡地回答：“不，没有什么。”

“请坐下，无趣啊！你全没有情感！”先生向他说。

这事总算完结了，不料坐在诺琵斯前面的“小石匠”回过头来看诺琵斯，对他装出一个非常可笑的兔脸。大家都哄笑起来，先生虽然喝责“小石匠”，可是自己也不觉掩口笑着。诺琵斯也笑了，却不是十分高兴的笑。

劳动者的负伤

十五日

诺琵斯和勿兰谛真是无独有偶,今天眼见着悲惨的光景而漠不动心的,只有他们俩。从学校回去的时候,我和父亲正在观看三年级淘气的孩子们在街上溜冰,街头尽处忽然跑来了大群的人,大家面上都现出忧容,彼此低声地不知谈些什么。人群之中,有三个警察,后面跟着两个抬担架的。小孩们都从四面聚拢来观看,群众渐渐向我们近来,见那担架上卧着一个皮色青得像死人的男子,头发上都粘着血,耳朵里口里也都有血,一个抱着婴儿的妇人跟在担架旁边,发狂似的时时哭叫:“死了!死了!”

妇人的后面还有一个背革袋的男子,也在那里哭着。

“怎么了?”父亲问。据说,这人是做石匠的,在工作中从五层楼上落了下来。担架暂时停下,许多人都把脸避转,那个戴赤羽的女先生用身体支持着几乎要晕倒的我二年级时的女教师,这时有个拍着肩头的人,那是“小石匠”,他脸已青得像鬼一样,全身战栗着。这必是想着他父亲的缘故了。我也不觉记起他父亲来。

啊!我可以安心在学校里读书。父亲只是在家伏案书写,所以没有什么危险。可是,许多朋友就不然了,他们的父亲或是在高桥上工作,或是在机车的齿轮间劳动,一不小心,常有生命的危险。他们完全和出征军人的儿子一样,所以“小石匠”一见到这悲惨的光景就战栗起来了。父亲觉到了这事,就和他说:

“回到家里去!就到你父亲那里去!你父亲是平安的,快回去!”

“小石匠”一步一回头地去了。群众继续行动,那妇人伤心叫着:“死了!死了!”

“咿呀!不会死的。”周围的人安慰她,她像不曾听见,只是披散了头发哭。

这时,忽然有怒骂的声音:“什么!你不是在那里笑吗!”

急去看时,见有一个绅士怒目向着勿兰谛,用手杖把勿兰谛的帽子掠落在地上:

“除去帽子!蠢货!因劳动而负伤的人正在通过哩!”

群众过去了,血迹长长地划在雪上。

囚犯

十七日

这真是一年中最可惊异的事:昨天早晨,父亲领了我同到孟卡利爱利附近去寻借别墅,预备夏季去住。执掌那别墅的门钥的是个学校的教师。他引导我们去看了以后,邀我们到他的房间里去喝茶。他案上摆着一个奇妙的雕刻的圆锥形的墨水瓶,父亲注意地在看。这位先生说:

“这墨水瓶在我是个宝贝,来历很长哩!”他就告诉我们下面的话:

数年前,这位先生在丘林,有一年冬天,曾去监狱担任教囚犯的学科。授课的地方在监狱的礼拜堂里。那礼拜堂是个圆形的建筑,周围有许多的小而且高的窗,窗口都用铁栅拦住。每个窗里面各有一间小室,囚犯就站在各自的窗口,把笔记簿摊在窗槛上用功,先生则在暗沉沉的礼拜堂中走来走去地授课。室中很暗,除了囚犯胡子蓬松的脸以外,什么都看不见。这些囚犯之中,有一个七十八号的,比别人更用功,更感谢着先生的教导。他是一个黑须的年轻人,与其说是恶人,毋宁说是个不幸者。他原是细木工,因为动了怒,用刨子投掷虐待他的主人,不意误中头部,致了死命,因此受了几年的监禁罪。他在三个月中把读写都学会了,每日读书,学问进步,性情也因以变好,已觉悟自己的罪过,自己很痛悔。有一天,功课完了以后,那囚犯向先生招手,请先生走近窗口去,说明天就要离开丘林的监狱,被解到威尼斯的监狱里去了。他向先生告别,用深情的亲切的语声,请先生把手让他握一握。先生伸过手去,他就吻着,说了一声“谢谢”,先生缩回手时,据说手上沾着眼泪哩。先生以后就不再看见他了。

先生说了又继续着这样说:

“过了六年,我差不多把这不幸的人忘怀了。不料前日,突然来了个不相识的人,黑须,花白头发,粗布衣装,见了我问:

“‘你是某先生吗?’

“‘你是哪位?’我问。

“‘我是七十八号的囚犯。六年前蒙先生教我读法写法。先生想必还记得:在最后授课的那天,先生曾将手递给我。我已满了刑期了,今天来拜

望,想送一纪念品给先生,请把这收下,当做我的纪念！先生！'

"我无言地站着。他以为我不愿受他的赠品,注视着我的眼色,好像在说:

"'六年的苦刑,还不足以拭净手上的不洁吗?'

"他眼色中充满了苦痛,我就伸过手去,接受他的赠品,就是这个。"

我们仔细看那墨水瓶,好像是用钉子凿刻的,真不知要费去多少工夫哩！盖上雕刻着钢笔搁在笔记簿上的花样。周围刻着"七十八号敬呈先生,当做六年间的纪念"几个字。下面又用小字刻着"努力与希望"。

先生不再说什么,我们也就告别。在回到丘林来的路上,我心里总在描摹着那囚犯站在礼拜堂小窗口的光景,他那向先生告别时的神情,以及在狱中做成的那个墨水瓶。昨天夜里就做了这样的梦,今天早晨还在想着。

今天到学校里去,不料,又听到出人意料的怪事。我坐在代洛西旁边,才演好了算术问题,就把那墨水瓶的故事告诉代洛西,将墨水瓶的由来,以及雕刻的花样,周围"六年"等的文字,都大略地和他述说了一番。代洛西听见这话,就跳了起来,看看我,又看看那卖野菜人家的儿子克洛西。克洛西坐在我们前面,正背向了我们在那里一心演算。代洛西叫我不要声张,又捉住了我的手:

"你不知道吗?前天,克洛西对我说,他看见过他父亲在美洲雕刻的墨水瓶了。是用手做的圆锥形的墨水瓶,上面雕刻着钢笔杆摆在笔记簿上的花样。就是那个吧?克洛西说他父亲在美洲,其实,在牢里呢。父亲犯罪时,克洛西还小,所以不知道。他母亲大约也不曾告诉他哩。他什么都不知道,还是不使他知道好啊!"

我默然地看着克洛西。代洛西正演算完,从桌下递给克洛西,附给克洛西一张纸,又从克洛西手中取过先生叫他抄写的每月例话《爸爸的看护者》的稿子来,说替他代写。还把一个钢笔头塞入他的掌里,再去拍他的肩膀。代洛西又叫我对方才所说的务守秘密。散课的时候,代洛西急忙对我说:

"昨天克洛西的父亲曾来接他的儿子,今天也会来吧?"

我们走到大路口,看见克洛西的父亲站立在路旁,黑色的胡须,头发已有点花白,穿着粗布的衣服。那无光彩的脸上,看去好像正在沉思。代洛西故意地去握了克洛西的手,大声地:

“克洛西！再会！”说着把手托在颐下，我也照样地把颐下托住。

可是这时，我和代洛西脸上都有些红了。克洛西的父亲亲切地看着我们，脸上却呈露出若干不安和疑惑的影子来。我们觉得好像胸口正在浇着冷水！

爸爸的看护者（每月例话）

正当三月中旬，春雨绵绵的一个早晨，有一乡下少年满身沾透泥水，一手抱了替换用的衣包，到了耐普尔斯市某著名的病院门口，把一封信递给管门的，说要会他新近入院的父亲。少年生着圆脸孔，面色青黑，眼中好像在沉思着什么，厚厚的两唇间露出雪白的牙齿。他父亲去年离了本国到法兰西去做工，前日回到意大利，在耐普尔斯登陆后忽然患病，进了这病院，一面写信给他的妻，告诉她自己已经回国，及因病入院的事。妻得信后很担心，因为有一个儿子也正在病着，还有正在哺乳的小儿，不能分身，不得已叫顶大的儿子到耐普尔斯来探望父亲——家里都称为爸爸。少年天明动身，步行了三十英里才到这里。

管门的把信大略瞥了一眼，就叫了一个看护妇来，托她领少年进去。

“你父亲叫什么名字？”看护妇问。

少年恐病人已有了变故，暗地焦急狐疑，震栗着说出他父亲的姓名来。

看护妇一时记不起他所说的姓名，再问：

“是从外国回来的老年职工吗？”

“是的，职工呢原是职工，老还不十分老的，新近从外国回来。”少年说时越加担心。

“几时入院的？”

“五天以前。”少年看了信上的日期说。

看护妇想了一想，好像突然记起来了，说：“是了，是了，在第四号病室中一直那面的床位里。”

“病得很厉害吗？怎样？”少年焦急地问。

看护妇注视着少年，不回答他，但说：“跟了我来！”

少年跟看护妇上了楼梯，到了长廊尽处一间很大的病室里，病床分左右排列着。“请进来，”看护妇说。少年鼓着勇气进去，但见左右的病人都脸色发青，骨瘦如柴。有的闭着眼，有的向上凝视，又有的小孩似的在那里哭泣。薄暗的室中充满了药气，两个看护妇拿了药瓶匆忙地走来走去。

到了室的一隅，看护妇立住在病床的前面，扯开了床幕说：“就是这里。”

少年哭了出来，急把衣包放下，将脸靠近病人的肩头，一手去握那露出在被外的手。病人只是不动。

少年起立了，看着病人的状态又哭泣起来。病人忽然把眼张开，注视着少年，似乎有些知觉了，可是仍不开口。病人很瘦，看去几乎已认不出是不是他的父亲，头发也白了，胡须也长了，脸孔肿胀而青黑，好像皮肤要破裂似的。眼睛缩小了，嘴唇加厚了，差不多全不像父亲平日的样子，只有面孔的轮廓和眉间，还似乎有些像父亲，呼吸已很微弱。少年叫说：

“爸爸！爸爸！是我呢，不知道吗？是西西洛呢！母亲自己不能来，叫我来迎接你的。请你向我看。你不知道吗？给我说句话吧！”

病人对少年看了一会儿，又把眼闭拢了。

“爸爸！爸爸！你怎么了？我就是你儿子西西洛啊！”

病人仍不动，只是艰难地呼吸着。少年哭泣着把椅子拉了拢去坐着等待，眼睛牢牢地注视他父亲。他想：“医生想必快来了，那时就可知道详情了。”一面又独自悲哀地沉思，想起父亲的种种事情来：去年送他下船，在船上分别的光景，他说赚了钱回来，全家一向很欢乐地等待着的情形；接到信后母亲的悲愁，以及父亲如果死去的情形，都一一在眼前闪过，连父亲死后，母亲穿了丧服和一家哭泣的样子，也在心中浮出了。正沉思间，觉得有人用手轻轻地拍他的肩膀，惊抬头看，原来是看护妇。

“我父亲怎么了？”他很急地问。

“这是你的父亲吗？”看护妇亲切地反问。

“是的，我来服侍他的，我父亲患的什么病？”

“不要担心，医生就要来了。”她说着走了，别的也不说什么。

过了半点钟，铃声一响，医生和助手从室的那面来了，后面跟着两个看护妇。医生按了病床的顺序一一诊察，费去了不少的工夫。医生愈近拢来，西西洛忧虑也愈重，终于诊察到邻接的病床了。医生是个身长而背微曲的诚实的老人。西西洛不待医生过来，就站了起来。等医生走到他身旁，他忍不住哭了。医生注视着他。

“这是这位病人的儿子，今天早晨从乡下来的。”看护妇说。

医生一手搭在少年肩上，向病人俯伏了检查脉搏，手摸头额，又向看护妇问了经过状况。

“也没有什么特别变化，仍照前调理就是了。”医生对看护妇说。

“我父亲怎样？”少年鼓了勇气，咽着泪问。

医生又将手放在少年肩上：

“不要担心！脸上发了丹毒了。虽是很厉害，但还有希望。请你当心服侍他！有你在旁边，真是再好没有了。”

“但是，我和他说话，他一些不明白呢。”少年呼吸急迫地说。

“就会明白吧，如果到了明天。总之，病是应该有救的，请不要伤心！”医生安慰他说。

西西洛还有话想问，只是说不出来，医生就走了。

从此，西西洛就一心服侍他爸爸的病。别的原不会做，或是替病人整顿枕被，或是时常用手去摸病体，或者赶去苍蝇，或是听到病人呻吟，注视病人的脸色，或是看护妇送来汤药，就取了调匙代为灌喂。病人时时张眼看西西洛，好像仍不明白，不过每次注视他的时间渐渐地长了些。西西洛用手帕遮住了眼睛哭泣的时候，病人总是凝视着他。

这样过了一天，到了晚上，西西洛拿两把椅子在室隅拼着当床睡了，天亮就起来看护。这天看病人的眼色好像有些省人事了，西西洛说种种安慰的话给病人听，病人在眼中似乎露出感谢的神情来。有一次，竟把嘴唇微动，好像要说什么话，暂时昏睡了去，忽又张开眼睛来寻找看护他的人。医生来看过两次，说觉得好了些了。傍晚，西西洛把茶杯拿近病人嘴边去的时候，那唇间已露出微微的笑影。西西洛自己也高兴了些，和病人说种种的话，把母亲的事情，姊妹们的事情，以及平日盼望爸爸回国的情形等都说给他听，又用了深情的言语劝慰病人。病人懂吗？不懂吗？这样疑怪的时候也有，但总继续和病人说。不管病人懂不懂西西洛的话，他似乎很喜欢听西西洛的深情的含着眼泪的声音，所以总是侧耳听着。

第二日，第三日，第四日，都这样过去了。病人的病势才觉得好了一些，忽而又变坏起来,反复不定。西西洛尽了心力服侍。看护妇每日两次送面包或干酪来,他只略微吃些就算,除了病人以外,什么都如不见不闻。像患者之中突然有危笃的人了,看护妇深夜跑来,访病的亲友聚在一处痛哭之类病院中惨痛的光景,他也竟不留意。每日每时,他只一心对付着爸爸的病,无论是轻微的呻吟,或是病人的眼色略有变化,他都会心悸起来。有时觉得略有希望,可以安心,有时又觉得难免失望,如冷水浇心,使他陷入烦闷。

到了第五日,病情忽然沉重起来,去问医生,医生也摇着头,表示难望有救,西西洛倒在椅下啜泣。可以使人宽心的是病人病虽转重,神志似乎清了许多。他热心地看着西西洛,露出欢悦的脸色来,不论药物饮食,别人喂他都不肯吃,除了西西洛。有时口唇也会动,似乎想说什么。见病人这样,西西洛就去扳住他的手,很快活地这样说:

"爸爸!好好地,就快痊愈了!就好回到母亲那里去了!快了!好好地!"

这日下午四点钟光景,西西洛依旧在那里独自流泪,忽然听见室外有足音,同时又听见这样的话声:

"阿姐!再会!"这话声使西西洛惊跳了起来,暂时勉强地把已在喉头的叫声抑住。

这时,一个手里缠着绑带的人走进室中来,后面有一个看护妇跟着送他。西西洛立在那里,发出尖锐的叫声,那人回头一看西西洛,也叫了起来:"西西洛!"一边箭也似的跑到他身旁。

西西洛倒伏在他父亲的腕上,情不自遏地啜泣。

看护妇都围集拢来,大家惊怪。西西洛还是泣着。父亲吻了儿子几次,又注视了那病人。

"呀!西西洛!这是哪里说起!你错到了别人那里了!母亲来信说已差西西洛到病院来了,等了你好久不来,我不知怎样地担忧啊!啊!西西洛!你几时来的?为什么会有这样的错误?我已经痊愈了,母亲好吗?孔赛德拉呢?小宝宝呢?大家怎样?我现在正要出院哩!大家回去吧!啊!天啊!谁知道竟有这样的事!"

西西洛想说家里的情形,可是竟说不出话。

"啊!快活!快活!我曾病得很危险呢!"父亲不断地吻着儿子,可是儿子只站着不动。

“去吧！今夜还可以赶到家里呢。”父亲说着，拉了儿子要走。西西洛回视那病人。

“什么？你不回去吗？”父亲怪异地催促。

西西洛又回顾病人。病人也张大了眼注视着西西洛。这时，西西洛不觉从心坎里流出这样的话来：

“不是，爸爸！请等我一等！我不能回去！那个爸爸啊！我在这里住了五日了，将他当做爸爸了。我可怜他，你看他在那样地看着我啊！什么都是我喂他吃的。他没有我是不成的。他病得很危险，请等我一会儿，今天我无论如何不能回去。明天回去吧，等我一等。我不能弃了他走。你看，他在那样地看我呢！他不知是什么地方人，我走，他就要独自一个人死在这里了！爸爸！暂时请让我再留在这里吧！”

“好个勇敢的孩子！”周围的人都齐声说。

父亲一时决定不下，看看儿子，又看看那病人。问周围的人：“这人是谁？”

“同你一样，也是个乡间人，新从外国回来，恰好和你同日进院。送进病院来的时候什么都不知道，话也不会说了。家里的人大概都在远处。他将你的儿子当做自己的儿子呢。”

病人仍看着西西洛。

“那么你留在这里吧。”父亲向他儿子说。

“也不必留很久了。”那看护妇低声说。

“留着吧！你真亲切！我先回去，好叫母亲放心。这两块钱给你作零用。那么，再会！”说毕，吻了儿子的额，就出去了。

西西洛回到病床旁边，病人似乎就安心了。西西洛仍旧从事看护，哭是已经不哭了，热心与忍耐仍不减于从前。递药呀，整理枕被呀，手去抚摸呀，用言语安慰他呀，从日到夜，一直陪在旁边。到了次日，病人渐渐危笃，呻吟苦闷，热度骤然加增。傍晚，医生说恐怕难过今夜。西西洛越加注意，眼不离病人，病人也只管看着西西洛，时时动着口唇，像要说什么话。眼色也很和善，只是眼瞳渐渐缩小而且昏暗起来了。西西洛那夜彻夜服侍他。天将明的时候，看护妇来，一见病人的光景，急忙跑去。过了一会儿，助手就带了看护妇来。

“已在断气了。”助手说。

西西洛去握病人的手,病人张开眼向西西洛看了一看,就把眼闭了。

这时,西西洛觉得病人在紧握他的手,喊叫着说:“他紧握着我的手呢!”

助手俯身下去观察病人,不久即又仰起。

看护妇从壁上把耶稣的十字架像取来。

“死了!”西西洛叫着说。

“回去吧,你的事完了。你这样的人是有神保护的,将来应得幸福,快回去吧!”助手说。

看护妇把窗上养着的堇花取下交给西西洛:

“没有可以送你的东西,请拿了这花去当做病院的纪念吧!”

“谢谢!”西西洛一手接了花,一手拭眼。“但是,我要走远路呢,花要枯掉的。”说着将花分开了散在病床四周:“把这留下当做纪念吧!谢谢,阿姐!谢谢,先生!”又向着死者:“再会!……”

正出口时,忽然想到如何称呼他?西西洛踌躇了一会儿,想起五日来叫惯了的称呼,不觉就脱口而出:

“再会!爸爸!”说着取了衣包,忍住了疲劳,慢慢地出去。天已亮了。

铁工场　　十八日

泼来可西昨晚来约我去看铁工场,今天,父亲就领我到泼来可西父亲的工场里去。我们将到工场,见卡洛斐抱了个包从内跑出,衣袋里又藏着许多东西,外面用外套罩着。哦!我知道了,卡洛斐时常用炉屑去掉换旧纸,原来是从这里拿去的!走到工场门口,泼来可西正坐在瓦砖堆上,把书摆在膝上用功呢。他一见我们,就立起招呼引导。工场宽大,里面到处都是炭和灰,还有各式各样的锤子、铗子、铁棒及旧铁等类的东西。屋的一隅燃着小小的炉子,有一少年在拉风箱。泼来可西的父亲站在铁砧面前,别一年轻的汉子正把铁棒插入炉中。

那铁匠一见我们,去了帽,微笑着说:“难得请过来,这位就是送小火车的哥儿！想看看我做工吧，就做给你看。”

以前他的那种怕人的神气，凶恶的眼光，已经没有了。年轻的汉子一将赤红的铁棒取出，铁匠就在砧上敲打起来。所做的是栏杆中的曲干，用了大大的锤，把铁各方移动，各方敲打。一瞬间，那铁棒就弯成花瓣模样，其手段的纯熟，真可佩服。泼来可西很得意似的看着我们，好像是在说：“你们看！我的父亲真能干啊！”

铁匠把这做成以后，擎给我们看：“如何？哥儿！你可知道做法了吧？”说着把这安放在一旁，另取新的铁棒插入炉里。

“做得真好！”父亲说。“你如此劳动，已恢复了从前的元气吧？”

铁匠略红了脸，拭着汗：

“已能像从前一样一心劳动了。我能改好，你道是谁的功劳？”

父亲似乎一时不了解他的问话，铁匠用手指着自己的儿子：

“全然托了这家伙的福！做父亲的只管自己喝酒，像待狗样地虐待他，他却用了功把父亲的名誉恢复了！我看见那赏牌的时候——喂！小家伙！走过来给你父亲看看！”

泼来可西跑近父亲身旁，铁匠将儿子抱到铁砧上，携了他的两手说：

“喂！你这家伙！还不把你父亲的脸揩一下吗？”

泼来可西去吻他父亲墨黑的脸孔，自己也惹黑了。

“好！”铁匠说着把儿子重新从砧上抱下。

“真的！这真好哩！泼来可西！”我父亲欢喜地说。

我们辞别了铁匠父子出来。泼来可西跑近我，说了一句“对不起！”将一束小钉塞入我的口袋里。我约泼来可西于“谢肉节”到我家里来玩。

到了街路上，父亲和我说：

“你曾把那火车给了泼来可西。其实，那火车即使用黄金制成，里面装满了珍珠，对于那孩子的孝行来说，还是很轻微的赠品呢！”

小小的卖艺者

二十日

“谢肉节”快过完了，市上非常热闹。到处的空地里都搭着变戏法或说书的棚子。我们的窗下也有一个布棚，是从威尼斯来的马戏班，带了五匹马在这里卖艺。棚设于空地的中央，一旁停着三部马车。卖艺的睡觉、打扮，都在这车里，竟像是三间房子，不过附有轮子罢了。马车上各有窗子，又各有烟囱，不断地冒着烟。窗间晒着婴儿的衣服，女人有时抱了婴孩哺乳，有时弄食物，有时还要走绳。可怜！平常说起变戏法的好像不是人，其实他们把娱乐供给人们，很正直地过着日子哩！啊！他们是何等勤苦啊！在这样的寒天，终日只着了一件汗衣在布棚与马车间奔走。立着身子吃一口或两口的食物，还要等休息的时候。棚里观客集拢了以后，如果一时起了风，把绳吹断或是把灯吹黑，一切就都完了！他们要付还观客的戏资，向观客道歉，再连夜把棚子修好。这戏法班中有两个小孩。其中小的一个，在空地里行走的时候，我父亲看见他，知道就是这班班头的儿子，去年在维多利亚·爱马努爱列馆乘马卖艺，我们曾看过他的。已经大了许多了，大约有八岁了吧。他生着聪明的圆脸，墨黑的头发，露在圆锥形的帽子外边，小丑打扮，上衣的袖子是白的，衣上绣着黑的花样，足上是布鞋子。那真是一个快活的小孩，大家都喜欢他。他什么都会做，早晨起来披了围巾去拿牛乳呀，从横巷的暂租的马房里牵出马来呀，管婴孩呀，搬运铁圈、踏凳、棍棒及线网呀，扫除马车呀，点灯呀，都能做。闲空的时候呢，还是缠在母亲身边。我父亲时常从窗口看他，只管说起他。他的双亲似乎不像下等人，据说很爱他。

晚上，我们到棚里去看戏法。这天颇寒冷，看客不多。可是那孩子要想使这少数的看客欢喜，非常卖力，或从高处飞跳下地来，或拉住马的尾巴，或独自走绳，且在那可爱的黑脸上浮了微笑唱歌。他父亲着了赤色的小衣和白色的裤子，穿了长靴，拿了鞭子，看着自己的儿子玩把戏，脸上似乎带着悲容。

我父亲很可怜那小孩子，第二天，和来访的画家代利斯谈起：

“他们一家真是拼命地劳动，可是生意不好，很困苦！尤其是那小孩子，我很欢喜他。可有什么帮助他们的方法吗？”

画家拍着手：

“我想到了一个好方法了！请你写些文章投寄《格射谛报》。你是能做文章的，可将那小艺人的绝艺巧妙地描写出来。我来替那孩子画一幅肖像。《格射谛报》是没有人不看的，他们的生意一定立刻会发达哩。”

父亲于是执笔作文，把我们从窗口所看见的情形等，很有趣地、很动人地写了下来；画家又画了一张与真面目无二的肖像，登入星期六晚报。居然，第二天的日戏，观众大增，场中几乎没有立足的地方。观众手里都拿着《格射谛报》，有的给那孩子看。孩子欢喜得跳来跳去，班头也大欢喜，因为他们的名字一向不曾被登过报。父亲坐在我的旁边。观众中很有许多相识的人，靠近马的入口，有体操先生站着，就是那当过格里波底将军部下的。我的对面，"小石匠"翘着小小的圆脸孔，靠在他那高大的父亲身旁。他一看见我，立刻装出兔脸来。再那面，卡洛斐站着，他屈了手指在那里计算观众与戏资的数目哩。靠我们近旁，那可怜的洛佩谛倚在他父亲炮兵大尉身上，膝间放着拐杖。

把戏开场了。那小艺人在马上、踏凳上、绳上，演出各样的绝技。他每次飞跃下地，观众都拍手，还有去摸他的小头的。别的艺人也交换地献出种种的本领。可是观众的心目中都只有他，他不出场的时候，观众都像很厌倦似的。

过了一会，站在靠近马的入口处的体操先生靠近了班头的耳朵，不知说了些什么，又寻人也似的把眼四顾，终而向着我们看。大约他在把新闻纪事的投稿者是谁报告了班头吧。父亲似乎怕受他们感谢，对我说："安利柯！你在这里看吧，我到外面等你。"出场去了。

那孩子和他父亲谈说了一会儿，又来献种种的技艺。他立在飞奔的马上，装出参神、水手、兵士及走绳的样子来，每次经过我面前时，总向我看。一下了马，就手执了小丑的帽子在场内走圈子，观客有的投钱在里面，也有投给果物的。我正预备着两个铜元想等他来时给他，不料他到了我近旁，不但不把帽子擎出，反缩了回去，眼睛注视着我走过去了。我很不快活，心想，他为什么如此呢？

表演完毕，班头向观众道谢后，大家都起身挤出场外。我被挤在群众中，正出场门的时候，觉得有人触我的手。回头去看，原来就是那小艺人。小小的黑脸孔上垂着黑发，向我微笑，手里满捧着果子。我见了他那样子，方才明白他的意思。

"你不肯稍为取些果子吗？"他用他的土音说。

我点了点头，取了两三个。

"请让我吻你一下！"他又说。

“请吻我两下！”我抬过头去。他用手拭去了自己脸上的白粉，把腕勾住了我的项颈，在我颊上接了两次吻，且说：“这里有一个，请带给你的父亲！”

“谢肉节”的最后一天

二十一日

今天化装行列通过，发生了一件非常悲惨的事情，幸而结果没有什么，没有造成意外的灾祸。桑·卡洛的空地上聚集了不知多少的用赤花、白花、黄花装饰着的人。各色各样的化装队来来往往巡游，有装饰成棚子的马车，有小小的舞台，还有乘着小丑、兵士、厨师、水手、牧羊妇人等的船，混杂得令人看都来不及看。喇叭声、鼓声，几乎要把人的耳朵震聋。马车中的化装队或饮酒跳跃，或和行人及在窗上望着的人们攀谈。同时，对手方面也竭力发出大声来回答，有的投掷橘子、果子给他们。马车上及群众的头上，只看见飞扬着的旗帜，闪闪发光的帽子，颤动的帽羽，及摇摇摆摆的厚纸盔。大喇叭呀，小鼓呀，几乎闹得天翻地覆。我们的马车进入空地时，恰好在我们前面有一部四匹马的马车。马上都带着金镶的马具，且用纸花装饰着。车中有十四五个绅士，扮成法兰西的贵族，穿着发光的绸衣，头上戴着白发的大假面和有羽毛的帽子，腰间挂着小剑，胸间用花边、苏头等装饰着。样子很是好看。他们一齐唱着法兰西歌，把果子投掷给群众，群众都拍手喝彩起来。

这时，突然有一个男子从我们的左边来，两手抱了一个五六岁的女孩，高高地擎出在群众头上。那女孩可怜已哭得不成样子，全身起着痉挛，两手颤栗着。男子挤到绅士们的马车旁，见车中一个绅士俯身看着他，他就大声说：

“替我接了这小孩。她迷了路。请你将她高擎起来。母亲大概就在这近旁，就会寻着她了。除此也没有别的办法！”

绅士抱过小孩，其他的绅士们也不再唱歌了。小孩拼命地哭着，绅士把假面除了，马车缓缓地前进。

事后听说：这时空地的那面有一个贫穷的妇人，发狂也似的向群众中挤来挤去，哭着喊着：“玛利亚！玛利亚！我不见了女儿了！被拐了去了！被人踏死了!”

这样狂哭了好一会儿,被群众挤来挤去,着急死了。

车上的绅士把小孩抱在他用花边、苏头装饰着的胸怀里,一边向四方寻找,一边哄着小孩。小孩不知自己落在什么地方,用手遮住了脸,哭得几乎要把小胸膛胀破了。这哭声似乎打击着绅士的心,把绅士急得手足无措。其余的绅士们把果子、橘子塞给小孩,小孩却用手推拒,愈加哭得厉害了。

绅士向着群众叫说:“替我找寻那做母亲的!”大家向四方留心察看,总不见有像她母亲的人。一直到了罗马街,才看见有一个妇人向马车追赶过来。啊!那时的光景,我永远不会忘记的!那妇人已不像个人相,发也乱了,脸也歪了,衣服也破了,喉间发一种怪异的声音——差不多分辨不出是快乐的声音还是苦闷的声音。她奔近车前,突然伸出两手想去抱那小孩,马车于是停止了。

“在这里呢。”绅士说了将小孩吻了一下,递给母亲手里。母亲发狂也似的抱着贴紧在胸前,可是小孩的一只手还在绅士的手里。绅士从自己的右手上脱下一个镶金刚石的指环来,很快地套在小孩手指上:

“将这给了你,当做将来的嫁妆吧。”

那做母亲的呆了,化石般立着不动。四面八方响起了群众的喝彩声。绅士于是重新把假面戴上,同伴的又唱起歌来,马车慢慢地从拍手喝彩声中移动了。

盲孩

二十四日

我们的先生大病,五年级的先生来代课了。这位先生以前曾经做过盲童学校里的教师,是学校里年纪最大的先生,头发白得像棉花做成的假发,说话的调子很妙,好像在唱悲歌。可是,讲话很巧,并且熟悉重重世事。他一进教室,看见一个眼上缚着绷带的小孩就走到他的身旁去问他患了什么。

“眼睛是要注意的!我的孩子啊!”他这样说。

“听说先生在盲童学校教过书,真的吗?”于是代洛西问先生。

“呃,教过四五年。”

“可以将那里的情形讲给我们听听吗?”代洛西低声说。

先生回到自己的位上。

“盲童学校在维亚尼塞街哩。”可莱谛大声说。

先生于是静静地开口了：

“你们说‘盲童盲童’，好像很平常。你们懂得‘盲’字的意味吗？请想想看，盲目！什么都不见，昼夜也不能分别，天的颜色，太阳的光，自己父母的面貌，以及在自己周围的东西，自己手所碰着的东西，一切都不能看见。说起来竟好像一出世就被埋在土里，永久住在黑暗之中。啊！你们暂时眼睛闭住了，想像想像终身都非这样不可的情境看！你们就会觉得心里难过起来，可怕起来吧！觉得无论怎样也忍耐不住，要哭泣起来，甚至发狂而死吧！虽然如此，你们初到盲童学校去的时候，在休息时间中，可看见盲童在这里那里拉提琴呀，奏笛呀，大踏步地上下楼梯呀，在廊下或寝室奔跑呀，大声地互相谈话呀，你们也许觉得他们的境遇并不怎样不幸吧。其实，真正的情况非用心细察是不会明白的。他们在十六七岁之间，大多少年气盛，好像不甚以自己的残废为苦痛。可是，看了他们那种自矜的神情，我们愈可知道到他们将来觉悟到自己的不幸会多么难过啊！其中也有可怜的脸色发青的似乎已觉悟到自己的不幸的人，他们总现出悲伤的样子，我们可以想见他们一定有暗泣的时候。啊！诸君！这里面有只患了两三日的眼病就盲了的；也有经过几年的病苦，受了可怖的手术，终于盲了的；还有出世就盲的，竟像是出生于夜的世界，完全生活在一个大坟墓之中。他们不曾见过人的脸是怎样的。你们试想：他们一想到自己与别人的差别，自己问自己，‘为什么有差别？啊！如果我们眼睛是亮的……’的时候，将怎样苦闷啊！怎样烦恼啊！

“在盲童中生活过几年的我，永远记得那些闭锁着眼的无光明无欢乐的小孩们。现在见了你们，觉得你们之中无论哪一个都不能说是不幸的。试想：意大利全国有二万六千个盲人啊！就是说，不能见光明的有二万六千人啊！知道吗？如果这些人排成行列在这窗口通过。要费四点钟光景哩！”

先生到此把话停止了。教室立刻肃静。代洛西问：“盲人的感觉，说是比一般人灵敏，真的吗？”

先生说：

“是的，眼以外的感觉是很灵敏的。因为无眼可用，多用别的感觉来代替眼睛，当然是会特别熟练了。天一亮，寝室里的一个盲童就问。‘今天有太阳吧！’那最早着好了衣服的即跑出庭中，用手在空中查察日光的有无以后，跑回来回答说：‘有太阳的。’盲童还能听了话声辨别出说话的人的长矮来。我们平常都是从眼色上去看别人的心，他们却听了声音就能知道。他们能把人的声音记忆好几年。一室之中，只要有一个人在那里说话。其余的人虽不做声，他们也能辨别出室中的人数来。他们能碰着食匙就知其发光的程度，女孩子则能分别染过的毛线与不染过的毛线。排成二列在街上行走的时候，普通的商店，他们能因了气味就知道。陀螺旋着的时候，他们只听了那呜呜的声音，就能一直过去取在手里。他们能旋环子，跳绳，用小石块堆筑屋子，采堇花，用了各种的草很巧妙地编成席或篮子。——他们的触觉练习这样敏捷，触觉就是他们的视觉。他们最喜探摸物的形状。领他们到了工业品陈列所去的时候，那里是许可他们摸索一切的，他们就热心地奔去捉摸那陈列的几何形体呀，房屋模型呀，乐器等类，用了惊喜的神气，从各方面去抚摸，或是把它翻身，探测其构造的式样！在他们叫做‘看’。”

卡洛斐把先生的话头打断，问盲人是否真的工于计算。

“真的啰。他们也学算法与读法。读本也有，那文字是突出在纸上的，他们用手摸着读，读得很快呢！他们也能写，不用墨水，用针在厚纸上刺成小孔，因了那小孔的排列式样，就可代表各个字母。只要把厚纸翻身，那小孔就突出在背后，可以摸着读了。他们用此作文、通信，数字也用这方法写了来计算。他们心算很巧，这因为眼睛一无所见、心专一了的缘故。盲孩读书很热心，一心把它记熟，连小小的学生也能互相议论历史、国语上的事情。四五个人在长椅上坐了，彼此看不见谈话的对手在哪里，第一位与第三位成了一组，第二位与第四位又成了一组，大家提高了声音间隔着同时谈话，一句都不会误听。

“盲童比你们更看重试验，与先生也很亲热。他们能凭借步声与气味认识先生。只听了先生一句话，就能辨别先生心里是高兴或是懊恼。先生称赞他们的时候，都来扳着先生的手或臂，高兴喜乐。他们在同伴中友情又极好，总在一处玩耍。在女子学校中，还因乐器的种类自集团体，有什么提琴组、钢琴组、管乐组，各自集在一处玩弄。要使她们分离是不容易的事。他们判断也正确，善恶的见解也明白，听到真正善行的话，会发出惊人的热心来。”

华梯尼问他们是不是善于使用乐器。

“非常喜欢音乐，弄音乐是他们的快乐，音乐是他们的生命。才入学的小小的盲孩站着听三点钟光景的演奏，他们立刻就能学会，而且用了火样的热心去演奏。如果对他们说‘你演奏得不好’，他们就很失望，因此更拼了命去学习。把头后仰了，唇上绽着微笑，红了脸，很激动，在那黑暗中心神贯注地听着谐和的曲调。见了他们那种神情，就可知音乐是何等神圣的安慰了。对他们说，你可以成为音乐家，他们就发出欢声露出笑脸来。音乐最好的——提琴拉得最好或是钢琴弹得最好的人，被大家敬爱得如王侯。一碰到争执，就一同到他那里求他批判，跟他学音乐的小学生把他当做父亲看待，晚上睡觉的时候，大家都要对他说了‘请安息’才去睡。他们一味谈着音乐的话，夜间在床上固然这样，日间疲劳得要打盹的时候，也仍用了小声谈说乐剧、音乐的名人，乐器或乐队的事。禁止读书与音乐，在他们是最严重的处罚，那时他们的悲哀，使人见了不忍再将那种处罚加于他们。好像光明在我们的眼睛里是不能缺的东西一样，音乐在他们也是不能缺的东西。”

代洛西问我们可以到盲童学校里去看吗。

“可以去看的。但是你们小孩还是不去的好。到年岁大了能完全了解这不幸，同情于这不幸了以后，才可以去。那种光景看了是可怜的。你们只要走过盲童学校前面，常可看见有小孩坐在窗口，一点不动地浴着新鲜空气。平常看去，好像他们正在眺望那开阔的绿野或苍翠的山峰呢，然而一想到他们什么都不能见，永远不能见这美的自然，这时你们的心就好像受了压迫，觉得你们自己也成了盲人了。其中生出来就盲了的因为从未见过世界，苦痛也就轻些。至于二三月前新盲了目的，心里记着各种事情，明明知道现在都已不能再见了，并且记在心中的可喜的印象也逐日地消退下去，自己所爱的人的面影渐渐退出记忆之外，就觉得自己的心一日一日地黑暗了。有一天，有一个非常悲哀的和我说：‘就是一瞬间也好，让我眼睛再亮一亮，再看看我母亲的脸，我已记不清母亲的面貌了！’母亲们来望他们的时候，他们就将手放在母亲的脸上，从额以至下颐耳朵，处处抚摸，一边还反复地呼着：‘母亲，母亲！’见了那种光景，不拘心怎样硬的人也不能不流着泪走开！离开了那里，觉得自己的眼睛能看，实在是幸运的事；觉得能看得见人面、家屋、天空,是过分的特权了啊！我料想你们见了他们,如果能够,谁都宁愿分出自己的一部分视力来给那班可怜的——太阳不替他们发光,母亲不给他们脸看的孩子们的吧!”

病中的先生

二十五日

今日下午从学校回来,顺便去望先生的病。先生是因过于劳累得病的。每日教五小时的课,运动一小时,再去夜学校担任功课二小时,吃饭只是草草地吞咽,从朝到晚一直没有休息,所以把身体弄坏了。这些都是母亲说给我听的。母亲在先生门口等我,我一个人进去,在楼梯里看见黑发的考谛先生,他就是只吓唬小孩从不加罚的先生。他张大了眼看着我,毫无笑容地用了狮子样的声音说可笑的话。我觉得可笑,一直到四层楼去按门铃的时候还是笑着。仆人把我带进那狭小阴暗的房间里,我才停止了笑。先生卧在铁制的床上,胡须长得深深的,一手遮在眼旁。看见了我,他用了含着深情的声音说:

“啊！安利柯吗?”

我走近床前,先生一手搭在我的肩上:

“来得很好！安利柯！我已病得这样了！学校里怎样？你们大家怎样？好吗？啊！我虽不在那里,先生虽不在那里,你们也可以好好地用功的,不是吗?”

我想回答说“不”,先生拦住了我的话头:

“是的,是的,你们都看重我的!”说着太息。

我眼看着壁上挂着的许多相片。

“你看见吗?”先生说给我听。“这都是二十年前的,都是我所教过的孩子呢。个个都是好孩子,这就是我的纪念品。我预备将来死的时候,看着这许多相片断气。我的一生是在这班勇健淘气的孩子中过了的啰。你如果毕了业,也请送我一张相片！能送我吗?”说着从桌上取过一个橘子塞在我手里,又说:

“没有什么给你的东西,这是别人送来的。”

我凝视着橘子,不觉悲伤起来,自己也不知道为了什么。

"我和你讲,"先生又说。"我还望病好起来。万一我病不好,望你用心学习算术,因为你算术不好。要好好地用功的啊!困难只在开始的时候。决没有做不到的事。所谓不能,无非是用力不足的缘故罢了。"

这时先生呼吸迫促起来,神情很苦。

"发热呢!"先生太息说。"我差不多没用了!所以望你将算术、将练习问题好好地用功!做不出的时候,暂时休息一下再做,要一一地做,但是不要心急!勉强是不好的,不要过于拼命!快回去吧!望望你的母亲!不要再来了!将来在学校里再见吧!如果不能再见面,你要时时记起我这爱着你的四年级的先生啊!"

我要哭了。

"把头伸些过来!"先生说了自己也从枕上翘起头来,在我发上接吻,且说:"可以回去了!"眼睛转向壁看去。我飞跑地下了楼梯,因为急于想投到母亲的怀里去。

街路

二十五日

今日你从先生家里回来,我在窗口望你。你碰撞了一位妇人。走街路最要当心呀!在街路上也有我们应守的义务,既然知道在家样子要好,那么在街路也同样。街路就是万人的家呢!安利柯不要把这忘了!遇见老人,贫困者,抱着小孩的妇人,拄着拐杖的跛子,负着重物的人,穿着丧服的人,总须亲切地让路。我们对于衰老、不幸、残废、劳动、死亡和慈爱的母亲,应表示敬意。见人将被车子碾轧的时候,如果是小孩,应去救援他;如果是大人,应注意关照他。见有小孩独自在那里哭,要问他原因;见老人手杖落了,要替他拾起。有小孩在相打,要把他们拉开;如果是大人,不要近拢去。暴乱人们相打是看不得的,看了自己也不觉会残忍起来了。有人被警察抓住了走过的时候,虽然有许多人集在那里看,你也不该加入张望,因为那人或是冤枉被抓也说不定。如果有病院的担架正在通过,不要和朋友谈天或笑,因为在担架上的或是临终的病人,或竟是葬式都说不定。明天,自己家里或许也要有这样的人哩!遇着排成二列走的养育院的小孩,要表示敬意。——无论所见的是盲人,是驼背者的小孩，是孤儿，或是弃儿，都要想到此刻我眼前通过的不是别的，是人间的不幸与慈善。如果那是可厌可笑的残废者，装作不看见就好了。路上有未熄的火柴梗，应随即踏熄，因为弄得不好要酿成大事，伤害人的生命。有人问你路，你应亲切而仔细地告诉他。不要见了人笑，非必要勿奔跑，勿高叫。总之，街路是应该尊敬的，一国国民的教育程度可以从街上行人的举动看出来。如果在街上有不好的样子，在家里也必定同样有不好的样子。

还有，研究市街的事，也很重要。自己所住着的城市，应该加以研究。将来不得已离开了这个城市如果还能把那地方明白记忆，能把某处某处一一都记出来，这是何等愉快的事呢！你的生地是你几年中的世界。你曾在这里随着母亲学步，在这里学得第一步的知识，养成最初的情绪，求觅最初的朋友的。这地方实在是生你的母亲，教过你，爱过你，保护过你。你要研究这市街及其住民，而且要爱。如果这市街和住民遭逢了侮辱，你应该竭力防御。

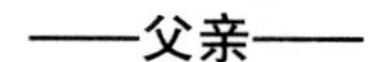

第六　三月

夜学校

二日

昨晚，父亲领了我去参观夜学校。校内已上了灯，劳动者渐渐从四面集拢来。进去一看，校长和别的先生们正在发怒，说方才有人投掷石子，把玻璃窗打破了。校工奔跑出去，从人群中捉了一个小孩。这时，住在对门的斯带地跑来说：

“不是他，我看见的。投掷石子的是勿兰谛。勿兰谛曾对我说：‘你如果去告诉，我不放过你！’但我不怕他。”

校长先生说勿兰谛非除名不可。这时，劳动者已聚集了二三百人。我觉得夜学校真有趣，有十二岁光景的小孩，有才从工场回来的留着胡须而拿书本笔记簿的大人，有木匠，有黑脸的火夫，有手上沾了石灰的石匠，有发上满着白粉的面包店里的徒弟，漆的气息，皮革的气息，鱼的气息，油的气息，一切职业的气息都有。还有，炮兵工厂的职工，也着了军服样的衣服，大批地由伍长率领着来了。大家都急忙觅得座位，俯了头就用起功来。

有的翻开了笔记簿到先生那里去请求说明，我见那个平常叫做“小律师”的穿美服的先生，正被四五个劳动者围牢了用笔批改着什么。有一个染店里的人把笔记簿用赤色、青色的颜料装饰了起来，引得那跛足的先生笑了。我的先生病已愈了，明日就可依旧授课，晚上也在校里。教室的门是开着的，由外面可以望见一切。上课以后，他们眼睛都不离书本，那种热心真使我佩服。据校长说，他们为了不迟到，大概都没有正式吃晚餐，有的甚至空了肚子来的。

可是年纪小的过了半小时光景，就要伏在桌上打盹，有一个竟将头靠在椅上睡去了。先生用笔杆触动他的耳朵，使他醒来。大人都不打瞌睡，只是目不转睛地张了口注意功课。见了那些有了胡须的人坐在我们的小椅子上用功，真使我感动。我们又上楼去到了我这一级的教室门口，见我的座位上坐着一位胡须很多的手上缚着绷带的人，手大概是在工场中被机器轧伤了，正在慢慢地写着字呢。

最有趣的是“小石匠”的高大的父亲，他就坐在“小石匠”的座位上，把椅子挤得满满的，手托着头，一心地在那里看书。这不是偶然的。据说，他第一夜到学校里来就和校长商量：

“校长先生！请让我坐在我们‘兔子头’的位子上吧！”他无论何时都称儿子为“兔子头”。

父亲一直陪我看到课毕。走到街上，见妇人们都抱了儿女等着丈夫从夜学校出来。在学校门口，丈夫从妻子手里抱过儿女，把书册笔记簿交给妻子手里，大家一齐回家。一时街上满是人声，过了一会即渐渐静去。最后只见校长的高长瘦削的身影在前面消失了。

相打

五日

这原是意中事：勿兰谛被校长命令退学，想向斯带地报仇，有意在路上等候斯带地。斯带地是每日到大街的女学校去领了妹子回家的，雪尔维姐姐一走出校门，见他们正在相打，就吓慌了逃回家里。据说情形是这样：勿兰谛把那蜡布的帽子歪戴在左耳旁，悄悄地赶到斯带地背后，故意把他妹子的头发向后猛拉。他妹子几乎仰天跌倒，就哭叫了起来。斯带地回头一看是勿兰谛，他那神气好像在说：“我比你大得多，你这家伙是不敢做声的，如果你敢说什么，我就把你打倒。”

不料斯带地毫不害怕，他身材虽小，竟跳过去攫住敌人，举拳打去。但是他没有打着，反给敌人打了一顿。这时街上除了女学生没有别的人，没有人前去把他们拉开。勿兰谛把斯带地翻倒地上，乱打乱踢。只一瞬间，斯带地耳朵也破了，眼睛也肿了，鼻中流出血来。虽然这样，斯带地仍不屈服，怒骂着说：

“要杀就杀，我总不饶你！”

两人或上或下，互相扭打。一个女子从窗口叫说：“但愿小的那个胜！”别的也叫说：“他是保护妹子的，打呀！打呀！打得再厉害些！”又骂勿兰谛：“欺侮这弱者！卑怯的东西！”勿兰谛发狂也似的扭着斯带地。

“服了吗？”

“不服！”

“服了吗？”

“不服！”

斯带地忽然掀起身来，拼命扑向勿兰谛，用尽力气把勿兰谛按倒在阶石上，自己骑在他身上。

“啊！这家伙带着小刀呢！”旁边一个男子叫着，跑过来想夺下勿兰谛的小刀。斯带地愤怒极了，忘了自己，这时已经用双手捉住敌人的手臂，咬他的手，小刀也就落下了。勿兰谛的手上流出血来。恰好有许多人跑来把二人拉开，勿兰谛狼狈地遁去了。斯带地满脸都是伤痕，一只眼睛漆黑，带着战胜的矜夸站在正哭着的妹子身旁。有二三个女小孩替他把散落在街上的书册和笔记簿拾起来。

“能干！能干！保护了妹子。”旁人说。

斯带地把革袋看得比相打的胜利还重。他将书册和笔记簿等查检了一遍，看有没有遗失或破损的。用袖把书拂过又把钢笔的数目点过，仍旧放在原来的地方。然后像平常一样向妹子说：

“快回去吧！我还有一门算术没有演出哩！”

学生的父母　　六日

斯带地的父亲防自己的儿子再遇着勿兰谛，今天特来迎接。其实勿兰谛已经被送进了感化院，不会再出来了。

今天学生的父母来的很多。可莱谛的父亲也到了，他的容貌很像他儿子，是个瘦小敏捷、头发挺硬的人，上衣的纽孔中带着勋章。我差不多已把学生的父母个个都认识了，有一个弯了背的老妇人，孙子在二年级，不管下雨下雪，每日总到学校里来走四次。替孩子着外套呀，脱外套呀，整好领结呀，拍去灰尘呀，整理笔记簿呀。这位老妇人除了这孙子以外，对于世界恐怕已经没有别的想念了吧。还有那被马车碾伤了脚的洛佩谛的父亲炮兵大尉，他也是常来的。洛佩谛的朋友于回去时拥抱洛佩谛，他父亲就去拥抱他们，当做还礼。对着粗布衣服的贫孩，他更加爱惜，总是向着他们道谢。

也有很可怜的事：有一个绅士原是每天领了儿子们来的，因为有个儿子死了，他一个月来只叫女仆代理他伴送。昨天偶然来到学校，见了孩子的朋友，躲在屋角里用手掩着面哭了起来。校长看见了，就拉了他的手，一同到校长室里去了。

这许多父母中，有的能记住自己儿子所有的朋友的姓名。间壁的女学校或中学校的学生们，也有领了自己的弟弟来的。有一位以前曾做过大佐的老绅士，见学生们有书册、笔记簿掉落了，就代为拾起。在学校里，时常看见有衣服华美的绅士们和头上包着手巾或是手上拿着篮的人，共同谈着儿子的事情，说什么：

“这次的算术题目很难哩！”

“那个文法课今天是教不完了。”

同级中如果有学生生病，大家就都知道。病一痊愈，大家就都欢喜。今天那克洛西的卖野菜的母亲身边，围立着十个光景的绅士及职工，探问和我弟弟同级的一个孩子的病状。这孩子就住在卖菜的附近，正生着危险的病呢。在学校里，无论什么阶级的人，都成了平等的友人了。

七十八号的犯人

八日

昨天午后见了一件可感动的事。这四五天来，那个卖野菜的妇人遇到代洛西，总是用敬爱的眼色注视他。因为代洛西自从知道了那七十八号犯人和墨水瓶的事，就爱护那卖野菜的妇人的儿子克洛西——那个一只手残废了的赤发的小孩——在学校里时常替他帮忙，他不知道的，教给他，或是送他铅笔和纸。代洛西很同情他父亲的不幸，所以像自己的弟弟一般地爱护他。

这四五天中，卖野菜的母亲见了代洛西总是盯着他看。这母亲是个善良的妇人,是只为儿子而生存着。代洛西是个绅士的儿子,又是级长,竟能那样爱护自己的儿子,在她眼中看来,代洛西已成了王侯或是圣人样的人物了。她每次注视着代洛西,好像有什么话要说而又不敢出口。到了昨天早晨,她毕竟在学校门口把代洛西叫住了,这样说:

"哥儿,真对不起你!你这样爱护我的儿子,肯不肯收下我这穷母亲的纪念物呢?"说着从菜篮里取出小小的果子盒来。

代洛西脸上通红,明白地谢绝说:

"请给了你自己的儿子吧!我是不收的。"

那妇人难为情起来了,支吾地辩解说:

"这不是什么了不得的东西,是一些方糖!"

代洛西仍旧摇着头说:"不。"

于是那妇人红着脸从篮里取出一束萝卜来:

"那么,请收了这个吧!这还新鲜哩——请送给你母亲!"

代洛西微笑着:

"不,谢谢!我什么都不要。我愿尽力替克洛西帮忙,但是什么都不受。谢谢!"

那妇人很惭愧地问:

"你可是动气了吗?"

"不,不。"代洛西说了笑着就走。

那妇人欢喜得了不得,独语说:

"咿呀!从没见过有这样漂亮的好哥儿哩!"

总以为这事就这样完了,不料午后四时光景,做母亲的不来,他那瘦弱而脸上有悲容的父亲来了。他叫住了代洛西,好像觉到代洛西已经知道了他的秘密。他只管注视代洛西,悄悄地用温和的声音对代洛西说:

"你爱护我的儿子。为什么竟这样地爱护他呢?"

代洛西脸红得像火一样,他大概想这样说吧:

"我所以爱他,因为他不幸。又因为他父亲是个不幸的人,是忠实地偿了罪的人,是有真心的人。"可是他究竟没有说这话的勇气。大约见了曾杀过人、住过六年监牢的犯人,心里不免恐惧吧。克洛西的父亲似乎觉到了这一层,就附着代洛西的耳朵低声地说,说时他差不多震栗着:

"你大概爱我的儿子,而不欢喜我这个做父亲的吧?"

"哪里,哪里!没有那样的事。"代洛西从心底里喊出来。

克洛西的父亲于是走近去,想用腕勾住代洛西的项颈,但终于不敢这样,只是把手指插入那黄金色的头发里抚摸了一会儿。又眼泪汪汪地对着代洛西,将自己的手放在口上接吻,好像在说,这接吻是给你的。他携了自己的儿子,就急速地走了。

小孩的死亡　　十三日

住在卖野菜的人家附近的那个二年级的小孩——我弟弟的朋友——死了。星期六下午,代尔卡谛先生哭丧了脸来通知我们的先生。卡隆和可莱谛就自己请求抬那小孩的棺材。那小孩是个好孩子,上星期才受过赏牌,和我弟弟很要好。我母亲看见那孩子,总是要去抱他的。他父亲戴着有两条红线的帽子,是个铁路上的站役。昨天(星期日)午后四时半,我们因送葬都到了他的家里。

他们住在楼下。二年级的学生已都由母亲们领带着,手里拿了蜡烛等在那里了。先生到的四五人,此外还有附近的邻人们。由窗口望去,赤帽羽的女先生和代尔卡谛先生在屋子里啜泣,那做母亲的则大声地哭叫着。有两个贵妇人(这是孩子的朋友的母亲)各拿了一个花圈也在那里。

葬式于五时整出发。前面是执着十字架的小孩,其次是僧侣,再其次是棺材——小小的棺材,那孩子就躺在里面!罩着黑布,上面饰着两个花圈,黑布的一方,挂着他此次新得的赏牌。卡隆、可莱谛与附近的两个孩子扛着棺材。棺材的后面就是代尔卡谛先生,她好像死了自己的儿子一样地哭,其次是别的女先生,再其次是小孩们。很有许多是年幼的小孩,一手执了堇花,好奇地望着棺材看,一手由母亲携着。母亲们手里执着蜡烛。我听见有一小孩这样说:

"我不能和他再在学校里相见了吗?"

棺材刚出门的时候,从窗旁听到哀哀欲绝的泣声,那就是那孩子的母亲了。有人立刻把她扶进屋里去。行列到了街上,遇见排成二列走着的大学生,他们见了挂着赏牌的棺材和女先生们,都把帽子除下。

啊！那孩子挂了赏牌长眠了！他那红帽子，我已不能再见了！他原是很壮健的，不料四天中竟死了！听说：临终的那天还说要做学校的习题，曾起来过，又不肯让家里人将赏牌放在床上，说是会遗失的！啊！你的赏牌已经永远不会遗失了啊！再会！我们无论到什么时候也不会忘记你！安安稳稳地眠着吧！我的小朋友啊！

三月十四日的前一夜

今天比昨天更快活，三月十三日，一年中最有趣的维多利亚·爱马努爱列馆奖品授予式的前夜！并且，这次挑选捧呈奖状递给官长的人员的方法很是有趣。今天将退课，校长先生到教室里来：

"诸君！有一个很好的消息哩！"说着又叫那个格拉勃利亚少年：

"可拉西！"

格拉勃利亚少年起立，校长说：

"你愿意明天做捧了奖状递给官长的职司吗？"

"愿意的。"格拉勃利亚少年回答说。

"很好！"校长说。"那么，格拉勃利亚的代表者也有了，这真是再好没有的事。今年市政所方面要想从意大利全国选出拿奖状的十几个少年，而且说要从小学校的学生里选出。这市中有二十个小学校和五所分校，学生共七千人。其中就是代表意大利全国十二区的孩子。本校担任派出的是詹诺亚人和格拉勃利亚人，怎样？这是很有趣的办法吧。给你们赏品的是意大利全国的同胞，明天你们试看！十二个人一齐上舞台，那时要热烈喝彩！这儿个虽则是少年，却和大人一样代表国家。小小的三色旗也和大三色旗一样，同是意大利的标志哩！所以要热烈喝彩，要表示出即使像你们这样的小孩子，在神圣的祖国前面，也是燃烧着热忱的！"

校长说完走了，我们的先生微笑地说：

"那么，可拉西做了格拉勃利亚的代表了！"说得大家都拍手笑了。到了街上，我们抱住了可拉西的腿，将他高高地扛起，大叫"格拉勃利亚代表万岁！"这并不是戏语，因为要祝贺那孩子，怀着好意说的。可拉西平时是朋友们喜欢的人。他笑了，我们扛了他到转弯路口，和一个有黑须的绅士撞了一下。

绅士笑着。可拉西说:“我的父亲哩!”

我们听见这话,就把可拉西交给他父亲腕里,拉了他们到处跑。

奖品授予式 十四日

两点光景,大剧场里人已满了。池座、厢座、舞台上都是人。好几千个脸孔,有小孩、有绅士、有先生、有官员、有女人、有婴儿。头动着,手动着,帽羽、丝带、头发动着,欢声悦耳。剧场内部用白色和赤色、绿色的花装饰着,从池座上舞台有左右两个阶梯。受赏品的学生从右边上去,受了奖品再从左边下来。舞台中央排着一列红色椅子,正中的一把椅子上挂着两顶月桂冠,后面就是大批的旗帜。稍旁边些的地方,有一绿色的小桌子,桌上摆着用三色带缚了的奖状。乐队就在舞台下面的池座里。学校里的先生们的坐席设在厢座的一角。池座正中列着唱歌的许多小孩,后面及两旁,是给受奖品的学生们坐的。男女先生们东奔西走地安插他们。许多学生的父母挤在他们儿女的身旁,替他们儿女整理着头发或衣领。

我同我家里人一同进了厢座。戴赤羽帽的年轻的女先生在对面微笑,所有的笑靥都现出来了。她的旁边,我弟弟的女先生呀,那着黑衣服的“修女”呀,我二年级时候的女先生呀,都在那里。我的女先生脸色苍白可怜,咳得很厉害呢。卡隆的大头,和靠在卡隆肩下的耐利的金发头,都在池座里看到了;再那面些,那鸦嘴鼻的卡洛斐已把印着受奖者姓名的单纸搜集了许多。这一定是拿去换什么的,到明天就可知道。入口的近旁,柴店里的夫妻都着了新衣领着可莱谛进来了。可莱谛今天换去了猫皮帽和茶色裤等,打扮得像绅士,我见了不觉为之吃惊。在厢座中曾见到着线领襟的华梯尼的面影,过了一会儿就不见了。靠舞台的栏旁,人群中坐着那被马车碾跛了足的洛佩谛的父亲炮兵大尉。

两点一到,乐队开始奏乐。同时市长、知事、判事及其他的绅士们都着了黑礼服,从右边走上舞台,坐在正面的红椅子上。学校中教唱歌的先生拿了指挥棒站在前面,池座里的孩子因了他的信号一齐起立,一见那第二个信号就唱起歌来。七百个孩子一齐唱着,真是好歌,大众都肃静地听着,那是静穆开朗的歌曲，好像教会里的赞美歌。唱完了，一阵拍手，接着又即肃静。奖品授予就此开始了。我三年级时的那个赤发敏眼的小身材的先生走到舞台前面来，预备着朗读受奖者的姓名。大家都焦急地盼望那拿奖状的十二个少年登场，因为报纸早已刊登了今年由意大利全国各区选出代表的消息，所以从市长、绅士们到一般的观者都望眼将穿似的注视着舞台的入口，场内又复静肃起来。

忽然，十二个少年上了舞台，一列排立。都在那里微笑。全场三千人同时起立，拍手如雷，十二个少年手足无措地站着。

“请看意大利的气象！”场中有人这样喊。格拉勃利亚少年仍旧穿着平常的黑服。和我们同坐的一位市政所的人完全认识这十二个少年，他[illegible]地说给我的母亲听。十二人之中，有两三个是绅士打扮，其余都是工人的儿子，服装很随便。最小的弗罗伦萨的孩子，缠着青色的项巾。少年们通过市长前面，市长一一吻他们的额，坐在旁边的绅士把他们的出生地告诉市长。每一人通过，满场都拍手。等他们走近绿色的桌子去取奖状，我的先生就把受奖者的学校名、级名、姓名朗读起来。受奖者从右面上舞台去，第一个学生下去的时候，舞台后面远远地发出提琴的声音来，一直到受奖者完全通过才停止。那是柔婉平和的音调，听去好像女人在低语。受奖者一个一个通过绅士们的前面，绅士们就把奖状递给他们，有的与他们讲话，有的用手抚摩他们。

每逢极小的孩子，衣服褴褛的孩子，头发蓬蓬的孩子，着赤服或是白服的孩子通过的时候，在池座及厢座的小孩都大拍其手。有一个二年级的小学生上了舞台，突然手足无措起来，至于迷了方向，不知向哪里走才好，满场见了大笑。又有一个小孩，背上结着桃色的丝带，他勉强地爬上了台，被地毡一绊就翻倒了，知事扶他起来大家又拍手笑了。还有一个在下台来的时候跌在池座里哭了。幸而没有受伤。各式各样的孩子都有：有很敏活的，有很老实的，有脸孔红得像樱桃的，有见了人就要笑的。他们一下了舞台，父亲或母亲都立刻来领了他们去。

轮到我们学校的时候，我真快活得非常。我认识的学生很多，可莱谛从头到脚都换了新服装，露了齿微笑着通过了。谁知道他今天从早晨起已经背了多少捆柴了呢！市长把奖状授予他时，问他额上为何有红痕，他把原因说明，市长就把手加在他肩上。我向池座去看他的父母，他们都在掩着口笑呢。接着，代洛西来了。他穿着纽扣发光的青色上衣，昂昂地抬起金发的头悠然上去，那种丰采真是高尚。我恨不得远远地送给他一个吻。绅士们都向他说话，或是握他的手。

其次，先生叫着叙利亚·洛佩谛。大尉的儿子于是拄了拐杖上去。许多小孩都曾知道前次的灾祸，话声哄然从四方起来，拍手喝彩之声几乎把全剧场都震动了。男子都起立，女子都挥着手帕，洛佩谛立在舞台中央大惊。市长携他拢去，给他奖品，与他接吻，取了椅上悬着的二月桂冠，替他系在拐杖头上。又携了他同到他父亲——大尉坐着的舞台的栏旁去。大尉抱过自己的儿子，在满场像雷般的喝彩声中，给他坐在自己的身旁。

和缓的提琴声还继续奏着。别的学校的学生上场了，有全是小商人的儿子的学校，又有全是工人或农人的儿子的学校。全数通过以后，池座中的七百个小孩又唱有趣的歌。接着是市长演说，其次是判事演说。判事演说到后来，向着小孩们道：

"但是，你们在要离开这里以前，对于为你们费了非常劳力的人们应该致谢！有许多人为你们尽了全心力，为你们而生存，为你们而死亡！这许多人就在那里，你们看！"说时手指着厢座中的先生席。于是在厢座和在池座的学生都起立了把手伸向先生方面呼叫，先生们也站了起来挥手或举着帽子手帕回答他们。接着，乐队又奏起乐来。代表意大利各区的十二个少年来到舞台的正面，手拉手排成一列站着，满场就响起喉管欲裂似的喝彩声，雨也似的花朵从少年们的头上纷纷落下。

争吵

二十日

今天我和可莱谛相骂，并不是因为他受了奖品而嫉妒他，只是我的过失。我坐在他的近旁，正誊写这次每月例话《洛马格那的血》——因为"小石匠"病了，我替他誊写——他碰了一下我的臂膀，墨水把纸弄污了。我骂了他，他却微笑着说："我不是故意如此的啰。"我是知道他的品格的，照理应该信任他，不再与他计较。可是他的微笑实在使我不快，我想："这家伙受了奖品，就像煞有介事了哩！"于是忍不住也在他的臂膀上撞了一下，把他的习字帖也弄污了。可莱谛涨红了脸:“你是故意的!”说着擎起手来。恰巧先生把头回过来了,他缩住了手,“我在外面等着你!”

我难过了起来,怒气消了,觉得实在是自己不好。可莱谛不会故意做那样的事的,他本是好人。同时记起自己到可莱谛家里去望过他,把可莱谛在家劳动,服侍母亲的病的情形,以及他到我家里来的时候大家欢迎他,父亲看重他的事情,都一一记忆起来。自己想:我不说那样的话,不做那样对不住人的事,多么好啊! 又想到父亲平日教训我的话来:“你觉得错了,就立刻谢罪!”可是谢罪总有些不情愿,觉得那样屈辱的事,无论如何是做不到的。我把眼睛向可莱谛横去,见他上衣的肩部已破了,大概是多背了柴的缘故吧。我见了这个,觉得可莱谛可爱。自己对自己说:“咿呀! 谢罪吧!”但是口里总说不出“对你不起”的话来。可莱谛时时把眼斜过来看我,他那神情好像不是怒恼我,倒似在怜悯我呢。但是我因为要表示不怕他,仍用白眼回答他。

“我在外面等着你吧!”可莱谛反复着说。我答说,“好的!”忽然又记起父亲说:“如果人来加害,只要防御就好了,不要争斗!”我想:“我只是防御,不是战斗。”虽然如此,不知为什么心里总不好过,先生讲的一些都听不进去。终于,放课的时间到了,我走到街上,可莱谛在后面跟来。我擎着尺子站住,等可莱谛走近,就把尺子举起来。

“不! 安利柯啊!”可莱谛说,一边微笑着用手把尺子撩开,且说:“我们再像从前一样大家和好吧!”我震栗了站着。忽然觉有人将手加在我的肩上,我被他抱住了。他吻着我,说:

“相骂就此算了吧! 好吗?”

“算了! 算了!”我回答他说,于是两人很要好地别去。

我到了家里,把这事告诉了父亲,意思要使父亲欢喜。不料父亲把脸板了起来,说:

“你不是应该先向他谢罪的吗? 这原是你的不是呢!”又说:“对比自己高尚的朋友——而且对军人的儿子,你可以擎起尺子去打吗?”说着从我手中夺过尺子,折为两段,扔在一旁。

我的姊姊

二十四日

安利柯啊！因了与可莱谛的事，你受了父亲的责骂，就向我泄愤，对我说了非常不堪的话。为什么如此啊？我那时怎样地痛心，你恐不知道吧？你在婴儿的时候，我连和朋友玩耍都不去，终日在摇篮旁陪着你。你有病的时候，我总是每夜起来，用手试摸你那火热的额角。你不知道吗？安利柯啊！你虽然待你的姊姊不好，但是，如果一家万一遭遇了大的不幸，姊姊会代理母亲，像自己儿子一样地来爱护你的！你不知道吗？将来父亲母亲去世了以后，和你做最要好的朋友来慰藉你的人，除了这姊姊，再没有别的人了！如果到了不得已的时候，我会替你劳动去，替你张罗面包，替你筹划学费的。我终身爱你，你如果到了远方去，我虽看不见你，心总远远地向着你的。啊！安利柯啊！你将来长大了以后或者遭到不幸，没有人再和你做伙伴，你一定会到我那里来，和我这样说："姊姊！我们一块儿住着吧！大家重话那从前快乐时的光景，不好吗？你还记得母亲的事，我们那时家里的情形，以前幸福地过日子的光景？大家把这再来重话吧！"安利柯！你姊姊无论在什么时候总是张开了两臂等着你来的！安利柯！我以前叱责你，请你恕我！你的不好，我早已都忘记了。你无论怎样地使我受苦，有什么呢！无论如何，你总是我的弟弟！我只记得你小的时候，我抚抱过你，与你一同爱过父亲母亲，眼看你渐渐成长，长期间地和你做过伴侣：除此以外，我什么都忘了！所以，请你在这本子上也写些亲切的话给我，我晚上再到这里来看呢。还有，你所要写的那《洛马格那的血》，我已替你誊清了。你好像已经疲劳了！请你抽开你那抽屉来看吧！这是乘你睡熟的时候，我熬了一个通夜写成的。写些亲切的话给我！安利柯！我希望你！

——姊姊雪尔维——

我没有吻姊姊的手的资格！

——安利柯——

洛马格那的血(每月例话)

那夜,费鲁乔的家里特别冷清。父亲经营着杂货铺,到市上配货去了,母亲因为幼儿有眼病,也随了父亲到市里去请医生,都非明天不能回来。时候已经夜半,日间帮忙的女佣早于天黑时回家了,屋中只剩下脚有残疾的老祖母和十三岁的费鲁乔。他的家离洛马格那街没有多少路,是沿着大路的平屋。附近只有一所空房,那所房子在一个月前遭了火灾,还剩着客栈的招牌。费鲁乔家的后面有一小天井,周围围着篱笆,有木门可以出入。店门朝着大路,也就是家的出入口。周围都是寂静的田野,这里那里都是桑树。

夜渐渐深了,天忽下雨,又发起风来。费鲁乔和祖母还在厨房里没有睡觉。厨房和天井之间有一小小的堆物间,堆着旧家具。费鲁乔到外游耍,到了十一点钟光景才回来。祖母担忧不睡,等他回来,只是在大安乐椅上一动不动地坐着。他祖母常是这样过日的,有时竟这样坐到天明,因为她呼吸迫促,躺不倒的缘故。

雨不绝地下着,风吹雨点打着窗门,夜色暗得没一些光。费鲁乔疲劳极了回来,身上满沾了泥,衣服破碎了好几处,额上负着伤痕。这是他和朋友投石打架了的缘故。他今夜又和人吵闹过,并且赌博把钱输光了,连帽子都落在沟里了。

厨房里只有一盏小小的油灯,点在那安乐椅的角上。祖母在灯光中看见她孩子狼狈的光景,已大略地推测到八九分,却仍讯问他,使他供出所做的坏事来。

祖母是全心全意爱着孙子的。等明白了一切情形,就不觉哭泣起来。过了一会儿,又说:

“啊!你全不念着你祖母呢!没有良心的孙子啊!乘了你父母不在,就这样地使祖母受气!你把我冷落了一天了!全然不顾着我吗?留心啊!费鲁乔你走上坏路了!如果这样下去,立刻要受苦呢!在孩子的时候做了你这样的事,大起来会变成恶汉的。我知道的很多。你现在终日在外游荡,和别的孩子打架、花钱、至于用石头刀子打架,恐怕结果将由赌棍变成可怕的——盗贼呢!”

费鲁乔远远地靠在橱旁站着听，下巴碰着了前胸，双眉皱聚，似乎打架的怒气还未消除。那栗色的美发覆盖了额角，青碧的眼垂着不动。

“由赌棍变成盗贼呢！”祖母啜泣着反复地说。“稍微想想吧！费鲁乔啊！但看那无赖汉维多·莫左尼吧！那家伙现在在街上浮荡着，年纪不过二十四岁，已进过两次监牢。他母亲终于为他忧闷而死了，那母亲是我一向认识的。父亲也愤恨极了，逃到瑞士去了。像你的父亲，即使看见了他，也不愿和他谈话的。你试想想那恶汉吧，那家伙现在和他的党徒在附近逛荡，将来总是保不牢头颅的啊！我从他小儿的时候就知道他，他那时也和你一样的。你自己去想吧！你要使你父亲母亲也受那样的苦吗？”

费鲁乔坦然地听着，毫不懊悔觉悟。他的所作所为原出于一时的血气，并无恶意。他父亲平常也太宽纵他了，因为知道自己的儿子有优良的心情，有时候会做出很好的行为，所以故意注意看着，等他自己觉悟。这孩子的性质原不恶，不过很刚硬，就是在心里悔悟了的时候，要想他说“如果我错了，下次就不如此，请原恕我！”这样的话来谢罪，也是非常困难的。有时心里虽充满了柔和的情感，但是倨傲心总不使他表示出来。

“费鲁乔，”祖母见孙子默不作声，于是继续说：“你连一句认错的话都没有吗？我已患了很苦的病了，不要再这样使我受苦啊！我是你母亲的母亲！不要再把已经命在旦夕的我，这样恶待啊！我曾怎样地爱过你啊！你小的时候，我曾每夜起来替你推那摇床，因为要使你欢喜，我曾为你减下食物，——你或者不知道，我时常说，‘这孩子是我将来的依靠呢。’现在你居然要逼杀我了！就是要杀我，也不要紧，横竖我已没有多少日子可活了！但愿你给我变成好孩子就好！但愿你变成柔顺的孩子，像我带了你到教堂里去的时候的样子。你还记得吗？费鲁乔！那时你曾把小石呀、草呀，塞满在我怀里呢，我等你睡熟，就抱了你回来的。那时，你很爱我哩！我虽然已身体不好，仍总想你爱我；我除了你以外，在世界中别无可以依靠的人了！我已一脚踏入坟墓里了！啊！天啊！”

费鲁乔心中充满了悲哀，正想把身子投到祖母的怀里去。忽然朝着天井的间壁的室中有轻微的轧轧的声音；听不出是风打窗门呢，还是什么。

费鲁乔侧了头注意去听。

雨正如注地下着。

轧轧的声音又来了,连祖母也听到了。

“那是什么?”祖母过了一会儿很担心地问。

“是雨。”费鲁乔说。

老人拭了眼泪:

“那么,费鲁乔! 以后要规规矩矩,不要再使祖母流泪啊!”

那声音又来了,老人苍白了脸说:“这不是雨声呢! 你去看来!”既而又牵住了孙子的手说:“你留在这里。”

两人屏息不出声,耳中只听见雨声。

邻室中好像有人的脚音,两人不觉栗然震抖。

“谁?”费鲁乔勉强恢复了呼吸怒叫。

没有回答。

“谁?”又震栗着问。

话犹未完,两人不觉惊叫起来,两个男子突然跳进室中来了。一个捉住了费鲁乔,把手掩住他的口,别的一个卡住了老妇人的喉咙。

“一出声,就没有命哩!”第一个说。

“不许声张!”另一个说了举着短刀。

两个都黑布罩着脸,只留出眼睛。

室中除了四人的粗急的呼吸声和雨声以外,一时什么声音都没有。老妇人喉头格格作响,眼珠几乎要爆裂出来。

那捉住着费鲁乔的一个,把口附了费鲁乔的耳说:“你老子把钱藏在哪里?”

费鲁乔震抖着牙齿,用很细的声音答说:“那里的——橱中。”

“随了我来!”那男子说着紧紧抑住他的喉间,拉了同到堆物间里去。地板上摆着昏暗的玻璃灯。

“橱在什么地方?”那男子催问。

费鲁乔喘着气指示橱的所在。

那男子恐费鲁乔逃走,将他推倒在地,用两腿夹住他的头,如果他一出声,就可用两腿把他的喉头夹紧。男子口上衔了短刀,一手提了灯,一手从袋中取出钉子样的东西来塞入锁孔中回旋,锁坏了,橱门也开了,于是急急地翻来倒去到处搜索,将钱塞在怀里。一时把门关好,忽而又打开重新搜索一遍,然后仍卡住了费鲁乔的喉头,回到那捉住老妇人的男子的地方来。老妇人正仰了面挣动身子,嘴张开着。

“得了吗?”别一个低声问。

“得了。”第一个回答。“留心进来的地方!”又接着说。那捉住老妇人的男子,跑到天井门口去看,知道了没有人在那里,就低声地说:“来!”

那捉住费鲁乔的男子,留在后面,把短刀擎到两人面前:“敢响一声吗?当心我回来割断你们的喉管!”说着又怒目地盯视了两人一会儿。

这时,听见街上大批行人的歌声。

那强盗把头回顾门口去,那面幕就在这瞬间落下了。

“莫左尼啊!”老妇人叫。

“该死的东西!你给我死!”强盗因为被看出了,怒吼着说,且擎起短刀扑近前去。老妇人立时吓倒了,费鲁乔见这光景,悲叫起来,一面跳上前去用自己的身体覆在祖母身上。强盗碰了一下桌子逃走了,灯被碰翻,也就熄灭了。

费鲁乔慢慢地从祖母的身上溜了下来,跪倒在地上,两只手抱住祖母的身体,头触在祖母的怀里。

过了好一会儿,周围黑暗,农夫的歌声缓缓地向田野间消去。

“费鲁乔!”老妇人恢复了神志,用了几乎听不清的低音叫,牙齿轧轧地震抖着。

“祖母!”费鲁乔答叫。

祖母原想说话,被恐怖把口噤住了,身上只是剧烈地震栗,不做声了好一会儿。继而问:

“那些家伙去了吧?”

“是的。”

“没有将我杀死呢!”祖母气促着低声说。

“是的,祖母是平安的!”费鲁乔低弱了声音说。“平安的,祖母!那些家伙把钱拿了去了,但是,父亲把大注的钱带在身边哩!”

祖母深深地呼吸着。

“祖母!”费鲁乔仍跪了抱紧着祖母说。“祖母!你爱我吗?”

“啊!费鲁乔!爱你的啊!”说着把手放在孙子头上。“啊!怎样地受了惊了啊！——啊！仁慈的上帝！你把灯点着吧！咿哟，还是暗的好！不知为了什么，还很害怕呢！”

“祖母！我时常使你伤心呢！”

“哪里！费鲁乔！不要再说起那样的话！我已早不记得了，什么都忘了，我只是仍旧爱你。”

“我时常使你伤心。但是我是爱着祖母的。饶恕了我！饶恕了我，祖母！”费鲁乔勉强困难地这样说。

“当然饶恕你的，欢欢喜喜地饶恕你呢。有不饶恕你的吗？快起来！我不再骂你了。你是好孩子，好孩子！啊！点了灯！已不再害怕了。啊！起来！费鲁乔！”

“祖母！谢谢你！”孩子的声音越低了。“我已经——很快活，祖母！你是不会忘记我的吧！无论到了什么时候，仍会记得我费鲁乔的吧！”

“啊！费鲁乔！”老妇人慌了，抚着孙子的肩头，眼光几乎要射穿脸面似的注视着他叫。

“请不要忘了我！望望母亲，还有父亲，还有小宝宝！再会！祖母！”那声音已细得像丝了。

“什么呀！你怎样了？”老妇人震惊着抚摸伏在自己膝上的孙子的头，一面叫着。接着迸出她所能发的声音：

“费鲁乔呀！费鲁乔呀！费鲁乔呀！啊呀！啊呀！”

可是，费鲁乔已什么都不回答了。这小英雄代替了他祖母的生命，从背上被短刀刺穿，那壮美的灵魂已回到天国里去了。

病床中的“小石匠”　　二十八日

可怜，“小石匠”患了大病！先生叫我们去访问，我就同卡隆、代洛西三人同往。斯带地本来也要去，因为先生叫他做《卡华伯纪念碑记》，他说要去实地看了那纪念碑再精密地做，所以就不去了。我们试约那高慢的诺琵斯，他只回答了一个“不”字，其余什么话都没有。华梯尼也谢绝不去。他们大概是恐怕被石灰沾污了衣服吧。

四点钟一放课，我们就去。雨像麻似的降着。卡隆在街上忽然站住，嘴里满满嚼着面包说:“买些什么给他吧。”一面去摸那衣袋里的铜币。我们也各凑了两个铜币,买了三个大大的橘子。

我们上那屋顶阁去。代洛西到了入口,把胸间的赏牌取下,放入袋里。

“为什么?”我问。

“我自己也不知道,总觉得还是不挂的好。”他回答。

我们一叩门,那巨人样的高大的父亲就把门开了,他脸孔歪着,见了都可怕。

“哪几位?”他问。

“我们是安托尼阿的同学。送三个橘子给他的。”卡隆答说。

“啊!可怜,安托尼阿恐怕不能再吃这橘子了!”石匠摇着头大声说,且用手背去揩拭眼睛,引导我们入室。“小石匠”卧在小小的铁床里,母亲俯伏在床上,手遮着脸,也不来向我们看。床的一隅,挂有板刷、烙馒和筛子等类的东西,病人脚部盖着那白白地沾满了石灰的石匠的上衣。那小孩瘦瘠而白,鼻头尖尖的,呼吸很短促。啊!安托尼阿!我的小朋友!你原是那样亲切快活的人呢!我好难过啊!只要你再能做一会兔脸给我看,我什么都情愿!安托尼阿!卡隆把橘子给他放在枕旁,使他可以看见。橘子的芳香把他熏醒了。他抓住了橘子,不久又放开手,频频地向卡隆看。

“是我呢,是卡隆呢!你认识吗?”卡隆说。

病人略现微笑,勉强地从床里拿出手来,伸向卡隆。卡隆用两手握了过来,贴到自己的颊上:

“不要怕!不要怕!你就会好起来,就可以到学校里去了。那时请先生让你坐在我的旁边,好吗?”

可是,“小石匠”没有回答,于是母亲叫哭起来:

“啊!我的安托尼阿呀!我的安托尼阿呀!安托尼阿是这样的好孩子,天要把他从我们手里夺去了!”

“别说!”那石匠父亲大声地叱止。“别说!我听了心都碎了!”又很忧虑地向着我们:

“请回去!哥儿们!谢谢你们!请回去吧!就是给我们陪着他,也无法可想的。谢谢!请回去吧!”这样说。那小孩又把眼闭了,看去好像已经死了。

“有什么可帮忙的事情吗?”卡隆问。

“没有,哥儿!多谢你!”石匠说着将我们推出廊下,关了门。我们下了一半的楼梯,忽又听见后面叫着“卡隆!卡隆!”的声音。

我们三人再急回上楼梯去,见石匠已改变了脸色叫着说:

“卡隆,安托尼阿叫着你的名字呢!已经两天不开口了,这会儿倒叫你的名字两次。想和你会会哩!快来啊!但愿就从此好起来!天啊!”

“那么,再会!我暂时留着吧。”卡隆向我们说着,和石匠一同进去了。代洛西眼中满了眼泪。

“你在哭吗?他会说话哩,会好的吧?”我说。

“我也是这样想呢。但我方才想的并不是这个,我只是想着卡隆。我想卡隆为人是多么好,他的精神是多么高尚啊!”

卡华伯爵

二十九日

你要作《卡华伯纪念碑记》,卡华伯是怎样的一个人,恐你还未详细知道吧。你现在所知道的,恐只是伯爵几年前做辟蒙脱总理大臣的事吧。将辟蒙脱的军队派到克里米亚,使在诺淮拉败北残创的我国军队重膺光荣的是他。把十五万人的法军从亚尔帕斯山撤下来,从隆巴尔地将奥军击退的也是他。当我国革命的危期中,整治意大利的也是他。给予我意大利以统一的神圣的计划的也是他。他有优美的心,不挠的忍耐和过人的勤勉。在战场中遭遇危难的将军原是很多,他却是身在庙堂而受战场以上的危险的。因为他所建设的事业,像脆弱的家屋为地震所倒的样子,何时破坏是不可测的。他昼夜在奋斗苦闷中过活,因此头脑也混乱了,心也碎了。他缩短生命二十年,全是他担负的事业巨大的缘故。可是,他虽冒了致死的热度,还想为国做些什么事情,在他狂热的愿望中充满着喜悦。听说,他到了临终,还悲哀地说:

“真奇怪!我竟看不出文字了!”

及热度渐渐增高,他还是想着国事,命令似的这样说:

“给我快好!我心中已昏暗起来了!要处理重大的事情,非有气力不可。”及危笃的消息传出，全市为之悲惧，国王亲自临床探省，他对国王担心地说：

“我有许多的话要陈诉呢，陛下，只可惜已经不大能说话了！”

他那热烈兴奋的心绪，不绝地向着政府，向着联合起来的意大利诸州，向着将来未解决的若干问题奔腾。等到了说胡话的时候，还是在继续的呼吸中这样叫着。

“教育儿童啊！教育青年啊！——以自由治国啊！”

胡话愈说愈多了，死神已把翼张在他上面了，他又用了燃烧着似的言语，替平生不睦的格里波底将军祈祷，口中念着还未获得自由的威尼斯呀、罗马呀等的地名。他对于意大利和将来的欧洲，抱着伟大的理想，一心恐防被外国侵害，向人询问军队和指挥官的所在地。他到临终还这样地替我国国民担忧呢。他对于自己的死并不觉得什么，和祖国别离是他最难堪的悲哀。而祖国呢，又是非有待于他的尽力不可的。

他在战斗中死了！他的死和他的生是同样伟大的！

略微想想吧！安利柯！我们的责任有多少啊！和他的以世界为怀的劳力，不断的忧虑，剧烈的痛苦相比，我们的劳苦——甚至于死，都是毫不足数的东西了。所以不要忘记！走过那大理石像前面的时候，应该向那石像从心中赞美：“伟大啊！”

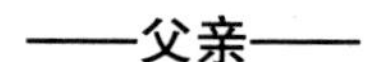

第七 四月

春

一日

今天四月一日了！像今天这样的好时节，一年中没有多少，不过三个月罢了。可莱谛后天要和父亲去迎接国王，叫我也去，这是我所喜欢的。听说可莱谛的父亲和国王相识哩。又，就在那一天，母亲说要领我到幼儿园去，这也是我所喜欢的。并且，“小石匠”病已好了许多了。还有，昨晚先生走过我家门口，听见他和父亲这样说：“他功课很好，他功课很好。”

加上今天是个很爽快温暖的春日，从学校窗口看见青的天，含蕊的树木，和家家敞开的窗槛上摆着的新绿的盆花等。先生虽是一向没有笑容的人，可是今天也很高兴，额上的皱纹几乎已经看不出了，他就黑板上说明算术的时候，还讲着笑话呢。一吸着窗外来的新鲜空气，就闻得出泥土和木叶的气息，好像身已在乡间了。先生当然也快活的。

在先生授着课的时候，我们耳中听见近处街上铁匠打铁声，对门妇人安抚婴孩睡熟的儿歌声，以及兵营里的喇叭声。连斯带地也高兴了。忽然间，铁匠打得更响亮，妇人也更大声地唱了起来。先生停止授课，侧了耳看着窗外，静静地说：

“天晴，母亲唱着歌，正直的男子都劳动着，孩子们学习着，——好一幅美丽的图画啊！”

散了课走到外面，大家都觉得很愉快。排好了队把脚重重地踏着地面走，好像从此有三四日假期似的，齐唱着歌儿。女先生们也很高兴，戴赤羽的先生跟在小孩后面，自己也像个小孩了。学生的父母彼此谈笑。克洛西的母亲的野菜篮中满装着堇花，校门口因之充满了香气。

一到街上，母亲依旧在候我了，我欢喜得不得了，跑近拢去，说：

“啊！好快活！我为什么这样快活啊？”

“这因为时节既好，而且心里没有亏心事的缘故！”母亲说。

温培尔脱王 三日

十点钟的时候，父亲见柴店里的父子已在四角路口等我了，和我说：“他们已经来了。安利柯！快迎接国王去！”

我飞奔过去。可莱谛父子比往日更高兴，我从没有见过他们父子像今天这般相像。那父亲的上衣上挂着两个纪念章和一个勋章，须卷得很整齐，须的两端尖得同针一样。

国王定十点半到，我们就到车站去。可莱谛的父亲吸着烟，搓着手说：

“我从那六十六年的战争以后，还未曾见过陛下呢！已经十五年又六个月了。他先三年在法兰西，其次是在蒙脱维，然后回到意大利。我运气不好，每次他驾临市内，我都不在这里。”

他把温培尔脱王当做朋友称呼，叫他“温培尔脱君”，不住地说：

“温培尔脱君是十六师师长。温培尔脱君那时不过二十二岁光景。温培尔脱君总是这样骑着马。”

“十五年了呢！”柴店主人跨着步大声说。“我诚心想再见见他。还是在他做亲王的时候见过他，一直到现在了。今番见他，他已经做了国王了。而且，我也变了，由军人变为柴店主人了。”说着自己笑了。

“国王看见了，还认识父亲吗？”儿子问。

“你太不知道了！那可未必。温培尔脱君只是一个人，这里不是像蚂蚁一样地大家挤着吗？并且他也不能一个一个地看见我们呀。”父亲笑着说。

车站附近的街路上已是人山人海，一队兵士吹着喇叭通过。两个警察骑着马走过。天晴着，光明充满了大地。

可莱谛的父亲兴高采烈地说：

“真快乐啊！又看见师长了！啊！我也老了哩！记得那年六月二十四

日——好像是昨天的事:那时我负了革囊掮了枪走着,差不多快到前线了。温培尔脱君率领了部下将校走过,大炮的声音已经远远地听到,大家都说:'但愿子弹不要中着殿下。'在敌兵的枪口前面会和温培尔脱君那样接近,我是万料不到的。两人之间,相隔不过四步远呢。那天天晴,天空像镜一样,但是很热!——喂!让我们进去看吧。"

我们到了车站,那里已挤满了群众,——马车、警察、骑兵及擎着旗帜的团体。军乐队奏着乐曲。可莱谛的父亲用两腕将塞满在入口处的群众分开,让我们安全通过。群众波动着,都在我们后面跟来。可莱谛的父亲眼向着有警察拦在那里的地方:

"跟我来!"他说着拉了我们的手进去,背靠着墙壁站着。

警察走过来说:"不得立在这里!"

"我是属于四十九联队四大队的。"可莱谛的父亲把勋章指给警察看。

"那可以。"警察看着勋章说。

"你们看,'四十九联队四大队',这一句话有着不可思议的力量哩!他原是我的队长,不可以靠近些看他吗?那时和他靠得很近,今日也靠近些才好呢!"

这时,待车室内外群集着绅士和将校,站门口整齐地停着一排马车和穿红服的马夫。

可莱谛问他父亲,温培尔脱亲王在军队中可拿剑。父亲说:

"当然啰,剑是一刻不离手的。枪从右边左边刺来,要靠剑去拨开的哩。真是可怕,子弹像雨神发怒似的落下,像旋风似的向在密集的队伍中或大炮之间袭来,一碰着人就翻倒什么骑兵呀、枪兵呀、步兵呀、射击兵呀,统统混杂在一处,像百鬼夜行,什么都辨不清楚。这时,听见有叫'殿下!殿下!'的声音,原来敌兵已排齐了枪刺近来了。我们一齐开枪,烟气就立刻像云似的四起,把周围包住。稍停,烟散了,大地上满横着死伤的兵士和马。我回头去看,见队的中央,温培尔脱君骑了马悠然地四处查察,郑重地说:'弟兄中有被害的吗?'我们都兴奋如狂,在他面前齐喊'万岁!'啊!那种光景,真是少有的!——呀!火车到了!"

乐队开始奏乐了,将校都向前拥进,群众踮起脚来。一个警察说:

"要停一会儿才下车呢,因为现在有人在那里拜谒。"

老可莱谛焦急得几乎出神：

“啊！追想起来，他那时的沉静的风貌，到现在还如在眼前。不用说，他在有地震有时疫的时候，也总是镇静着的。可是我屡次想到的，却是那时他的沉静的风貌。他虽做了国王，大概总还不忘四十九联队的四大队的。把旧时的部下集拢来，大家举行一次会餐，他必定是很欢喜的。他现在有将军、绅士、大臣等伴侍，那时除了我们做兵士的以外，什么人都没有。想和他谈谈哩，稍许谈谈也好！二十二岁的将军！我们用了枪和剑保护过的亲王！我们的温培尔脱君！从那年以后，有十五年不见了！——啊！那军乐的声音把我的血都震得要沸腾了！”

欢呼的声音自四方起来，数千的帽子高高举起了。着黑服的四个绅士乘入最前列的马车。

“就是那一个！”老可莱谛叫说，他好像失了神也似的站着。过了一会儿，才徐徐地重新开口说：

“呀！头发白了！”

我们三人除了帽子，马车徐徐地在群众的欢呼声中前进。我看那柴店主人时，他好像全然换了一个人了，身体伸得长长的，脸色凝重而带苍白，柱子似的直立着。

马车行近我们，到了离那柱子一步的距离了。

“万岁！”群众欢呼。

“万岁！”柴店主人在群众欢呼以后，独自叫喊。国王向他看，眼睛在他那三个勋章上注视了一会。柴店主人忘了一切！

“四十九联队四大队！”他这样叫。

国王原已向了别处了的，重新回向我们，注视着老可莱谛，从马车里伸出手来。

老可莱谛飞跑过去，紧握国王的手。马车过去了，群众拥拢来把我们挤散。老可莱谛一时不见了。可是这不过是刹那间的事，稍过了一会儿，又看见他了。他喘着气，眼睛红红地，举起手，在喊他儿子。儿子就跑近他去。

“快！趁我手还热着的时候！”他说着将手按在儿子脸上，“国王握过了我的手呢！”

他梦也似的茫然目送那已走远了的马车，站在惊异地向他瞠视的群众中。群众纷纷在说:“这人是在四十九联队四大队待过的。”“他是军人,和国王认识的。”“国王还没忘记他呢,所以向他伸出手来。”最后有一人高声地说:“他把不知什么的请愿书递给了国王哩。”

“不!”老可莱谛不觉回头来说,“我并不提出什么请愿书。国王有用得到我的时候,无论何时,我另外预备着可以贡献的东西哩!”

大家都张了眼看他。

“那就是这热血啊!”他自豪地说。

幼儿院

四日

昨日早餐后,母亲依约带了我到幼儿院去,因为要把泼来可西的妹子嘱托给院长的缘故。我还未曾到过幼儿院,那情形真是有趣。小孩共约二百人,男女都有。都是很小很小的孩子。和他们相比,国民小学的学生也成了大人了。

我们去的时候,小孩们正排成了二列进食堂去。食堂里摆着两列长桌,桌上镂有许多小孔,孔上放着盛了饭和豆的黑色小盘,锡制的瓢摆在旁边。他们进去的时候,有忙乱了弄不清方向的,先生们过去带领他们。其中有的走到一个位置旁,就以为是自己的座位,停住了就用瓢去取食物。先生走来说:“再过去!”走了四步五步,又取一瓢食,先生再来叫他往前走,等到了他自己的座位,他已经吃了半个人的食物了。先生们用尽了力。整顿他们,开始祈祷,祈祷的时候,头不许对着食物。他们心为食物所吸引,总转过头来看后面。大家合着手,眼向着屋顶,心不在焉地述毕祈祷的话,才开始就食。啊!那种可爱的模样,真是少有!有拿了两个瓢吃的,有用手吃的,还有将豆一粒一粒地装入口袋里去的,用小围裙将豆包了捏得浆糊样的。有的看着苍蝇飞,有的因为旁边的孩子咳嗽把食物喷在桌上,竟一口不吃。室中好像是养着鸡和鸟的园庭,真是可爱。小小的孩子都用了红的绿的青的丝带结着发,排成二列坐着,真好看哩!一位先生向着一列坐着的八个小孩问:“米是从哪里来的!”八个人一边嚼着食物,一边齐声说:“从水里来的。”向他们说“举手”!许多小小的白手一齐举起来,闪闪地好像白蝴蝶。

这以后,是出去休息。在走出食堂以前,大家照例各取挂在壁间的小食盒。一等走出食堂,就四方散开,各从盒中把面包呀、牛油小块呀、煮熟的蛋呀、小苹果呀、熟豌豆呀、鸡肉呀取出。一霎时,庭间到处都是面包屑,像给小鸟喂饵似的。他们有种种可笑的吃法:有的像兔、猫或鼠样地嚼尝或吸着,有的把饭涂抹在胸间,有的用小拳把牛油捏糊了,像乳汁似的滴在袖子里,自己仍不觉得。还有许多小孩把衔着苹果或面包的小孩像狗似的追赶着。又有三个小孩用草茎在蛋壳中挖掘,说要发掘宝贝哩。后来把蛋的一半倾在地上,再一粒粒地拾起,好像拾珍珠似的。小孩之中,只要有一人拿着什么好东西,大家就把他围住了。窥探他的食盒。一个拿着糖的小孩旁边,围着二十多个人,共在唧唧哝哝地说个不休;有的要他抹些在自己的面包上,也有只求用指去尝一点的。

母亲走到庭里,一个个地去抚摸他们。于是大家就围集在母亲身旁,要求接吻,都像望三层楼似的把头仰了,口中呀呀做声,情形似在索乳。有想将已吃过的橘子送与母亲的,有剥了小面包的皮给母亲的。一个女孩拿了一片树叶来,另外一个很郑重地把食指伸到母亲前面,原来指上有一个小得不十分看得出的疱,据说是昨晚在烛上烫伤的。又有拿了小虫呀、破的软木塞子呀、衬衫的纽扣呀、小花呀等类的东西,很郑重地来给母亲看。一个头上缚着绷带的小孩,说有话对母亲说,不知说了些什么。还有一个请母亲伏倒头去,把口附着母亲的耳朵,轻轻地说"我的父亲是做刷帚的哩。"

事件这里那里地发生,先生们走来走去照料他们。有因解不开手帕的结子哭的,有两人因了夺半个苹果相闹的,有和椅子一起翻倒了爬不起来而哭着的。

将回来的时候,母亲把他们里面的三四个各抱了一会儿。于是大家就从四面集来,脸上满涂了蛋黄或是橘子汁,围着求抱。一个拉牢了母亲的手,一个拉牢了母亲的指头,说要看指上的戒指。还有来扳表链的,拉头发的。

"当心被他们弄破衣服!"先生说。

可是,母亲毫不管衣服的损坏,将他们拉近了接吻。他们越加集拢来了,在身旁的张了手想爬上身去,在远一点的挣扎着挤近来并且齐声叫喊:

"再会!再会!"

母亲终于逃出了庭间了。小孩们追到栅栏旁,脸挡住了栅缝,把小手伸出，纷纷地递出面包呀、苹果片呀、牛油块呀等东西来。一齐叫说：

“再会，再会！明天再来，再请过来！”

母亲又去摸他们花朵似的小手，到了街上的时候，身上已染满了面包屑及许多油迹，衣服也皱得不成样子了。她手里握满了花，眼睛闪着泪光，仍很快活。耳中远远地还听见鸟叫似的声音：

“再会！再会！再请过来！夫人！”

体操

五日

连日都是好天气，我们停止了室内体操，在校庭中做器械体操。

昨天，卡隆到校长室里去的时候，耐利的母亲——那个着黑衣服的白色的妇人——也在那里。要想请求免除耐利的器械体操。她好像很难开口的样子，抚着儿子的头说：

“因为这孩子是不能做那样的事的。”

耐利却似乎以不加入器械体操为可耻，不肯承认这话。他说：

“母亲！不要紧，我能够的。”

母亲怜悯地默视着儿子，过了一会儿，踌躇地说：“恐怕别人……”话未说完就止住了。大概她想说，“恐怕别人嘲弄你，很不放心。”

耐利拦住话头说：“他们不会怎么的，——并且有卡隆在一处呢！只要有卡隆在，谁都不会笑我的。”

耐利到底加入器械体操了。那个曾在格里波底将军部下的颈上有伤痕的先生，领我们到那有垂直柱的地方。今天要攀到柱的顶上，在顶上的平台上直立。代洛西与可莱谛都猴了似的上去了。泼来可西也敏捷地登上了，他那到膝的长上衣有些妨碍，他却毫不为意，竟上去了。大家都想笑他，他只反复地说他那平日的口头禅：“对不住，对不住！”斯带地上去的时候，脸红得像火鸡，咬紧嘴唇，一口气登上。诺琵斯立在平台上，像帝王似的骄傲顾盼着。华梯尼着了新制的有水色条纹的运动服，可是中途却溜下来了两次。

为要想攀登容易些，大家手里擦着树胶。预备了树胶来卖的不用说是那商人卡洛斐了。他把树胶弄成了粉，装入纸袋，每袋卖一铜圆，赚得许多钱。

轮到卡隆了。他若无其事地一边口里嚼着面包，一边轻捷地攀登。我想，他即使再带了一个人，也可以上去的。他真有小牛样的力气呢。

卡隆的后面就是耐利。他用瘦削的手臂抱住直柱的时候，许多人都笑了起来。卡隆把粗壮的手叉在胸前，向笑的人盯视，气势汹汹地好像在说："当心挨打！"大家都止了笑。耐利开始向上爬，几乎拼了命，颜色发紫了，呼吸急促了，汗雨也似的从额上流下。先生说："下来吧。"他仍不下退，无论如何想挣扎上去。我很替他担心，怕他中途坠落。啊！如果我成了耐利样的人，将会怎样呢？母亲看见了这光景，心里将怎样啊！一想到此，愈觉得耐利可怜，恨不得从下面推他一把。

"上来！上来！耐利！用力！只一步了！用力！"卡隆与代洛西、可莱谛齐声喊。耐利吁吁地喘着，用尽了力，爬到离平台二英尺光景了。

"好！再一步！用力！"大家喊。耐利已攀住平台了，大家都拍手。先生说："爬上了！好！可以了。下来吧。"

可是耐利想和别人一样，爬到平台上去。又挣扎了一会儿，才用臂肘靠住了平台，以后就很容易地移上膝头，又伸上了脚，最后居然直立在平台上了。他喘着，微笑着，俯视我们。

我们又拍起手来。耐利向街上看，我也向那方向回过头去，忽然见他母亲正在篱外低了头不敢仰视哩。母亲把头抬起来了，耐利也下来了，我们大声喝彩。耐利脸红如桃，眼睛闪烁发光，他似乎不像从前的耐利了。

散学的时候，耐利的母亲来接儿子，她抱住了儿子很担心地问："怎么样了？"儿子的朋友都齐声回答说：

"做得很好呢！同我们一样地上去了——耐利很能干哩——很勇敢哩——一些都不比别人差。"

这时他母亲的快活真是了不得。她想说些道谢的话，可是嘴里说不出来。和其中三四人握了手，又亲睦地将手在卡隆的肩头抚了一会儿，领了儿子去了。我们目送他们母子二人很快乐地谈着回去。

父亲的先生

十三日

昨天父亲带我去旅行，真快乐啊！那是这样一回事：

前天晚餐时，父亲正看着报纸，忽然吃惊地说：“咿呀！我以为二十年前就死去了！我国民小学一年级的克洛赛谛先生还活着，今年八十四岁了！他做了六十年教员，教育部大臣现在给予勋章。六——十——年呢！你想！并且据说两年前还在学校教书啊！可怜的克洛赛谛先生！他住在从这里乘火车去一小时可到的孔特甫地方。安利柯！明天大家去拜望他吧。”

当夜，父亲只说那位先生的事。——因为看见旧时先生的名字，把各种小儿时代的事，从前的朋友，死去了的祖母，都也记忆了起来。父亲说：

“克洛赛谛先生教我的时候，正四十岁。他的状貌至今还记忆着，是个身材矮小，腰向前稍屈，眼睛炯炯有光，把须修剃得很光的先生。他虽严格，却是很好的先生，爱我们如子弟，常宽恕我们的过失。他原是农人家的儿子，因为自己用功，后来做了教员。真是上等的人哩！我母亲很佩服他，父亲也和他要好得和朋友一样。他不知怎么住到近处来了？现在即使见了面，恐怕也不认识了。但是不要紧，我是认识他的。已经四十四年不曾相见了，四十四年了哩！安利柯！明天去吧！”

昨天早晨九点钟，我们坐了火车去。原想叫卡隆同去，他因为母亲病了，终于不能同去。天气很好，原野一片绿色，杂花满树，火车经过，空气也喷喷地发香。父亲很愉快地望着窗外，一面用手勾住我的头颈，像和朋友谈话似的和我说：

“啊！克洛赛谛先生！除了我父亲以外，先生是最初爱我和为我操心的人了。先生对于我的种种教训，我现在还记着。因了不好的行为受了先生的叱骂，悲哀地回家的光景，我现在还记得。先生的手很粗大，那时先生的神情都像在我眼前哩：他总是静静地进了教室，把手杖放在屋角，把外套挂在衣钩上；无论哪天，态度都是一样，总是很真诚很热心，什么事情都用了全副精神；从开学那天起，一直这样。我现在的耳朵里，还像有先生的话声：‘勃谛尼啊！勃谛尼啊！要把食指和中指这样地握住笔杆的啊！’已经四十四年了，先生恐怕也和前不同了吧。”

到了孔特甫，我们去探听先生的住所，立刻就探听到了。原来在那里谁都认识先生。

我们出了街市，折向那篱间有花的小路。

父亲默然地似乎在沉思往事，时时微笑着摇着头。

突然，父亲站住了说："这就是他！一定是他！"我一看，小路的那边来了一个带大麦秆帽的白发老人，正拄了手杖走下坡来，脚似乎有点跷，手在颤抖。

"果然是他！"父亲反复说，急步走上前去。到了老人面前，老人也站住了向父亲注视。老人面上还有红彩，眼中露着光辉。父亲脱了帽子：

"你就是平善左·克洛赛谛先生吗？"

老人也把帽子去了，用颤动而粗大的声音回答说："是的。"

"啊！那么……"父亲握了先生的手。"对不起，我是从前受教于先生的学生。先生好吗？今天专从丘林来拜望您的。"

老人惊异地注视着父亲！

"真难为你！我不知道你是哪时候的学生？对不起！你名字是——"

父亲把亚尔培脱·勃谛尼的姓名和曾在什么时候什么地方的学校说明了，又说："难怪先生记不起来。但是我总记得先生的。"

老人垂了头沉思了一会儿，把父亲的名字念了三四遍，父亲只是微笑地看着先生。

老人忽然抬起头来，眼睛张得大大的，徐徐地说：

"亚尔培脱·勃谛尼？技师勃谛尼君的儿子？曾经住在配寨·代拉·孔沙拉泰，是吗？"

"是的。"父亲说着伸出手去。

"原来这样！真对不起！"老人跨近一步抱住父亲，那白发正垂在父亲的发上。父亲把自己的颊贴住了先生的颈。

"请跟我到这边来！"老人说着移步向自己的住所走去。不久，我们走到小屋前面的一个花园里。老人开了自己的房门，引我们进去。四壁粉得雪白，室的一角摆着小床，别一角排着桌子和书架，四张椅子。壁上挂着旧地图。室中充满苹果的香气。

"勃谛尼君！"先生注视着受着日光的地板说。"啊！我还很记得呢！

你母亲是个很好的人。你在一年级的时候坐在窗口左侧的位置上。慢点！是了，是了！你那鬈曲的头发还如在眼前哩！”

先生又追忆了一会儿：

“你曾是个活泼的孩子，非常活泼。不是吗？在二年级那一年，曾患过喉痛病，回到学校来的时候非常消瘦，裹着围巾。到现在已四十年了，居然还不忘记我，真难得！旧学生来访我的很多，其中有做了大佐的，做牧师的也有好几个，此外，还有许多已成了绅士。”

先生问了父亲的职业，又说：“我真快活！谢谢你！近来已经不大有人来访问我了，你恐怕是最后的一个了！”

“哪里！你还康健呢！请不要说这样的话！”父亲说。

“不，不！你看！手这样颤动呢！这是很不好的。三年前患了这毛病，那时还在学校就职，最初也不注意，总以为就会痊愈的，不料竟渐渐重起来，终于字都不能写了。啊！那一天，我从做教师以来第一次把墨水落在学生的笔记簿上的那一天，真是裂胸似的难过啊！虽然这样，总还暂时支持着。后来真的尽了力，在做教师的第六十年，和我的学校，我的学生，我的事业分别了，真难过啊！在最后授课的那天，学生一直送我到了家里，还恋恋不舍。我悲哀之极，以为我的生涯从此完了！不幸，妻适在前一年亡故，一个独子，不久也跟着死了，现在只有两个做农夫的孙子。我靠了些许的养老金，终日不做事情。日子长长地，好像竟是不会夜！我现在的工作，每日只是重读以前学校里的书，或是翻读日记，或是阅读别人送给我的书。在这里呢。”说着指书架，“这是我的记录，我的全生涯都在里面。除此以外，我没有留在世界上的东西了！”

说到这里，先生突然带着快乐的调子说：“是的！吓了你一跳吧！勃谛尼君！”说着走到书桌旁把那长抽屉打开。其中有许多纸束，都用细细的绳缚着。上面一一记着年月。翻寻了好一会儿，取了一束打开，翻出一张黄色的纸来，递给父亲。这是四十年前父亲的成绩。

纸的顶上，记着“听写，一八三八年四月三日，亚尔培脱·勃谛尼”等字样。父亲带笑读着这写着小孩笔迹的纸片，眼中浮出泪来。我立起来问是什么，父亲一手抱住了我说：

“你看这纸！这是母亲给我修改过的。母亲常替我这样修改，最后一行全是母亲给我写的。我疲劳了睡着在那里的时候,母亲仿了我的笔迹替我写的。"父亲说了在纸上接吻。

先生又拿出另一束纸来。

"你看！这是我的纪念品。每学年,我把每个学生的成绩各取一纸这样留着。其中记有月日,是依了顺序排列的。打开来一一翻阅,就追忆起许多的事情来,好像我回复到那时的光景了。啊！已有许多年了,把眼睛一闭拢,就像有许多的孩子,许多的班级在面前。那些孩子,有的已经死去了吧,许多孩子的事情,我都记得,像最好的和最坏的,记得格外明白,使我快乐的孩子,使我伤心的孩子,尤其不会忘记。许多孩子之中,很有坏的哩！但是,我好像在别一世界,无论坏的好的,我都同样地爱他们。"

先生说了重新坐下,握住我的手。

"怎样？还记得我那时的恶作剧吗!"父亲笑着说。

"你吗?"老人也笑了。"不,不记得什么了。你原也算是淘气的。不过,你是个伶俐的孩子,并且与年龄相比,也大得快了一点。记得你母亲很爱你哩。这姑且不提,啊！今天你来得很难得,谢谢你！难为你在繁忙中还能来看我这衰老的苦教师!"

"克洛赛谛先生!"父亲用很高兴的声音说,"我还记得母亲第一次领我到学校里去的光景。母亲和我离开两点钟之久,那是第一回。母亲将我从自己手里交给别人,觉得似乎母子就从此分离了,心里很是悲哀,我也很是难过。我在窗上和母亲说再会的时候,眼中充满了泪水。这时先生用手招呼我,先生那时的姿势、脸色,都好像洞悉了母亲的心情似的。先生那时的眼色,好像在说'不要紧!'我看了那时先生的神情,就明白知道先生是保护我的,饶恕我的。先生那时的样子,我不会忘记,永远刻在我心里了。今天把我从丘林拉到此地来的就是这个记忆。因为要想在四十四年后的今天再见见先生,向先生道谢,所以来的。"

先生不做声,只用那颤抖着的手抚摸我的头。那手从头顶移到额侧,又移到肩上。

父亲环视室内。粗糙的墙壁,粗制的卧榻,些许面包,窗间搁着小小的油壶。父亲见了这些,似乎在说:"啊！可怜的先生！勤劳了六十年,所得的报酬只是这些吗?"

老先生自己却很满足。他高高兴兴地和父亲谈着我家里的事,还有从前的先生们和父亲同学们的情形,话说不完。父亲想拦住先生的话头,请他同到街上去吃午餐。先生只一味说谢谢,似乎迟疑不决。父亲执了先生的手,催促他去。先生于是说:

"但是,我怎么吃东西呢！手这样颤动,恐怕妨害别人呢!"

"先生！我会帮助你的。"

先生见父亲这样说,也就应允了,微笑着摇着头。

"今天好天气啊!"老人一边关门一边说,"真是好天气。勃谛尼君！我一生不会忘了今天这一天呢!"

父亲搀着先生,先生携了我的手一同下坡。途中遇见携手走着的两个赤脚的少女,又遇见担草的男孩子。据先生说,那是三年级的学生,午前在牧场或田野劳作,饭后才到学校里去。时候已经正午,我们进了街上的餐馆,三人围坐着大食桌进午餐。

先生很快乐,可是因快乐的缘故,手愈加颤动,几乎不能吃东西了。父亲代他割肉,代他切面包,代他把盐加在盘子里。汤是用玻璃杯盛了捧着饮的,可是仍还是轧轧地与牙齿相碰呢。先生不断地谈说,什么青年时代读过的书呀,现在社会上的新闻呀,自己被先辈称扬过的事呀,现代的制度呀,种种都说。他微红了脸,少年人似的快乐笑谈。父亲也微笑着看着先生,那神情和平日在家里一面想着事情一面注视着我的时候一样。

先生打翻了酒,父亲立起来用食巾替他拭干。先生笑了说:"咿呀！咿呀！真对不起你!"后来,先生用了那颤动着的手举起杯来,郑重地说:

"技师！为了祝你和孩子的健康,为了对你母亲的纪念,干了这杯!"

"先生！祝你健康!"父亲回答,握了先生的手。在屋角里的餐馆主人和侍者们都向我们看。他们见了这师生的情爱,似乎也很感动。

两点钟以后,我们出了餐馆。先生说要送我们到车站,父亲又去搀他。先生仍携着我的手,我帮先生拄着手杖走。街上行人有的站定了看我们。本地人都认识先生,和他招呼。

在街上走着。前面窗口传出小孩的读书声来。老人站住了悲哀地说:

"勃谛尼君！这最使我伤心！一听到学生的读书声,就想到我已不在学校,另有别人代我在那里,不觉悲伤起来了！那,那是我六十年来听熟了的音乐,我非常欢喜的。我好像已和家族分离,成了一个小孩都没有了的人了!”

“不,先生!”父亲说着一边向前走。“先生有许多孩子呢!那许多孩子散布在世界上,和我一样都记忆着先生呢!”

先生悲伤地说:

“不,不!我没有学校没有孩子了!没有孩子是不能生存的。我的末日大约就到了吧!”

“请不要说这样的话!先生已做过许多好事,把一生用在很高尚的事情上了!”

老先生把那白发的头靠在父亲肩上,又把我的手紧紧握住。到车站时,火车快要开了。

“再会!先生!”父亲在老人颊上接吻告别。

“再会!谢谢你!再会!”老人用颤动着的两手捧住了父亲的一只手贴在胸前。

我和老先生接吻时,老先生的脸上已满是眼泪了。

父亲把我先推入车内。车要开动的时候,从老人的手中取过手杖,把自己执着的镶着银头刻有自己名氏的华美的手杖给了老人:

“请取了这个,当做我的纪念!”

老人正想推辞,父亲已跳入车里,把车门关了。

“再会!先生!”父亲说。

“再会!你给我这穷老人以慰藉了!愿上帝保佑你!”先生在车将动时说。

“再见吧!”父亲说。

先生摇着头,好像在说:“恐不能再见哩!”

“可以再见的,再见吧!”父亲反复说。

先生把颤着的手高高地举起,指着天:

“在那上面!”

先生的形影,就在那擎着手的瞬间不见了。

痊愈

二十日

和父亲作了快乐的旅行回来，十天之中，竟不能见天地，这真是做梦也料不到的事情。我在这几天内，病得几乎没有命了。只朦胧地记得母亲曾啜泣，父亲曾脸色苍白地守着我，雪尔维姊姊和弟弟低声谈着。戴眼镜的医生守在床前，向我说着什么，但我全不明白。只差一些，我已要和这世永别了。其中有三四天什么都茫然，像在做黑暗苦痛的梦！记得我二年级时的女先生曾到床前，把手帕掩住了口咳嗽。我的先生曾弯下上身和我接吻，我脸上被须触着觉得痛。克洛西的红发，代洛西的金发，以及着黑上衣的格拉勃利亚少年，都好像在云雾中。卡隆曾拿着一个带叶的夏橘来赠我，他因母亲有病，记得立刻回去了。

等得从长梦中醒来，神志清了，见父亲母亲在微笑，雪尔维姊姊在低声唱歌，我才知道自己的病已大好了。啊！真是可悲的噩梦啊！

从此以后每日转好。等“小石匠”来装兔脸给我看，我才开笑脸。那孩子从病以后，脸孔长了许多，兔脸比以前似乎装得更像了。可莱谛也来了，卡洛斐来时，把他正在经营的小刀的彩票送了我两条。昨天我睡着的时候，泼来可西来，据说将我的手在自己的颊上触了一下就去了。他是从铁工场来的，脸上沾着煤炭，我袖上也因而留下了黑迹。我醒来见着很是快活。

几天之间树叶又绿了许多。从窗口望去，见孩子们都挟了书到学校去，我真是羡煞！我也快要回到学校里去了，我想快些见到全体同学，看看自己的座位，学校的庭院，以及街市的光景，听听在我生病期内发生的新闻，翻阅翻阅笔记簿和书籍。都好像已有一年不见了哩。可怜我母亲已瘦得苍白了！父亲也很疲劳！来望我的亲切的朋友们都跑近来和我接吻。啊！一想到将来有和这许多朋友别开的时候，我就悲伤起来。我大约是可以和代洛西一同升学的，其余的朋友怎样呢？五年级完了以后就大家别离，从此以后不能再相会了吧！遇到疾病的时候，也不能再在床前看见他们了吧！——卡隆、泼来可西、可莱谛，都是很亲切、很要好的朋友。——可是都不长久！

劳动者中有朋友

二十日

安利柯！为什么“不长久”呢？你五年级毕了业升了中学，他们入劳动界去。几年之中，彼此都在同一市内，为什么不能相见呢？你即使进了高等学校或大学，不可以到工场里去访问他们吗？在工场中与旧友相见，是多么快乐的事啊！

无论在什么地方，你都可以去访问可莱谛和泼来可西的，都可以到他们那里去学习种种事情的。怎样？倘若你和他们不继续交际，那么，你将来就要不能得着这样的友人——和自己阶级不同的友人。到那时候，你就只能在一阶级中生活了。只在一阶级中交际的人，恰和只读一册书籍的学生一样。

所以，要决心和这些朋友永远继续交际啊！并且，从现在起，就要注意了多和劳动者的子弟交游。上流社会好像将校，下流社会是兵士。社会和军队一样，兵士并不比将校贱。贵贱在能力，并不在于俸钱；在勇气，并不在阶级。论理，兵士与劳动者正唯其受的报酬少，就愈可贵。所以，你在朋友之中应该特别敬爱劳动者的儿子，对于他们父母的劳力与牺牲，应该表示尊敬，不应只着眼于财产和阶级的高下。以财产和阶级的高下来分别人，是一种鄙贱的心情。救济我国的神圣的血液，是从工场、田园的劳动者的脉管中流出来的。要爱卡隆、可莱谛、泼来可西、“小石匠”啊！他们的胸里宿着高尚的灵魂哩！将来命运无论怎样变动，决不要忘了这少年时代的友谊：从今天就须这样自誓。再过四十年到车站时，如果见卡隆脸上墨黑，穿着司机的衣服，你即使做着贵族院议员，也应立刻跑到车头上去，将手勾在他的颈上。我相信你一定会这样的。

——父亲——

卡隆的母亲

二十八日

回到学校里，我最初听见的是一个恶消息，卡隆因母亲大病，缺课好几天了。终于，他母亲于前星期六那天死了。昨天早晨我们一走进教室，先生对我们说：

“卡隆遭遇了莫大的不幸！死去了母亲！他明天大约要回到学校里来的，望你们大家同情他的苦痛。他进教室来的时候，要亲切叮咛地招呼他，安慰他，不许说戏言或向他笑！”

今天早晨，卡隆略迟了一刻来校。我见了他，心里好像被什么塞住了。他脸孔瘦削，眼睛红红的，两脚颤悸着，似乎自己生了一个月大病的样子。全身换了黑服，差不多一眼认不出他是卡隆来。同学都屏了气向他注视。他进了教室，似乎记到母亲每日来接他，从椅子背后看他，种种的注意他的情形，忍不住就哭了起来。先生携他过去，将他贴在胸前：

“哭吧！哭吧！苦孩子！但是不要灰心！你母亲已不在这世界了，但是仍在照顾你，仍在爱你，仍在你身旁呢。你有时会和母亲相见的，因为你有着和母亲一样的真正的精神。啊！你要自己珍重啊！”

先生说完，领他坐在我旁边的位上。我不忍看卡隆的面孔。卡隆取出自己的笔记簿和久已不翻的书来看，翻到前次母亲送他来的时候折着做记号的地方，又掩面哭泣起来。先生向我们使眼色，暂时不去理他，管自上课。我想对卡隆说句话，可是不知说什么好，只将手搭在卡隆肩上，低声地这样说：

“卡隆！不要哭了！啊！”

卡隆不回答，把头伏倒在桌上，用手按着我的肩。散课以后，大家都沉默着恭敬地集在他周围。我看见我母亲来了，就跑过去想求抚抱。母亲将我推开，只是看着卡隆。我莫名其妙，及见卡隆独自站在那里默不作声，悲哀地看着我，那神情好像在说：

“你有母亲来抱你，我已不能够了！你有母亲，我已没有了！”

我才悟到母亲推开我的缘故，就不待母亲携我，自己出去了。

寇塞贝·马志尼

二十九日

今天早晨，卡隆仍脸色苍白，眼睛红肿。我们堆在他桌上作为唁礼的物品，他也不顾。先生另外拿了一本书来，说是预备念给卡隆听的。他先通知我们说：明天要授予勋章给前次在濮河救起小孩的少年，午后一时，大家到市政所去参观，星期一就做一篇参观记当做这月的每月例话。通告毕，又向着那垂着头的卡隆说：

“卡隆！今天请忍住悲痛，和大家一同把我讲的话用笔记下来。”

我们都捏起笔来，先生就开始讲：

“寇塞贝·马志尼，一八零五年生于热那亚，一八七二年死于辟沙。他是个伟大的爱国者，大文豪，又是意大利改革的先驱者。他为爱国精神所驱，四十年中和贫苦奋斗，甘受放逐迫害，宁愿为亡命者，不肯变更自己的主义和决心。他非常敬爱母亲，将自己高尚纯洁的精神全归功于母亲的感化。他有一个知友丧了母亲，不胜哀痛，他写一封信去慰唁。下面就是他书中的原文：

“朋友！你这世已不能再见你的母亲了。这实是可战栗的事。我目前不忍看见你，因为你现在正在谁都难免而且非超越不可的神圣的悲哀之中。‘悲哀非超越不可，’你了解我这话吗？在悲哀的一面，有不能改善我们的精神而反使之陷于柔弱卑屈的东西。我们对于悲哀的这一部分，当战胜而超越它。悲哀的别一面，有着使我们精神高尚伟大的东西。这部分是应该永远保存，决不可弃去的。在这世界中最可爱的莫过于母亲，在这世界所给你的无论是悲哀或是喜悦之中，你都不会忘了你的母亲吧。但是，你要纪念母亲，敬爱的母亲，哀痛母亲的死，不可辜负你母亲的心。啊！朋友！试听我言！死这东西是不存在的。这是空无所有，连了解都不可能的东西。生是生，是依从生命的法则的。而生命的法则就是进步。你昨天在这世有母亲，你今天随处有天使。凡是善良的东西，都有加增的能力，这世的生命永不消灭。你母亲的爱不也是这样吗？你母亲要比以前更爱你啊！因此之故，你对于母亲，也就有比前更重的责任了。你在他界能否和母亲相会，完全要看你自己的行为怎样。所以，应因了爱慕母亲的心情，更改善自己，以安慰母亲的灵魂。以后你无论做什么事，常须自己反省：‘这是否母亲所喜的？’母亲的死去，实替你在这世界上遗留了一个守护神。你以后一生的行事，都非和这守护神商量不可。要刚毅！要勇敢！和失望与忧愁奋斗！在大苦恼之中维持精神的平静！因为这是母亲所喜的。”

先生再继续着说：

“卡隆！要刚毅！要平静！这是你母亲所喜的。懂了吗？”

卡隆点头，大粒的泪珠簌簌地落下在手背上、笔记簿上和桌上。

少年受勋章（每月例话）

午后一点钟，先生领我们到市政所去，参观把勋章授予前次在濮河救起小孩的少年。

大门上飘着大大的国旗。我们走进中庭，那里已是人山人海。前面摆着用红色桌布罩了的桌子，桌子上放着书件。后面是市长和议员的席次，有许多华美的椅子。着青背心穿白袜子的赞礼的傧相就在那里。再右边是一大队挂勋章的警察，税关的官员都在这旁边。这对面排着许多盛装的消防队，还有许多骑兵、步兵、炮兵和在乡军人。其他绅士呀、一般人民呀、妇女呀、小孩呀，都围集在这周围。我们和别校的学生并集在一角，旁有一群从十岁到十八岁光景的少年，谈着笑着。据说这是今天受勋章的少年的朋友，特从故乡来到会的。市政所的人员多在窗口下望，图书馆的走廊上也有许多人靠着栏杆观看。大门的楼上，满满地集着小学校的女学生和面上有青面罩的女会员。情形正像一个剧场，大家高兴地谈说，时时向有红毡的桌子的地方望，看有谁出来没有。乐队在廊下一角静奏乐曲，日光明亮地射在高墙上。

忽然，拍手声四起，从庭中，从窗口，从廊下。

我踮起脚来望。见在红桌子后面的人们已分为左右两排，另外来了一个男子和一个女子，男子携了一个少年的手。

这少年就是那救助朋友的勇敢的少年。那男子是他的父亲，原是一个做石工的，今天打扮得很整齐。女人是他的母亲，小小的身材，白皮肤，穿着黑服。少年也是白皮肤，衣服是鼠色的。

三人见了这许多人，听了这许多拍手声，只是站着不动，眼睛也不向别处看，傧相领他们到桌子的右旁。

过了一会儿，拍手声又起了。少年望望窗口，又望望女会员所居的廊下，好像不知自己在什么地方。少年面貌略像可莱谛，只是面色比可莱谛红些。他父母注视着桌上。

这时候，在我们旁边的少年的乡友接连地向少年招手。或是轻轻地唤着“平！平！平诺脱！”要引起少年的注意。少年好像听见了，向着他们看，在帽子下面露出笑影来。

隔不了一会儿，守卫把秩序整顿了，市长和许多绅士一齐进来。

市长穿了纯白的衣服，围着三色的肩衣。他站到桌子前，其余的绅士都在他两旁或背后就坐。

乐队停止奏乐，因市长的号令，满场肃静了。

市长于是开始演说。开头大概叙说少年的功绩，不甚听得清楚。后来声音渐高，语音遍布全场，一句都不会漏了：

“这少年在河岸上见自己的朋友将要沉下去，就毫不犹豫地脱去衣服，跳入水去救他。旁边的孩子们想拦住他，说：‘你也要同他一起沉下去哩！’他不置辩跃入水去。河水正涨满，连大人下去也不免危险。他尽了力和急流奋斗，竟把快在水底淹死的友人捞着了，提了他浮上水面，几次险遭沉没，终于鼓着勇气游到岸边。那种坚忍和决死的精神，几乎不像是少年的行径，竟是大人救自己爱儿的情景。上帝鉴于这少年的勇敢行为，就助他成功，使他将快要死的友人从死亡中救出，更因了别人的助力，终于更生了。事后，他若无其事地回到家里，淡淡地把经过报告家人知道。

“诸君！勇敢在大人已是难能可贵的美德，至于在没有名利之念的小孩，在体力怯弱，无论做什么都非有十分热心不可的小孩，在并无何等的义务责任，即使不做什么，只要能了解人所说的，不忘人的恩惠，已足受人爱悦的小孩，勇敢的行为真是神圣之至的了。诸君！我不再说什么了！我对于这样高尚的行为，不愿再加无谓的赞语！现在诸君的面前，就立着那高尚勇敢的少年！军人诸君啊！请以弟弟待他！做母亲的女太太啊！请和自己儿子一样地替他祝福！小孩们啊！请记忆他的名字，将他的样子雕刻在心里，永久勿忘！请过来！少年！我现在以意大利国王的名义，授这勋章给你！”

市长就桌上取了勋章，替少年挂在胸前，又抱了他接吻。母亲把手挡了两眼，父亲把下颔垂在胸口。

市长和少年的父母握手，将用丝带束着的奖状递给母亲。又向那少年说：

“今天是你最荣誉的日子，在父母是最幸福的日子。请你终生不要忘记今天，走上你德义与名誉的路程！再会！”

市长说了退去。乐队又奏起乐来。我们以为仪式就此完毕了。这时,从消防队中走出一个八九岁的男孩子来,跑近那受勋章的少年,投入他张开的双臂。

拍手声又起来了。那是在濮河被救起的小孩,这次来是为表示感谢再生之恩的。被救的小孩与恩人接了吻。两个少年携了手,父母跟在他们后面,勉强从人群中挤向大门。警察、小孩、军人、妇女都面向一方,踮起了脚想看看这少年。靠近他的人有的去抚他的手。他们在学生的队伍旁通过时,学生都把帽子高高地举在空中摇动。和少年同乡里的孩子们都纷纷地前去握住少年的臂,或是拉住他的上衣,狂叫"平!平!万岁!平君万岁!"少年通过我的身旁。我见他脸上带着红晕,似乎很欢悦。勋章上附有红白绿三色的丝带。那做父亲的用颤颤的手在抹胡须,在窗口及廊下的人们见了都向他们喝彩。他们通过大门时,女会员从廊下抛下堇花或野菊花束来,落在少年和他父母头上。有的在地上,旁边的人都俯下去拾了交付他母亲。这时,庭内的乐队静静地奏出幽婉的乐曲,那音调好像是一大群人的歌声在远远地消失。

第八 五月

畸形儿

五日

今天不大舒适，在学校请了假，母亲领我到畸形儿学院去。母亲是为门房的儿子请求入院。到了那里，母亲叫我留在外面，不让我入内。

安利柯！我为什么不叫你进学院去？你怕还没有知道吧？因为把你这样康健的小孩带进去，给不幸的残废的他们看，是不好的。即使不是这样，他们已经时时痛感自己的不幸哩！那真是可怜啊！身入其境，眼泪就忍不住涌出来；男女小孩约有六十人，有的骨骼不正，有的手足歪斜，有的皮肤皱裂，身体扭转不展。其中也有许多相貌伶俐，眉目可爱的。有一个孩子，鼻子高高的，脸的下部分已像老人似的又尖又长了，可是还带着可爱的微笑呢！有的孩子从前面看去很端正，不像是有残疾，一叫他背过身来，就觉得非常可怜。医生恰好在这里，叫他们一个一个站在椅上，曳上了衣服，检查他们的膨大的肚子或是臃肿的关节。他们时常这样脱去了衣服给人看，已经惯了，一点也不觉得难为情，可是在身体初发见残疾的时候是多么难过啊！病渐渐厉害，人对于他们的爱就渐渐减退，有的整整几小时地被弃置在屋角，吃粗劣的食物，有的还要被嘲弄，有的也许白受了几个月的无益的绷带和疗治的苦痛。现在靠了学院的照料和适当的食物和运动，大抵已恢复许多了。见了那伸出来的缚着绷带或是夹着木板的手和脚，真是可怜呢。有的在椅子上不能直立，用臂托住了头，一手抚摸着拐杖，又有手臂虽勉强向前伸直了，呼吸却促起来，苍白了倒下地去的。虽然这样，他们还要装着笑容藏匿苦痛呢！安利柯啊！像你这样健康的小孩，还不知自己感谢自己的健康，我见了那可怜的畸形的孩子，一想到世间做母亲的把矜夸抱着的壮健的小孩，当做自己的荣耀，觉得很难堪。我恨不能一个一个去抚抱他们。如果周围没人，我就要这样说：

"我不离开此地了！我愿一生为你们牺牲，做你们的母亲！"

可是，孩子们还唱歌哩，那种细而可悲的声音，使人听了肠为之断。先生称赞他们，他们就非常快活；先生通过他们座位的时候，他们都去吻先生的手。大家都爱着先生呢。据先生说，他们头脑很好，也能用功。那位先生是一个年轻的温和的女人，脸上充满慈爱。她大概每天和不幸的孩子们做伴，脸上常带愁容。真可敬佩啊！生活辛劳的人虽是很多，但像她那样做着神圣职务的人是不多的吧。

——母亲——

牺牲

九日

我的母亲固然是好人，雪尔维姊姊像母亲一样，也有着高尚的精神。昨夜，我正抄写每月例话《六千英里寻母》的一段——因为太长了，先生叫我们四五个人分开了抄录——姊姊静悄悄地进来，压低了声急忙说：

"快到母亲那里去！母亲和父亲刚才在说什么呢，好像已出了什么不幸的事了，很是悲痛。母亲在安慰他。说家里要困难了——懂吗？家里快要没有钱了！父亲说，要做若干牺牲才得恢复呢。我们也一同做牺牲好吗？非牺牲不可的！啊！让我和母亲说去，你要赞成我，并且，要照我姊姊所说的样子，向母亲立誓，要什么都答应做啊！"

姊姊说完，拉了我的手同到母亲那里。母亲正一边做着针线，一边沉思着。我在长椅子的一端坐下，姊姊坐在那一端，就说：

"喂！母亲！我有一句话要和母亲说。我们两个有一句话要和母亲说。"

母亲吃惊地看着我们。姊姊继续说：

"父亲不是说没有钱了吗？"

“说什么?”母亲红了脸回答。“没有钱的事,你们知道了吗? 这是谁告诉你们的?”

姊姊大胆地说:

“我知道哩! 所以,母亲! 我们觉得非一同牺牲不可。你不是说过到了五月终给我买扇子吗? 还答应给安利柯弟弟买颜料盒呢。现在,我们什么都不要了。一个钱也不想用,不给我们也可以。啊! 母亲!”

母亲刚要回答什么,姊姊阻住了她:

“不,非这样不可。我们已经这样决定了。在父亲没有钱的时候,水果,什么都不要,只要有汤就好,早晨单吃面包也就够了。这么一来,食费是可以多少省些出来吧。一向待我们实在太好了! 我们决定只要这样就满足了。喂,安利柯! 不是吗?”

我回答说是。姊姊用手遮住母亲的口,继续说:

“还有,无论是衣服或是什么,如果有可以牺牲的,我们也都欢欢喜喜地牺牲。把人家送给我们的东西卖了也可以,劳动了帮母亲的忙也可以。终日劳动吧! 什么事情都做,我,什么事情都做!”说着又将臂勾住了母亲的头颈。

“如果能帮助父亲母亲,父亲母亲再像从前那样将快乐的脸给我们看,无论怎样辛苦的事情,我也都愿做的。”

这时母亲脸上的快悦,是我所未曾见过的。母亲在我们额上接吻的热烈,是从来所未曾有过的。母亲什么都不说,只是在笑容上挂着泪珠。后来,母亲对姊姊说明家中并不困于金钱,叫她不要误听。还屡次称赞我们的好意。这一夜很快活,等父亲回来,母亲就一五一十地告诉了他。父亲不说什么。今天早晨我们吃早饭时,我感到非常的欢喜,也非常的悲哀。我的食巾下面藏着颜料盒,姊姊的食巾下面藏着扇子。

火灾 十一日

今天早晨,我抄毕了《六千英里寻母》,正想着这次作文的材料。忽然楼梯上有陌生的说话声。过了一会儿,有两个消防队员进屋子来,和父亲说要检查屋内的火炉和烟囱。因为屋顶的烟囱冒出了火,辨不出从谁家发出来。

“呃！请检查!”父亲说。其实我们屋子里并没有燃着火。消防队员仍在客室巡视,把耳朵贴近墙壁,听有无火在爆发的声音。

在他们各处巡视时,父亲向我说:

“哦！这不是好题目吗？——叫做《消防队》。我讲,你写!

“两年以前,我深夜从剧场回来,在路上见过消防队救火。我才要走入罗马街,就见有猛烈的火光,许多人都集在那里。一间家屋正在烧着,像舌的火焰,像云的烟气,从窗口屋顶喷出。男人和女人从窗口探出头来拼命地叫,忽然又不见了。门口挤满了人,齐声叫喊说:

“‘要烧死了哩！快救命啊！消防队!’

“这时来了一部马车,四个消防队员从车中跳出。他们最先赶到,一下车就冲进屋子里去。他们一进去,同时发生了可怕的事情。一个女子在四层楼窗口叫喊奔出,手拉住了栏杆,背向了外,在空中挂着。火焰从窗口喷出。几乎要卷着她的头发了。群众恐怖叫喊,方才进去的消防队员弄错了方向,打破了三层楼的墙壁进去。这时群众齐声狂叫:

“‘在四层楼,在四层楼!’

“他们急忙上四层楼,在那里听见了恐怖的叫声,梁木从屋顶落下,门口满是烟焰。要到那有人的屋子里去,除了从屋顶走,已没有别的路了。他们急忙跳上屋顶,只看到从烟里露出一个黑影,这就是那最先跑到的伍长。可是,要从屋顶到那被火包着的屋里去,非通过那屋顶的窗和承溜间的极狭小的地方不可。因为别处都被火焰包住了,只这狭小的地方,还积着冰雪,却没有可攀援的东西。

“‘那里无论如何通不过!’群众在下面叫。

“伍长沿了屋顶边上走,群众震栗地看着他。他终于通过了那狭小的地方。下面的喝彩声几乎要震荡天空。伍长走到那危急的场所,用斧把梁椽斩断,砍出可以钻进去的窟窿。

“这时,那女子仍在窗外挂着,火焰快将卷到她的头上,眼见得就要落下来了。

“伍长砍出了窟窿,把身子缩紧了就跳进屋里去,跟着他的消防队员也跳了进去。

“才运到的长梯子架在屋前。窗口冒出凶险的烟焰来,耳边闻到可怖的呼号声,危急得几乎无从着手了。

“‘不好了！连消防队员也要烧死了！完了！早已死了!’群众叫着。

“忽然,伍长的黑影在有栏杆的窗口出现了,火光在他头上照得红红的。女子抱着他的头颈,伍长两手抱了那女子,下室中去。

“群众的叫声在火烧声中沸腾:

“‘还有别个呢,怎样下来？那梯子离窗口很远,怎样接得着呢!’

“在群众叫喊声中,突然来了一个消防队员,右脚踏了窗沿,左脚踏住梯子,身子悬空站着,室中的消防队员把遭难者一一抱出来递给他,他又一一递给从下面上去的消防队员。下面的又一一递给更下面的同伴。

“最先下来的是那个曾挂在栏杆上的女子,其次是小孩,再其次的也是个女子,再其次的是个老人。遭难者全部下来了。室中的消防队员也就一一下来,最后下来的是那个最先上去的伍长。他们下来的时候,群众喝彩欢迎,等到那拼了生命最先上去最后下来的勇敢的伍长下来时,群众欢声雷动,都张开了手,好像欢迎凯旋的将军也似的喝彩。一瞬间,他那寇塞贝·洛辟诺的名氏在数千人的口中传遍了。

“知道吗？这就叫做勇气。勇气这东西不是讲理由的,是不踌躇的,见了人有危难就会像电光似的不顾一切地跳过去。过几天,带了你去看消防队的练习,领你去见洛辟诺伍长吧。他是怎样一个人,你想知道他吗?”

我回答说很想知道。

“就是这一位啰!”父亲说。我不觉吃了一惊,回过头去,见那两个消防队员正检查完毕,要出去了。

“快和洛辟诺伍长握手!”父亲指着那衣上缀有金边的短小精悍的人说。伍长立住了伸手过来,我去和他握手。伍长道别而去。

父亲说:

“好好地把这记着！你在一生中,握手的人当有几千,但像他那样豪勇的人恐不上十个吧!”

六千英里寻母(每月例话)

几年前,有一个工人家的十三岁的儿子,独自从意大利的热那亚到南美洲去寻找母亲。

这少年的父母因遭了种种不幸,陷于穷困,负了许多债。母亲想赚些钱,图一家的安乐,两年前到遥远的南美洲的阿根廷共和国首府布宜诺斯艾利斯市去做女仆。到南美洲去工作的勇敢的意大利妇女不少,那里工资丰厚,去了不用几年,就可积几百元带回来。这位苦母亲和她十八岁与十三岁的两个儿子分别时,悲痛得几乎要流血泪,可是为了一家生计,也就忍心勇敢地去了。

那妇人平安地到了布宜诺斯艾利斯,她丈夫有一个从兄在那里经商,由他的介绍,到该市某上流人的家庭中为女仆。工资既厚,待遇也很亲切,她安心工作着。初到时,她常有消息寄到家里来。彼此在分别时约定:从意大利去的信,寄交从兄转递,妇人寄到意大利的信,也先交给从兄,从兄再附写几句,转寄到热那亚丈夫那里来。妇人每月工资十五元,她一文不用,隔三月寄钱给故乡一次。丈夫虽是做工的,很爱重名誉,把这钱逐步清偿债款,一边自己奋发劳动,忍耐一切辛苦和困难,等他的妻子回国。自从妻子去国以后,家庭就冷落得像空屋,小儿子尤其恋念着母亲,一刻都忘不掉。

光阴如箭,不觉一年过去了。妇人自从来过了一封说略有不适的短信以后,就没有消息。写信到从兄那里去问了两次,也没回信来。再直接写信到那妇人的雇主家里去,仍不得回复。——这是因为地址弄错了,未曾寄到。于是全家更不安心,终于请求驻布宜诺斯艾利斯的意大利领事代为探访。过了三个月,领事回答说连新闻广告都登过了,没有人来承认。或者那妇人以为做女仆为一家的耻辱,所以把自己主人的本名隐瞒了吧。

又过了几月,仍如石沉海底,没有消息。父子三人没有办法,小儿子尤其恋念,几乎要病了。既无方法可想,又没有人可商量。父亲想亲自到美洲去寻妻,但第一非把职务抛了不可,并且又没有寄托儿女的地方。大儿子似乎是可以派遣的,但他已能赚钱帮助家计,无法叫他离家。每天只是大家面面相对地反复商量着。有一天,小儿子玛尔可的面上现出决心说:"我到美洲寻母亲去!”

父亲不回答什么,只是悲哀地摇着头。在父亲看来,这心虽可嘉,但以十三岁的年龄,登一个月的旅程独自到美洲去,究竟不是可能的事。幼子却坚执着这主张,从这天起,每天谈起这事,总是坚持到底,神情很沉着,述说可去的理由,其懂事的程度正像大人一样。

“别人不是也去的吗?比我再小的人去的也多着哩!只要下了船,就会和大众一同到那里的。一到了那里,就去找寻从伯的住所,意大利人在那里的很多,一问就可以明白。等找到了从伯,不就可寻着母亲了吗?如果再寻不着,可去请求领事,托他代访母亲做工的主人住所。无论中途有怎样的困难,那里有许多工作可做,只要去劳动,回国的路费是用不着担忧的。”

父亲听他这样说,就渐渐赞成他了。父亲原深知这儿子有惊人的思虑和勇气,且习惯了艰苦和贫困。这次去是为寻自己的慈母,必然会比平时发挥出加倍的勇气来。并且凑巧,父亲有一朋友曾为某船船长。父亲把这话和船长商量。船长答应替玛尔可弄到一张去阿根廷的三等船票。

父亲踌躇了一会儿,就答应了玛尔可的要求。到出发日子,父亲替他包好衣服,拿几块钱塞入他的衣袋,又写了从兄的住址交给他。在四月中天气很好的一个傍晚,父兄送玛尔可上了船。

船快开了,父亲在吊梯上和儿子作最后的接吻:

“那么玛尔可去吧!不要害怕!上帝会守护着你的孝心的!”

可怜的玛尔可!他虽已发出勇气,不以任何风波为意,但眼见故乡美丽的山渐消失于水平线上,举目只见汪洋大海,船中又无相识者,只是自身一个人,所带的财物只是行囊一个,一想到此,不觉悲愁起来。最初二日,他什么都不入口,只是蹲在甲板上暗泣,心潮如沸,想起种种事来。其中最可悲可惧的,就是忧虑母亲万一已经死了。这忧念不绝地缠绕着他,有时茫然若梦,眼前现出一个素不相识的人,很怜悯地注视着他,附在他耳边低声说:“你母亲已死在那里了!”他惊醒来方知是梦,于是咽住了正要出口的哭声。

船过直布罗陀海峡,一出大西洋,玛尔可才略振勇气和希望。可是这不过是暂时的。茫茫的洋面上,除了水天以外什么都不见,天气渐渐加热,周围去国工人们的可怜的光景,和自己孤独的形影,都足使他心中罩上一层暗云。一天一天,总是这样无聊地过去,正如床上的病人忘记时日,自己在海上好像已住了一年了。每天早晨张开眼来,知自己仍在大西洋中,独自在赴美洲的途中,自己也惊讶。甲板上时时落下的美丽的飞鱼,焰血一般的热带地方的日没,以及夜中火山似的漂满海面的粼光,在他都好像在梦境中看见,不觉得这些是实物。天气不好的日子,终日终夜卧在室里,听器物的滚动声、磕碰声,周围人们的哭叫声、呻吟声,觉得似乎末日已到了。当那静寂的海转成黄色,炎热如沸时,觉得倦怠无聊。在这种时候,疲弱极了的乘客都死也似的卧倒在甲板上不动。海不知何日才可行尽。满眼只见水与天,天与水,昨天,今天,明天,都是这样。

玛尔可时时倚了船舷一连几小时茫然地看海,一边想着母亲,往往不知不觉闭眼入梦。梦见那不相识者很怜悯地附耳告诉他:“你母亲已死在那里了!”他一被这话声惊醒过来,仍对着水平线做梦也似的空想。

海程连续了二十七日,最末的一天天气很好,凉风拂拂地吹着。玛尔可在船中熟识了一老人,这老人是隆巴尔地的农夫,说是到美洲去看儿子的。玛尔可和他谈起自己的情形,老人大发同情,常用手拍玛尔可的项部,反复地说:

“不要紧!就可见你母亲平安的面孔了!”

有了这同伴,玛尔可也就增了勇气,觉得前途是有望的。美丽的月夜,在甲板上杂在大批去国的工人中,靠近那吸着烟的老人坐着,就想起已经到了布宜诺斯艾利斯的情景:自己已在街上行走,忽然找着了从伯的店,扑向前去。“母亲怎样?”“啊!同去吧。”“立刻去吧!”二人急急跨上主人家的阶石,主人就开了门……他每次想像都中断于此,心中充满了说不出的系念。忽又自己暗暗地把颈上悬着的赏牌拉出来,用嘴去吻了,细语祈祷。

到了第二十七天,轮船在阿根廷共和国首府布宜诺斯艾利斯港口下锚了。那是五月中阳光很好的一个早晨,到埠碰着这样好天气,前兆不恶。玛尔可高兴得忘了一切,只希望母亲就在距此几英里以内的地方,数小时中便可见面。自己已到了美洲,独自从旧世界到了新世界,长期的航海,从今回顾,竟像只有一礼拜的光阴,觉得恰像在梦中飞到此地,现在才梦醒。乘船时为防失窃,他把所带的钱分作两份藏着,今天探囊,一份已不知在什么时候不见了。因为心中有所期待,也并不介意。钱大概是在船中被偷走了的,所剩的已无几,但怕什么呢,现在立刻可会见母亲了。玛尔可提了衣包随了大批的意大利人下了轮船，再由舢板船渡至码头上陆，和那亲切的隆巴尔地老人告别了，急忙大步地向街市进行。

到了街市，向行人问亚尔忒斯街所在。那人恰巧是个意大利工人，向玛尔可打量了一会儿，问他能读文字不能。玛尔可答说能的。

那工人指着自己才走来的那条街道说：

“那么，向那条街道一直过去，转弯的地方都标着街名；一一读了过去，就会到你所要去的处所的。”

玛尔可道了谢，依着他指的方向走去。坦直的街道连续不断，两旁都是别墅式的白而低的住屋。街中行人车辆杂沓，喧扰得耳朵要聋。这里那里都飘扬着大旗，旗上用大字写着轮船出口的广告。每走十几丈，必有个十字街口，左右望去都是直而阔的街道，两旁也都是低而白的房屋。路上满是人和车，一直到那面，在地平线上接着海也似的美洲的平原。这都会竟好像没有尽头，一直扩张到全美洲。他注意着读一个个地名，有的很奇异，非常难读。碰见女人都注意了看，或者她就是母亲。有一次，前面走过的女人很有点像母亲，不觉心跳血沸起来，急追上去看，虽有些相像，却是个有黑痣的。玛尔可急急忙忙走而又走，到了一处的十字街口，他看了地名，就钉住了似的立定不动，原来这就是亚尔忒斯街了。转角的地方，写着一百十七号，从伯的店址是一百七十五号，急忙跑到一百七十五号门口，暂时立了定一定神，独语着说：“啊！母亲，母亲！居然就可见面了！”走近拢去，见是一家小杂货铺。这一定是了！进了店门，里面走出一个戴眼镜的白发老妇人来：

“孩子！你要什么？”她用西班牙语问。

玛尔可几乎说不出话来，勉强地才发声问：“这是勿兰塞斯可·牟里的店吗？”

“勿兰塞斯可·牟里已经死了啊！”妇人改用了意大利语回答。

“几时死的？”

“呃，很长久了。大约在三四个月以前。他因生意不顺手，逃走了，据说到了离这里很远的叫做勃兰卡的地方，不久就死了。这店现在已由我开设了。”

少年的脸色苍白了，急忙说：

“勿兰塞斯可，他是知道我的母亲的。我母亲在名叫美贵耐治的人那里做工,除了匆兰塞斯可,没有人知道母亲的所在。我是从意大利来寻母亲的,平常通信,都托匆兰塞斯可转交。我无论如何非寻着我的母亲不可!”

“可怜的孩子!我不知道,姑且问问附近的小儿们吧。哦!他认识匆兰塞斯可的伙计。问他,或者可以知道一些。”

说着到店门口叫了一个孩子进来:

“喂,我问你:还记得在匆兰塞斯可家里的那个青年吗?他不是常送信给在他同国人家里做工的那女人的吗?”

“就是美贵耐治先生家里,是的,师母,是时常去的。就在亚尔忒斯街尽头。”

玛尔可快活地说:

“师母,多谢!请把门牌告诉我,要是不知道,那么请他领我去!——喂,朋友,请你领我去,我身上还有些钱哩。”

玛尔可太热烈了,那孩子不等老妇人回答,就开步先走,说,“去吧。”

两个孩子跑也似的走到街尾,到了一所小小的白屋门口,在那华美的铁门旁停住。从栏杆缝里可望见有许多花木的小庭园。玛尔可按铃,一个青年女人从里面出来。

“美贵耐治先生就在这里吗?”他很不安地问。

“以前在这里的,现在这屋归我们住了。”女人用西班牙语调子的意大利语回答。

“美贵耐治先生到哪里去了?”玛尔可问,他胸中震动了。

“到可特淮去了。”

“可特淮?可特淮在什么地方,还有美贵耐治先生家里做工的也同去了吗?我的母亲——他们的女仆,就是我的母亲。我的母亲也被带了去吗?”

女人注视着玛尔可说:

“我不知道,父亲或者知道的。请等一等。”说了进去,叫了一个身长白发的绅士出来。绅士打量了这金发尖鼻的热那亚少年一会儿,用了不纯粹的意大利语问。

“你母亲是热那亚人吗?”

“是的。”玛尔可回答。

“那么,就是那在美贵耐治先生家里做女佣的热那亚女人了。她随主人一家一同去了，我知道的。”

“到什么地方去了？”

“可特淮市。”

玛尔可叹一口气，既而说：

“那么，我就到可特淮去！”

“哪！可怜的孩子！这里离可特淮有好几百英里路呢。”绅士用西班牙语向自己说着。

玛尔可听了这话，急得几乎死去，一手攀住铁门。

绅士很怜悯他，开了门说：“且请到里面来！让我想想看有没有什么法子。”说着自己坐下，叫玛尔可也坐下，详细问了一切经过，考虑了一会儿说：“没有钱了吧？”

“略微带着一些。”玛尔可回答。

绅士又思索了一会，就在桌上写了封信，封好了交给玛尔可说：

“拿了这信到勃卡去。勃卡是一个小镇，从这里去，两小时可以走到。那里有一半是热那亚人。路上自会有人给你指路的。到了勃卡，就去找这信面上所写的绅士，在那里谁都知道他。把信交给这人，这人明天就会送你到洛赛留去，把你再托给别人，设法使你去到可特淮。只要到了可特淮，美贵耐治先生和你的母亲就都可见面了。还有，这也拿了去。”说着把若干钱交给玛尔可手里。又说：

“去吧，大胆些！无论到什么地方，同国的人很多，怕什么！再会。”

玛尔可不知要怎么道谢才好，只说了一句“谢谢”，就提着衣包出来，和领路的孩子告了别，向勃卡进行。他心里充满着悲哀和惊诧，折过那阔大而喧扰的街道走去。

从这时到夜里，一天中的事件都像梦魇一般地在他的记忆中混乱浮动。他已疲劳，烦恼，绝望到了这地步了。那夜就在勃卡的小宿店和土作工人一同住了一夜，次日终日坐在木堆上，梦似的盼望来船。到夜，乘了那满载着果物的大船往洛赛留。这船由三个热那亚水手行驶，脸都晒得铜一样黑。他听了三人的乡音，心中才略得些慰藉。

船程要三日四夜，这在这位小旅客只是惊异罢了。令人见了惊心动魄的巴拉那河，国内所谓大河的濮河和这相比，只不过是一小沟。把意大利全国倍了四倍还不及这条河长。

船日夜徐徐地逆流而上,有时绕过长长的岛屿。这些岛屿以前曾是蛇和豹的巢穴,现在橘树和杨柳成荫,好像浮在水上的园林。有时船穿过狭窄的运河,那是不知要多少时候才走得尽的长运河。又有时行过寂静的汪洋似的大湖,行不多时,忽又屈曲地绕着岛屿,或是穿过壮大繁茂的林丛,转眼寂静又占领周围,几英里之中只有陆地和寂寥的水,竟似未曾知名的新地,这小船好像在探险似的。愈前进,妖魔样的河愈使人绝望!母亲不是在这河的源头吗?这船程不是要连续走好几年吗?他不禁这样痴想着。他和水手一天吃两次小面包和咸肉,水手见他有忧色,也不和他谈说什么。夜里睡在甲板上,每次睡醒张开眼来,望着青白的月光,觉得奇怪,汪洋的水和远处的岸都被照成银色,对着这光景,心里沉静下去,时时反复念着可特淮,像是幼时在故事中听见过的魔境的地名。又想:“母亲也曾行过这些地方吧,也曾见过这些岛屿和岸吧。”一想到此,就觉得这一带的景物不似异乡,寂寥也减去了许多。有一夜,一个水手唱起歌来,他因这歌声记起了幼时母亲逗他睡去的儿歌。到了最后一夜,他听了水手的歌哭了。水手停了唱说:

“当心!当心!怎么了?热那亚的男儿到了外国可以哭吗?热那亚男儿应该环行世界,无论到什么地方都充满勇气。”

他听了这话,身子震栗了。他因了这热那亚精神,高高地举起头来,用拳击着舵说:

“好!是的!无论在世界上环行多少次我也不怕!就是徒步行几百英里也不要紧!到寻着母亲为止,只管走去走去,死也不怕,只要倒毙在母亲脚旁就好了!只要能够看见母亲就好了!就是这样,就是这样!”他存了这样的决心,于黎明时到了洛赛留市。那是一个寒冷的早晨,东方被旭日烧得血一样红。这市在巴拉那河岸,港口泊着百艘光景的各国的船只,旗影乱落在波中。

他提了衣包一上陆,就去访勃卡绅士所介绍给他的当地某绅士。一入洛赛留的街市,他觉得像是曾经见过的地方,到处都是直而大的街道,两侧接连地排列着低而白色的房屋,屋顶上电线密如蛛网,人马车辆,喧扰得头也要昏。他想想不是又回到布宜诺斯艾利斯了吗,心里似乎竟要去寻访从伯住址的样子。他乱撞了一点钟光景,无论转几次弯,好像仍旧在原处,问了好几次路，总算找到了绅士的住所。一按门铃，里面来了一个侍者样的肥大的可怕的男子，用外国语调问他来这里有什么事情。听到玛尔可说要见主人，就说：

“主人不在家，昨天和家属同到布宜诺斯艾利斯去了。”

玛尔可言语不通，强着舌头说：

“但是我——我这里没有别的相熟的人！我只是一个人！”说着把带来的介绍名片交给他。

侍者接了，生硬地说：

“我不晓得。主人过一个月就回来的，那时替你交给他吧。”

“但是，我只是一个人！怎样好呢！”玛尔可恳求说。

“哦！又来了！你们国里不是有许多人在这洛赛留吗？快走！快走！如果要行乞，到意大利人那里去！”说着把门关了。

玛尔可化石似的站在门口。

没有办法，过了一会儿，只好提了衣包懒懒地走开。他悲哀得很，心乱得如旋风，各种忧虑同时涌上胸来。怎样好呢？到什么地方去好？从洛赛留到可特淮有一天的火车路程，身边只有一块钱，除去今天的费用所剩更无几了。怎样去张罗路费呢？劳动吧！但是向谁去求工作呢？求人布施吗？不行！难道再像方才那样地被人驱逐辱骂吗？不行！如果这样，还是死了好！他一边这样想，一边望着无尽头的街路，勇气愈加消失了。于是把衣包放在路旁，倚壁坐下，两手捧着头，现出绝望的神情。

街上行人的脚碰在他身上。车辆轰轰地来往经过。孩子们站在旁边看他。他暂时不动，忽然听得有人用隆巴尔地土音的意大利语问他：

“怎么了？”

他举起头来看，不觉惊跳起来：“你在这里！”

原来这就是航海中要好的隆巴尔地老人。

老人的惊讶也不下于他。他不等老人询问，急忙把经过告诉了老人：

“我没有钱了，非寻工作做不可。请替我找个什么可以赚钱的工作。无论什么都愿做。搬垃圾、扫街路、小使、种田都可以。我只要有黑面包吃就好，只要得到路费能够去寻母亲就好。请替我找找看！此外已没有别的方法了！”

老人环视了四周，搔着头说：

“这可为难了！虽说工作，工作也不是这样容易寻找的。另外想法吧。有这许多同国人在这里，些许的金钱也许有法可想吧。”

玛尔可因这希望之光得了安慰，举头对着老人。

“随我来！”老人说着开步，玛尔可提起衣包跟着。他们默然在长长的街市走，到了一旅馆前，老人停了脚。招牌上画着星点，下写着“意大利的星”。老人向内张望了一会儿，回头来对着玛尔可高兴地说：“幸而碰巧。”

进了一间大室，里面排着许多桌子，许多人在饮酒。隆巴尔地老人走近第一张桌前，依他和席上六位客人谈话的样子看来，似乎在没有多少时候以前，老人曾在这里和他们同席。他们都红着脸，在杯盘狼藉之间谈笑。

隆巴尔地老人不加叙说，立刻把玛尔可介绍给他们：

“诸位，这孩子是我们同国人，为了寻母亲，从热那亚到布宜诺斯艾利斯来的。既到了布宜诺斯艾利斯，问知母亲不在那里，在可特淮，因了别人的介绍，乘了货船，费三日四夜的时间才到这洛赛留。不料把带来的介绍名片递出的时候，对方斥逐不理。他既没有钱，又没有相识的人，很困苦呢！有什么法子吗？只要有到可特淮的车费，能寻到母亲就好了。有什么法子吗？像对狗一样置之不理，是不应该的吧。”

“哪里可以这样！”六人一齐击桌叫说。“是我们的同胞哩！孩子！到这里来！我们都是在这里做工的。这是何等可爱的孩子啊！喂！有钱大家拿出来！真能干！说是一个人来的！好大胆！快喝一杯吧！放心！送你到母亲那里去，不要担忧！”

一人说着抚摸玛尔可的头，一人拍他的肩，另外一人替他取下衣包。别席里的工人也聚集拢来，隔壁有三个阿根廷客人也出来看他。隆巴尔地老人拿了帽子巡行，不到十分钟，已集得八元四角钱。老人对着玛尔可说：

“你看！到美洲来，什么都容易哩！”

另外有一客人举杯递给玛尔可说：

“喝了这杯，祝你母亲健康。”

玛尔可举起杯来反复地说：

“祝我母亲健……”他心里充满了快活，不能把话说完。他把杯放在桌上以后，就去抱住老人的项颈。

第二天天未明，玛尔可即向可特淮出发，胸中充满了欢喜，脸上也生出光彩。美洲的平原到处是荒凉，毫无悦人的景色。天气又闷热。火车在空旷而没有人影的原野驶行，长长的车厢中只乘着一个人，好像这是载伤兵的车子。左看右看，都是无边的荒野，只有枝干弯曲得可笑的树木，如怒如狂地到处散立着。一种看不惯的凄凉的光景，竟像在败冢丛里行走。

睡了半点钟，再看看四周，景物仍和先前一样。中途的车站人影稀少，竟像是仙人的住处，车虽停在那里也不闻人声。自己不是被弃在火车中了吗？每到一车站，觉得好像人境已尽于此，再前进就是怪异的蛮地了。寒风拂着面孔，四月末从热那亚出发的时候，何尝料到在美洲会逢冬天呢？玛尔可还穿着夏服。

数小时以后，玛尔可冷不可耐。不但冷，并且几日来的疲劳也都一时现了出来，于是就蒙眬睡去。睡得很久，醒来身体冻僵了，很不好受。漠然的恐怖无端袭来，自己不会病死在旅行中吗？自己的身体不会被弃在这荒野中作鸟兽的粮食吗？昔时曾在路旁见犬鸟撕食牛马的死骸，他不觉背过了面。现在自己不是要和那些东西一样了吗？在暗而寂寞的原野中，他被这样的忧虑缠绕着，空想刺激着，他只见事情的黑暗一面。

到了可特淮可见到母亲，这靠得住吗？如果母亲不在可特淮，怎么办呢？如果是那个亚尔忒斯的绅士听错了，怎么办呢？如果母亲死了，怎么办呢？——玛尔可在空想之中又睡去了。梦中自己已到可特淮，那是夜间，各家门口和窗口都漏出这样的回答："你母亲不在这里啰！"惊醒转来，见车中对面有三个着外套的有须的人，都注视着他在低声说什么。这是强盗！要杀了我取我的行李。疑虑像电光似的在头脑中闪着。精神不好，寒冷，又加之以恐怖，想像因而愈加错乱。三人仍注视着他，其中一个竟走近他。他几乎狂了，张开两手奔到那人前面叫说：

"我没有什么行李，我是个穷孩子！是独自从意大利来寻母亲的！请不要把我怎样！"

三个旅客因玛尔可是孩子，起了怜悯之心，抚拍他，安慰他，和他说种种话，可是他不懂。他们见玛尔可冷得牙齿发抖，用毛毡给他盖了叫他躺倒安睡。玛尔可到傍晚又睡去，等三个旅客叫醒他时，火车已到了可特淮了。

他深深地吸了一口气，飞跑下车，向铁路职员问美贵耐治技师的住址。

职员告诉他一个教会的名词，说技师就住在这教会的近旁。他急忙前进。

天已夜了。走入街市，好像又回到了洛赛留，这里仍是街道纵横，两旁也都是白而低的房子，可是行人极少，只偶然在灯光中看见苍黑的怪异的人面罢了。他一边走，一边举头张望，忽见异样建筑的教会高高地耸立在夜空中。市街虽寂寞昏暗，但他在荒漠中旅行了一整日，眼里仍觉得闹热。遇见一个僧侣，问了路，急忙寻到了教会和住家，用震栗着的手按铃，一手按住那快要跳到喉间来的鼓动的心。

一个老妇人携了洋灯出来开门，玛尔可一时说不出话来。

"你找谁？"老妇人用西班牙语问。

"美贵耐治先生。"玛尔可回答。

老妇人摇着头。

"你也找美贵耐治先生吗？真讨厌极了！这三个月中，不知费了多少无谓的口舌。早已登过报纸哩，如果不看见，街的转角里还贴着他已移居杜克曼的告白哩。"

玛尔可绝望了，心乱如麻地说：

"有谁在诅咒我！我若不见母亲，要倒在路上死了！要发狂了！还是死了吧！那叫什么地名？在什么地方？从这里去有多少路？"

老妇人悯怜地回答道：

"可怜！那不得了，四五百英里至少是有的吧！"

"那么我怎样好呢！"玛尔可掩面哭着问。

"叫我怎样说呢？可怜！有什么法子呢？"老妇人说着忽然像想着了一条路：

"哦！有了！我想到了一个法子。你看怎样？向这街朝右下去。第三间房子前有一块空地，那里有一个叫做'头脑'的，他是一个商贩，明天就要用牛车载货到杜克曼去的。你去替他帮点什么忙，求他带了你去好吗？大概他总肯在货车上载你去的吧，快去！"

玛尔可提了衣包，还没有说毕道谢的话就走到了那空地。只见灯火通明，大批人夫正在把谷装入货车。一个着了外套穿了长靴的有须的人在旁指挥搬运。

玛尔可走近那人，恭恭敬敬地陈述自己的希望，并说明从意大利来寻母亲的经过。

“头脑”用了尖锐的眼光把玛尔可从头到脚打量了一会儿，冷淡地回答说：“没有空位。”

玛尔可哀恳他：

“这里差不多有三元钱。交给了你，路上情愿再帮你劳动，替你搬取牲口的饮料和刍草。面包只吃一些些好了，请‘头脑’带了我去！”

“头脑”再熟视他，态度略为亲切地说：

“实在没有空位。并且我们不是到杜克曼去，而是到山契可·代·莱斯德洛去。就是带你同去，你也非中途下车，再走许多路不可。”

“啊，无论走多少路也不要紧，我愿意。请你不要替我担心。到了那里，我自会设法到杜克曼去。请你发发慈悲留个空位给我。我恳求你，不要把我留在这里！”

“喂，车要走二十天呢！”

“不要紧。”

“这是很困苦的旅行呢！”

“无论怎样苦都情愿。”

“将来要一个人独自步行呢！”

“只要能寻到母亲，什么都愿忍受，请你应许我。”

“头脑”移过灯来，照着玛尔可的脸再注视了一会儿说：“可以。”玛尔可在他手上接吻。

“你今夜就睡在货车里，明天四点钟就要起来的。再会。”“头脑”说了自去。

明天早晨四点钟，长长的载货的车队在星光中嘈杂地行动了。每车用六头牛拖，最后的一辆车里又装着许多替换的牛。

玛尔可被叫醒以后，坐在一车的谷袋上面，不久仍复睡去，等醒来，车已停在冷落的地方，太阳正猛烈地照着。人夫焚起野火，炙小牛蹄，都集坐在周围，火被风煽扬着。大家吃了食物，睡了一会儿，再行出发。这样一天一天地继续进行，规律的刻板好像行军。每晨五点开行，到九点暂停，下午五点再开行，十点休息。人夫在后面骑马执了长鞭驱牛前进。玛尔可帮他们生火炙肉，给牲口喂草，或是擦油灯，汲饮水。

大地的景色幻影似的在他面前展开,有褐色的小树林,有红色屋宇散列的村落,也有像咸水湖的遗迹似的满目亮晶晶的盐原。无论向何处望,无论行多少路,都是寂寥荒漠的空野。偶然也逢到二三个骑马牵着许多野马的旅客,他们都像旋风一样很快过去了。一天又一天,好像仍在海上,倦怠不堪,只有天气不恶,算是幸事。人夫待玛尔可渐渐凶悍,故意强迫他搬拿不动的刍草,到远处去汲饮水,竟把他当做奴隶。他疲劳极了,夜中睡不着,身体随着车的摇动颠簸着,轮声轰得耳朵发聋。风还不绝地吹着,把细而有油气的红土卷入车内,扑到口里眼里,眼不能开张,呼吸也为难,真是苦不堪言。因劳累过度与睡眠不足,他身体弱得像棉花一样,满身都是灰土,还要朝晚受叱骂或是殴打,他的勇气就一天一天地沮丧下去。如果没有那“头脑”时时亲切的慰藉,他的气力或许要全部消失了。他躲在车角里,背着人用衣包掩面哭泣,所谓衣包,其实已只包着败絮。每天起来,自觉身体比前日更弱,元气比前日更衰,回头四望,那无垠的原野仍像土的大洋展示在眼前。“啊!恐怕不能再延到今夜了,恐怕不能再延到今夜了!今天就要死在这路上了!”不觉这样自语。劳役渐渐增加,虐待也愈厉害。有一天早晨,“头脑”不在,一个人夫怪他汲水太慢,打他,大家又轮流用脚踢他,骂说:

“带了这个去!畜生!把这带给你母亲!”

他心要碎了,终于大病,连发了三日的热,拉些什么当做被盖了卧在车里。除“头脑”有时来递汤水给他或是替他按脉搏外,谁都不去顾着他。他自以为快死了,反复地叫母亲:

“母亲!母亲!救救我!快到我这里来!我快要死了!母亲啊!不能再见了啊!母亲!我快要死在路旁了!”

他将两手交叉在胸前祈祷。从此以后,病渐减退,又得了“头脑”的善遇,遂恢复原状。病虽好了,这旅行中最难过的日子也到了。他就要下车独自步行。车行了两星期多,现在已到了杜克曼和山契可·代·莱斯德洛分路的地方。“头脑”说了声再会,指了路径,又替他将衣包搁在肩上,使他行路便当些,一时好像起了怜悯之心,接着即和他告别,弄得玛尔可想在“头脑”手上接吻的工夫都没有。要对那一向虐待他的人夫告别原是痛心的事,到走开的时候也一一向他们招呼,他们也都举手回答。玛尔可目送他们一队在红土的平野上消失了,才蹒跚地独自登上旅程。

旅行中有一事使他的心有所安慰。在荒凉无边的荒野过了几日,前面却看见高而且青的山峰,顶上和阿尔卑斯山一样地积着白雪。一见到此,如见到了故乡意大利。这山属于安第斯山脉,为美洲大陆的脊梁,南从契拉·代尔·费俄,北至北冰洋,像连锁似的纵亘着,南北跨着一百十度的纬度。日日向北进行,渐和热带接近,空气逐步温暖,也使他觉得愉悦。路上时逢村落,他在那小店中买食物充饥。有时也逢到骑马的人,又有时见妇女或小孩坐在地上注视他。他们脸色黑得像土一样,眼睛斜竖,颊骨高突,都是印第安人。

第一天尽力前行,夜宿于树下。第二天力乏了,行路不多,靴破,脚痛,又因食物不良,胃也受了病。看看天已将晚,不觉自己恐怖,在意大利时曾听人说这地方有毒蛇,耳朵边时常听得有声像蛇行。听到这声音时,方才停止的脚又复前奔,真是吓得不得了。有时为悲哀所缠绕,一边走一边哭泣。他想:“啊!母亲如果知道我在这里这样惊恐,将怎样悲哀啊!”这样一想,勇气就恢复几分。为了忘记恐惧,把母亲的事从头一一记起:母亲在热那亚临别的吩咐,自己生病时母亲替他把被盖在胸口,以及做婴儿时母亲抱了自己,将头贴住了自己的头说“暂时和我在一处”。他不觉这样自语:“母亲!我还能和你相见吗?我能达这旅行的目的吗?”一边想,一边在那不见惯的森林,广漠的糖粟丛,无垠的原野上行着。

前面的青山依旧高高地耸在云际,四天过了,五天过了,一星期过了,他气力益弱,脚上流出血来。有一天傍晚,他向人问路,人和他说:“到杜克曼只五十英里了。”他听了欢呼急行。这究不过是一时的兴奋,终于疲极力尽,倒在沟边。虽然这样,胸中却跳跃着满足的鼓动。粲然散在天空的星辰这时分外地觉得美丽。他仰卧在草上想睡,天空好像母亲在俯视他说:

“啊!母亲!你在哪里?现在在做什么?也想念着我吗?想念着近在咫尺的玛尔可吗?”

可怜的玛尔可!如果他知道了母亲现在的情形,他将出死力急奔前进了!他母亲正病着,卧在美贵耐治家大屋中的下房里,美贵耐治一家素来爱她,曾尽了心力加以调护。当美贵耐治技师突然离去布宜诺斯艾利斯的时候,她已经病了。可特淮的好空气在她也没有功效,并且,丈夫和从兄方面都消息全无,好像有什么不吉的事要落在她身上似的,每天忧愁着,病因此愈重,终于变成可怕的致命的内脏癌肿。睡了两星期。未好,如果要挽回生命,就非受外科手术不可。玛尔可倒在路旁呼叫母亲的时候,那边主人夫妇正在她病床前劝她接受医生的手术,她总是坚拒。杜克曼的某名医虽于一星期中每天临诊劝告,终以病人不听,徒然而返。

"不,主人!不要再替我操心了!我已没有元气,就要死在行手术的时候,还是让我平平常常地死好!生命已没有什么可惜,横竖命该如此,在我未听到家里信息以前死了倒好!"

主人夫妇反对她的话,叫她不要自馁,还说已直接替她寄信到热那亚,回信就可以到了,无论怎样,总是受手术好,为自己的儿子计也该这样。他们再三劝说。可是一提起儿了,她失望更甚,苦痛也愈厉害。终于哭了:

"啊!儿子吗?大约已经不活在世上了!我还是死了好!主人!夫人!多谢你们!我不信受了手术就会好,累你们种种操心,从明天起,可以无须再劳医生来看了。我已不想活了,死在这里是我的命运,我已预备安然忍受这命运了!"

主人夫妇又安慰她,执了她的手,再三劝她不要说这样的话。

她疲乏之极,闭眼昏睡,竟像已经死了。主人夫妇从微弱的烛光中注视着这正直的母亲,怜悯不堪。像她那样正直善良而不幸的人,为了救济自己的一家离开本国,远远地到六千英里外来尽力劳动,真是少有的了,可怜终于这样病死。

下一天早晨,玛尔可背了衣包,身体前屈了,跛着脚行入杜克曼市。这市在阿根廷的新辟地中算是繁盛的都会。玛尔可看去仍像回到了可特淮、洛赛留、布宜诺斯艾利斯一样,依旧都是长而且直的街道,低而白色的房屋。奇异高大的植物,芳香的空气,奇丽的光线,澄碧的天空,随处所见,都是意大利所没有的景物,进了街市,那在布宜诺斯艾利斯经验过的想像重行袭来。每过一家,总要向门口张望,以为或者可以见到母亲。逢到女人,也总要仰视一会儿,以为或者就是母亲。想询问别人,可是没有勇气大着胆子叫唤。站在门口的人们都惊异地注视着这衣服褴褛满身尘垢的少年。少年想找寻一个亲切的人发出他胸中的问语。正行走时,忽然见有一旅店,招牌上写有意大利人的姓名。里面有个戴眼镜的男子和两个女人。玛尔可徐徐地走近门口,提起了全部勇气问:

“美贵耐治先生的家在什么地方?”

“是做技师的美贵耐治先生吗?”旅店主人问。

“是的。”玛尔可回答,声细如丝。

“美贵耐治技师不住在杜克曼哩。”主人答。

刀割剑刻样的叫声,随主人的回答反应而起。主人,两个女人,以及近旁的人们,都赶拢来了。

“什么事情?怎么了?”主人拉玛尔可入店,叫他坐了:“那也用不着失望,美贵耐治先生家虽不住在这里,但距这里也不远,费五六点钟就可到的。”

“什么地方?什么地方?”玛尔可像苏生似的跳起来问。

主人继续说:“从这里沿河过去十五英里,有一个地方叫做赛拉地罗。那里有个大大的糖厂,还有几家住宅。美贵耐治先生就住在那里。那地方谁都知道,费五六个钟头工夫就可走到的。”

有一个青年见主人这样说,就跑近来:

“我一月前曾到过那里。”

玛尔可睁圆了眼注视他,脸色苍白地急忙问:

“你见到美贵耐治先生家里的女仆吗?那意大利人?”

“就是那热那亚人吗?哦!见到的。”

玛尔可又似哭又似笑,痉挛地啜泣,既而现出激烈的决心:

“向什么方向走的?快,把路指给我!我就去!”

人们齐声说:

“差不多有一天的路程哩,你不是已很疲劳了吗?非休息不可,明天去好吗?”

“不好!不好!请把路指给我!我不能等待了!就是倒在路上也不怕,立刻就去!”

人们见玛尔可这样坚决,也就不再劝阻了。

“上帝保护你!路上树林中要小心!但愿你平安!意大利的朋友啊!”他们这样说,有一个还陪他到街外,指示他路径,及种种应注意的事,又从背后目送他去。过了几分钟,见他已背了衣包,跛着脚,穿入路侧浓厚的树荫中去了。

这夜,病人危笃了,因患处剧痛,悲声哭叫,时时陷入人事不省的状态。看护的女人们守在床前片刻不离。病人发了狂,主妇不时惊惧地赶来省视。大家都很焦虑:她现在即使愿受手术,医生也非明天不能来,已不及救治了。她略为安静的时候,就非常苦闷,这并不是从身体上来的苦痛,乃是她悬念在远处的家属的缘故。这苦闷使她骨瘦如柴,人相全变。她不时扯着头发疯也似的狂叫:

"啊!太凄凉了!死在这样远处!不见孩子的面!可怜的孩子。他们将没有母亲了!啊!玛尔可还小哩!只有这点长,他原是好孩子!主人!我出来的时候,他抱住我的项颈不肯放,真哭得厉害呢!原来他已经知道此后将不能再见母亲了,所以哭得那样悲惨!啊!可怜!我那时心欲碎了!如果在那时死了,在那分别时死了,或者反而幸福。我一向那样地抚抱他,他是顷刻不离开我的。万一我死了,他将怎样呢!没有了母亲,又贫穷,他就要流落为乞丐了!张了手饿倒在路上!我的玛尔可!啊!我那永远的上帝!不,我不愿死!医生!快去请来!快替我行手术!把我的心割开!把我弄成疯人!只要他把性命留牢!我想病好!想活命!想回国去!明天立刻!医生!救我!救我!"

在床前的女人们执了病人的手安慰她,使她心情沉静了些,且对她讲上帝及来世的话。病人听了又复绝望,扯着头发啜泣,终于像小儿似的扬声号哭:

"啊!我的热那亚!我的家!那个海!啊!我的玛尔可现在不知在什么地方做什么!我的可怜的玛尔可啊!"

时已夜半,她那可怜的玛尔可沿河走了几点钟,力已尽了,只在大树林中蹒跚着。树干大如寺院的柱子,在半天中繁生着枝叶,仰望月光闪烁如银。从暗沉沉的树丛里看去,不知有几千支树干交互纷杂,有直的、有歪的、有倾斜的,形态百出。有的像颓塔似的倒卧在地,上面还覆罩着繁茂的枝叶。有的树梢尖尖地像枪似的成群矗立着。千姿万态,真是植物界中最可惊异的壮观。

玛尔可有时虽陷入昏迷,但心辄向着母亲。疲乏已极,脚上流着血,独自在广大的森林中踯躅,时时见到散在的小屋,那屋在大树下好像蚁冢。又有时见有野牛卧在路旁。他疲劳也忘了,也不觉得寂寞了。一见到那大森林，心就自然提起，想到母亲就在近处，就自然地发出大人样的力和气魄。回忆这以前所经过的大海，所受过的苦痛、恐怖、辛劳，以及自己对付这些苦难的铁石的心，眉毛也高扬了。血在他欢喜勇敢的胸中跃动。有一件可异的事，就是一向在他心中蒙胧的母亲的状貌，这时明白地在眼前现出了；他难得清楚地看见母亲的脸，现在明白看见了，好像在他面前微笑，连眼色、口唇动的样儿，以及全身的态度表情，都一一如画。他因此振起精神，脚步也加速，胸中充满了欢喜，热泪不觉在颊上流下，好像在薄暗的路上走着，一边和母亲谈话。继而独自唧咕着和母亲见面时要说的言语。

"总算到了这里了，母亲，你看我。以后永远不再离开了。一起回国去吧。无论遇到什么事，终生不再和母亲分离了。"

早晨八点钟光景，医生从杜克曼带了助手来，站在病人床前，做关于手术的最后劝告。美贵耐治夫妻也跟着多方劝说。可是终于无效。她自觉体力已尽，早没有信赖手术的心了。她说受手术必死无疑，无非徒加可怕的苦痛罢了。医生见她如此执迷，仍劝她说：

"手术是可靠的，只要略微忍耐就安全了。如果不受手术，总是无效。"然而仍是无效，她细声说：

"不，我已预备死了，没有受无益的苦痛的勇气。请让我平平和和地死吧。"

医生也失望了，谁也不再开口。她脸向着主妇，用细弱的声音嘱托后事：

"夫人，请将这一点钱和我的行李交给领事馆转送回国去。如果一家平安地都生存着就好了。在我瞑目以前，总望他们平安。请替我写信给他们，说我一向念着他们，曾经为了孩子们劳动过了。……说我只以不能和他们再见一面为恨。……说我虽然如此，却勇敢地自己忍受，为孩子们祈祷了才死。……请替我把玛尔可托付丈夫和长子。……说我到了临终，还不放心玛尔可。……"话犹未完，突然气冲上来，拍手哭泣：

"啊！我的玛尔可！我的玛尔可！我的宝贝！我的性命！……"

等她含着泪看四周，主妇已不在了。有人进来把主妇悄悄地叫出去的。她到处找主人也不见。只有两个看护妇和医生助手在床前。邻室里闻有急乱的步声和嘈杂的语音，病人注视着室门，以为发生什么了。过了一会儿，医生进来了，转变了脸色，后面跟着的主妇主人，面上也都有惊色。大家用怪异的眼色向着她，唧咕地互相私语。她恍惚听见医生对主妇说："还是快些说吧。"可是不知究是为了什么。

主妇向她战栗地说："约瑟华！有一个好消息说给你听，不要吃惊！"

她热心地看着主妇。主妇小心地继续说：

"是你所非常喜欢的事呢。"

病人眼睁大了。主妇再继续了说：

"好吗？给你看一个人——是你所最爱的人啊。"

病人拼命地抬起头来，眼光炯炯地向主妇看，又去看那门口。

主妇脸色苍白地说：

"现在有个万料不到的人来在这里。"

"是谁？"病人惊惶地问。呼吸也急促了。忽然发出尖锐的叫声，跳起来坐在床上，两手捧住了头，好像见了什么鬼物似的。

这时，衣服褴褛、满身尘垢的玛尔可已出现在门口。医生携了他的手，叫他退后。

病人发出三次尖锐的叫声：

"上帝！上帝！我的上帝！"

玛尔可奔近拢去。病人张开枯瘦的两臂，使出了虎也似的力将玛尔可抱紧在胸前。剧烈地笑，无泪地啜泣。终于呼吸接不上来，倒在枕上。

她即刻恢复过来了，狂喜地不绝在儿子头上接吻，叫着说：

"你怎么来到这里的？怎么？这真是你吗？啊，大了许多了！谁带了你来的？一个人吗？没有什么吗？啊！你是玛尔可？但愿我不是做梦！啊！上帝！你说些什么给我听吧！"

说着，又突然改了话语：

"咿哟！慢点说，且等一等！"于是向医生说：

"快！快快！医生！现在立刻！我想病好。已愿意了，愈快愈好。给我把玛尔可领到别处去，不要让他听见。——玛尔可，没有什么的。以后再说给你知道。来，再接一吻。就到那里去，——医生！请快。"

玛尔可被领出了，主人夫妇和别的女人们也急忙避去。室中只留医生和助手二人，门立刻关了。

美贵耐治先生要想拉玛尔可到远一点的室中去,可是不能。玛尔可长了根似的坐在阶石上不动。

“怎么? 母亲怎样了? 做什么?”他问。

美贵耐治先生仍想领开他,静静地和他说:

“你听着,我告诉你。你母亲病了,要受手术,快到这边来,我仔细说给你听。”

“不!”玛尔可抵抗。“我一定要在这里,就请在这里告诉我。”

技师强拉他过去,一边静静地和他说明经过。他恐惧战栗了。

突然,致命伤也似的尖叫声震动全宅。玛尔可也应声叫喊起来:

“母亲死了!”

医生从门口探出头来:

“你母亲有救了!”

玛尔可注视了医师一会儿,既而投身到他脚边,啜泣着说:

“谢谢你! 医生!”

医生搀住他说:

“起来! 你真勇敢! 救活你母亲的,就是你!”

夏

二十四日

热那亚少年玛尔可的故事已完,这学年只剩六月份的一次每月例话,两次试验了,还要上课二十六日,六个星期四和五个星期日。学年将终了时,熏风照例拂拂地吹着。庭树长满了叶和花,在体操器械上投射着凉荫。学生都改穿了夏衣了,放学的时候,觉得他们一切都已和从前不同,这是很有趣的事。垂在肩上的发已剪得短短的,脚部和项部完全露出。各种各样的麦秆帽子,背后长长地垂着丝带;各色的衬衣和领结上都缀有红红绿绿的东西,或是领章,或是袖口,或是流苏。这种好看的装饰,都是做母亲的替他儿子缀上的,就是贫家的母亲,也想把自己的小孩打扮得像个样子。其中,也有许多不戴帽子到学校里来的,好像由田家逃出来的,也有着白制服的。在代尔卡谛先生那级的学生中,有一个从头到脚着得红红的像熟蟹似的人,又有许多着水兵服的。

最有趣的是“小石匠”，他戴着大大的麦秆帽，样子像在半截蜡烛上加了一个笠罩。再在这下面露出兔脸，真可笑极了。可莱谛也已把那猫皮帽改换了鼠色绸制的旅行帽，华梯尼穿着有许多装饰的奇怪的苏格兰服，克洛西袒着胸，泼来可西被包在青色的铁工服中。

至于卡洛斐，他因为脱去了什么都可以藏的外套，现在改用口袋贮藏一切了。他的衣袋中藏着什么，从外面都可看见。有用半张报纸做成的扇子，有手杖的柄，有打鸟的弹弓，有各种各样的草，金色甲虫从袋中爬出来，停在他的上衣上。

有些幼小的孩子把花束拿到女先生那里。女先生也穿着美丽的夏衣了，只有那个“修女”先生仍是黑装束。戴红羽毛的先生仍戴了红羽毛，颈上结着红色的丝带。她那级的小孩要去拉她的那丝带，她总是笑着避开。

现在又是樱桃，蝴蝶，和街上乐队，野外散步的季节。高年级的学生都到濮河去水浴，大家等着暑假到来。每天到学校里，都一天高兴似一天。只有见到穿丧服的卡隆，我不觉就起悲哀。还有，使我难过的就是那二年级教我的女先生的逐日消瘦，咳嗽加重，行路时身子向前大屈，路上相遇时那种招呼的样子很是可怜。

诗

安利柯啊！你似已渐能了解学校生活有诗的情味了。但你所见的还只是学校的内部。再过二十年，到你领了自己的儿子到学校里去的时候，学校将比你现在所见的更美，更为诗意了。那时，你恰像现在的我，能见到学校的外部。我在等你退课的时候，常到学校周围去散步，侧耳听听里面，很是有趣。从一个窗口里，听到女先生的话声：

“呀！有这样的T字的吗？这不好。你父亲看见了将怎么说啊！”

从别个窗口里又听到男先生的粗大的声音：

“现在买了五十英尺的布——每尺费钱三角——再将布卖出——”

后来，又听那戴红羽毛的女先生大声地读着课本：

“于是，彼得洛·弥卡用了那点着火的火药线……”

间壁的教室好像无数小鸟在叫，大概先生偶然外出了吧。再转过墙角，看见一个学生正哭，听到女先生劝说他的话声。从楼上窗口传出来的是读韵文的声调，伟人善人的名氏，以及奖励道德、爱国、勇气的语音。过了一会儿，一切都静了，静得像这座大屋中没有一人一样，叫人不相信里面有七百个小孩。这时，先生偶然说一句可笑的话，笑声就同时哄起。路上行人都被吸引了望着，这有着大群前途无限的青年的屋宇。突然间，折叠书册或纸夹的声响，脚步的声响，纷然从这室传到那室，从楼上延到楼下，这是校工报知退课了。一听到这声音，在外面的男子、妇人、女子、年轻的，都从四面集来向学校门口拥去，等待自己的儿子、弟弟或是孙子出来。立时，小孩们从教室门口水也似的向大门泻出，有的拿帽子，有的取外套，有的拂着这些东西，跑着喧闹着。校工催他们一个一个地走出，于是才排成长长的行列走出来，在外等候着的家属就各自探问：

"做好了吗？出了几个问题？明天要预备的功课有多少？本月月考在哪一天？"

连不识文字的母亲，也翻开了笔记簿看着，问：

"只有八分吗？复习是九分？"

这样，或是担心，或是欢喜，或是询问先生，或是谈论前途的希望与试验的事。

学校的将来真是如何美满，如何广大啊！

——父亲——

聋哑　　二十八日

今天早晨参观聋哑学校，作为五月这一个月的完满结束。今天清晨，门铃一响，大家跑出去看是谁。父亲惊异地问：

"呀！不是乔赵吗？"

我们家在支利时，乔赵曾替我们做园丁，他现在孔特夫，到希腊去做了三年铁路工人，才于昨天回国，在热那亚上陆的。他携着一个大包裹，年纪已大了许多了，脸色仍是红红的，现着微笑。

父亲叫他进室中来，他辞谢不入，突然担心似的问：

"家里不知怎样了？奇奇阿怎样？"

“最近知道她好的。”母亲说。

乔赵叹息着，说：“啊！那真难得！在没有听到这话以前，我实没有勇气到聋哑学校去呢。这包裹寄放在这里，我就去领了她来吧。已有三年不见女儿了。这三年中，不曾见到一个亲人。”

父亲向我说：

“你跟着他去吧。”

“对不起，还有一句话要问。”园丁说到这里，父亲拦住了他的话头，问：

“在那里生意怎样？”

“很好，托福，总算赚了些钱回来了。我所要问的就是奇奇阿。那哑女受的教育不知怎样了？我出去的时候，可怜！她全然和兽类一样无知无识哩！我不很相信那种学校，不知她已经把哑语手势学会了没有？妻曾写信给我说那孩子的语法已大有进步，但是我自想，那孩子学了语法有什么用处呢，如果我不懂得那哑语手势，要怎样才能彼此了解呢？哑子对哑子能够说话，这已经算是了不起了。究竟她是怎样地在受教育？她现在怎样？”

“我现在且不和你说，你到了那里自会知道的。去，快去。”父亲微笑着回答。

我们就开步走。聋哑学校离我家不远。园丁跨着大步，一边悲伤地说：

“啊。奇奇阿真可怜！生来就聋，不知是什么运命！我不曾听到她叫过我爸爸，我叫她女儿，她也不懂。她出生以来从未说什么，也从未听到什么呢！碰到了慈善的人代为负担费用，给她入了聋哑学校，总算是再幸福也没有了。八岁那年进去的，现在已十一岁了，三年中不曾回家来过，大概已长得很大了吧？不知究竟怎样。在那里好吗？”

我把步加快了答说：

“就会知道的，就会知道的。”

“不晓得聋哑学校在哪里，当时是我的妻送她进去的，我已不在国内了。大概就在这一带吧？”

我们到了聋哑学校。一进门，就有人来应接。

“我是奇奇阿·华奇的父亲，请让我见见我那女儿。”园丁说。

“此刻正在游戏呢，就去通告先生吧。”应接者急忙进去了。

园丁默默地环视着四周的墙壁。

门开了,着黑衣的女先生携了一个女孩出来。父女暂时缄默着相看了一会儿,既而彼此抱住了号叫。

女孩穿着白底红条子的衣服和鼠色的围裙,身材比我略长一些,两手抱住了父亲哭着。

父亲离开了,把女儿从头到脚打量了一会儿,好像才跑了快步的样子,呼吸急促地大声说:

"啊,大了许多了,好看了许多了!啊!我的可怜的可爱的奇奇阿!我的不会说话的孩子!你就是这孩子的先生么?请你叫她做些什么手势给我看,我也许可以知道一些,我以后也用功略微学一点吧。请告诉她,叫她装些什么手势给我看看。"

先生微笑着低声向那女孩说:

"这位来看你的人是谁?"

女孩微笑着,像初学意大利话的外国人那样,用了粗糙而不合调子的声音回答。可是却明白地说道:

"这是我的父亲。"

园丁大惊,倒退一步发狂似的叫了出来:

"会说话!奇了!会说话了!你,嘴已变好了吗?已能听见别人说话了吗?再说些什么看!啊!会说话了呢!"说着,再把女儿抱近身去,在额上吻了三次:

"先生,那么,不是用手势说话的吗?不是用手势达意的吗?这究竟是怎么一回事?"

"不,华奇君,不用手势了。那是旧式的。这里所教的是新式的口语法。你不知道吗?"先生说。

园丁惊异得呆了:

"我全不知道这方法。到外国去了三年,家里虽也曾写了信告诉我这样,但我全不知道是什么一回事。我真呆蠢呢。啊,我的女儿!那么,你懂得我的话么?听到我的声音吗?快回答我,听到的吗?我的声音你听到的吗?"

先生说:

"不,华奇君,你错了。她不能听到你的声音,因为她是聋的,她能懂得你的话,那是看了你的嘴唇动着的样子才悟到,并不曾听见你的声音。她也听不见自己的声音。她能讲话是我们一字一字地把嘴和舌的样子教她,她才会的。她发一言,颊和喉咙要费很大的力呢。”

园丁听了仍不懂所以然,只是张开了嘴站着,似乎不能相信。他把嘴附着女儿的耳朵:

“奇奇阿,父亲回来了,你欢喜吗?”说了再抬起头来等候女儿的回答。

女儿默然地注视着父亲,什么都不说,弄得父亲没有法子。

先生笑着说:

“华奇君,这孩子没有回答,是未曾看见你的嘴的缘故。因为你把嘴在她的耳朵旁说的。请站在她的面前再试一遍看。”

父亲于是正向了女儿的面前再说道:

“父亲回来了,你欢喜吗? 以后不再去哩。”

女儿注视地看着父亲的嘴,连嘴的内部也可以望见,既而明白地答说:

“呃,你回——来了,以后不再——去,我很——欢——喜。”

父亲急忙抱住了女儿,为了证实试验,又问她种种的话:

“你母亲叫什么名字?”

“安——东——尼亚。”

“妹妹呢?”

“亚代——利——德。”

“这学校叫什么?”

“聋——哑——学——校。”

“十的二倍是多少?”

“二——十。”

父亲听了突然转笑为哭,是欢喜的哭。

先生向他说:

“怎么了? 这是应该欢喜的事,有什么可哭的。你不怕惹得你女儿也哭起来吗?”

园丁执住先生的手,吻了两三次:

“多谢,多谢! 千谢,万谢! 先生,请恕我! 我除此已不知要怎么说才好了。”

“且慢，你女儿不但会说话，还能写、能算，历史、地理也懂得一些，已入本科了。再过两年，知识能力必更充足，毕业后可以从事相当的职业。这里的毕业生中很有充当商店伙员的，和普通人同样地在那里活动呢。”

园丁更加奇怪了，茫然若失地看着女儿搔头，好像要求说明。

先生向在旁的侍者说：

“去叫一个预科的学生来！”

侍者去了一会儿，领了一个才入学的八九岁的聋哑生出来。先生说：

“这孩子才学初步的课程，我们是这样教的：我现在叫她发 A 字的音，你仔细看！”

于是先生张开嘴，做发母音 A 字的状态，示给那孩子看，用手势叫孩子也做同样的口形。然后再用手势叫她发音。那孩子发出的音来不是 A，却变了 O。

“不是。”先生说，拿起孩子的两手，叫她把一手按在先生的喉部，一手按在胸际，反复地再发 A 字的音。

孩子从手上了解了先生的喉与胸的运动，重新如前开口，遂完全发出了 A 字的音。

先生又继续地叫孩子用手按住自己的喉与胸，教授 C 字与 D 字的发音。再向园丁说：

“怎样？你明白了吧？”

园丁虽已明白许多，似乎比未明白时更加惊异了：

“那么，是这样一一把话说教给他们的吗？”说了暂停，又注视着先生。“是这许多孩子都一一费了长久的年月逐渐这样教吗？呀！你们真是圣人，真是天使！在这世界上，恐怕没有可以报答你们的东西吧？啊！我应该怎样说才好啊！请让我把女儿暂留在这里！五分钟也好，把她暂时借给我！”

于是园丁把女儿领到一旁，问她种种事情。女儿一一回答。父亲用拳击膝，眯着眼笑。又携了女儿的手熟视打量，听着女儿的话声入魔了，好像这声音是从天上落下来的。过了一会儿，向着先生说：

“可以让我见见校长，当面道谢吗？”

“校长不在这里。你应该道谢的人却还有一个。这学校中，凡年幼的孩子，都由年长的学生当做母亲或是姊姊照顾着。照顾你女儿的是一个年纪十七岁的面包商人的女儿。她对于你女儿那才真是亲爱呢。这两年来，每天早晨代为着衣梳发，教她针线，真是好伴侣！——奇奇阿，你朋友的名字叫什么？"

"卡——德——利那·乔尔——达诺。"女儿微笑着说，又向父亲说：

"她是一个很——好的人啊。"

侍者受先生的指使，入内领了一个神情快活、体格良好的哑女出来。一样地穿着红条子纹的衣服，束着鼠色的围裙。她到了门口红着脸站住，微笑着把头俯下，身体虽已像大人，仍有许多像小孩的神态。

园丁的女儿走近前去，携了她的手，同到父亲面前，用了粗重的声音说：

"卡——德——利那·乔尔——达诺。"

"呀！好一位端正的姑娘！"父亲叫着想伸手去抚摸她，既而又把手缩回，反复地说：

"呀！真是好姑娘！愿上帝祝福，把幸福和安慰加在这姑娘身上！使姑娘和姑娘的家属都常常得着幸福！真是好姑娘啊！奇奇阿！这里有个正直的工人，贫家的父亲，用了真心在这样祈祷呢。"

那大女孩仍是微笑着抚摸着那小女孩。园丁只管如看圣母像般地注视着她。

"你可以带了你女儿同出外一天的。"先生说。

"那么我带了她同回到孔特夫去，明天就送她来，请许我带她同去。"园丁说。

女儿跑去着衣服了。园丁又反复地说：

"三年不见，已能说话了呢。暂时带她回孔特夫去吧。咿哟，还是带了她在丘林街散散步，先给人家看看，同到亲友们那里去吧。啊，今天好天气！啊！真难得！——喂！奇奇阿，来拉住我的手！"

女儿着了小外套，戴了帽子，她执了父亲的手。父亲到了门口，向大家说：

"诸位，多谢！真真多谢！改日再来道谢吧！"既而一转念，站住了回过头来，放脱了女儿的手，探着衣囊，发狂似的大声说：

"且慢，我难道不是人吗？这里有十块钱呢，把这捐给学校吧。"说着，把金钱抓出放在桌上。

先生感动地说：

“咿哟,钱请收了去,不受的。请收了去。因为我不是学校的主人。请将来当面交给校长。大概校长也决不肯收受的吧,这是以劳动换来的钱呢。已经心领了,同收受一样,谢谢你。”

“不,一定请收了的。那么——”话还没有完,先生已把钱硬塞在他的衣袋里了。园丁没有办法,用手送接吻于先生和那大女孩,拉了女儿的手,急急地出门而去。

“喂,来啊！我的女儿,我的哑女,我的宝宝!”

女儿用缓慢的声音叫说：

“啊！好太——阳啊!”

第九 六月

格里勃尔第将军

三日

(明日是国庆日)

今天是国丧日,格里勃尔第将军昨夜逝世了。你知道他的事迹吗?他是把一千万意大利人从波旁政府的暴政下救出来的人。七十五年前,他生于尼斯。父亲是个船长,他八岁时,救过一个女子的生命;十三岁时,和朋友共乘小艇遇险,把朋友平安救起;二十七岁时,在马塞救起一个将淹死的青年。四十一岁时,在海上救助过一只险遭火灾的船。他为了他国人的自由,在亚美利加曾作十年的战争,为争隆巴尔地和杜论谛诺的自由,曾与奥地利军交战三次。一八四九年守罗马以拒法国的攻击,一八六零年救那不勒斯和巴勒莫,一八六七年再为罗马而战,一八七零年和德意志战争,防御法军。他刚毅勇敢,在四十回战争中得过三十七回胜利。

平时以劳动自活,隐耕孤岛。教员、海员、劳动者、商人、兵士、将军、执政官,什么都做过。是个质朴伟大而且善良的人;是个痛恶一切压迫,爱护人民,保护弱者的人;是个以行善事为唯一志愿,不慕荣利,不计生命,热爱意大利的人。他振臂一呼,各处勇敢人士就立刻在他面前聚集:绅士弃了他们的邸宅,海员弃了他们的船舶,青年弃了他们的学校,来到他那赫赫光荣之旗下作战。他战时常着红衣,是个强健美貌而优雅的人。他在战阵中威如雷电,在平时柔如小孩,在患难中刻苦如圣者。意大利几千的战士于垂死时，只要一望见这威风堂堂的将军的面影，就都愿为他而死。愿为将军牺牲自己生命的，不知有几千人，几万人都曾为将军祝福，或愿为将军祝福。

将军死了，全世界都哀悼着将军。你现在还未能知将军，以后当有机会读将军的传记，或听人说将军的遗事。你逐渐成长，将军的面影在你前面也会跟着加大，你到成为大人的时候，将军会巨人似的立在你面前。到你去世了，你的子孙以及子孙的子孙都去世以后，这民族对于他那日星般彪炳的面影，还当做人民的救星永远景仰吧。意大利人的眉，将因呼他的名而扬，意大利人的胆，将因呼他的名而壮吧。

——父亲——

军队

十一日

（因格里勃尔第将军之丧，国庆日延迟一周。）

今天到配寨·卡斯德罗去看阅兵式。司令官率领兵队，在作了二列站着的观者间通过，喇叭和乐队的乐曲调和地合奏着。在军队进行中，父亲把队名和军旗一一指给我看。最初来的是炮兵工校的学生，人数约有三百，一律穿着黑服，勇敢地过去了。其次是步兵：有在哥伊托和桑马底诺战争过的奥斯泰旅团，有在卡斯德尔费达度战争过的勃卡漠旅团，共有四联队。一队一队地前进，无数的红带连续飘动，其状恰像花朵。步兵之后就是工兵，这是陆军中的工人，帽上饰着黑色的马尾，缀着红色的丝边。工兵后面接着又是数百个帽上有直而长的装饰的兵士，这是作意大利干城的山岳兵，高大褐色而壮健，都戴着格拉勃利亚型的帽子，那鲜碧的帽檐表示着故山的草色。山岳兵还没有走尽，群众就波动起来。接着来的是射击兵，就是那最先入罗马的有名的十二大队。帽上的装饰因风俯伏着，全体像黑色波浪似的通过。他们吹的喇叭声尖锐得如奏着战胜的音调，可惜那声音不久就消失在辘辘的粗而低的噪声中；原来野炮兵来了。他们乘在弹药箱上，被六百匹骏马牵了前进。兵士饰着黄带，长长的大炮，闪着黄铜和钢铁的光。炮车车轮辘辘地在地上滚着作响。后面山炮兵肃然地接着，那壮大的兵士和所牵着的强力的骡马，所向震动，给敌人带去惊恐与死亡。最后是热那亚骑兵联队，甲兜闪着日光，直持了枪，小旗飘拂，金银晃耀，辔鸣马嘶，很快地去了。这是从桑泰·路雪以至维拉勿兰卡像旋风样在战场上扫荡过十次的联队。

“啊！多好看啊！”我叫说。父亲警诫我：

“不要把军队作玩具看！这许多充满力量与希望的青年，为了祖国的缘故，一旦被召集，就预备在国旗之下饮弹而死的啊。你每次听到像今天这样的‘陆军万岁！意大利万岁！’的喝彩，须想在这军队后面就是尸山血河啊！如此，对于军队的敬意自然会从你胸中流出，祖国的面影也更庄严地可以看见了吧。”

意大利

十四日

在国庆日，应该这样祝祖国万岁：

“意大利啊，我所爱的神圣的国土啊！我父母曾生在这里、葬在这里，我也愿生在这里、死在这里，我的子孙也一定在这里生长、在这里死亡。华美的意大利啊！积有几世纪的光荣，在数年中得过统一与自由的意大利啊！他曾将神圣的知识之光传给世界。为了你的缘故，无数的勇士在沙场战死，许多勇士化作断头台上的露而消逝。你是三百都市和三千万子女的高贵的母亲，我们做幼儿的，虽不能完全知道你、了解你，却尽了心宝爱着你呢。我得生在你的怀里，做你的儿子，真足自己夸耀。我爱你那美丽的河和崇高的山，我爱你那神圣的古迹和不朽的历史，我爱你那历史的光荣和国土的完美。我把整个祖国和我所始见始闻的最系恋的你的一部分同样地爱敬，我以纯粹的情爱平等的感谢，爱着你的全部——勇敢的丘林，华丽的热那亚，知识开明的博洛尼亚，神秘的威尼斯，伟大的米兰。我更以幼儿的平均的敬意，爱温和的佛罗伦萨，威严的巴勒莫，宏大而美丽的那不勒斯，以及可惊奇的永远的罗马。我的神圣的国土啊！我爱你！我立誓：凡是你的儿子，我必如兄弟一样爱他们；凡是你所生的伟人，不论是死的或是活的，我必都从真心赞仰；我将勉为勤勉正直的市民不断地研磨智德，以期无愧于做你的儿子，竭尽我这小小的力量防止一切不幸、无知、不正、罪恶来污你的面目。我誓以我的知识，我的腕力，我的灵魂，谨忠事你；一到了应把血和生命贡献于你的时候，我就仰天呼着你的圣名，向你的旗子送最后的接吻，把我的血为你而洒,用我的生命做你的牺牲吧。

九十度的炎暑 十六日

国庆日以后,五日中温度增高五度。时节已到了仲夏,大家都渐疲倦起来,春天那样美丽的蔷薇脸色都不见了,项颈脚腿都消瘦下去。头昂不起,眼也昏眩了。可怜的耐利因受不住炎暑,那蜡样的脸色愈呈苍白,不时伏着睡在笔记簿上。但是卡隆常常留心照拂耐利,他睡去的时候,把书翻开了竖在他前面,替他遮住先生的眼睛。克洛西的红发头靠在椅背上,恰像一个割下的人头放在那里。诺琵斯唧咕着人多空气不好。啊,上课真苦啊!从窗口望见清凉的树荫,就想跳出去,不愿再在座位里受拘束。从学校回去,母亲总候着我,留心我的面色。我一看见母亲,精神重新振作起来了。我用功的时候,母亲常问:“不难过吗?”早晨六点叫我醒来的时候,也常说:“啊,要好好地啊!再过几天就要休假,可以到乡间去了。”

母亲时时讲在炎暑中做着工的小孩们的情形给我听。说有的小孩在田野或如烧的砂地上劳动,有的在玻璃工场中终日逼着火焰。他们早晨比我早起床,而且没有休假。所以我们也非奋发不可。说到奋发,仍要推代洛西第一,他绝不叫热或想睡,无论什么时候都活泼快乐。他那长长的金发和冬天里一样垂着,用功毫不觉苦。只要坐在他近旁,听到他的声音,也能令人振作起来。

此外,拼命用功的还有两人。一是固执的斯带地,他怕自己睡去,敲击着自己的头,热得真是昏倦的时候,把牙齿咬紧,眼睛张开,那神气似乎要把先生也吞下去了。还有一个是商人的卡洛斐。他一心一意用红纸做着纸扇,把火柴盒上的花纸粘在扇上,卖一个铜币一把。

但是最令人佩服的要算可莱谛。据说他早晨五点起床,帮助父亲运柴。到了学校里,每到十一点不觉支持不住,把头垂在胸前。他惊醒转来,常自己敲着颈背,或禀告了先生,出去洗面,或预托坐在旁边的人推醒他。可是今天他终于忍耐不住,呼呼地睡去了。先生大声叫:“可莱谛!”他也听不见。于是先生忿怒起来,“可莱谛,可莱谛!”反复地怒叫。住在可莱谛贴邻的一个卖炭者的儿子站起来说:

"可莱谛今天早晨五点钟起运柴到了七点钟才停。"

于是,先生让可莱谛睡着,半点钟以后才走到可莱谛的位置旁,轻轻地吹他的脸,把他吹醒了。可莱谛睁开眼来,见先生立在前面,惊恐得要退缩。先生两手托住了他的头,在他头发上接吻着说:

"我不责你。因为你的睡去不是由于怠惰,乃是由于实在疲劳了。"

我的父亲

十七日

如果是你的朋友可莱谛或卡隆,像你今天那样回答父亲的话,决不至出口吧。安利柯!为什么这样啊!快向我立誓,以后不要再有那样的事。因了父亲责备你,口中露出失礼的答辩来的时候,应该想到将来有一天,父亲叫你到卧榻旁去,和你说:"安利柯!永诀了!"啊!安利柯!你到了不能再见父亲,走进父亲的房间,看到父亲遗下的书籍,回想到在生前对不起父亲的事,大概会自己后悔,对自己说:"那时我为什么这样!"到了那时,你才会知道父亲的爱你,知道父亲叱责你时自己曾在心里哭泣,知道父亲的加苦痛于你,完全是为了爱你。那时候,你会含了悔恨之泪,在你父亲的书桌上——为了儿女不顾生命地在这上面劳作过的书桌上接吻吧。现在,你不会知道,父亲除了慈爱以外,把一切的东西对你遮掩过了。你不知道吧,父亲因为操劳过度,自恐不能久在人世呢。在这种时候,总是提起你,对你放心不下。在这种时候,他常携了灯走进你的寝室,偷看你的睡态,回来再努力地继续工作。世界忧患尽多,父亲见你在侧也就把忧患忘了。这就是想在你的爱情中,求得安慰,恢复元气。所以,如果你待父亲冷淡,父亲失去了你的爱情将怎样悲哀啊。安利柯!切不可再以忘恩之罪把自己玷污了啊!你就算是个圣者样的人,也不足报答父亲的辛苦,并且,人生很不可靠,在什么时候发生什么事情,是料不到的。父亲或许在你还幼小的时候就不幸死了——在三年以后,二年以前或许就在明天,都说不定。

啊!安利柯!如果父亲死了,母亲着了丧服了,家中将非常寂寞,空虚得如空屋一样吧!快!到父亲那里去!父亲在房间里工作着呢。静静地进去,把头俯在父亲膝上,求父亲饶恕你,祝福你。

——母亲——

乡野远足

十九日

父亲又恕宥了我，并且，还许可我践可莱谛的父亲的约，同作乡野远足。

我们早想吸那小山上的空气，昨天下午两点钟，大家在约定的地方聚集。代洛西、卡隆、卡洛斐、泼来可西、可莱谛父子，连我总共是七个人。大家都预备了水果、腊肠、熟鸡蛋等类，又带着皮袋和锡制的杯子。卡隆在葫芦里装了白葡萄酒，可莱谛在父亲的水瓶里装了红葡萄酒，泼来可西着了铁匠的工服，拿着四斤重的面包。

坐街车到了格浪·美德莱·乔，以后就走上山路。山上满是绿色的凉荫，很是爽快。我们或是在草上打滚，或是在小溪中洗面，或是跳过林篱。可莱谛的父亲把上衣搭在肩上，衔着烟斗，远远地从后面跟着我们走。

泼来可西吹起口笛来，我从未听到过他吹口笛。可莱谛也一边走一边吹着。他拿手指般长的小刀，做着水车、木叉、水枪等种种东西，强把别的孩子的行李背在身上，虽已遍身流汗，还能山羊似的走得很快。代洛西在路上时时站住了教给我草类和虫类的名称，不知他怎么能知道这许多东西啊。卡隆默然地嚼着面包。自从母亲去世以后，他吃东西想来已不像以前有味了，可是待人仍旧那样亲切。我们要跳过沟去的时候，因为要作势，先退了几步，然后再跑上前去。他第一个跳过去，伸手过来搀别人。泼来可西！幼时曾被牛触突，见了牛就恐怖；卡隆在路上见有牛来，就走在泼来可西前面。我们上了小山，跳跃着，打着滚。泼来可西滚入荆棘中，把工服扯破了，很难为情地站着。卡洛斐不论什么时候都带有针线，就替他补好了。泼来可西只是说："对不起，对不起。"一等缝好，就立刻开步跑了。

卡洛斐在路上也不肯徒然通过。或是采摘可以作生菜的草，或是把蜗牛拾起来看，见有尖角的石块就拾了藏入口袋里，以为或许含有金银。我们无论在树荫下，或是日光中，总是跑着，滚着，后来把衣服都弄皱了，喘息着到了山顶，坐在草上吃带来的东西。

前面可望见广漠的原野和戴着雪的亚尔普斯山。我们肚子已饿得不堪，面包一到嘴里好像就溶化了。可莱谛的父亲用葫芦叶盛了腊肠分给我们，大家一边吃着，一边谈先生们的事、朋友的事和试验的事。泼来可西怕难为情,什么都不吃。卡隆把好的拣了塞入他的嘴里,可莱谛盘了腿坐在他父亲身旁,两人并在一处;如其说他们是父子,不如说是兄弟,状貌很相像,都脸色赤红,露着白玉似的牙齿在微笑。父亲倾了皮袋畅饮,把我们喝剩的也拿了去像甘露似的喝着。他说:

"酒在读书的孩子是有害的,在柴店伙计,却是必要的。"说着,捏住了儿子的鼻头,向我们摇扭着。

"哥儿们,请你们爱待这家伙啊。这也是正直男子哩!这样夸口原是可笑的,哈,哈,哈,哈!"

除了卡隆,一齐都笑了。可莱谛的父亲又喝了一杯:

"惭愧啊。哪,现在虽是这样,大家都是要好的朋友,再过几年安利柯与代洛西成了判事或是博士,其余的四个,都到什么商店或是工场里去,这样,彼此就分开了!"

"哪里的话!"代洛西抢先回答。"在我,卡隆永远是卡隆,泼来可西永远是泼来可西,别的人也都一样。我即使做了俄国的皇帝,也决不变,你们所住的地方,我总是要来的。"

可莱谛的父亲擎着皮袋:

"难得!能这样说,再好没有了。请把你们的杯子举起来和我的碰一下。学校万岁!学友万岁!因为在学校里,不论富人穷人,都如一家的。"

我们都举杯触碰了皮袋而喝。可莱谛的父亲起立了,把皮袋中的酒倾底喝干:

"四十九联队第四大队万——岁!喂!你们如果入了军队,也要像我们一样地出力干啊!少年们!"

时光不早,我们且跑且歌,携手下来。傍晚到了濮河,见有许多萤虫飞着。回到配寨·特罗·斯带丢土,在分开时,大家互约星期日再在这里相会,共往参观夜校的奖品授予式。

今天天气真好!如果我不逢到那可怜的女先生,我回家时将怎样地快乐啊。回家时已昏暗,才上楼梯,就逢到女先生。她见了我,就携了两手,附耳和我说:

"安利柯!再会!不要忘记我!"

我觉得先生说时在那里哭,上去就告诉母亲:

“我方才逢见女先生，她病得很不好呢。”

母亲已红着眼，注视着我，悲哀地说：

“先生是……可怜——很不好呢。”

劳动者的奖品授予式　　二十五日

依约，我们大家到公立剧场去看劳动者的奖品授予式。剧场的装饰和三月十四日那天一样。场中差不多都是劳动者的家属，音乐学校的男女生坐在池座里，他们齐唱克里米亚战争的歌。他们唱得真好，唱毕，大家都起立拍手。随后，各受奖者走到市长和知事面前，领受书籍、贮金折、文凭或是赏牌。“小石匠”傍着母亲坐在池座角边，在那一方，坐着校长先生，我三年级时的先生的红发头露出在校长先生后面。

最初出场的是图画科的夜学生，里面有铁匠、雕刻师、石版师、木匠以及石匠。其次是商业学校的学生，再其次是音乐学校的学生，其中有大批的姑娘和劳动者，都穿着华美的衣裳，因被大家喝彩，都笑着。最后来的是夜间小学校的学生，那光景真是好看，年龄不同，职业不同，衣服也各式各样。——有白发的老人，也有工场的徒弟，也有蓄长头发的职工。年纪轻的毫不在意，老的却似乎有些难为情的样子。群众虽拍手欢迎他们，却没有一个人笑的，谁都现着真诚热心的神情。

受奖者的妻或子女大多坐在池座里观看。幼儿之中，有的一见到自己的父亲登上舞台，就尽力大声叫唤，笑着招手。农夫过去了，担夫也过去了。我父亲所认识的擦靴匠也登场到知事前来领文凭。其次来了一个巨人样的大人，好像是在什么时候曾经见过的，原来就是那受过三等奖的“小石匠”的父亲。记得我去望“小石匠”的病，上那房顶阁去的时候，他就站在病床旁。我回头去看坐在池座的“小石匠”，见“小石匠”正双目炯炯地注视着父亲，装着兔脸来藏瞒他的欢喜呢。忽然间喝彩声四起，急向舞台看时，见那小小的烟囱扫除人只洗净了面部，仍着了漆黑的工服出场了。市长携住他的手，和他说话。烟囱扫除人之后，又有一个清道夫来领奖品。这许多劳动者，一边为了自己一家人辛苦工作，再于工作以外用功求学，至于得到奖品。真是难能可贵。我一想到此，有一种说不出的感动。他们劳动了一日以后，再分出必要的睡眠时间,使用那不曾用惯的头脑,用那粗笨的手指执笔,这是怎样辛苦的事啊。

接着又来了一个工场的徒弟。他一定是穿了他父亲的上衣来的,只要看他上台受奖品时卷起了长长的袖口就可知道。大家都笑了起来,可是笑声终于立刻被喝彩声埋没了,其次,来了一个秃头白须的老人。还有许多的炮兵,这里有曾经在我校的夜学部的,此外还有税局的门房和警察,我校的门房也在其内。

末了,夜校的学生又唱克里米亚战争歌。因为那歌声从真心流出,含着深情,听众不喝彩,只是感动地静静退出。

一霎时,街上充满了人。烟囱扫除者拿了领得的红色的书册站在剧场门口时,绅士都集在他的周围和他说话。街上的人彼此互相招呼,劳动者、小孩、警察、先生、我三年级时的先生和两个炮兵,从群众间出来。劳动者的妻抱了小孩,小孩用小手拿着父亲的文凭矜夸地给群众看。

女先生之死

二十七日

当我们在公立剧场时,女先生死了。她是于访问我母亲的一周后下午二时逝世的。昨天早晨,校长先生到我们教室里来告诉我们这事,说:

“你们之中,凡曾受过先生的教育的,都应该知道。先生真是个好人,曾像爱自己儿子般爱着学生。先生已不在了。她病得很久,为生活计,不能不劳动,终于缩短了可以延续的生命。如果能暂时休息养病,应该可以多延几个月吧。可是她总不肯抛离学生,星期六的傍晚,那是十七日这一天的事,说是将要不能再见学生了,亲去诀别。好好地训诫学生,一一与他们接吻了哭着回去。这先生现在已不能再见了,大家不要忘记先生啊。”

在二年级时曾受过先生的教育的泼来可西,把头俯在桌上哭泣起来了。

昨天下午散学后,我们去送先生的葬。到了先生的寓所,见门口停着双马的柩车,许多人都低声谈说等待着。我们的学校里,从校长起,所有的先生都到了。先生以前曾任职过的别的学校,也都有先生来。先生所教过的幼小的学生,大抵都由手执蜡烛的母亲带领着。别级学生到的也很多,有拿花环的,有拿蔷薇花束的。柩车上已堆着许多花束,顶上放着大大的刺球花环,用黑文字记着:“五年级旧学生敬呈女先生”。大花环下挂着的小花环,那都是小学生拿来的。群众之中有执了蜡烛代主妇来送葬的佣妇,有两个执着火把的穿法衣的男仆,还有一个学生的父亲某绅士,乘了饰着青绸的马车来。大家都集在门旁,女孩们拭着泪。

我们静候了一会儿,棺出来了。小孩们见棺移入柩车就哭起来。其中有一个,好像到这时才信先生真死了似的,放声大哭,号叫着不肯停止,人们遂领了他走开。

行列徐徐出发,最前面是绿色装束的B会的姑娘们,其次是白装束饰青丝边的姑娘们,再其次是僧侣,这后面是柩车,先生们,二年级的小学生,别的小学生,最后是普通的送葬者。街上的人们从窗口门口张望,见了花环与小孩说:“是学校的先生呢。”带领了小孩来的贵妇人们也哭着。

到了寺院,棺从柩车移出,安放在中堂的大祭坛前面。女先生们把花环放在棺上,小孩们把花覆满棺的周围。在棺旁的人都点起蜡烛在薄暗的寺院中开始祈祷。等僧侣一念出最后的“阿门”,就一齐把烛熄灭走出。女先生独自留在寺院里了!可怜!那样亲切,那样勤劳,那样长久尽过职的先生!据说先生把书籍以及一切遗赠给学生了,有的得着墨水壶,有的得着小画片。听说死前的两天,她曾对校长说,小孩们不宜哭泣,不要叫他们参与葬式。

先生做了好事,受了苦痛,终于死了。可怜独自留在那样昏暗的寺院里了!再会,先生!先生在我,是悲哀而爱慕的记忆!

感谢　　二十八日

可怜的女先生曾经想支持到这学年为止,终于只剩三天就死去了。明后天到学校去听了《难船》的讲话,这学年就此完毕。七月一日的星期六起开始试验,不久就是四年级了。啊!如果女先生不死,原是很可欢喜的事呢。

回忆去年十月才开学时的种种事情,从那时起,确增加了许多的知识。说,写,都比那时好,算术也已能知道普通大人所不知道的事,可以帮助人家算帐了,无论读什么,大抵都似乎已懂得。我真欢喜。可是,我的能到此地步，不知有多少人在那里勉励我帮助我呢。无论在家里，在学校里，在街上，无论在什么地方，只要是我所居住，我有见闻的处所，必定有各种各样的人在各种各样地教我的。所以，我感谢一切的人。第一，感谢先生，感谢那样爱我的先生，我现在所知道的东西，都是先生用尽了心力教我的。其次，感谢代洛西，他替我说明种种事，使我通过种种的难关，试验赖以不失败。还有，斯带地，他曾示我一个"精神一到金石为开"的实例。还有那亲切的卡隆，他曾给我以对人温暖同情的感化。泼来可西与可莱谛，他们二人曾给我以在困苦中不失勇志，在劳作中不失和气的模范。所有一切朋友，我都感谢。但是特别要感谢的是我的父亲。父亲曾是我最初的先生，又是我最初的朋友，给我以种种的训诫，教我种种的事情，平日为我勤劳，有悲苦则瞒住了我，用种种的方法使我用功愉快，生活安乐。还有，那慈爱的母亲。母亲是爱我的人，是守护我的天使，她以我之乐为乐，以我之悲为悲，和我一处用功，一处劳动，一处哭泣，一手抚了我的头，一手指天给我看。母亲，谢谢你！母亲在爱和牺牲的十二年中，把温爱注入了我的心胸。

难船（最后的每月例话）

在几年前十二月的某一天，一只大轮船从英国利物浦港出发。船中合船员六十人共载二百人光景。船长船员都是英国人，乘客中有几个是意大利人，船向马耳他岛进行。天色不佳。

三等旅客之中有一个十二岁的意大利少年。身体与年龄相比虽似矮小，却长得很结实，是个西西里型的美勇坚强的少年。他独自坐在船头桅杆旁卷着的缆索上，身旁放着一个破损了的皮包，一手搭在皮包上面，粗布上衣，破旧的外套，皮带上系着旧皮袋。他沉思似的冷眼看着周围的乘客、船只、来往的水手，以及汹涌的海水。好像他家中新近遭遇了大不幸，脸还是小孩，表情却已像大人了。

开船后不多一会儿，一个意大利水手携了一个小女孩来到西西里少年前面，向他说：

"马利阿，有一个很好的同伴呢。"说着自去。女孩在少年身旁坐下。他们彼此面面相对的看着。

“到哪里去?”男孩问。

“到了马耳他岛,再到那不勒斯去。父亲母亲正望我回去,我去见他们的。我名叫寇列泰·法贵尼。”

过了一息,他从皮袋中取出面包和果物来,女孩带有饼干,两个人一同吃着。

方才来过的意大利水手慌忙地从旁边跑过,叫着说:

“快看那里!有些不妙了呢!”

风渐渐加烈,船身大摇。两个小孩却不眩晕。女的且笑着。她和少年年龄相仿佛,身较高长,肤色也一样地是褐色,身材窈窕,有几分像是有病的。服装很好,发短而卷,头上包着红头巾,耳上戴着银耳环。

两个孩子一边吃着,一边互谈身世。男孩已没有父亲,父亲原是做职工的,几天前在利物浦死去了。孤儿受意大利领事的照料,送他回故乡巴勒莫,因为他有远亲在那里。女孩于前年到了伦敦叔母家里,她父亲因为贫穷,暂时把她寄养在叔母处,预备等叔母死后分些遗产。几个月前,叔母被马车碾伤,突然死了,财产分文无余。于是她请求意大利领事送归故乡。恰巧,两个孩子都是由那个意大利水手担任带领。

女孩说:

“所以,我的父亲母亲还以为我能带得钱回去呢,哪知道我一些都没有。不过,他们大约仍是爱我的。我的兄弟想也必定这样。我的四个兄弟都还小呢,我是最大的。我在家每天替他们穿衣服。我一回去,他们一定快活,一定要飞跑拢来哩。——呀,波浪好凶啊!”

又问男孩:

“你就住在亲戚家里吗?”

“是的,只要他们容留我。”

“他们不爱你吗?”

“不知道怎样。”

“我到今年圣诞节恰好十三岁了。”

他们一同谈海洋和关于船中乘客的事,终日在一处,时时交谈。别的乘客以为他们是姊弟。女孩编着袜子,男孩沉思着。浪渐渐加凶了,天色已夜。两个孩子分开的时候,女的对了马利阿说:

“请安眠!”

“谁都不得安眠哩! 孩子啊!”意大利水手恰好在旁走过,这样说。男孩正想对女孩答说“再会”,突然来了一个狂浪,将他晃倒了。

女孩飞跑近去:

“咿呀! 你出血了呢。”

乘客各顾自己逃,没有人留心别的。女孩跪在瞠着眼睛的马利阿身旁,替他拭净头上的血,从自己头上取下红头巾,当做绷带替他包在头上。打结时,把他的头抱紧在自己胸前,以至自己上衣上也染了血。马利阿摇晃着站起来。

“好些吗?”女孩问。

“没有什么了。”马利阿回答。

“请安睡。”女孩说。

“再会。”马利阿回答。于是两人各自回进自己舱位去。

水手的话验了。两个孩子还没有睡熟,可怖的暴风到了,其势猛如奔马。一根桅子立刻折断,三只舢板也被吹走。船梢载着的四头牛也像木叶一般地被吹走了。船中起了大扰乱,恐怖,喧嚣,暴风雨似的悲叫声,祈祷声,令人毛骨悚然。风势全夜不稍衰,到天明还是这样。山也似的怒浪从横面打来,在甲板上激散,击碎了那里的器物,卷入海里去。遮蔽机关的木板被击碎了。海水怒吼般地泼入,火被淹熄,司炉逃走,海水潮也似的从这里那里卷入。但听得船长的雷般的叫声:

“快攀住唧筒。”

船员奔到唧筒方面去。这时又来了一个狂浪,那狂浪从横面扑下,把船舷、舱口全部打破,海水从破孔涌进。

乘客自知要没有命了,逃入客室去。及见到船长,齐声叫说:

“船长! 船长! 怎么了! 现在到了什么地方! 能有救吗! 快救我们!”

船长等大家说毕,冷静地说:

“只好绝望了。”

一个女子呼叫神助,其余的默不作声,恐怖把他们吓住了。好一会儿,船中像墓里般的寂静。乘客都脸色苍白,彼此面面相对。海波汹涌,船一高一低地摇晃着。船长放下救命舢板艇,五个水手下了艇,艇立刻沉了,是浪冲沉的。五个水手淹没了两个。那个意大利水手也在内。其余的三人拼了命缒了绳逃上。

这时候,船员也绝望了。两小时以后,水已齐到货舱口了。

甲板上出现了悲惨的光景:母亲们于绝望之中将自己的小儿紧抱在胸前;朋友们互抱相告永诀;因为不愿见海而死,回到舱里去的人也有;有一人用手枪自击头部,从高处倒下死了;大多数的人们都狂乱地挣扎着;女人则可怕地痉挛着,哭声,呻吟声,和不可名说的叫声,混合在一起;到处都见有人失了神,睁大无光的眼,石像似的呆立着,面上已没有生气。寇列泰和马利阿二人抱住一桅杆,目不转睛地注视着海。

风浪小了些了,可是船已渐渐下沉,眼见不久就要沉没了。

"把那长舢板艇放下去!"船长叫道。

唯一仅存的一艘救命艇下水了,十四个水手和三个乘客乘在艇里。船长仍在本船。

"请快随我们来。"水手们从下面叫。

"我愿死在这里。"船长答。

"或许遇到别的船得救呢,快下救命艇吧!快下救命艇吧!"水手们反复劝。

"我留在这里。"

于是水手们向别的乘客说:

"还可乘一人,顶好是女的!"

船长搀扶一个女子过来,可是舢板离船很远,那女子无跳跃的勇气,就倒卧在甲板上了。别的妇女都也失神了,像死了的一样。

"送个小孩过来!"水手叫喊。

像化石似的呆在那里的西西里少年和其伴侣听到这叫声,被那求生的本能所驱使,同时离了桅杆,奔到船侧,野兽般挣扎地前冲,齐声叫喊:

"把我!"

"小的!艇已满了。小的!"水手叫说。

那女的一听到这话,就像触了电似的立刻把两臂垂下,注视着马利阿。

马利阿也注视着她。一见到那女孩衣上的血迹,记忆起前事,他脸上突然发出神圣的光来。

“小的！艇就要开行了！”水手焦急地等着。

马利阿情不自禁地喊出声来：

“你分量轻！应该是你！寇列泰！你还有父母！我只是独身！我让你！你去！”

“把那孩子掷下来！”水手叫道。马利阿把寇列泰抱了掷下海去。寇列泰从水泡飞溅声中叫喊了一声“呀”，一个水手就捉住她的手臂拖入艇中。

马利阿在船侧高高地举起头，头发被海风吹拂，泰然毫不在意，平静地、崇高地立着。

本船沉没时，水面起了一次漩涡，小艇侥幸未被卷没。

女孩先像失去了感觉，到这时，望着马利阿的方面泪如雨下。

“再会！马利阿！”唏嘘着把两臂向他伸张了叫着说：“再会！再会！”

少年高举着手：

“再会！”

小艇掠着暴波在昏暗的天空之下驶去，留在本船的已一个人都不能做声，水已浸到甲板的舷了。

马利阿突然跪下，合掌仰视天上。

女孩把头俯下。等她再举起头来看时，船已不见了。

第十 七月

母亲的末后一页

一日

安利柯啊！这学年已完了，在结束的一天，留下一个为朋友而舍生的高尚少年的印象，真是好事。你就要和先生朋友们离别，但我在这以前，还须告诉你一件悲哀的事情。这次的离别不单是三个月的离别，乃是长久的离别。父亲因事务上的关系，要离开这丘林到别处去了，家人也要同行。

一到秋天就须出发。你以后非换入新学校不可。这在你实是不快的事。你很爱你的旧学校呢。你在这四年中曾在这里一天两次尝到用功的愉快；在长久的时日中，每天得和同一先生，同一朋友，同一朋友的父母们见面；并且，每天在这里见父亲或母亲微笑着来接你。你的精神在这里才开发，许多朋友在这里始得到；在这里你才获得种种有用的知识。在这里，你也许曾有过苦楚，但这些于你也都是有益的。所以：你应该从心坎里向大众告别啊。大众之中，也有遭遇不幸的人吧，也有失了父亲或是母亲的人吧，也有年幼就死去的人吧，也有战争流血壮烈而死的人吧，也有许多一方是正直勇敢的劳动者而同时又是勤勉正直的劳动者的父亲吧。在这里面，说不定有着许多为国立大功成美名的人呢。所以，要用了真心和这许多人们告别，要把你的精神的一部分留在这大家族里面啊。你在幼儿时入了这家族，现在成了一个壮健的少年出去了。父亲母亲也因了这大家族爱护你的缘故，很爱这大家族呢。

学校是母亲，安利柯。她从我怀中把你接过去时，你差不多还未能讲话,现在将你养育成强健善良勤勉的少年,仍还给我了。这该怎样感谢呢?你切不可把这忘记啊!你也怎能忘记啊!你将来年纪长大了旅行全世界时,遇到大都会或是令人起敬的纪念碑,自会记忆起许多的往事。那关着的窗,有着小花园的朴素的白屋,你知识萌芽所从产生的建筑物,将到你心上明显地浮出吧,到你终身为止,我愿你不忘记你呱呱坠地的诞生地!

——母亲——

试验

四日

试验终于到了。学校附近一带,不论先生、学生、父兄,所谈没有别的,只是分数、问题、平均、及格、落第等类的话。昨天试验过作文,今天是算术。见到别的学生的父母在街路上一件一件地吩咐自己的儿子,就不觉愈加担心起来。有的母亲亲送儿子入教室,替他看墨水瓶里有无墨水,检查钢笔头是否可用,回出去还在教室门口徘徊嘱咐:

"仔细啊!要用心!"

做我们的试验监督的是黑须的考谛先生,就是那虽然声音如狮子而却不责罚人的先生。学生之中也有怕得脸色发青的。先生把市政所送来的封袋撕开,抽出题纸来,全场连呼吸声都没有了。先生用可怕的眼色向室中一瞥,大声地宣读问题。我们想:如果能把问题和答案都告诉我们,使大家都能及格,先生们将多少欢喜呢。

问题很难,经过一小时,大家都无法了。有一个甚至哭泣起来。克洛西敲着头。有许多人做不出是应该的,因为他们受教的时间本少,父母也未曾教导监督的缘故。

可是天无绝人之路,代洛西想了种种的法子,在不被看见之中教了大家。或画了图传递或写了算式给人看,手段真是敏捷。卡隆自己原是长于算术的,也替他做帮手。矜骄的诺琵斯今天也无法了,只是规规矩矩地坐着,后来卡隆教给了他。

斯带地把拳撑住了头,将题目注视了一小时多,后来忽然提起笔来,在五分钟内全部做完就去了。

先生在桌间巡视,一边说:

“静静地，静静地！要静静地做的啊！”

见到窘急的学生，先生就张大了口装出狮子的样子来，这是想引诱他发笑，使他恢复元气。到了十一点光景，去看窗外，见学生的父母已在路上徘徊着等待了。泼来可西的父亲也着了工作服，脸上黑黑地从铁工场走来。克洛西的卖野菜的母亲，着黑衣服的耐利的母亲，都在那里。

将到正午的时候，我父亲到我们教室窗口来探望。试验在正午完毕，退课的时候真是好看：父母们都跑近自己儿子那里去，查问种种，翻阅笔记簿，或和在旁的小孩的彼此比较。

“几个问题？答数若干？减法这一章呢？小数点不曾忘记了？”

先生们被四围的人叫唤着，来往回答他们。父亲从我手里取过笔记簿去，看了说：

“好的，好的。”

泼来可西的父母在我们近旁，也在那里翻着他儿子的笔记。他看了好像不解，神情似乎有些慌急。他对我的父亲说：

“请问，这总和是若干？”

父亲把答数说给他听。铁匠知道了儿子的计算没有错，欢呼着说：

“做得不错呢！”

父亲和铁匠相对，像朋友似的莞然而笑。父亲伸出手去，握住铁匠的手。

“那么我们在口头试验时再见吧。”二人分别时这样说。

我们走了五六步，就听到后面发出高音来，回头去看，原来是铁匠在那里唱歌。

最后的试验　　七日

今天是口答试验。我们八点入了教室，从八点十五分起，就分四人一组被呼入讲堂去。大大的桌子上铺着绿色的布。校长和四位先生围坐着，我们的先生也在里面。我在第一次被唤的一组里。啊，先生！先生是怎样爱护我们，我到了今天方才明白：在别的学生被口试时，先生只注视着我们；我们答语暧昧的时候，先生就面现忧色，答得完全的时候，先生就露出欢喜的

样子来。他时时倾着耳,用手和头来表示意思,好像在说:

“对呀!不是的!当心啰!慢慢地!仔细!仔细!”

如果先生在这时可以说话,必将不论什么都告诉我们了。即使学生的父母替代了先生坐在这里,恐怕也不能像先生这样亲切吧。一听到别的先生对我说:“好了,回去!”先生的眼里就充满了喜悦之光。

我立刻回到教室去等候父亲。同学们大概都在教室里,我就坐在卡隆旁边,一想到这是最后一时间的相聚,不觉悲伤起来。我还没把将随父亲离开丘林的事告诉卡隆,卡隆毫不知道,正一心地伏在位上,埋着头,执笔在他父亲的照片边缘上加装饰。他父亲是机械师装束,身材高长,头也和卡隆一样,有些后缩,神情却很正直。卡隆埋头伏屈向前,敞开胸间的衣服,露出悬在胸前的金十字架来。这就是耐利的母亲因自己的儿子受了他的保护送给他的。我想我总要把将离开丘林的事告诉卡隆的,就爽直地说:

“卡隆,我父亲今年秋季要离开丘林了。父亲问我要去吗,我曾经回答他说同去呢。”

“那么,五年级不能同在一处读书了。”卡隆说。

“不能了。”我答。

卡隆默然无语,只是俯了头执笔作画。好一会儿,仍低了头问:

“你肯记忆着我们四年级的朋友吗?”

“当然记忆着的。都不会忘记的。特别是忘不了你。谁能把你忘了呢?”我说。

卡隆注视着我,其神情足以表示千言万语,而嘴里却不发一言。他一手仍执笔作画,把一手向我伸来,我紧紧地去握他那大手。这时,先生红着脸进来,欢喜而急促地说:

“不错呢,大家都通过了。后面的也希望你们好好地回答。要当心啊。我从没有这样地快活过。”他说完就急忙出去了,故意装作要跌交的样子,引我们笑。一向没有笑容的先生突然这样,大家见了都觉诧异,室中反转为静穆,虽然微笑,却没有哄笑的。

不知为了什么,见了先生的那种孩子似的动作,我心里又欢喜又悲哀。先生所得的报酬就是这瞬时的喜悦。这就是这九个月来亲切忍耐以及悲哀的报酬了!因为要得这报酬,先生曾那样地长久劳动,学生病在家里还要亲自走去教他们。那样地爱护我们替我们费心的先生,原来只求这样轻微的报酬。

我将来每次想到先生,先生今天的样子,必然同时在心中浮出。我到了长大的时候,先生谅还健在吧,并且有见面的机会吧。那时我当重话动心的往事,在先生的白发上接吻。

告别

十日

午后一点,我们又齐集学校,听候发表成绩。学校附近挤满了学生的父母们,有的等在门口,有的进了教室,连先生的座位旁也都挤满了。我们的教室中,教坛前也满是人。卡隆的父亲,代洛西的母亲,铁匠的泼来可西,可莱谛的父亲,耐利的母亲,克洛西的母亲——就是那卖野菜的,"小石匠"的父亲,斯带地的父亲,此外还有许多我所向不认识的人们。全室中充满了错杂的低语声。

先生一到教室,室中就立刻肃静,先生手里拿着成绩表,当场宣读:

"亚巴泰西六十七分,及格。亚尔克尼五十五分,及格。""小石匠"也及格了,克洛西也及格了。

先生又大声地说:

"代洛西七十分,及格,一等奖。"

到场的父母们都齐声赞许说:"了不得,了不得,代洛西。"

代洛西披着金发,微笑着朝他母亲看,母亲举手和他招呼。

卡洛斐、卡隆、格拉勃利亚少年,都及格了,落第的有三四个人。其中有一个因见他父亲站在门口装手势要斥责他,就哭了起来。先生和他父亲说:

"不要这样,落第并不全是小孩的不好,大都由于不幸。他是这样的。"又继续说着:

"耐利六十二分,及格。"

耐利的母亲用扇子送接吻给儿子。斯带地是以六十七分及格的。他听了这好成绩,连微笑也不露,仍是用两拳撑着头不放。最后是华梯尼,他今天着得很华丽——也及格的。报告完毕,先生立起身来:

"我和大家在这室中相会,这次是最后了。我们大家在一处过了一年,

今天就要分别,我感到很悲伤。”说到这里中止了一息,又说:

“在这一年中,我好几次地不留意发了怒。这是我的不好,请原恕我。”

“哪里,哪里!”父母们、学生们齐声说:“哪里!先生没有的事!”

先生继续说:

“请原恕我。下学年你们不能和我再在一处,但是仍会相见的。无论到了什么时候,你们总在我心里呢。再会了,孩子们!”

先生说毕走到我们座位旁来。我们站在椅子上,或是伸手去握先生的臂,或是执牢先生的衣襟,和先生接吻的尤多。末后,五十人齐声说:

“再会,先生!多谢先生!愿先生康健,永远不忘我们!”

走出教室的时候,我感到一种悲哀,胸中难过得像有什么东西压迫着。大家都纷纷退出,别的教室的学生也像潮水样的向门口涌去。学生和父母们夹杂在一处,或向先生告别,或相互招呼。戴红羽毛的女先生给四五个小孩抱住,给大众包围,几乎要不能呼吸了。孩子们又把“修女”先生的帽子扯破,在她黑服的纽孔里,袋里乱塞进花束去。洛佩谛今天第一日除掉拐杖,大家见了都很高兴。

“那么,再会。到新学年,到十月二十日再会。”随处都听到这样的话。

我们也都互相招呼。这时,过去的一切不快顿时消减,向来嫉妒代洛西的华梯尼也张了两手去拥抱代洛西。我对“小石匠”叙别。“小石匠”装最后一次兔脸给我看,我吻了他一次。我去向泼来可西和卡洛斐告别。卡洛斐告诉我说不久就要发行最末一次彩票,且送我一块略有缺损的瓷镇纸。耐利跟住了卡隆难舍难分,大家见了那光景很感动,就围集在卡隆身旁。

“再会,卡隆,愿你好。”大家齐声说,有的去抱他,有的去握他的手,都向这位勇敢高尚的少年表示惜别。卡隆的父亲在旁见了兀自出神。

我最后在门外抱住了卡隆,把脸贴在他的胸前哭泣。卡隆吻我的额。跑到我父亲母亲身边,父亲问我:“你已和你的朋友告别了吗?”我答说:“已告别过了。”父亲又说:“如果你从前有过对不起哪个的事,快去谢了罪,请他原恕。你有这样的人吗?”我答说:“没有。”

“那么,再会了!”父亲说着向学校做最后的一瞥,声音中充满了感情。

“再会!”母亲也跟着反复说。

我却什么话都说不出了。

续爱的教育

孟德格查　著
夏丏尊　译

从日译本转译
一九三〇年三月开明书店出版

译者序

亚米契斯的《爱的教育》译本出版以来，颇为教育界及一般人士所乐阅。读者之中，且常有人来信，叫我再多译些这一类的书。朋友孙俍工先生亦是其中的一人，他远从东京寄了这日译本来，嘱我翻译。于是我发心译了，先在《教育杂志》上逐期登载。这就是登载完毕以后的单行本。

原著者的事略，我尚未详悉，据日译者三浦关造的序文中说，是意大利的有名诗人，且是亚米契斯的畏友，一九一〇年死于著此书的桑·德连寨海岸。

这书以安利柯的舅父白契为主人公，所描写的是自然教育。亚米契斯的《爱的教育》是感情教育，软教育，而这书所写的却是意志教育，硬教育。《爱的教育》中含有多量的感伤性，而这书却含有多量的兴奋性。爱读《爱的教育》的诸君，读了这书，可以得着一种的调剂。

学校教育本来不是教育的全体，古今中外，尽有幼时无力受完全的学校教育而身心能力都优越的人。我希望国内整千万无福升学的少年们能从这书获得一种慰藉，发出一种勇敢的自信来。

刊开明书店版《续爱的教育》
一九三〇年二月

第一

一　安利柯的失败

《爱的教育》(《考莱》)为全世界人们所爱读的有名的书,书中少年主人公安利柯是全世界人们周知的可爱的好孩子。安利柯受了好的父亲、慈爱的母亲及热心的先生的教育,纯真地成长。

可是,小学卒业后的安利柯是怎样地成长的呢?其间曾有过何等的经过呢?以下就把小学卒业以后的安利柯来谈谈吧。

安利柯到了中学,非常用功,什么科目都欢喜,尤其欢喜地理与历史。罗马大帝国由小农村勃兴的史谈咧,爱国者格里勃尔第的事迹咧,文艺复兴期诗人艺术家的情形咧,都使安利柯欢喜得什么似的。

安利柯对地理、历史上了瘾了,光是学校所授的那些不能满足,一回到家里,就寻出大人所读的历史书来读到更深。

但是,那是大人所用的书,自然艰深,常有许多不能懂的。忍耐了热心读去,读到深夜,瞌睡来了常伏在书上熟睡,自己也不知道。

父亲知道了这情形,曾这样地提醒安利柯:

“安利柯!你不是用功过度了吗?昨夜你是伏在书上睡到今晨的吧,从黄昏一到位子上就睡着了!用功原要紧,但如此地用功是有害身体的。这样地把身体弄坏了,所用的功也如同水泡,结果与怠惰没有两样。身体弄坏了,什么事都做不成。你现在正是要紧时期呢,十四岁的血气旺盛的少年,如果一味读书，甚至于要在案上昏睡，将来身体坏了就要一生成为废物。先生说你在学校中成绩最好，我听了原快活，但与其你这样过于用功把身体弄坏，宁愿你强健地成长啊！”

被父亲这样热心地一说，安利柯也觉得不错。父亲又说：

“安利柯！夜间好好地睡，在白天用功啊！无论什么事，过了度都不好。”

“是。”

“所以，夜间八时睡觉，早晨太阳未出时起床吧。”

“是。”

安利柯遂依了晚间八时就寝的约束。

可是安利柯还一味地欢喜用功，毫不运动，每日每日只是读书。竟至连先生所不知道的历史上的事，他也知道，弄得同学们为之吃惊。

不料果应了父亲的预料，学年试验一完毕，安利柯病了。

最初，医生诊断为胃肠炎，后来竟变了伤寒，并且连气管也有了毛病，三四周中只能饮些牛乳，仰卧了动弹不得，苦楚万分。

经过了六十日，他勉强起了床，蹒跚地踱进自己的书房里对镜一照，那瘦削苍白的脸，连自己也几乎不认识了。

不但如此，想要踏上楼梯去，脚就悸动不稳，眼睛发晕，几乎像要跌倒的样子。

照这情形，自己也觉得非再大大地休养不可了。卧在床上，略遇寒风就会咳嗽，而且一味卧着，感到厌倦。打起呵欠来，连下巴也懈得似乎会脱掉。“身体弄得如此不好，真没趣啊！”安利柯这才恍然觉到了。

在病床中，春去夏来，到了秋天，还未有跳起身来的气力。有一日，安利柯想散散步，走到庭间徘徊着。忽而接连咳嗽了三四次，虽是少年，却不得不像老年人的屈了腰，把手帕按在嘴上，直到咳嗽停止。

等咳嗽止了，看那手帕上有红红的东西。安利柯吃惊了，想到自己或将死于这病，不禁立刻悲哀起来，簌簌下泪。

“去把这手帕给母亲看吧。”他曾这样想，一想到优柔的母亲见了不知要怎样惊慌，于是拿到父亲那里了。

父亲见了笑说：“哪里，这是鼻血哩，不要紧！”

话虽如此,父亲也不放心,请市中有名的医生来替安利柯诊察。医生说:

“用不着担心,不过肺音略弱,一不小心,到了十八九岁的时候,说不定会变成真病哩。”

“如何? 安利柯! 你非成为有作为的人物不可,如果把身体弄坏,一生就完了。索性把学习暂时停了,去和山海森林为友吧。这样,身体就会好起来的。”父亲说。

安利柯也觉得身体要紧,说:“是,就这样吧。”

二　去吧

过了几日,父亲对安利柯这样说:

“你从此要亲近自然,把身体弄强健。”

“那么学校怎样呢?”

“目前只好休学,这样的身体,着实不能用功哩。”

“那么,再在家里玩一学期吗?”

“不要着急,从容地和山海做了朋友,养一年光景再说。古来指导人世的伟人们,都曾长久与山海做过朋友的。阿拉伯的穆罕默德是与沙漠为友而长大的,意大利的国士格里勃尔第是与海为友而长大的。你也非修习这种伟人们的功课,养成健全的身体与伟大的精神不可。”

“那么,我到哪里去呢? 到山里去,还是到海里去?”安利柯问。

“唔,父亲早已替你预备妥当了。”

“预备了什么?”

“你还没有到过桑·德连寨吧。你有一个舅父住在那里。那是风景很好的村子,据说生在那里的人,没有活不到八九十岁的。父亲已和舅父商量好了,把你寄居在舅父家里。你到那里去和海与森林为友吧。并且,舅父是做过船长的,全世界的事都知道,还知道许多好的故事。你丢了书册,只要以海与森林为友,以舅父为师,将比在学校中用功更幸福哩。”

“如此,我就去。”安利柯雀跃着说:“我还要养好了身体回来。”

“唔,非有可以打得倒鬼或海龟的强健身体,是不能成伟大人物的。”父亲说。

安利柯的舅父因为多年做着船长,不常来访,每年只来一次光景,来的时候总带许多赠物:印度的木实咧,日本的小盒咧,奇异的贝壳咧,还有远处的海产物咧,一一排列起来,俨然像什么祭会时的摊肆。舅父自从辞了船长,就安居于桑·德连寨,安利柯还未曾到那里去过。

舅父没有儿女,听说日日在等候安利柯去。安利柯说:

“快些去吧。”

三　自然的怀里

安利柯由父亲母亲伴送,到了海岸舅父家里。舅父家房子很大,从窗间就可望见海与森林的景色。

舅父看去是个不大多话的人,态度有些生硬。

“咿呀,我总以为你独自来的。”这是舅父对于安利柯的招呼。

父亲母亲殷勤地把安利柯托给舅父,恋恋不舍地叮嘱安利柯,说“以后常来看你”,“把每日的情形写信回来”,舅父露出不愉快的神色来:

“什么?托里诺与桑·德连寨间隔着大西洋或是太平洋了吗?真是像煞有介事!就是不写信,只要大声叫喊,不是差不多也会听到吗?好,好,安利柯!我把你养成一个可以泅过太平洋的蛮健的水手吧。”

父亲母亲虽然回去了,安利柯毫不觉得寂寞,出生以来第一次来到海边,什么都使他惊异。

海水慢慢地荡着,把苍青的海面耸起,势如万军袭来的大浪,砰然冲碎四散。意大利的铁甲舰破浪前进,演习的大炮声隆隆地从要塞传来,震得窗上的玻璃发颤。走到海边去看,几十个渔夫正在曳起渔网,大大的鱼映着夕阳闪闪地在网里跳着。在安利柯,他的所见所闻无一不是可惊异的。

不但海,无论向哪里看,都是好风景。时节虽已交冬,日光仍是温暖适体。落霜的早晨还一次未曾有过。

有一日,母亲从故乡托里诺来信,信中写着这样的话:

“安利柯!托里诺的山地已降雪了,桑·德连寨是温暖的地方,还未有雪吧?”有什么雪呢?澄青的太空中辉耀着可爱的太阳,槲、松、橄榄之叶,一点都不变色,那或深或浅的绿色,终年都像个春天。

村子被古色的城墙围着,公园中松槲等繁茂,因而白昼也显得薄暗;充满阳光的沙地上,这里那里都有棕榈树展着那大手似的绿叶。尤其是舅父从南洋、南美带来了种着的热带植物,繁盛地伸着大叶。那样的风光在托里诺寒冷的山地无论如何是难得看到的。

四　大海样襟怀的舅父

沉默的舅父渐渐多讲话了,那声音宛如在大海的潮中锻炼过的海兽的吼声。舅父一开口,就像大洋的浪在怒吼,可是那声音听去并不粗暴,也不凶恶,于男子的声音中带着大胆而和平的感觉。安利柯很爱舅父这豪气。

舅父体格结实,虽不十分修长,肩膀平广,发全呈灰色,胡须浓重,眉毛明晰,略一颦蹙,那长长的眉毛之下几乎看不出眼睛来。

舅父的眼睛真奇怪,怒潮似的光与柔和的光,无时不在交替地辉烁着。

舅父心气躁急,时常发怒,但雷霆一过,就此完结,以后很是和柔。

舅父的颜色晒得如赤铜般,面上刻着深沟也似的皱纹,一见似乎可怕。但仔细看去,在强力中却充满着慈祥,宛如年老的善良的狮子。

毫不讲究修饰的舅父戴了旧巴拿马帽子,狮子似的徐徐走着,那种风采俨如昔日豪杰的样儿。巴拿马帽的古旧颜色上似乎刻着舅父一生奋斗的历史。

安利柯在舅父身上见到激怒与柔和二者交替地出现,无论在眼色中在声音中都是这样。

“舅父是个以那两种性质为基础而完全成功了的人咧。”安利柯时时这样想,并且佩服他。

有一日,安利柯与舅父在乡野路上散步,一个残了手的乞食者走近来,向舅父说:

“请布施些。”声音发着颤。

舅父雷也似的一喝:

“混帐,怠惰汉!”

乞食者吓白了脸,瑟缩了一会,忽然没命地野狗似的逃跑了。

舅父拉了安利柯的手,把一个半元币塞在他手里:

“赶上去,把这给了那乞食的。他的手残了,而且另一只手也失掉了。”

安利柯向那踉跄奔走的乞食者追去,大叫:“喂,别跑!别跑!”

乞食者回过头来,跪在地上几乎要哭出来了。安利柯给予了半元币,乞食者歪着脸,簌簌地下泪,把额触在地上拜谢。

*　　　*　　　*

又有一日,来了四五个男子,郑重地来请求一件事,说:“要募集慈善经费,请做个发起人。”

在楼上露台曝着太阳的舅父吩咐女仆说:

“我不过问这类的事,回复他们,叫他们快回去!”

来的人们仍不回去,依然唧咕不休。舅父从露台上跑下去,愤然叱责说:

“讨人厌的东西!连曝太阳都不让人自由!从愚人钱袋里骗钱的伪慈善事业……须知道我是不会上这样的当的。要行善也用不着等你们来说教,自己会去做的!明白了吗?明白了就快走!”

根基还未坏尽的乡人们受了这样一喝,好像狐狸精显出了原形,畏缩地回去了。据说:舅父今日曾在别处出了大注的捐款,大概这些无赖们知道了以为有机可乘,所以来试行欺骗的手段。

安利柯才知道世间有借慈善事业来骗钱糊口的人。

*　　　*　　　*

当地的人们爱慕而且敬畏着舅父,这只要和舅父同去散步就可知道。走在路上,不论是附近的地痞或是本地的绅士,都一样地向舅父敬礼,这并非只是形式的敬礼,乃是充满尊敬与爱慕的敬礼。

小孩子们一见舅父,脸上都现出半怕半喜的神情来看他。和安利柯亲近的少年们呼舅父为“白契舅父”,可是一般的大人却呼舅父为“船长”或“骑士”。

“哪里!不见我在用脚走着吗?”舅父有时这样说,引得大家都笑了。

地方上被称为最上流的人,舅父以外有三个:一是牧师,一是医生,一是药剂师。他们背后都呼舅父为“野蛮人”或“哲学家”。见了动怒的舅父,说是“野蛮人”,见了深情的舅父,说是“哲学家”。

安利柯这样想：

“不错,舅父确有像野蛮人的性格。但这像野蛮人的性格,是舅父很好的地方。如果没有那像野蛮人的性格,舅父虽燃烧着真正的智慧,也没有使不正者卑怯者辟易的力量了。舅父的野蛮性乃是有教养的原始力,唯其如此,故舅父亦得为哲学家。我从舅父学哲学吧,学生活的哲学,火焰也似的燃烧的哲学吧。”

第二

一　舅父的学校

“喂,安利柯!”有一日舅父坐在庭间石上这样开头说,安利柯坐在旁边静默地听着。

“你在一年内要在舅父家里养成强健的身体。但要想强健,如果以为只要怠惰地闲着就好,那就大错。怠惰反于身体有害。要身体健康,非使精神也健康不可。要身体精神双方健康,新的功课是必要的,因此,你此后要在露天学习功课才好。”

舅父歇了一口气,又继续说:

“好吗?你已把学校的椅子和教科书都抛掉了。你以后的椅子是庭石或海岸的岩石,我就做你的先生。

“我不叫你做背诵等类的功夫。你非成一个有价值的人物不可,要想成有价值的人物,拿着教科书是无用的。

“你有着好好的两只眼睛,应该用了这眼睛去看世界。你又有着好好的心,应该用这心去思考。这样,你就会成优良的人物。

“我于还未能十分读写的时候,就到船上当仆役了。我从孩子时起不曾受过谁的教导,只是用自己的眼睛看,用自己的心思考。我的知识、财产以及这别墅,都是自己创造的。

“话虽如此,我并不叫你鄙薄学校的先生与书册。不过,天地间有学校的先生与学校的教科书所不能教的世界。对于这世界,你非自去学习不可。真正有益而确实的知识,在这世界才可学得。

"学校的先生会把人所不可不走的路教示我们,但要走这路,非动自己的脚不可。也不能说只要自己走就好了,要留心同道走的人,要注意从反对方向走来的人,要顾到路旁的田野与森林,要远望在地平线那方的山。有时还不可不立住了脚仔细地注视周围的东西。

"我与学校的先生不同,离了书册与黑板,把好的事情来教给你吧。回想起来,我自己曾受过这种学问的益处不少,于你也必会有益处吧。

"人须有思考怎样去生活的头脑,又须有实际去生活的手腕,可是在狭窄的学校里是学不到这些的。较之学校的功课,研究广大的自然和活世界更是重要。

"无论自然的哪一角,无论路上遇见的哪一人,都可成为自己的活学问。自然在把什么告诉人,人亦在从自然学着什么,我们非把这知道不可。书册中所写着的和先生所教示的,只是从自然这一部大书中抽出来的东西。自然是智慧之母,是先生的老师。

"对吗? 知道了吗? 举例来说,请看那五株松树,在山路上伸出了大大的枝干,很是繁茂吧。还有一株却在断崖的苇丛里,才抽出梢枝,露出一种贫弱相。

"这六株松树同样年龄,同一种类,都是我在十年前种的,就是你四岁的那年,已是四年生的苗木了,恰好和你同年龄呢。试看,这六株松树发达的差异有多大! 十年前,我从飞伦载买了这六株小松树,五株种在那山坡的路旁,尚余一株无适当种植的地方,后来就种在断崖的草丛里。初种的当儿都是一样大小,那五株现在已快要比别墅的屋顶还高,直挺挺地很繁茂了,而在断崖的那一株,却还不到一米高,像将要枯死的样子。

"人也如此,只要教育不同,就会和这松树一样,发展也不相同哩。哪,你自己把这好好地想一想,做一篇关于松树的感想寄给你母亲吧。替我告诉她:舅父第一次教你的学课就是松树谈!"

二　拉普兰特产的大麦

全生涯都在海上度过的舅父，关于海，总算是已毕了业的。舅父除了使安利柯吸海的空气教示驶舟以外，大抵不居舟中，只是以整理田园为乐。安利柯与舅父同在田园间工作，就学得了各种植物的名称、栽培法及效用。

有一日，舅父执锹在耕菜地。地上有谷物收割后留剩的根株。安利柯用锹帮同把土块掀起来时，舅父将锹插在土中，用手拍一拍腰，这样说：

“看啰，这根株有教你的地方呢，也教你科学，也教你道德。听着！

“今年夏天，我耕好了地，一时不知种什么好。忽记得书斋一角里有一撮从西伯利亚带来的大麦种子，就取来试种。

“西伯利亚在欧洲最北端，是一株树也不生的极冷的寒冰国。那地方真奇怪，一年之中有九个月是夜，就接连有三个月是昼。九个月的寒冬一过去，天气就转暖了，冰也解了，草与灌木转眼就大，匆忙地开出花来，立即结实成熟。

“这一带奇怪的国土统名曰拉普兰特，拉普兰特所产的谷物只有大麦。那里的大麦和我们这里的全然不同，在短时期内生长，很快地就结穗。我以为把拉普兰特的大麦拿到我们的地方来种，也会快生长快结穗的，就取一撮种子放在皮箧中带了回来。不料带回来后竟忘了，藏在书斋抽屉里好几年。

“今年夏天偶然记起，为了实验，就把它种了，种了以后，啊！真亏它，真亏它！拉普兰特的大麦果然保持了在那寒冰国里的性质，在我们的暖国里也在很短的时间中生长了，使人们惊怪。真了不得！从下种以至收获，只不过五周光景。

“那麦秆，你看，现在连着麦穗成了束，放在那工作场的屋阁上，结得很好的实哩。

“我在来年，后年，不，无论几年，在我的一生中，仍想下种再种，再来实验。我死了以后，叫后来的人仍继续种下去。

“你以为怎样？无论种几多年，大麦的生长都会照样快速，收获都会很好吗？我觉得那是不会的。生长将渐渐迟缓吧？到了某一时候，其生长力将与暖国的普通大麦全等了吧？我想。安利柯试想，这拉普兰特的大麦给着我们大教训哩。

“第一,植物是顺应了气候而生长的。其次,它有着巧妙的抵抗力,能避免冰或寒冷等的外敌。如果斯堪的纳维亚或拉普兰特的大麦也与我国的大麦一样生长迂缓,那么在结实以前就要被寒冷的风吹萎了。所以,北国的大麦于寒冷的外敌未攻来时,为了结实,不得不急急生长。人也如此哩！不能久活的人,肉体和精神都急速发达,普通所谓神童者,大概决不是长寿的人。因为不长寿,所以潜动着一种在孩提时把一生的事做尽的自然力,恰如我从拉普兰特拿回来的大麦一样,性急地飞越其生命的抛物线。

“还有你不可不想的,就是那拉普兰特的大麦把其习惯传给后一代的事。习惯可以成天性,所以,拉普兰特的大麦虽移植在气候不同的我们的暖国里,其生长也仍和在拉普兰特时一样。

“人也和这没有两样。人因了教育环境的善恶,可善亦可恶。不但如此,我们所得的善可以传给子子孙孙。善的生善的,活着的善人会把其善的精神、善的行为、善的习惯传给他的孩子。

“安利柯啊,你还年少,恐未能全懂我所说的。只要将来大了,能记得我今日的关于大麦的话就好了。你长成满下巴生胡须的大人时,如果记起我讲的关于大麦的话来,自会思考种种的事情吧,自会把思考的结果应用到日常生活的问题或社会的问题上去吧。”

舅父这样热心地谈说,那无限良善的心,星也似的辉露在眼里。安利柯觉得舅父真是伟大。

三　犬麦　夏水仙　石刁柏

有一日,舅父蹲在庭间小路上,很有趣味地在摘草。安利柯坐在大石上看着。看舅父的那种有趣味的样儿,觉得奇怪,就叫说:

“舅父!”

“呃。”

“摘草有趣吗?”

“有趣得很！你恐不知道吧。”

“不知道。这样麻烦琐屑的事情,叫用人做不好吗?”

舅父听安利柯这样说，就说：

“真有趣，我在和许多小草谈着话啊。岂但草呢？来看，真有趣。你的眼睛也许不会看到吧，我正在和蚁谈话，戏阻其行列，或者向蜗牛招呼，且和许多的虫类作着会话呢。琐屑的工作，正好利用来思考事情哩。”

舅父说了又俯下头去独自微笑，既而又抬起头来：

“喂，安利柯，我的思想在天地间奔驰着，方才心虽停在草的行列与蜗牛上，现在又跑到天边去了。我蹲在这里想写的书中，不可不有《园生的教训》一章。咿呀，书这类东西，原不是我所要写的……喂，安利柯，来，如果你要听，我就告诉你吧。”

“呃，”安利柯高兴起来，从岩石跳下，跑到舅父那里去。舅父坐在小路旁，说：

“这小路中，我并未下种，却有三四十种草，各得其所地生着。你看，这是狗尾草，这是毛茛，这是蒉草。这些草只要拔去了就不会再生，除非风再从别处把种子吹来，那是例外。

“可是，很有一些倔强顽韧的家伙，你看，这就是，这叫犬麦。还有，喏，那里不是有开着黄金色的花吗？那就是夏水仙。这两种东西的顽韧，真是了不起！无论怎样拔除，也不中用，立刻就会发出芽来。喏，这里面藏着一大教训哩，听啊！”

舅父继续说：

“犬麦这家伙执著力很强，不论是湿地沙地，或是岩石的裂缝，到处都会生根蔓延。要想排除它，摘断是不中用的，即使把它的正根拔去了，那许多小根仍会在深土及石缝中生长。我曾用了钩刀与草锄想把那小蛇也似的根株去尽，终于没有成功。因为只要有一支根留下，那家伙就会立刻抽芽长大。

“还有这夏水仙，也是讨厌不堪的家伙。任你怎样摘断，它仍是坦然。因为这家伙有六个乃至二十个左右的圆锥形的球根散伏在地中。所谓圆锥形的球根，形状恰如胡莱菔。这样形状的根潜在地中，拔去它一二条，真无关痛痒，它立刻就恢复旧观了。

“夏水仙和那棵无花果下面的石刁柏相似。石刁柏有许多种类，在那里的是生活力很强的一种，任你怎样拔除，到了第二年，仍像对我们说‘久违了’的样子，管自抽芽繁茂。我对这家伙也束手无策，反而佩服起来。喏，安利柯，石刁柏真有所谓的金刚不坏之力呢。我想到这里不禁对它说：‘活着吧，石刁柏啊，尽你的力！’

“这犬麦、夏水仙、石刁柏，给予我们道德上的一大教训。它们有着抵抗破灭的生活力，这是因为根生得深，贮有潜在力的缘故。我们要战胜人生的不幸，也非把知识的根、感情的根伸长在深处不可。能够这样，即使遇到了暴风雨似的大不幸，我们仍然能发挥新的力量，重新苏生繁荣。根浅了就不行。用了浅薄的思想、浮面的感情去对付人生，一旦不幸袭来，就难免一蹶不振了。

“根深的植物不像根浅的植物能在一时吸收许多水分，但它能逐渐地些许些许地把水分吸收了，潜藏在地底深处，故虽受烈日，也能出其潜力抵抗，决不至于枯死。

“啊，安利柯，这关于植物的根的话，你将来年纪大了时想起来，大概也会觉得不错的吧。”

第三

一　远足与舅父的追怀

一日，安利柯被舅父带领了远足到莱里契去。

出发的时候，好风由海面吹来，很是舒服。渐渐前进，道路逼近断崖，一面是大海，一面是嵯峨的山岩。再前去便是有名的险道，举目崎岖地矗立着岩石，不能且走且谈了。

到了里格里亚，气候忽变，是接近冬季的缘故吧，天空灰色，海面也黝暗。

到了鲍托利海岸，舅父向安利柯说："喂，坐下来休息一下吧。"

可是附近没有可以坐的岩石。

"这里好，就坐在这上面吧。"舅父指定的岩石布满着孔洞，可是因了波涛的冲击，却天然形成石椅子的样子。

安利柯坐在上面，却意外地舒适。

下面海波澎湃，海风吹来，掀起了浪似犹未足，更掠逼石岩呼啸而去。云随了风的旋动，偶露空隙，薄明的银色的寒冷的日光在海面上颤动着行走，其光景宛如古时披甲的武士在疾行。云一合拢，闪光即刻消失，水空仍归暗淡。在这忽而闪光忽而暗淡之间，安利柯与舅父都默然地凝视着。

安利柯细看舅父，觉得其眼中有一种光彩，似乎正在想很远很远的事情。"不知在想什么啊？"正猜想间，舅父发出了一声叹息。

“舅父,怎么了?”安利柯问。

“唔,面对这暗淡的水空,不觉想起种种事情来了。”舅父沉重地回答。

“想起了什么了?”

“想起了五十年前的事,觉得有些难堪。但是回忆究是一件好事,能给我以一种甘甜而沉静的悲哀。啊,回想我的一生,并无什么疚心的事情啊!”

安利柯不觉感到舅父对他有一种奇妙的吸引,只一味凝视着他。

舅父于是感慨无限地继续说下去:

“啊,安利柯!舅父幼时恰好也是今日样的阴郁的天气,在这……就是这里,在这块岩石上坐过。计算起来已是五十二年前的事了。

“想起那时的事,实在难堪。那时,我啊,在数个月间连丧了父亲与母亲。因此,就以初等小学二年的程度,从桑·德连寨的小学退出,被驱赶到世界上。

“父母既亡,那做船长的父亲的从兄,叫我到海程十九日的轮船上去服务。那轮船名叫泰尔泰那,是行驶黑海运输粮食的。

“啊,现在重新记得起来:我那时还只十岁。在这里,就坐在这块岩石上,一面注视着海,一面思忖以后将在海上过这一生的事。那时坐过的这岩石,至今过了五十多年,还是依然不变,也像这样地有孔穴了的哩。怪不得我要抚今思昔起来了。

“啊,听啊,五十二年前,我坐在这块石上所思忖的并不是航海远行的寂寥,也并不是对于将奉父亲的从兄为主人的新生涯的不安,我兀坐在这块石上,对了这美的海景所沉思的,是因为那日早晨曾去访问了村中的牧师唐·爱培里斯德的缘故。

“唐·爱培里斯德说在我离开故乡以前将赠东西给我,叫我到他家里去。我就去了,不知道他将赠给我什么,一味猜测期待。牧师见了我欢喜地说:‘呀,来得很好!请在这沙发上坐!’

“他立刻搬出茶来,还有两种糖果。我一切都不在意,只一味期待着他的赠物。牧师的红面孔像红莱菔似的,唇边浮着多情的亲切的微笑,却不知道究竟将赠我些什么。我还以为他只是戏言,并没有什么要给我的。

“哪里知道他竟给了我意外的赠物。牧师对我这样说:‘我是穷人,不能送你时计,也不能送你满贮着金钱的财囊。但我却真心情愿想送东西给你,因为我和你的父亲母亲是久交的好友!我不能赠你值钱的物品,只把比金钱时计还有价值的教训来赠你。你如果依了这教训去做,将来你回到故乡时,假使我还在,你定会感谢我的。’

“啊,安利柯,牧师对我说怎样的话呢?牧师继续说:

“‘你的父亲如在世,他将牺牲了一切叫你求学吧。他近来曾希望把你培养成法律家、牧师或官吏呢。不料你才十一岁,就成了贫穷的孤儿,从此要接受船长巴尔托洛的照拂,作为船员,流了额上的汗去换面包吃了。

“‘话虽如此,也万不要灰心,充了船员,也有做船长的希望,只要有志气,就可以成为任何有名人物;所以无论什么职业都不是可耻的。能每日每日地熟谙事务,逐渐前进,就尽够了。用自己的力去学习,这是最贵重的教育。如何?我给你的赠物就只是这个哩!——啊,最伟大的学问就在尽自己可能的去做啊!

“‘你从明日起,每朝起来,请先自誓一日中须行三件好事,晚上睡时请自省今日预定要做的三件好事曾否实行。这样行去,你的一生就会没有一日浪费。只要能如此,你也不必再入学校,不必再待先生的教导了。

“‘哪,白契君!知道了吗?如果知道了,请抱住了我给我一吻,而且希望你不要忘记我与我对你说的话!’”

* * *

“哪,安利柯!牧师这样说着潸然下泪了。我那时有些厌憎起来,以为与其给我这种教训,还不如给我一二枚银币的好,颇恨牧师的吝啬。

“可是,第二日,我独自到这里坐在岩石上,说也奇怪,竟情不自禁地把牧师唐·爱培里斯德的话回想起来,坐在这里沉思了好一会儿。

“结果我就从那时起,决心依守牧师的教言,一切照行,直到垂老的今日还照样行着。现在仍于早晨想好了一日中所该行的三件好事,如果忘去一件,晚上就不能安然入睡。我当你那样的年纪,于海波不平、暴风雨和波涛怒吼的夜间,常因事在甲板上彻夜不眠。每当日出以前,先做了母亲所教我的祈祷,其次,必想到那日所应做的三件好事。

“我遵了唐·爱培里斯德的教训,每日搜求足以使自己身心与知识完善的三件事。入船以后的数年中,我连读一册书的时间也没有。过了几多年,才略得到自由娱乐的时间。可是,除小说以外,我什么都不曾读。我读历史、文学以及哲学的书，都是以后的事。我曾读了许多哲学书。从今想来，觉得最好的哲学就是我每日想努力把自己完善的时候在自己心里所发见的东西。

“这最好的哲学这样教示我：人要身体、感情、思想三者平均协调才好。如果其中有一者不完善，就不能成为幸福善良贤明的人。

“所谓幸福的人者，就是贤明的人，同时也就是有健康的身体，有善心，有完全辨别道理的头脑的人。

“无健康的幸福是不可能的。健康一失，就不能贤明，心因而褊狭，也就不能善良了。

“话虽如此，只是心好，或只是头脑好，都是不够的。只是心好，恰如没有舵的帆船；只是头脑好，又恰如备了舵而没有帆的船。这样的船一遇到风，就会撞到岩石上去或触到岸边去，否则就只是团团打旋而已。‘有善心与正确头脑的人，其快乐如乘风行驶的船。’这是我的歌。

“哪，安利柯！在你和我同居的一年间，你也许会常听到这歌呢。请忍耐地听，不要厌倦啊！我实在确信是如此，觉得这才是教育的基础哩。

“我不忘唐·爱培里斯德的教训，每日在努力着：第一，增进自己的健康；第二，把心弄好；第三，修养思想。

“哪，安利柯！你今年十四，较之同年龄的少年远有优秀的见解。所以从明年一月起，也非养成每日行三件好事的习惯不可啊！”

二　决心

安利柯一心听着舅父的话，觉得这样的话从未听到过，不禁自惭起来。安利柯一向以为学问这东西是要靠学校教授，由父母督令复习的，不料这做过多年船长的舅父，却和先生相反，叫他全然换了新方面去着想。

安利柯全如进了别一世界，一时心里想起来的很多，终于按捺不住了问：

“舅父，怎么能在一生也每日行三件好事呢？如果一日三件，一年不是很多了吗？我以为一年只要能做成一件好事，就已算是了不得了。……”

舅父听了突然说：“一日三件，一年可得一千零九十五件，闰年多一日，就得一千零九十八件。这是用了心算就可立刻计算出来的。”

“啊,一年非做一千零九十八件好事不可吗?”安利柯不禁脱口这样说。

“这算什么多?”舅父说,“好的人至少一日也得做二十或三十件好事呢。哪,待朋友亲切也是好事,做正当的行为也是好事,爱惠待人也是好事,令人快乐也是好事,又,无论怎样的小的牺牲也是好事,学得知识也是好事啊!这样,应做的好事很多,只做三件就嫌麻烦了吗?”

“这样说来也许是的。但我一向未曾这样做过,所以不十分知道。”安利柯说。

“那么,我来教你知道。这样吧,”舅父说,“我先在簿册上替你做一个善行计划吧。只做一个月的,你看了如要变更,就自由变更吧。只要有了一个月的,后来的就可自己去做了。”

“那么就请替我这样做吧。”

“唔,你且这样试行!如果预定的好事实行了呢就实行,未实行呢就未实行,一一记入簿册。这种簿册将来到了老年时重看起来,那真是你的重要的纪念品哩。年纪大了,见到儿时的足迹,不知将怎样地怀恋,怎样地感慨不置呢!你的一生的善行录是你美德的足迹,也就是你的年谱。世间姓名不入史册而行着伟大的英雄行为的,或做着高贵的牺牲的人,很多很多。世界的进步实赖有这种人。你将来即使不为历史上的人物,到了老年,把你那无名的英雄与牺牲者的一生重检起来,不知将怎样快慰哩。好吗?我从唐·爱培里斯德学来的事,今日你再从我这里学了去吧。”

“好!我愿试行。”安利柯说。

三　善行历的做法

过了数日,安利柯的案上放着一本簿册,取来看时,是舅父的笔迹,写着正月中按日应行的善行计划,从二月到十二月的还什么都未写上。

安利柯每日翻开簿册,按自己的意思逐日做了变更。簿册上这样写着:

一月一日

一、自省自己身体的缺点。

二、自省自己品性的缺点。

三、自省自己头脑的缺点。

就上面三项自省,如果自己不知道缺点所在,就去问白契舅父吧。

一月二日

今日和昨日想的相反:

一、自己身体上最好的是什么?

二、自己有着什么高尚的精神?

三、自己最擅长什么?

这三件是自己知道的吧。人这东西,如果是自己的长处,立刻就会知道。无论是谁,对于自己的好处是要把它扩大成二倍乃至千倍来自矜的。

一月三日

一、昨日从兄弟(与我同年)的配洛登那卡尔群诺山,一小时半就回来了。好,我今日也去试登吧。

二、大昨日,乞食的辟耐洛向我讨一铜子,我那时正要到般托利别墅看戏去,觉得他讨厌,管自走了。今日他如果再向我讨时,给他两个铜子吧。

三、今日要暗记但丁《地狱篇》开始的句子。前日自省自己的缺点时,觉得我记忆力最坏,为练习记忆力起见,故试行暗记大诗人的诗句。

一月四日

一、早晨既醒,就立刻起来吧。昨日假装熟睡,做了调皮的事。

二、今日好好地写一封长信给母亲吧。

三、熟记意大利主要的河名及其流域。

一月五日

一、今日和舅父说,请他给我吃莱菔吧。就是味道不好,也要忍耐着吃。

二、今日虽与附近的孩子们游戏,也不要做坏事。

三、熟记阿尔卑斯山脉与亚平宁山脉的主要山岳的名称。

一月六日

一、到斯配契去远足。

二、昨日受到舅父注意时，我不觉有些动气了。为了自责这不当之罪，今日停止与从兄弟游戏。

三、把欧罗巴地图的轮廓，在空中描画记熟。

一月七日

一、剪除指甲，使之清洁。昨夜到了美婀契家里，和姑娘斗纸牌玩着的时候，因为指甲漆黑，弄得很难为情。以后不要再有这样的事吧。

二、把柠檬摘了两个去送给那贫穷的美宁的母亲吧。美宁的母亲患热病卧了好久了，很可怜。

三、熟记自马可·波罗以至斯舟莱世界中有名旅行家的名字。

一月八日

一、昨日饮汤太多，腹胀了睡不着。今日但吃到八分就中止吧。

二、遇到与人谈话时，用使人欢喜的态度说吧。

三、就从前读过的书中，把对爱的读书的意见或感想写出来吧。

一月九日

一、今日舅父说要乘了船领我到莱里契去。乘此机会，竭力去划船吧。我足的运动一向比腕的运动多，所以手腕较弱小。

二、再像前次似的到玛卡拉尼公园去散步，把父亲母亲的事来思考吧。

三、试把我国的山脉与海岸的略图，在空中描画吧。

一月十日

一、勿着了裤子与袜子睡。

二、今日，想什么法子使亲切的舅父喜欢吧。

三、将拉丁语、法兰西语、德意志语各翻译一页。

一月十一日

一、食物之中何者最富于营养？去问舅父吧。

二、把自己所爱的朋友的姓名顺次写出，就此查察自己爱朋友的程度。

三、今日非解出两个算术练习题不去游戏。我算术成绩最不好。

一月十二日

一、为什么我们为了健康非吃果物与菜类不可？须寻出解答。

二、为什么我与旧友培里诺交恶？这原因在我呢，还是在他？非仔细查察不可。

三、在我所知道的一切功绩或作品之中，何者最伟大？何故？把这些写下来。

一月十三日

一、须练习我感到困难的事。舅父常说，我所困难的是早起早睡。从明日起，比舅父早起床，与舅父同时睡。

二、今日至少在培里诺家耽待二三小时。可怜，他伤了脚卧着呢。

三、在我所知道的历史上的人物之中，谁是第一个？把这考察了并把理由写出来。

一月十四日

一、昨日与两个荷兰小孩跳跃。我跳得不好，总是跌跤，今日再去试跳，学习到跳好为止吧。我有着和他们一样的脚呢。至于力气，我也不见得比他们弱。

二、把读法教给船员范曹的儿子。那孩子很以不知道读法为耻哩。对于那样好的孩子，就是每日为他牺牲半小时，也是愉快的。

三、描绘地图册上第一幅的全世界图。

一月十五日

一、水、啤酒、葡萄酒，各对于人体有多大的影响？把这来加以研究吧。

二、在我，什么东西是最欢喜的？什么东西是无可无不可的？什么东西是厌憎的？把这三者来分了类看，便没有厌憎的东西吧。

三、把《推·特里培阿》的第一页来用法兰西语翻译吧。

一月十六日

一、昨日从人家那里受取了卷烟，因为不知有什么味道，躲在树林间试吸，结果很不舒服。做了坏事了，自己很是懊悔。真惹厌啊，以后决不再吸。

二、柯斯丹查来了信，我尚未答复她。她的信已到了十五日了。此后决不要再有这样失礼的事。

三、把法兰西语用拉丁语来翻译一页。

一月十七日

一、何以冬季比夏季容易受感冒？出汗以后何以感冒就会舒适些？把这去试问医生吧。

二、昨日和间壁的配洛谈到托里诺自己家里的事。那时我曾夸说屋宇如何华美，如何宏大。为什么要这样说呢？现在很自后悔。为取消前说起见，今日说老实话吧。我往往有称赞自己的恶癖，怪不得母亲近来常写信来命我注意，叫我不可自傲。

三、用铅笔来把舅父的别墅试习写生。

一月十八日

一、一疲劳就非休息不可，何故？休息时仰卧了最舒服，何故？要查察其理由。

二、昨日曾与范曹的儿子约定去教他读法。后来观渔人用网打鱼，觉得有趣，就忘去教他了。唉，真不应该！如果不能守约，为何不先去向他说明呢？后来见了面，我却终于未曾向他道歉。今日就用了二倍的时间亲切地去教他，来作对于过失的补偿吧。

三、暗诵亚历山大·曼沙尼的歌《玛克洛代阿》全部。

一月十九日

一、昨日晚餐时，因为腹饥了，不但囫囵吞咽，而且大食。舅父见了曾说："喂，安利柯，你难道已饿得要死了吗？"夜里一味噩梦，大约消化不良的缘故吧。以后吃东西，勿要再太性急。

二、对于与我谈话机会较多的三人，要竭力用了和蔼的态度说话。

三、暗诵《爱耐伊特》第一章的歌约四首。

一月二十日

一、按时进食，有益于健康，不规则地漫食，于健康有害。何故？去试问医生吧。

二、教范曹的孩子读书，切勿动怒，要有耐心教下去。可怜，那孩子热心是热心的，只是记忆力不好。我总得耐着心教他。

三、把斯配契湾的风景用文章描写了去寄给父亲吧。

一月二十一日

一、爬上坡去，就觉得呼吸困难起来，心跃跃地悸动。何故？

二、昨日我曾嘲笑奇奇诺，其实奇奇诺并不曾有什么错。那孩子患着重感冒，脸孔浮肿得像狒狒。我把他的苦楚认作了有趣味的事，真不应该，今日非去道歉不可。并且还要格外亲切地待他，以补偿昨日之过。

三、关于重要的星座及主要的大星，请舅父指教吧。

一月二十二日

一、昨日到斯配契去，将舅父给我的钱买了果物，独在船内大吃，未曾分给同行的从兄弟们。因此到了吃饭的时候，食欲消失，什么都吃不下去了。见了从兄弟们吃饭的那种快乐有味的样子，不觉立刻感到羞耻，脸孔红了起来。我真是孩子！人家说我"孩子"时，我不是曾动气吗？但愿以后不要再有这样的过失。

二、今日把我的果物分给从兄弟们吧。

三、月亮刚上地平线时，看去较在头上时大。这是何故？去问舅父吧。

一月二十三日

一、昨日去划船，觉得我的左腕比右腕力小。从今日起，暂时多用左腕，使左右相称吧。

二、已有两个月不见母亲了，连信也未曾写给她过，很记念！下星期就每日写信，把我思念母亲的心情完全表出吧。

三、我意大利因了爱马努爱列、马志尼、卡华的功绩，得到了多少的幸福？把这来简单地写述吧。

一月二十四日

一、做船员的范曹比我长二十岁，却能分别出水平线上的船影、帆影与桅杆摇动的方向来。我也来留意观看远物，养成和他同样的眼力吧。

二、据说从前有一个人，曾在桑·德连寨和人打架，用小刀伤了人，结果受五年的徒刑。这人现在已由狱中回来了。人们都厌憎他,加以冷视。其实这人心地不坏,忠实地以划船为生。被人冷视,真是冤枉。以后我们如要雇船时,就雇他的,把这和舅父商量吧。

三、今日把我国主要都会的人口来记忆吧。

一月二十五日

一、不该反对舅父的话。舅父曾叫我着绒衬衫,我因为一则觉得着绒衬衫似乎太懦弱,一则着了有些于心不安,终于脱去了。今日问明了绒衬衫的功用,如果确有理由,就重新着上去吧。

二、昨日舅父讲述一因了窃盗而发财者的故事,且举了一句格言,叫做:“正直者虽愚痴,也胜于狡猾的恶汉百倍。”今日把这格言来加以玩味吧。

三、带了时计去查测桑·德连寨的潮汐。

一月二十六日

一、我已养成了早晨七时起床的习惯了,以后再改为六时半起床吧。

二、惯于嘲笑他人,真是可厌的野蛮性。我愿我自己不犯这毛病。

三、亚美利加土人被称为亚美利加印第安人,安契尔群岛被称为西印度群岛,何故?把这来检查吧。

一月二十七日

一、贮水槽中的水比之喷水,甘美而适于胃。何故?把这去请教于医生吧。

二、人喜食动物的肉,而见到动物的被杀却觉难过。这矛盾须加以考察。

三、重瓣花的植物为什么不会结好的果实?从植物学书上一查其理由吧。

一月二十八日

一、每晚,以用左手写字来当做娱乐吧。昨日在洛西家里见到一个绅士,他因为右手上患了一个疮,据说已有一个月不能写字了。那是多么不便啊!

二、昨日医生的儿子配群诺动了气,骂了我。我并没有做什么不好的事。该受配群诺的怒气与恶言,这全然是他自己误解了。他因为近来常做坏事,疑心我曾向他父亲告诉什么了呢。我受了他的恶言,只是忍住气默然地走出来。今日去会配群诺,促使他反省吧。这样的事须严格地处置才好。

三、暗记亚历山大·曼沙尼《五月五日》的诗。

一月二十九日

一、从兄弟不用枕也能安然入睡,我也来练习不用枕睡的习惯吧。

二、俗语说:"恶也七次",就是说普通的人要连做七次同样的恶事的意思。我在这三日间,须每晚反省自己的行为,自问有比普通人好的地方没有?

三、请求舅父带领了去参观斯配契的兵工厂吧。

一月三十日

一、请求舅父设法,暂时去和船员巴拉查一同生活吧。这是为了要想练习船员生活的缘故。

二、数日来,用了吊船登陆的法兰西的船员每日醺醉了酒,动辄乱说我们意大利及意大利人的坏话。我听到了很是愤怒,可惜我没有打他们的勇气。好,今日如果再遇到,就去怒喝他们吧!我虽是孩子,但如果有人说我国的坏话,我是不能沉默的。

三、记忆海风的种类与其名称。

一月三十一日

今日是一月的末日了。自问自答地来考查一月间的成绩吧。

一、为强健自己的身体起见,本月做了些什么事?

二、为修养自己的精神起见,本月做了些什么事?

三、为培养自己的知识起见,本月做了些什么事?

第四

一　犬与人

有一日，舅父忽说：

“街上似乎出了什么事情，安利柯，你不跑去探听探听吗？”

安利柯依了舅父的话跑上街头，又喘着气奔回来，到庭间狂叫：

“舅父！快来！到那空地上！”

“怎么啦？”舅父急忙拿了帽子出来。

“有小孩被狗咬伤了。”

“嗄！那么快去吧！”

安利柯急忙向前奔，舅父在后面跟着。

“怎么了？喂，怎么了？”老人们从街屋的窗口探头出来，向一个奔跑的男子问。

“疯狗啊！疯狗啊！”那男人一边回答一边管自奔跑。

“什么？疯狗？咬人吗？”

“咬伤了三个小孩哩。”

“这里一向没有疯狗，一定从赛尔兹那来的吧。”

“不，据说是莱里契的狗。”

“不要是我家的孩子遭咬了，方才到海边游戏去了呢。”

家家的人们都在门口这样互相谈着，街上充满了惊异的声音。

安利柯与舅父急忙向前奔,到了空地上一看,喷泉前面已挤得人山人海了。大家都挤在一处,茫然不知所措。其光景宛如一个蚂蚁受了伤,许多蚂蚁围绕着的样子。

“怎么了?”舅父走进人群中去。人们就用了敬意把路让开,同声说:

“德阿特拉的儿子,三个都被疯狗咬伤了。”

可怜,那三个小孩在人群中只是哭着。旁边的人们并没谁动手去亲切地救护,只一味挤在一处呆着。

这三个小孩似乎是渔夫或船夫之子,衣服很粗劣。最长的约十岁,是个瘦弱的孩子,在这薄寒的时节还赤着脚,穿着粗布短裤与绒布小衫。其次的是六岁,再其次的大约四岁吧,他们两个着的衣服还干净,靠近了哥哥,哭得几乎要被死神捉去似的。确被咬伤了,一个脸上有伤痕,流着血,一个伤了腕,一个好像伤在脚上。

人们只是围绕着这三个小孩呀呀地嚷着。舅父喊着“喂喂”,挨进正中去,周围的喧哗就停止了。

在这瞬间,安利柯发见了个人与群众间的不可思议的关系。他悟到:虽有千人集在社会上喧扰,到了无计可施时,只要有一人物的一声呼唤,就可把秩序恢复的。

“什么时候被咬的?”舅父问。

“在二三十分钟以前。”旁人说。

“医生呢?”

“医生到辟德尔里去了,不在这里。”

“非快设法不可!好,由我来给他们疗治吧。喂,且慢,狗在哪里?即使被咬伤了,也许不一定是疯狗呢。”舅父又说。

这时,人声又喧扰起来,听不明白大家在说些什么。舅父于是问站在一旁的肉店主:

“谁曾看见这狗?”

“我曾看见。被咬的场所就在这里。我在店门口吸烟,见德阿特拉的孩子们用水桶盛着喷泉的水在玩。忽然,有只灰色的野狗垂了头踉跄冲过街去。孩子们见有狗来。用石子去掷;那狗叫也不叫,就跑近去,向那年长的孩子的脸上扑咬,在呼痛声中,又把那两个小的孩子扑翻地上,将手足咬伤了。等我携了棒去赶,那狗已向鲍查利街逃去。究竟是哪里来的狗,谁也不知道,桑·德连寨一向没有这样的狗的哩。”肉店主回答。

“哦,这也许真是疯狗呢。事不宜迟,赶快到药店里去叫他们预备好熨铁。”舅父这样说了,双手拉住两小孩。群众都把路让开,安利柯则拉了最大的小孩的手。

他们急急地向药店前进,群众也纷纷在后挤着了跟来。忽然有一老人排开了群众,惊恐地走进前来。

“怎么了?这,这真是……要当心!”一边说一边去抚那最幼的孩子的头,又说:“船长,老板,谢谢……谢谢你。我是孩子们的祖父,他们的父亲下渔船去了,母亲为了卖昨日捕到的鱼,正在赛尔兹那。”

“要赶快啊!要赶快啊!在德阿特拉从赛尔兹那回来以前,非先给他们急救疗治不可。”舅父这样回答了,就向前奔跑。

舅父带孩子们进了药店,把纷纷追来的喧扰的群众关在门外,自己与药剂师烧熨铁。

这时,有人叩着店门,慌张地喊叫:

“请开门!是我,是孩子们的母亲,是德阿特拉。”

店伙开了门,群众也随着德阿特拉挤入了许多。

德阿特拉把小孩一一抱近身边,整理他们的衣服,吻了他们的伤处,悲痛地合掌祈祷说:“请上帝救我!”一边啜泣起来。周围的人们也被引出眼泪了。其中有一个人安慰她说:

“喂,德阿特拉,别担心,别怕,不是疯狗啊!你的孩子们用石子掷狗,狗才咬他们的。”

安利柯素来多感,病后身体尚弱,见了这光景不禁唏嘘啜泣起来了。

“喂,安利柯,你回到家里去!”舅父见他受不住,所以这样说。

“不,舅父,我愿帮些忙。”安利柯说时还呜咽着。

“没有你的事啊!你一哭,这孩子们的母亲就要惊慌呢。”舅父又说。

恰好医生从辟德尔里回来了,从人群里挤进来探问情形。舅父似乎放心了,就说:

“那么,我失陪了。熨铁已在烧着,一切奉托。”他向医生交代了,拉了安利柯就走。

安利柯还啜啜地哭着。舅父假作没有觉察,毫不睬他。

二　英国的孩子是不哭的

舅父带了安利柯出来以后,一个英国籍的机械师也把自己的两个小孩带了出来,走回家去。一个是女孩,一个是男孩,都和安利柯一样,也在唏嘘地哭。

机械师回头骂那男孩说:“莫嘈杂,维廉!有什么好哭的!英国人不该哭!英国人是不哭的!”

很奇怪,那男孩因这一喝,竟止住了哭,只深深地嘘了口气。

安利柯回到家里,过了二小时,心情复原了,问舅父道:

“舅父,那个英国人真坏,他见自己的儿子因同情于德阿特拉而伤心,他反加斥骂。那儿子将来不是要被养成毫无同情心的冷漠的人了吗?”

舅父好像早已料及他会这样问,就说:

“你问得很好!关于这个,我正想和你讲哩。那英国人也不是无情的啊,可是不喜见他儿子哭。人即使不流泪,仍可同情他人,救助他人的苦痛。英国人把眼泪认作弱者的表征,认为与男子的荣誉不相称。这只要看那机械师不骂女孩单骂男孩,就可知道了。女孩子也许可以不养成勇敢的气概,至于男孩子,是非把勇敢当做荣耀不可的。

“眼泪是弱者的表征啊。婴儿、女人、老人,动辄哭泣,强健的男子是不哭的。哭的人会失去理智,任凭你怎样劝慰,也无法使他理解,并且你愈劝慰,他愈会哭得起劲。

“如果那英国人叫儿子不要同情他人的苦痛!那就不好。这样的人就是所谓利己主义者了。但英国人并不如此。只说‘别哭!哭的是没用的家伙!英国人不该哭!’这是对的,是勇敢的教训,是锻炼意志的教训,是国民的自尊。

“那机械师对自己的儿子说,‘别哭,英国人不该哭,英国人是不哭的,’他含着勇敢的国民的矜夸,对自己的儿子灌输大国民的气概。

“我不是英国人,是意大利人,原该比那机械师更伟大才是。但我已年老,气力衰弱,不再有如同那机械师一般的气概了。所以方才明知你在哭,却不骂你。还好,你已从英国人那里得到了好的教训了,那机械师已代我教育了你。

“还有一层,更是你非知道不可的。那机械师如果在勇敢的教训之后,再叫儿子送周恤费到德阿特拉家里去,那才是真正有价值的行为。哭是不应该的,他人有苦痛,应该救助,头脑与心,二者要活动一致才算完全的人:那儿子就可由此学得这样的教训了。为人最要紧的是心,其次是头脑,心与头脑,非一致地运用不可。”

第五

一　舅父的感慨

西北风呼呼吹动的那一日,舅父对安利柯说:

"喂,安利柯,不到海湾里驾船去吗?我已是七十老人了,但在这样的风中去驾小船,还没有什么哩。"

"去吧,去吧。"安利柯雀跃了。

到了海边一看,风却意外地厉害。

"舅父,风不是很凶吗?不要紧?"安利柯说。

"不要紧啰。你的裤子也许要被水沫溅湿,浪也许会比船舷还高,但是用不着怕。"

舅父说着,就逆着风向,把住了舵,把船驶出去。他一手拉住帆索,调节船帆,使船折着前进。有时很巧捷地转换方向,自己得意,有时现出小孩似的快活。

帆船孕着风,船飞速前进,浪花时时溅来。舅父坐在船后,愉快地说:

"啊!这样爽快的风,在头上吹拂,掠过耳朵,或是吸入胸中,我就仿佛立刻回到了少年时代,竟要再唱起儿时的歌来了。我真爱海,了不得地爱,意大利人如果都像我似的爱海,也许会成一大国民哩。这点要佩服英国人啊。以尊敬之心爱着海的英国人,已成了世界第一的国民了。英国人出身是穷的,就乘了船去求富;生在富家的,乘了快艇游戏,或乘了大轮船与全世界贸易。

“啊,这是多么美啊,海真好!我一见到这苍苍的大海,心就为之欢喜而陶醉了。我不是诗人,不知要把这欢喜怎样表达才好。

“唔,对了,我能这样地说:海在现在,和我在二十岁时所见同样的美,咿呀,不对,年老了来看,比年轻时所见的更美。任凭你怎样看也看不厌,愈看愈新鲜。注目静看,就会浮起种种的念头来,海会使我的想念伟大高尚。在愤怒恼恨或有怨恨的时候,只要一看到浩淼的海,人间的苦痛就小如泡沫,会呵呵失笑起来,怨恨全消,心胸顿然开广了。在悄然而悲哀的时候,看到浩荡的海,那悲哀就像无涯的水平线……不,像那水天一色的彼方的雾似的消失了。有时感着世间的不义不正或矛盾,生了愤激,看到海,胸怀也就释然,把郁愤忘却了。海的世界里没有关税,也没有消费税,也没有什么分界,可以自然地悠然生息。啊,海欢迎着有一切进取勇气的人们。

“看啊!海比天空还清,比大地还富,海才是真正的生命之母。我们的未来将依赖海得到荣耀。哪,不是吗?自然把意大利安置在东洋与西洋之间,意大利比英国更幸福。哪,意大利有岛国的特长,同时还有着大陆的特长。意大利把头从欧洲伸出,只要数小时,就可把印度与非洲的产物运输到德意志的中央去。意大利身体修长,一脚伸出去几乎要碰到非洲,再略过去,就几乎可碰到亚洲了。

“意大利!在我们意大利的前面有着什么?有着地中海!地中海是文明的摇篮啊。马可·波罗到中国去,其出发点就是地中海。这地中海真可谓是全欧罗巴文明的市场与法庭。可是,有想把这地中海占为私有的人呢,我们应以守护这地中海为我们第一义务。

“不久,你就要决定你一生的方向了。我不知道你将来会成一个怎么样的人。但是,你无论生活于海上或是陆上,你不可不在口上或笔上尽力教示国民,地中海是意大利的。意大利是地中海的哨兵,又是护卫者。天把这任务托付了意大利了。可是意大利人怠惰,竟在‘看帆船和轮船孰快’,瞠目于外人的船只的竞争之间,任贵重的地中海——世界上最美的地中海被人拿去。啊,我们应把意大利的本来面目重行回复!应将自己的东西被夺认为耻辱,对天悔过!我每见到意大利的军舰,就馋涎下咽。我七十老人见到意大利的铁甲舰冲着这美丽的海湾的波浪,堂堂地进行时,几乎希望与人开战。要喊出:‘来吧,敌国! 看我完全战胜你!’”

二 糊涂侯爵的故事

头发被爽快的西北风梳拂着的舅父,只管对着海叙说他的回忆,加以赞美。这时候风已平定,船到了桑·卫德地方了。

舅父把岸上的堡垒、别墅以及散布在那里的村落指点给我看,然后说:

“你看,那堡垒之下有一个栗树林,林的荫处错错落落地可看见有个别墅吧。”

“看见了。”安利柯回答。

“那个别墅可作我们人生的教训哩。”舅父感慨无限地说下去:

“那别墅是某侯爵的祖先建筑的。那时候,侯爵家曾有五六百万元的家财,可是现在据说已全然荡尽,仅仅留了那个别墅了。别墅四近只剩少数土地,侯爵靠这土地的收入,苦苦地过着日子。

“两年以前,我曾因事往访那侯爵。身入其中,见随处都是荣华与没落的对照,难过不堪。所谓侯爵者只是一个空名,其实际境况全然和长工或农民无二。我被招待入客堂,见斑驳的古壁上悬有培内契风的大古镜,地上铺着露出了底线的破地毯! 五六个壁龛里摆着大理石的雕刻,杂乱尘污的小桌上,在玛乔利加制的缺口杯中,留着吃剩的咖啡与牛乳。

“凭窗一望,更了不得! 其光景还要凄凉得露骨:廊下俨然竖立着大理石圆柱,廊下原有一个庭院,可是简直是肥料贮藏所,母鸡、小鸡、鹅、鹁鸡,都在撒粪鸣叫行走。庭隅的受水处,倒放着大理石像与柱饰雕像的碎片,这大概是作水沟的底石用的。还有五六只小猪,鼻间唔唔作响地在咬南瓜吃。蓬蒿等类莽莽蔓生,更不消说了。庭院的铺石也不完全,竟像作为厩舍或厨房用着哩。”

“为什么这么大的财产会立即荡尽呢?”安利柯听了舅父的话这样问。

舅父说:

“也不是他为人不好,只因为用钱太无把握,管理不得其法罢了。简单地说,就是太是滥好人了的缘故。原来做人无论好到什么程度,决不嫌过好的,但滥好人与好人却全然不同。侯爵是一个大大的滥好人。所谓滥好人者，就是做事不加思考，一味依从人言的人。现在住在那别墅的侯爵的父亲是一个滥好人的好标本。

“侯爵的父亲老侯爵不嫖不赌，也不曾做冒险的事业。可是做梦也料不到，他忽然破产了。”

“为什么？为什么这样并不坏的人，忽然会破产？”安利柯奇怪地问。

“因为这样的缘故，哪，”舅父继续说，“老侯爵遇有人来求助，从不推却；遇有人要他作保，也一一承诺。他原来是这样的滥好人，所以即使有诈欺者、阴谋者合伙了来谎骗，他也会唯唯应允。其实像这样的不论什么都依从别人，并不是行善事。

“如果只是借钱，那还有限哩。替老侯爵管账的执事是一个正直而有眼光的人，即使有人向老侯爵借钱，如果家里没有这数目的钱，他就会拒绝说‘没有钱’。老侯爵知道了也只好说，‘对不起，对不起，’把这一关度过了。

“但是遇到人不来借钱，而来请求做保人时，如果轻易承诺，那就不得了了。因为做保人，只要捺一下印就够了。老侯爵原是滥好人，遇到有人来请求作保，他也会一一答应。一千元、一万元、十万元，这样的保人，不知道他做过几多次。不消说有若干人因此得救了，但也因此而自己屡次被牵累，弄到要替别人负偿还债款的义务。

“有一次，有人设了一个工场，想用那赛尔奇尼亚地方到处皆有的名叫‘凯琵朗’的植物的根来制取酒精，说这事业很有希望，可以收得三分之利。老侯爵信了这话，出了五十万元的信用借款。其实从‘凯琵朗’的根上怎能采取上等的酒精？它只含有微量的劣等酒精。结果事业完全失败，老侯爵所借给的五十万元和愚笨的股东的股本一样，毫无意义地同归于尽。于是老侯爵就到了破产的地步了。

“啊，安利柯。愚笨的行为，其恶果所及不仅在自己个人。为了愚笨的事出钱决不是好事啊，因为其结果不但自己受愚弄，还非连累许多无知的关系者一同受苦不可的。世间很有想行好事而反害人的人。

“老侯爵的行事全是如此。有一天，老侯爵所出的千元支票忽然不能兑现了。老侯爵奇怪起来，叫了管账的执事来问是怎么回事，执事早已知道终有一天难免周转不灵，流着泪诉说了理由，然后忠告老侯爵说：‘事情到了不得了的地步。所以我曾屡次向你诉说，请你非有确实把握，决不要替人

作保。'

"执事这样一说,侯爵才恍如从梦中醒来,张皇不知所措。执事又流泪诉说:'有人向你借钱,我会告诉他没有现金,替你谢绝。但在保单上签名不是我的职务,你东家自己有着笔与印章,尽可不必问我有无现金,自由地替人做保人。你在那里怎么干,我却完全不知道。'

"知道了吗?就为了这个缘故。那时老侯爵家已连一千元的存款都没有了,所留给小侯爵的就只是那个别墅。那别墅还是在将破产的时候,靠律师的帮忙把它假作侯爵夫人的财产,才侥幸残留下来的。

"但把明明是自己的财产假作不是自己的东西,寄托别人的名义之下,这不能算是正直的行为。老侯爵如果真是正直的人,真守道德,那么就该不改名义,把那所别墅也给了债权人吧。

"可怜!老侯爵遭意外的灾难,感伤之极,终于把爵位与不义残存的小财产剩给了儿子,就死去了。那儿子虽有着相当的体格,却一无所长,没有恢复先业之力,只是悄然地站在雕像前面羡念先世的荣华,或是凭窗坐叹自己的无能,啃着先人的余物,过那贫困的生活呢。

"哪,安利柯,你现在和我同居于桑·德连寨,不要像那侯爵糊涂地把日子过去啊!第一,心情要好。但没有头脑的心情也没有用。希望你好好地发展以理性为基础的心情!"

舅父的话虽已说完,安利柯还凝视了别墅在沉思。舅父活泼地把转了舵:

"啊,回去吧。安利柯,风已全止了,你也来划船吧。"

第六

一　什么是作文题

安利柯在桑·德连寨已过了三个月,健康恢复了许多。那每月为他做两三次诊察的医生也说:"已不要紧,就是做些文章,也不至于有害身体了。"

安利柯原和托里诺的先生有约:如果身体一好,就做了文章送给先生,先生批改了再寄还他的。

舅父一向主张与其读书,宁从实际的生活事件中求活的学问,对于作文的练习,最初曾反对。

"把一切的东西好好地去判断,这就是最好的学问。作文有什么用?你已能够写信给你的父亲母亲,作文的功课至此已尽够了。"

舅父曾说过这样不赞成的话,后来转忖:既然医生那样说,他自己如果欢喜做,也不妨任其自由。舅父原来是个兼有着这样谦逊的美德的人。

"我不善于写文章,但写出文章来,自己的意志、感情、思想,是能自由表现的。安利柯将来也许为法律家,也许为创作家,无论为什么,把自己的意志、感情、思想完全表出,是很要紧的事。好,就替安利柯在眼前找作文的题目吧。"

过不了几日,舅父就这样自忖。

二　这才是作文的好题目

别墅之后有田圃与农家，那农家所种的田一半是自己的，一半是租来的。一家的热闹快活，几乎像个小鸟之窠。

父亲年三十五，是个身体壮健的农人。妻也是个强壮的女子。妻于结婚后，大抵每年要产一孩子，平日不是见她授乳，就见她唱着歌。儿女最长的十岁，最小的还只二岁。最小的孩子生产时，认安利柯的舅父做了教父，把自己母亲的名字给了这孩子，取名为罗利那。所谓教父者，是“教的父亲”的意思，不但意大利，西洋各国小孩生下时，习惯上都要请一个人做教的父亲。

舅父时常开了后门，去访问那农家。舅父喜与小孩游戏，每次去的时候总带了水果、糕饼或是玩具去给他们。可是见孩子们的脸或手龌龊时，就藏过了带去的礼物，他叱责着说：

“挂着鼻涕哩！你的手何等龌龊啊！喂，把鼻涕拭了！喂，把手洗了！”小孩的脸或手原容易脏，但有时也有因母亲随便，弄得不干净的。

有一天午后，舅父在袋中满藏了东西，带了安利柯到后面的田圃去。把小门一推，那里就是那农家了。

农夫正在剪除那做篱笆用的柠檬的枯叶。母亲恰如母鸡似的被许多小孩环绕了，蹲在厨房门口的阶石上剥扁豆。

“罗利那呢？”舅父一见了她就突然问。

“呀！”母亲惊而且喜地说，“在摇篮里已睡了两点多钟哩。”

“好的，我去把玩具放在摇篮中吧。他醒来的时候，会转着眼珠弄得三不相信哩。”

母亲见舅父这样说，立起身来笑着说：“呀，老板！因为你待他太好了，这孩子就和我疏远，一味欢喜你了。”

舅父不把这种恭维的话放在耳朵里。他徐徐穿过庭间走向楼梯，且对了安利柯做了一个暗示，叫他也去。

舅父做贼似的轻步走上楼梯。到了房间门口，见门关着，他握住那生锈的把手，想轻轻开门进去。把手轧轧作响，舅父怕惊醒了小孩，将把手旋转得很慢。

门总算开成了。罗利那果在摇篮中酣睡着。明晃晃的太阳由门间流入，射破了室中的昏暗，映在小孩的蔷薇色的颊上。

立刻，小孩把那水汪汪的大眼睛张开了，可是因为阳光太强了的缘故，重新又把眼睛闭上。舅父默然立着不动，似乎想让小孩再入睡。

不知为了什么，小孩虽闭了眼睛，却从小床上挣扎起来，浴着黄金色的阳光，用了那棕榈叶形的小手擦着眼睛。

小孩穿着无袖的白绒衬衣，从薄的纱布领间露出着春花一般的小头和小肩。其气象的清新纯洁，宛如朝晨的阳空，几乎使人想像起新时代的曙光。

舅父被这光景吸引住了，只是注视着。不论是贫家的小孩或是宫殿中的小孩，那种可爱的样子都一样地会使人从心中涌出希望来。舅父如醉如痴地看着，后来似乎以为这光景只一个人看是可惜的。把安利柯叫进房去。门洞开着，阳光任意地向内射着。

小孩还在擦眼睛。瞌睡尚未全醒，阳光又炫目，他满满地吸入一口气，又呼地吹出，似乎想把这阳光吹灭。

每夜以吹熄母亲点在枕畔的蜡烛为乐的小孩，现在居然鼓动了那蔷薇色的双颊，把天上的太阳光认作了蜡烛，想吹熄它了。

舅父指着小孩，宛然地对安利柯说：

“看啊，恨不能把这样单纯的比太阳还伟大的小孩的样儿，用画来画啰。不，写成诗更妙哩。如何，你有了很好的作文题了。这才是好题目：叫做‘想吹熄太阳的小孩’。”

三　想吹熄太阳的小孩

当日不消说，接连几日，舅父一味和安利柯谈小孩的事。

“喂，安利柯！想吹熄太阳的小孩，使我成为诗人，比许多的哲学书更促我思考。多有趣，竟想吹熄太阳！这比之杀来杀去的嘈杂的戏剧，不更有趣吗？”舅父这样笑着说。

舅父还这样说过：“哪，安利柯！自然的单纯与伟大，真叫我吃惊哩！自然日日把了不得的庄严的东西给我们看，但其了不得，其庄严，即是单纯的伟大。鼓了小颊想吹熄太阳的小孩，……你试想想这单纯的自然的动作有多么伟大！如此了不得的事！谁能够啊？世间尽有为了自己的私欲，不惜杀人犯法的人，但想吹熄太阳的小孩那种伟大的欲望，谁曾有过呢？哪，唯其单纯，所以伟大啊？唯其单纯，所以了不得啊！”

舅父又曾这样说：“哪，安利柯！能使人感动使人思考的东西，要算自然了。非自然的东西虽能动人的心，但不能叫人思考。一个小孩在摇篮里，日光照在面上，这是世界中随处都可看到的自然。可是，这自然却能深入我们的心里面，叫我们深思。”

舅父又曾这样说：“对了，想吹熄太阳的小孩，我不仅找到了神圣的诗，发见了伟大的哲学，还想到了别的更重大的问题。想吹熄太阳的光，这话似乎很是愚妄无稽，但世间尽多这样的人呢。那种想蔑弃了世间的进化、正义与真理，把世界变成黑暗的人，其无知就是这类。知道了吗？毫不把事理放在眼中的人，和那想吹熄太阳的小孩是同类的家伙啊。小孩当然不能分辨小蜡烛和数百倍于地球的太阳。世间的无知者就是愚蠢得和小孩一样的人们。”

“有趣！有趣！”舅父还喜不自禁地这样说，“哪，无论怎样地鼓起了双颊，吹出的只是和太阳光嬉戏的微风；任凭你怎样地发了怒狂吹，太阳仍毫不动气，微笑着用那黄金色的光来抚摸我们。唉，太阳永不厌倦，永不疲劳，也永不冷却，年年日日把光与热赐予人间，一代又一代，太阳对于妄自夸大的无知的人们，不知给予过多少的恩惠！可是人们却把这赐予无限的富于生命的太阳忘却了，偷窃了些微的黄金粉末，就自以为我是天下的大富翁，骄傲不堪哩。如何，安利柯，你已有了很好的作文题了，就用了‘想吹熄太阳的小孩’为题，把你所想到的写出了去送给托里诺的先生吧。”

第七

一　种诗的人

有一日朝晨，安利柯不见到舅父。舅父平日在早餐前总在庭间散步，今日不知怎么了。

“舅父怎么了？”安利柯去问女仆。

“略有些感冒，休息着呢。”女仆说。

“年轻人不注意一些也不要紧。年纪一老，就一些都勉强不来。”舅父近日曾吐露过这样的话。

安利柯去望舅父。

“舅父，好吗？”安利柯带了忧愁探问。

“没有什么。”舅父坦然如无事。

向周围一看，舅父的枕畔桌上摆着一个绿色的水瓶。那是很好的瓶，上面刻着什么文字。安利柯正想去认辨，舅父说：

“你看，刻着什么字？”

一看，上列刻着“六月二十四日”，下面大概是什么符号吧，刻着 G. B 二字。

“知道吗？”舅父虽这样问，安利柯因为不知道，就回答“不知道”。

于是舅父说：

“六月二十四日是我的生日，G. B 是我的旧友勃拉乔君名字的头字啰。

这瓶是勃拉乔君为了贺我的生日,送给我的贵重的礼物呢。勃拉乔君已死去了,这瓶成了唯一珍贵的纪念品。我把水灌进这瓶时,总是亲手从事,从不委诸别人。因为万一被人打破,那就糟了。

"哪,我每次从这水瓶取饮时,就想到这位老友。二人间多年的交际……老友的卓越的一生……这样那样地想起来,不觉怀恋难堪。勃拉乔君是这街里的里长,曾被居民尊称为父亲。他创建学校,尽力于国家的统一,苦心于斯朵莱维产的葡萄酒与醋酸的改良,真是一个富有才干的人啊!不幸,他晚年双目失明了;可是他不但不因此颓唐,比未盲更快活,常说滑稽的话使人发笑。啊,他是神圣的人物。人一失明,什么都不自由,普通人不免要自叹苦痛。但他唯恐妻女们伤心,强作快活,故意说有趣的话引得人笑。哪,这种精神你知道吗?真是可佩服的高尚的精神哩。

"我每逢生日,就不禁想起他的事。只要一到葡萄的收获期,勃拉乔即把孟恢尔阿特种的最好的葡萄用大篮装了来送给我。

"因此,我把这瓶放在这小桌上。这瓶在我是高贵的纪念品。我每朝张开眼来,首先就看到这瓶,想到勃拉乔君,几乎要和亡友打招呼。唉,但是,这位老友,从二年前,已不能再听到我的招呼了。

"像我样的老人,完全生存于过去的追怀之中。我从年轻时起就搜寻种种纪念品,现在我的家几乎成了一个纪念品的博物馆。无论家具,无论装饰物,都是纪念品,无一不足以叫我追怀过去的悲欢。从店中买来的东西,任凭你怎样地珍贵华美,究竟不是纪念品,在我看去全是无生命之物。无论家具,无论装饰物,要成了纪念品才会有生命啰。

"哪,安利柯,舅父还想和你谈呢,请听我说。饮食、睡眠、衣着……一切健康上所必要的,可以说是生命的面包。至于怀念、爱、思考,却是生命的葡萄酒。像我这样年老的人,葡萄酒常比面包更来得重要。我不是诗人,未曾写过一首诗,却想在人生的平凡琐事上种下诗去。一经种下了诗,任何平凡的事物也会生长出爱与想像,一切都会含有黄金,来把人心温暖的。

"安利柯,我还有话想说哩,哪,你在那里坐着听吧。"

二　全世界的纪念

“安利柯,我舅父睡在这里,仿佛见到世界五大洲的光景呢。

“请看这桌上,那里有一块方铅矿吧。那是赛尔奇尼亚的产物,我从配尔托沙拉采取来的。这使我想起欧洲的事。

“哪,这里有一块美丽的石头。这是玉髓,是我从美洲的瓦淮河畔采来的。

“这近旁还有一块闪闪发光的东西吧。这是冻石,是从喜马拉雅山麓的河畔取来的。这河的一方是独立国的锡金,一方是英领的锡金。见了这石,我就想起亚洲的风光。

“还有,那里有一块滑滑的石头吧,这叫做熔岩,是亚洲的东西。就在这近旁还有一块石英,它含有黄金。是纯金哩,从澳洲采取来的。

“这是从全世界采集来的五种石头。只要是旅行世界的人,谁都会见到,可是能注意它们,带回来作纪念品的人却没有。

“再看啊,那屋隅不是有许多手杖吗?这手杖的数目,正和地球上的国家数目一样多哩。我在散步时轮番使用它们,觉得全世界各国的大门的锁匙似乎已握在我的手中了。有时使我想起亚洲,有时使我想起非洲,有时使我想起波里尼西亚。

“哪,那里有一条竹的吧,那是从南印度的尼尔克里取来的。那有黄纹的美丽的石榴树手杖,采集自亚马孙河畔。还有最粗的一枝,是‘弥内治巴’科的树枝,是从台内利化山斩取来的。这树大的竟是摩天的巨木。那里的手杖各有各的历史,真是说也说不尽。

“姑且说一件给你听听吧。那里有一条弯曲的葡萄藤的手杖吧,这是我在马代伊拉用一先令买来的。马代伊拉一带到处都种葡萄,居民唯一的职业就是栽培葡萄。我到那里去的一年,恰好葡萄的年成不好,全地的葡萄都患虫害,满目都是枯萎的状态。居民穷于生活,境况很是可怜。有人截了枯萎的葡萄藤制作手杖,卖给那从方契尔上陆到美洲或非洲去的旅客。

“当时的光景,想起来如在目前。卖给我手杖的是个面黄肌瘦的老人。他不管人家要不要,见了我就跑近来说:‘老板,给我销一支!’

“问他每支多少钱，他说一先令。我拿出一先令买了一支。他说：‘好了，好了，谢谢你！老板！谢谢你！托你的福，可以吃一星期了。’

“我见那老人如此道谢，身边带钱不多，就另给了他三先令，对他说：‘一先令既可吃一星期，那么这样就可以吃一个月了。’

“于是，那老人又从胁下的一束手杖中取出三支来给我。

“令人怀念的不但是石榴与手杖啊。在我家里的东西，无论什么，就是庭中的一株树，也都涂着值得追怀的美丽的黄金的诗。我于没有人时，常和这些纪念品谈话，木或石有时甚至也会使我哭泣呢。所谓谈话，原不是用唇用舌，可是真令人怀恋难堪啊！”

三　珍重的手帕和袜子

舅父滔滔地谈着，快谈完了又这样说：

“年纪一老，人就会话多起来。我已话多了，话多了，就此停止吧。也许明日再说给你听，今日已尽够了，快要早餐了。你可去了再来，让我睡到正午吧。”

安利柯因为有事想问，就说：

“舅父，如果于你身体没有妨害，我还有一事想问呢。”

“唔，好的，问什么？”

“在这房内暖炉上摆着的爱托尔利亚坛，里面放着的是什么？舅父不是很重视这坛，常在坛旁供着花吗？究竟为了什么？”

安利柯这样一问，舅父就说：“唔，这吗？这是有理由的。就说给你听吧。”说着从床上半坐起身来，用右手按住了脸，深深地发出一声叹息。

安利柯注视着舅父，知道定有重大的秘密了。舅父从额上放下了手，说出下面的一段话来：

“这是神圣又神圣的东西。那坛的被发见，是在爱托尔利亚的扣莱地方，是古时希腊雅典人所制造的瓷器。扣莱地方有一个医生，是个很古怪的人，曾把这坛让与了我。你看那盖子啊，那盖子上面不是横着一个似睡又似死的女神像吗？这坛当是收藏二千年或以前的高洁圣女的遗骨的。究竟是谁的遗骨，原不知道。二千年以前，神圣的妇女确曾有过许多哩。她是希腊的诗人？是神的预言者？或是从犹太来的基督的弟子？无从知道，但不是寻常的人，是很明白的。至于现在，这坛里收藏着别人的骨，就是我母亲的遗骨啊。”

舅父说至此，默然深深地叹了一口气，然后用低沉的音调继续说下去：

“我已这样年老了，每次开那坛盖，就要哭泣。我每当要开了坛盖，拜见里面时，总是先将书斋门关牢，一个人偷偷地从事，因为如果被人见了加以嘲笑，就觉得对不住母亲了。哪，安利柯，你的血管中也流着和我母亲相同的血呢。等有机会，也给你拜见拜见坛内的遗骨吧。”

到了这里，舅父的语声已带颤音了，他又说：

“坛里面藏着一束灰色的长发，那是我母亲的头发。旁边还有全白的发，这是我父亲的。……此外还有一件东西，放在厚纸的小盒中，盒上写着：‘拔落时不哭也不痛的爱儿白契的最初的乳齿。’

“还有呢，那坛里还有我父亲的锈了的海军用的小刀一把。还有麻样的头发，是用丝线缀在纸板上的，我母亲曾亲自写着：‘可爱的白契三岁时之发。’

“此外还有一件，里面还藏着一方白的手帕。……啊！……这是母亲将死的瞬间，父亲给她拭额汗时的手帕。这手帕不曾洗涤，父亲曾取来收藏在一小箱里，想到的时候就对此吻了流泪的。后来，父亲在病床上自知将死了，叫近我去，吩咐我说：‘喂！白契啊！给我取出那方手帕来！并且，我死的时候，给我用这拭额汗！’

“我曾依照所吩咐的做了。等父亲一断气，我蹙拢了那方手帕掩住脸孔。啊，在那时，我仿佛觉得在与父亲母亲接吻了！

“还有，安利柯，那贵重的坛里还藏着附带编针的灰色毛线的袜子呢。这是我母亲未及编成遗留下来的。那时母亲已在病床上了，说防白契脚受冷，替我直编到临终时为止的袜子。

“安利柯，你给我出去吧。……”舅父终于突然发出哭声来了，却还说：

“你可以去了，我已耐不住了。你也许尚未了解这些，在你，只要快活就好。哪，快到庭间的小路上去绕一圈，去吃早餐吧。”

安利柯点头从房中出来。关门时再回头去看舅父，舅父日来不高兴的眼中，晶晶地浮着露了。

第八

一　纪念的草木

过了两日，舅父已痊愈，步到庭间，好像已有两年不在家了的样子，这里那里地看庭间的花木。

“为什么这样欢喜花木啊？”安利柯陪着舅父，不觉又有些奇怪起来。

舅父的庭院有些别致，可以说是庭院，也可以说是田圃，不，可以说不是庭院也不是田圃。一方有着花卉，种着树木，同时番茄咧，卷心菜咧，却生在棕榈或苹果之下。什么葡萄、柑橘、橄榄，都枝触着枝，充塞着空间。种植虽密，因为肥料与水分充足，生长都很旺盛。

话虽如此，究竟不能直向上长，大概向着日光伸出枝条。如果有人把这些树木拔去一株，那就不得了，舅父要大发火了。有一日，后面的农夫考虑了又考虑，劝说：“这样，究竟是容不下的，如果把这许多大树十株中除去一株！……”

舅父听了大怒，说：“你管自去理置葡萄园与橄榄园好了。这里的事用不着你来管。在自然林中，会嫌树木太多吗？蠢家伙！只要是大森林，或是南洋一带的攀援植物的森林中，树木都重复抱合着生长，密得连人也不能进去，却仍能一一开花结实，真是了不得。树木这东西，断不至于像人类社会的样子有互相冲突残杀的事，无论何时总是和爱地大家繁荣的。”

安利柯不承认舅父所说的理由是正确的。安利柯深知道植物之间也与人与动物一样，有着弱肉强食的原则。觉得舅父的话，并非就全般的自然界而发，只是用以辩护自己所爱好的庭园而已。

话虽如此，舅父把自己的庭园比之于美洲或马来群岛的原始林，却是很适合的。舅父的庭园里，这里那里地伸着蔷薇的有刺的枝条以及柠檬或梨子的杈枝，人过林下，那些刺或枝就会把人的头，手或衣服抓住。

舅父走入小路，常把头低下或把脚斜放，可是仍不免被牵刺；避转头去呢，又碰在伸出的杈枝上；等勉强走出小路，帽子又被挂在树枝上了。

虽然如此，舅父却毫不动气，只是笑着，对那小心地跟在后面的安利柯说：

“你看，这边来欢迎我，那边又来抱我，似乎树木也知道爱与嫉妒的。我方才抚触它们的时候，它们不是曾向我点头吗？哪，树木这东西，比动物更来得敏感而善良哩。它们既不会咬人，又不会放出讨厌的臭气，而且不会为了逞贪欲而向人扑来。”

二　解语的草木

舅父来到空地上，又这样说：

“安利柯，我每晨到庭间来看，能知道草木或昆虫的心哩。这边的树木向我告渴，那边的树木叫我把根上的土掘松，好让空气透进去。有的叫我捉虫，有的叫我折去碍事的枯枝。而在另一边呢，同类相残的虫儿们又细语告诉我，说在那里替我杀除戕害植物的蟊贼。虫儿们的话是真是假，一时很难分别，凡是有害于草木的虫类，我必全体驱除。我曾驱除过那可怜的营着社会生活的蚁儿们。只要是有害于草木的，当然不能宽恕罗。

“但是，还有比虫更厉害的敌人哩。最讨厌的强敌便是那含盐分的潮风罗。至于那强烈的名叫‘勃罗彭斯’的潮风，真是再讨厌没有的东西。它会把盐潮的细雾吹卷上来，不管叶也好，花也好，蓓蕊也好，都毫不宽赦地吹焦，其凶狠宛如火焰一样。

“为了那家伙，使得那槲树不容易长大，像那柑橘，可怜每年要落两三次叶呢。但是，现在已不要紧了，那槲树像着了甲胄的武士，昂然排列在那里，‘勃罗彭斯’的潮风即使呼啸着执着铁鞭袭来，也可抵御得住。其他，如柑橘类咧，蔷薇咧，阿尔代尼亚咧，也都已欣欣向荣，似乎在矜夸着说：‘你看吧！’开着华美的花了。

“但是，安利柯！爱这些树木，不仅因为是我亲手所植，也不仅为了它们能给我新绿、好香或是甘果。我所以爱它们，因为各株各株都能替我溯说往事，引起可怀念的过去的记忆。这里的一草一木，也都像那石块与行杖一样，能替我诉述过去。不，它们是活着的，比之于石块与行杖更能雄辩地述说过去哩。哪，草木也和我一样，能感受，能快乐，能忍耐，并且，可怜，它们也和我一样可怜地要死亡啊！

“如何？你不想听听这些草木的历史吗？”

“想听的，请说给我听吧。”安利柯回答说。

“唔，那么坐在这里。恰好有一把大理石的坐椅在这里。”舅父叫安利柯坐下。

三　美丽的赛尔维亚

舅父乃开始向安利柯说：

“哪，那里不是有赛尔维亚吗？那和普通的赛尔维亚不同，花瓣两色，乃赛尔维亚的变种，叶小，花香也差，可是在我，却有着一种难忘的纪念。因此我不愿把它除了，另植别种。

“追记起来，那是母亲死时的事。父亲与我及亲属因为不知怎样处置母亲遗言中提到的财产才好，大家去访问村中的公证人，一同被招待到一间暗沉沉的寂寞的房子里。他们究竟谈说些什么，那时我还年幼，无从知道，只听到他们在言语中屡次提起母亲的名字。我终于哭出来了。

“于是，公证人说：‘啊，好了，好了，不是哭的事啰。哥儿，快到庭间看花去吧。’我就匆匆地跑到庭间去，见花坛中两色花瓣的美丽的赛尔维亚正盛开着。我不知不觉地被吸引了，只是茫然地对着看；回来的时候就折了一枝，插入玻璃杯里。

“‘好特别的赛尔维亚！’第二日，父亲看见了，说不如植在土中，于是就教我用盆装了湿土，把它植入，再将杯里的水灌注在上面。

“后来，这枝赛尔维亚从枝生出根来，渐渐繁盛，就移植在庭间。差不多近六十年了，现在是那样地茂盛。我见到那花丛，总不禁要引起深深的感慨：记起了那村中公证人家里的昏暗不祥的房屋，……教我把赛尔维亚枝种在土里的父亲，……以及我自己儿时的光景。由这个连及到那个，记起了种种往事，不觉感慨系之。曾和我父亲同到公证人家里去的人们，早已全都死尽了，所剩的只有这赛尔维亚与我。父亲死了，公证人也死了，兄弟辈、亲属，谁都死了，我也非死不可。永远繁茂生存的，就是这赛尔维亚。可是，这赛尔维亚如果没有你，它的历史也许就要没人知道了。”

四　威尼斯的金币与牻牛儿

舅父继续说：

“还有一种可爱的变种牻牛儿哩。哪，在棕榈背后长得很繁的就是牻牛儿。

“这也是儿时的事。我被一艘运贩小麦的商船雇为仆役，曾两次航行黑海。第一次回航时离第二次开船为期尚远，因为想在桑·德连寨度过这些日子，所以就回来了，那正是冬季。

“就是这时候的事啰。桑·德连寨住着一位从檐内巴来的退职的老医学教授。他的迁居于此，大概是想靠并不富裕的养老金来安闲地过其余年的。风景既好，所费不多就可过绅士生活，当时的桑·德连寨对于这样的人，真是再好没有的处所了。

“那老人有若干医疗器具，有蓄电瓶，也有摩擦起电器。大概很有着许多电气机械吧，常以制电蚀版自娱。他喜欢和小孩接近，拿出种种机械给我看，或闪闪地发出火花来使我惊异，真是一个很好的老人。

“不久，我和老人就亲近起来了。老人教我制电蚀版的方法。用一个旧瓷瓶，一个蒸馏器，一片亚铅，巧妙地装置了，教我把古钱移印到铜板上去的方法。一时俨然成了一个古钱学的研究室。

“曾移印过许多东西：西班牙的金币也移印过，檐内巴的金币，罗马的金币，还有从各处借来的种种货币，都移印过。因为太有趣了，见别处有古钱，就立刻借来移印，把电气化学的装置郑重地保存着。

“后来，老人说还要教我仿真金币的镀金的方法，我真欢喜万状了。这时，恰好附近住着一位患疯瘫病的穷船员，他有一个威尼斯的古金币。我和他商量想借，他不肯。不知道恳求了多少次，他老是不答应，说什么这是身上的护符，未死以前决不离身。但他愈不肯，我愈想借来移印。结果，赖了教父的力，以两日归还的条件借到，我那时真欢喜得了不得。

“只有两日啰，一不小心就要到期的，想赶快试看，于是整理好了做金币形环的装置，着手做种种实验。

“‘已好了吧，金币的正面定已移印完全，再来改印反面吧。’一边这样想，一边急把所装置的器具打开了看。没想到不知为了什么，原来的贵重的金币不见了。漏掉了吗？细看也没有地方会漏掉。我以为自己眼花了，屡次地在器中搜索，合金是有的，贵重的威尼斯金币却没有了！

“‘完了，一定是金币被熔入合金中去了，把这熔解了来看吧。熔解以后，金币就会重新出来吧？’我这样想，战栗地把它投入熔器中发火来看。金属渐渐熔解，表面现出了微微的一点黄金。

“这是为什么？失败是一定的了。我突然就哭了出来，同时又觉得事不宜迟，就飞也似的奔跑到老教授家里，一五一十都告诉了他，和他商量。

“老教授说：‘这是很明白的，那威尼斯金币本是镀金的赝物，所以就熔解了。你看，这里剩留着些微的像黄金的东西哩。’

“呀，不得了了，如何是好！我嘱老教授把这事暂守秘密，就跑回自己家里大哭。那可怜的船员视同性命的古金币，将怎样赔偿呢？我不能借口于那古金币是赝物就卸了责任。我的脑汁几如熔锅一样地沸腾了。

“静了心沉思至一小时之久，忽然发见了一线光明。我有着些微的储蓄，那是为了想买猎枪或手枪，多年间积下的，藏在一个陶制的扑满中。我即从抽屉中取出，扑碎了扑满，铜币与银币就散杂地滚出来，数了数，共三十二元五角七分。

“‘有了这点钱，买一个威尼斯金币当尽够了。’我一边思忖，一边急忙向斯配契跑。

“脸跑得绯红，汗如雨下，才到了斯配契的一家兑换铺门口。

“‘这里有威尼斯的古金币吗？’我喘息未定就问。

“‘咿呀，这里没有。勃里奥耐街的——由这里去靠左的那家古物金器铺里也许有一个，亦未可知。’

“我着急了，又喘着气走，到了那家金器铺门口，连忙问：

“‘有威尼斯的古金币吗？’

“‘对不起，没有。’

“‘贵一些也不要紧，如有，就卖给我吧！’我哭脸相求。

“‘那么，你且请坐，待到楼上去找找看吧。’

“主人说着上楼梯去，店中只留了主妇一人。我耐不住左右彷徨，或茫然地看那窗饰，或伸手进口袋去捏那三十二元五角七分的钱包，真是焦灼万状。

“店的后庭中有一个花坛。我本是爱花的，又想暂时把心安定下来，就请求主妇让我进去看看花。

“‘请便，牻牛儿正盛开呢。’主妇很亲切地答应了。

“那花坛和这里的花坛完全无二，我一边看着花，一边又担着心；如果这家铺中没有威尼斯古金币，将怎么办？忽然在乱开着的牻牛儿丛中，见到有闪闪发光像金币的一朵。这无聊的慰安，一瞬间就梦也似的从心中消失了，于是又茫然过了许多时候。

“‘哥儿，有两个呢。请你自己来看。一个已很残破，一个是完整如新的。’主人呼叫我说。

“我这才如被从梦中唤醒，去看那两个金币。其中完整的一个，和那船员的护符——被我如糖一般熔化了的一式一样。我忘了一切，把它攫到手里。

“‘这要多少钱？’

“‘三十元。’

“这太贵了，欺我是小孩子吧！也曾这样忖，却不敢说出什么话来。决心地从袋中取出钱来想付，心中又突然生出一种不安来：如果这是赝物，将如何呢？

“也曾想查问是否赝物，可是我毕竟是孩子，不敢像煞有介事地假充内行，只好把金币在柜台上丢了一丢，把圆的金币立在柜台上，用指一弹，就团团旋转，既而经过一次摇摆即‘滴铃’地躺倒。在我听去，那声音比大音乐家洛西尼和培尔里尼的歌剧还可爱。

“主人从旁注意我说：‘请藏好，这是真正的威尼斯金币哩。’我就执了金币飞奔回桑·德连寨来。

“当把金币交付到那可怜的船员的手中时，我怎样地欢喜啊！大概因为以赝物换得了真物的缘故吧，船员的沉滞的眼光顿时现出喜悦的光辉来。我那时全然忘去自己的苦痛，心中充满了愉快。

“啊，我行了善行了。但这事尚未曾告诉过谁，今日才说与你知道。在这长长的数十年中，我一想起当时的事，就暗自喜悦，把心情回复到少年时代去。和这善行的欢喜合并了不能忘怀的，就是那古物金器铺庭中的牻牛儿啰。

“看哪，华丽的牻牛儿开着和旧时一样的花呢，那花丛中的像威尼斯金币的一朵，曾把我幼时的心梦也似的安慰过。在长期的航海生活之后，我在此地决定了安居的计划，当做往事的纪念，就择了和在那金器铺庭中同种的牻牛儿来种植。每年一开花，我对了花丛，恍如回到了少年，感到无限的幸福哩。”

五　可爱的耐帕尔柑与深山之花

舅父乘了兴头，又继续说：

“我庭园中的草木一一都有历史，如果要尽说，怕要费一个月的工夫呢。而且这里所种的，大概都是难得的异种。

“你看，那里有柑子吧。柑子原有二十种光景，肉有黄色的，有白色的，有赤色的，味也各各不同。有一种是香味的，连叶子都香，花香得更是特别。此外还有帕莱尔玛种的异种，印度种的大种。我所最爱的是，哪，在那最中央的耐帕尔种。那是我在巴西时，名叫洛佩兹·耐泰的有名的外交官送给我的。我当做巴西的土产背了回来。

“葡萄牙人称耐帕尔柑为脐柑，脐原大，品种好的却没有核，即有也极小。在巴西，每年结实两次，既香，味又甘美，最好在未熟时吃。种在这里已不如在巴西的好了，但在我，柑类之中最爱的还是耐帕尔柑。巴西真是好地方，那里的人都很亲切，他们把意大利称为第二故乡而怀恋着。方才所说的那个洛佩兹·耐泰君曾和我相约：如果他所赠我的花木盛开花了，他就想亲自到这里来看一看呢！不好吗？像这样的人，真是可令人怀恋的好人啊。

"可是,安利柯,也有在别处毫无价值的植物,一植在我这庭园里就变了很好的东西的。这因为我培植得当心,土壤、日光、肥料都安排适宜的缘故。其中有一种名叫'猪肉馒头'的东西。

"'猪肉馒头'在意大利的阿尔卑斯山中遍开着引人可怜的花,芳香婀娜,是幽美的花草。圆圆的球根上面伸出可爱的叶与花,更有趣的是,它常与姐妹花的堇同生在一个地方。堇是有谦让的美德的,而'猪肉馒头'这家伙呢,却不管是岩石的裂隙里,栗树的老根旁,无论何处,在天鹅绒似的苔中,布置它自己的花床。这家伙在阿尔卑斯那样幽湿的地方,开着蔷薇色的可爱的小花,喷喷发香,行人闻到了常称为'飞来的接吻'。

"可是,在桑·德连寨,却都是'猪肉馒头'的仇敌。土壤、太阳、空气,什么都不合它的脾胃。所以无论你怎样移植,都不免枯萎。有一次,我带到地中海边去试种,也不行。后来又改换方法,把它种在槲树之下,茎是抽得很高,花竟一朵也不开。终于被我想到了一个好法子:在那无花果下面,混合别种的泥土,把它种了,就开出很好的花来。我所种的原是像在勃里安寨或可玛湖畔所见的良种。现在那有青条纹的黝暗的绿叶正在苔上匍伏了休眠。将来秋天盛开时,你可以送一束给你母亲。"

六 "猪肉馒头"与悲壮的追怀

安利柯忘了一切静听着,舅父愈加有兴头地说下去:

"你听我说啊,我从这'猪肉馒头'曾受到一个大教训哩。

"人这东西是困难愈多愈快乐的。靠了父母丰厚的遗产过安逸生活的人,无论十什么都无趣,结果至于连自己的身子也会感到毫无意义了。

"我也曾屡次听见人说:世间并无所谓幸福的东西,即有,也是偶然的时运使然,是一时的。其实,这话大错。幸福不是偶然的时运,乃是努力的结果。我们能制造美物,行善事,赢得财富与名誉,……同样,我们也能因了努力与勤劳,获得幸福。

"呀,这成了俨然的哲学议论了!暂且停止了去看看葡萄吧。"

舅父说着拔起脚来就走,且说:

"你看,这里有很好的葡萄藤。"

舅父的话又由此开始了：

“这也令人难忘，因为到种活为止，曾费过不少的苦心。但我的爱恋它，不但为了种的时候的苦心，实还有更值得纪念的往事。且听我告诉你。

“我的朋友之中，有一个名叫勃罗斯匹洛的船长。他也是桑·德连寨人，和我同事过不少年月。有一时期，我和他共同买了一艘轮船，装运西西里或赛尔奇尼亚产的葡萄到意大利，航务上的指挥则二人轮流担任。

“勃罗斯匹洛是一个大野心家，如果遇到机会，保不住不做不正的行为。所以我很留心顾到他。

“有一日，勃罗斯匹洛说：‘第一要防备被偷窃啊。他们恨不得欺诈我们，我们当然也有反转身来欺诈他们的权利啰。’

“我回答他说：‘咿呀，不对。只要正直无愧，就什么议论都不会发生的。良心就是无上的裁判官。如果把良心所命令的事用了头脑去做，即不会有错误。只要是有利于己的事，人就容易诡称为善行，可是良心在内心大声怒责这种任意假造理由为恶行辩护的罪人。仅是理由，不能遏灭良心的呼声。照良心之声思考了去实行，就什么问题都没有了。’

“在二人之间，这样的意见之争，不止一次二次。勃罗斯匹洛对于我的话常摇头表示不服，可是口头上却勉强地答应遵从我的希望去做。

“后来，我因别事到了桑港，有两年没有回来。消息阻隔，无从知道勃罗斯匹洛的状况。

“及由桑港回来，先到日内瓦一行，才回到久别的桑·德连寨。勃罗斯匹洛迎待我时，莞尔笑说：‘请代我欢喜，有一件很得意的事哩。我在勃列克号船上可赚十五万元。’

“我并未欢喜，反吃了一惊。‘这究竟是什么一回事？’我急忙问。

“‘没有什么，将来再详细地告诉你吧。’勃罗斯匹洛很是泰然。

“我很担忧，急思探询事情的内幕。不料未到一星期，日内瓦的裁判所即来把我和勃罗斯匹洛一并传去。原来他已被人以诈欺取财的罪名告发了。

“幸而勃罗斯匹洛的律师辩护得好，事情顺利，得宣告无罪。可是我总不放心。及从勃列克号某旧船员探明真相，为之大惊，原来勃罗斯匹洛曾行了昧心的大欺诈。

“只要有钱赚,就什么正义道德都会蔑视的勃罗斯匹洛,曾向船货保险公司用了大大的诡计,骗得了大大的横财。当我不在时,他就独自管领勃列克号的。从马赛开出的时候,他竟瞒了受主,用盐水装入许多桶中,冒充葡萄酒,保了很大的险。不消说,许多桶之中有两桶是真装葡萄酒的,保险公司来检查时,他运用手法,只把真的两桶给他们检查。

“于是,船出海了。他要瞒骗葡萄酒的受主,就在航行中故意制造危险,把船驶上小礁去,先叫船员避难上陆,再雇人把假货抛入海中。这样一来,价格四万元的勃列克号是乌有了,他却可以赚进十五万元的保险金。

“我从那旧船员得知了内情,就立刻跑到勃罗斯匹洛那里,硬压住气愤说:

“‘勃罗斯匹洛君! 你在想昧了良心发横财呢。’

“‘说哪里话,官司不是胜诉了吗?’他呆滞了一会儿,支吾地回答。

“‘请勿欺骗我。你无论怎样地为自己辩护,你的律师无论怎样会弄舌巧辩,我是不答应的。’

“‘你何必来说这样的话呢? 事情已早解决了。’勃罗斯匹洛仍想逃避。

“‘你干的不是欺诈吗? 快把保险金如数退还保险公司。’我板起脸说。

“‘那就一面失去了勃列克号,一面还须负担所装货物的损失了。’勃罗斯匹洛说出他的难处来。

“‘你说货物吗? 货物我不知道。至于勃列克号,原是我和你的公有财产。现在我把我的一半的权利全部让给了你。我重视你的名誉,如何? 但愿你自己勿再做有丧于你的名誉的事。我从此不愿再与你共事了,请你独自一个人去做吧。’

“我这样说了,就和勃罗斯匹洛告别。大概我的话很激动了他的良心了,勃罗斯匹洛终于不曾向保险公司去领保险金。但是他名字上仍留着了一个拭不去的污点。

“这以后,虽听说勃罗斯匹洛曾向南美阿善丁国的勃爱斯诺·阿伊莱斯[①]航行,可是详细情形无从知道。这样地过了八年,有一日,我接到他从列瓦来特发出的信,拆开一看,信中简单地这样写着:

① 通译阿根廷的布宜诺斯艾利斯,下文同。——编者

“‘久不写信给你,很对不起。我今患了重病在此疗养,自知已无生望了,寂寞不堪,苦思与你一见。请来看我一次,这是我最后的祈求。’

“我那时尚未忘去勃罗斯匹洛的罪恶,每次想到,就感到刺心也似的苦痛,涌起难遏的怨念来。因此虽接到了信,究竟去看他呢,还是不去?却思忖了好一会儿。终于被那最后的祈求一语所牵引,决定到可玛湖畔的列瓦来特去看他。

“勃罗斯匹洛患了厉害的中风症,在病院疗养。我去看他时,他正在安乐椅上卧也似的坐着。一见到我,什么都不说,只呜呜地哭了起来。好一会儿,才颤抖着立起走到桌子旁,开了抽屉,取出一个大大的纸包!

“‘这这……这里面盛盛……盛着二万元,是勃勃……勃列克号的代代……代价的一一……一半。你你……你为了我我……我的名誉,曾大大……大度地把把……把这给予了我。托托……托了你的福,我我……我在勃爱诺斯·阿伊莱斯大大……大赚了钱。现现……现在把这奉奉……奉还给你。这这……钱不是作作……作了弊赚来的,我我……我为想恢复男男……男子的名誉,什什……什么苦都已受受……受过。请请……请把这收了……’他这样口吃着恳切地说。

“我被他的态度所感动,一言不说,接受了纸包。勃罗斯匹洛口吃着继续说:

“‘白契君:我我……我现在把债金还还……还清了,你你……你非恕宥我不可。知道我我……我的罪恶的,恐恐……恐怕只有你一人吧。我我……我不得你的恕宥,无无……无论如何不能到下世去,请恕恕……恕宥了我。恕恕……恕宥了你你……你的老朋友。’

“我对着流泪忏悔的勃罗斯匹洛,自己也几乎要出眼泪了,可是竭力忍住了,用严格的语调对他说:

“‘那么请凭了良心说真话,你在勃爱诺斯·阿伊莱斯,八年之间确在正直地劳动吗?’

“‘当当……当然啰。凭凭……凭了母亲的名字,我我……敢……’勃罗斯匹洛这样口吃着回答。

“我听到他这样说,就安慰他:‘好,那么,我不再把勃列克号的事放在心里,也不再计较你过去所做的行为了。请安心吧。’

“这样一说，勃罗斯匹洛欢喜得至于紧抱了我放声而哭。他从那时重新另做了人了。

“这原是可喜的事。但我因不放心勃罗斯匹洛的病势，不好即走，暂留在那里看视着。勃罗斯匹洛拄了手杖由仆人随护着，蹒跚地在屋外像小孩一样地行走，愉悦地看那四周的风景。见到附近有开着的‘猪肉馒头’，他就摘了一束花来送我。他从前只认识金钱，因了灵魂的更生，心情已变得如此优美了。

“我这才放了心，到第十日就向他告别。勃罗斯匹洛见我要走，很是悲伤，牵住了我呜咽流泪，恋恋地反复对我说‘再会’，说‘祝你好’。

“我登上马车，最后回头去呼‘再会’，勃罗斯匹洛忍住哭泣‘噢噢’地高叫，悲感之极，发不出明白的声音来了。

“下了马车，正要把行箧提到湖中的轮船上去，见还有一个大大的包，写有我的名字。还附着一张勃罗斯匹洛的字条，字条上这样写着：

亲爱的白契君！

我知道你爱‘猪肉馒头’，为了想送给你，特于散步时采集得百来个球根，请带去种在桑·德连寨府上。开花的时候，我当已早不在这世间了。但你总会记及我的吧。我曾一次犯罪，幸得你的恕宥，我可以安心而死了。再会，白契君，永久再会！

勃罗斯匹洛拜”

*　　*　　*

舅父沉默有顷，叹息了一声，对安利柯这样说：

“安利柯，我怎样爱护这‘猪肉馒头’，你可知道了吧。勃罗斯匹洛是死了，花却年年发放好香。我每次见到花，不禁就想到一生间悲壮的往事来！”

七　别怕死

舅父又感慨无限地向安利柯说：

“安利柯，我一味对你说些死去了的人的事情，这也许是年龄老了的缘故吧。活着的人往往把死人忘掉，即使记起了也要加以忌讳。其实仔细想来，生与死是联结的，活着的人总免不掉死。所以从幼时就非不怕死不可。

为了正当的事光明磊落地死,有什么可怕呢? 在正直的人,死是安静而快乐的。

“人这东西是很奇怪的。一方面竭力地使死人从家里离开,不再记得。及到了忌日,大家却又流了泪把无可挽回的事无聊地互相谈说。有时候还要不惮遥远到墓地去拜谒。

“我却不然。我不把墓场造在远处,就造在自己家里。我不把死人当做已死者,而认为他是永远生存而可亲近的人。你看,这里的草木都是故人的面影。我无论坐在室中,无论徘徊在庭间,都常与故人谈笑。有时,草木的芽或花能显现故人的面影,欢迎我说:‘我在等你呢。’

“远远的墓场,土下只有故人的骨,而我的家里,却有故人的灵魂活着,还发光吐香。死去的人是毫不用怕的,如果你觉得死人可怕,那定是你入了恶道的时候。所以非把怕死人的心情除去不可。

“一切东西,是活着的生命,同时也是要死去的生命。现在欣欣向荣开花的草木,一遇到冷寒的秋风,就非飒飒枯落不可。在同一气候中,叶也有强有弱,尽有未秋先凋的。对于飘然落下的叶来说,泥土就是它的墓场。但从这墓场里,却萌芽出新生命来。

“我们应爱人生,乐人生,把人生弄得更美更善。但不可因此做怕死的怯弱者。死是休息疲劳的安息,是白昼好好劳作以后的黄昏啰。死不是如怯弱者所见到的草藁人,也不是如绝望者所见到的幽灵。

“记起亲爱的故人,是可爱的事。把亲爱的故人的灵魂留住在自己的屋里或庭间,是一种极大的快乐。因为无论住在屋里或步行庭间,都可与故人晤对。生与死是用了可怀恋的爱的绳联串着的,好像今日与昨日相联串着的样子!”

第九

一　伟大的国民性的大教训

某星期日，安利柯与舅父二人应街上的医生之招吃了午饭，愉快地一同回家来。街上走着许多人。

舅父衔了桃心木的烟斗，一边走，一边快活地喷着云也似的烟雾。

舅父的吸烟真妙，因他所喷的烟的样子可以推测其心境如何，所以特别。微弱的烟像断云似的断续而出时，那就是暴风雨快要到来的征候，不久即要发怒了。所喷的只是细而连续的烟时，那就是下时雨的时候，是舅父心里有着什么悲哀而悄然的征候。如果大云与小云汹涌地交互喷出，那就是气象易变的当儿。像今日似的尽是大云卷叠而出，那是表示气象的晴快，是舅父心里快乐的征候。

安利柯见了舅父喷出来的烟，不觉暗中窃笑着说：

"舅父。"

"唔。"

"舅父今日很高兴哩。"

"唔，不是没有不高兴的道理吗？方才和最要好的朋友愉快地共进午餐回来。你呢，又较前强壮得判若两人。街上的人都快乐地走着，熙熙攘攘。这许多人经过了六日的劳动，在今日星期天快乐地游戏着。啊！我很满足！置身在快乐的人群之中，此外更有何求呢？"舅父说。

“但是,舅父,这许多在街上行走着的人们,自己都觉得是幸福的吗?”安利柯问。

“唔,似乎很幸福呢。至少今日是觉得幸福的,明日也许就难说了。过了幸福的一日,一到明日早晨就有的入海,有的到工场,有的执棹,有的执锤,也许要感到不舒服吧。但这也不过暂时的事,不久就会说说笑笑,或是吹着口哨,去快乐地着手工作吧。”

安利柯点点头。

舅父继续说:

“从这里可以一眼看到那个村子的风景吧。那个村子有五六百居民,只要查察那五六百人的生活情形,那么国家中发生的问题也就大体可以知道了。

“那个村子和这条街的情形略有不同。这条街是小街,也和那村子一样,住着许多阶级不同的人们。这原是到处都如此的。但在这街上,却没有一个人是用财产的有无和地位的高下来分别待人的。

“这街上并无百万的巨富,连五十万的富人也没有,最有钱的大概就是我了。但我的财产也只能维持生活而已,此外更可想而知。各家都仅能糊口,财产虽不多,这些人们,却有着爱自由平等的精神,真可称赞。这精神才是比石炭大王之富更贵重的东西啊!

“住在这里的人们中,有些人仅就山岩的瘦地种二三株葡萄或一年仅能取半樽油的橄榄,劳苦万分。至于住所,有的竟只有堆柴间那样大。话虽如此,却仍能糊口,衣食一切均以血汗得之,不曾受惠于他人,也不曾盗取他人的什么。人的尊严,要这样才得保持。

“这条街上不能自食其力的一个都没有。如果有向你拱手求布施的,那必是从别处来的人。

“喂,安利柯!人的第一步就是尊严啰。卑屈不正的家伙不是人。这街上的住民都是尊严的人物哩。你见到他们在路上彼此相见为礼的样子吧。他们之中,屈腰如猫,将手中的帽低触到地的人,是一个也寻不出的。即使全世界的富豪浮勃利可谛到了此地,他们也不过称他一声‘卡洛叔’而已。这也并不是高傲,他们觉得与其尊称他为贵族或高爵,不如对他用亲切的称呼好。

“你看，他们在今日的休息日快乐地游戏。他们之中，前六日间有的在船上劳动，有的在兵工厂劳动，有的在公署劳动。到了第七日的今日，则愉快地嬉游。不是吗？有吸烟的，有饮苹果酒的，也有眺望着海的。还有人在店肆里或酒铺里。可是他们用自己的钱去买，决没有赊欠钱的。

“哪，那里有许多女人哩。这些女人和别处的女人大不相同吧。都那样地挺直了身子愉快行走着。她们之中有炼瓦女工，有挑担贩鱼的，也有农人，可是都如此漂亮。她们在前六日中都是撩起了衣襟或是赤了足奔走的，今日却足上穿着十五元或二十元一双的鞋子，颈上围了围巾，还在松松的发上插戴着美丽的花……你看，不是三五成群手挽了手在那里快乐地来往着吗？

“哪，的确，这里的人都有一种崇高的地方。至于报恩的精神，真是了不得，别人有恩于他们，他们也以恩相报，偶然些许的好意，他们也总不忘怀，永久地心感着。我久客外国，无论在何国，从未见有这样的好风气。那时偶然回来，见到些微的帮助也要百倍千倍地报答，颇以为是愚事，后来才知道我大大地误解他们了。

“曾经遇到过许多这样的事：有一日，一妇人来说：‘我的孩子死了，肯给我一枝花吗？’我就折了给她。

“又有一日，一个男子来说：‘我的儿子想入兵工厂去学习职工，不给我介绍介绍吗？’我替他介绍了。

“又有一日，来了一个水手，恳求我说：‘我并没犯什么过失，不知为了什么，被认为犯了罪，要受法律裁判。我决没有那样的行为，你不能代我设法求赦免吗？’我答允了他，设法免了他的处分。

“后来，这三人的家属每逢季节必送礼物来。鱼咧，无花果咧，蕈菌咧，按时送给我。我不快起来了，终于在第三次送礼物来的时候，我愤怒地叱责说：‘这算是什么？我只帮了你们一点小忙，你们竟要如此多礼！我并不是要想得你们的礼物才帮你们的，只是高兴帮忙就帮忙吧咧！’

“我这样怒叱，不曾想到他们送礼物来是出于真心。结果我也只好释然于怀，为方才的误会道了歉，快快活活地把礼物收受了。

“你想：这礼仪谢恩的心底里，不是含有高尚的感情及别种更可尊贵的东西吗？哪，谢恩的心原是高尚的，而他们在这高尚的心中还有一种自尊的精神,就是以为:自己虽贫穷,却能送礼物与有钱有势的人。

“安利柯,这才是重要的事啊!人没有自尊心将如何呢?即使不免显得高傲,自尊心仍是可尊贵的。有自尊心的人决不会干卑屈的事。无论是怎样的穷汉,只要他有强烈的自尊心,就可使大富豪拜服他。

“这自尊心究由何而生的呢?赤手空拳始终和世间波涛相搏的人……觉悟到除了自己的力,自己的手腕,自己的知识,此外一无可恃的人!像这种人,才会发生出自尊心来。

“啊,可是我很悲观。近来桑·德连寨的青年为了要想在公司或兵工厂谋职业,都丢了耒锄,把祖及父传下来的农业放弃了。这等人在被人雇佣的奴隶制度之下,就会失去独立的精神与自尊心。

“但是我也不欢喜一味悲观。我是个乐天主义者,相信人类会有无限的进化的。我确信:两三个大实业家如果有一日发展到了绝顶,其力必会被分配于民众,劳动者仍会用了从前同样的独立心与自由精神去从事劳动的。

“政治上也有着和这同样的步骤呢。初则小国家分立,及战争起,小国家乃被合并了成了大国家。大国家间的战争一经到了极度,于是就成立神圣联合的世界,各国家被统一于全人类之下,仍得各保其独立与自由。现在无论如何,已有国际经济会议的必要了。看吧,到你的子孙的时代,这神圣的人类世界必将实现哩。懂了吗?安利柯!”

二　独立自尊

舅父热心地继续说:

“安利柯,看啊,在这街上行走着的都是乡下人呢。真愉快,他们之中找不出一个醉汉。至多也不过走进咖啡店去,吃杯苹果酒或果汁,玩回纸牌而已。并且,除星期日外,咖啡店家家都关着门没有顾客,在六日之中,大家一心劳动,从办事处、兵工厂或渔业场回到家里,就一家团聚,在晚餐桌上快乐地饱餐,餐毕走出街上看海吸烟,一会儿就回去睡眠。在这街上,弹子房一所都不必有。让他们打弹子,他们宁喜欢看海。海是什么时候都美,它不论对于贫人或富人,不论对于有学问的或无学问的,都给予以同样的喜悦。

“也许就因这个缘故吧,自幼与海亲切的这土地的人们很知悉政治上社会上的事,感觉到自由独立的必要。所不好的,只是时时受恶新闻的教唆,被引起了不平,有使官厅不放心的事而已。官厅方面也太神经过敏,多方杞忧,常向我探问这里有无什么阴谋家或同盟团体。我总是如此答复他们:'……怎会有这样的人啊? 这里并无暴徒。所有的都是能劳动有家室有田地的人。住着有家室田地而能劳动的人的处所,决不会有什么骚动的。这里的青年,原有在咖啡店里像议员学者般大谈其政治思想的,但一到了工作的场所或是回到了家里,就一切都忘了。这里的人们都是能依靠自力生活的实际家,有着正当的头脑,像书册上新闻上所写着的不稳的谈论,他们决不会轻信的。……'

"如何? 安利柯,确是这样的! 咿呀,我已说得太多了,说得太多了,但我所说的尽是真实的话,你不要忘却。

"我还有一件要教你明白的事。人无论学什么,可有三种方法:一是从书本去学,一是从他人的经验上去学,一是从自己的经验上去学。这三种方法之中,任择一种,都应有同样的结果,可是实际上却不然。从书本上得来的知识其价值如果比之铜币,那么从他人的经验得来的知识是银币,从自己的经验得来的知识是金币了。

"知道了吗? 用自己的头脑思索,用自己的腕力积得经验的人,不但知道事物,且能作正确无误的判断。遇到有应做的事,就能着着进行,至于完成。这样的人才有真的自由,才能独立,才有自尊心,才能镇伏浮动之辈的干扰。可是,世间尽多轻浮躁率的人哩,他们并无从自己经验得来的知识,妄信了从书本上看来或从他人闻得的话,甚而至于对于毫无足重轻的事也组了团体来喧噪。结果什么都无把握,一哄而散。所谓轻浮者,所谓有眼的盲者,就是这种人。这种人无论集合了多少,一时怎样地气焰很盛,究竟只是乌合之众而已。我前次曾对你说过不要怕死的话。这种人才是怕死的卑怯者,他们对于正义的事,是无单独挺身而战的勇气的。"

三　高尚的精神

"如何? 知道了吗?"舅父的话还继续着。

"我方才曾大大地称赞这里的人们,但如果遇到他们之中有人发谬误的言论或是做傲慢的行为,我是决不答应的。以前曾常常有过这样的事。却是真有趣啊!他们当初并不肯服从我的话,及试验失败,知道了自己不是,这才回转头来向我谢罪了。

“无论他人有着任何错误的见解,我决不利用自己的身份或社会的势力妄图威压。如果有人为我的地位或势力所威压而变更其见解,那不是真正的反省,只是卑怯的变节而已。

“有一次曾遇到很有趣的事哩。姑且当做例话来告诉你听吧:

“这街上现有着两个船公司,最初只有一个。其所做的生意,是运输就地货物或是送工人往兵工厂。生意很好,有时应付不及,船公司中的下级船员们乃成立了一个组合,集合小资本另造一艘小轮船,在公司的对门设店营业。计划实现以后,得步进步,愈想发展,又加造了一艘船。

“公司方面呢,当然不肯坐视,也另添买一船。于是,公司与组合之间大起竞争,船费大减,便宜的只是乘客。

“这原算不得什么,既然要做商业,当然免不了要竞争的。可是组合方面却说出这样的话来:‘我们是劳动者,所以正义是属于我们的,快把公司的一切设置打破!’他们为了要达到这目的,来和我商量,要我帮助设法向政府求补助金,俾得打倒公司,发展组合。我愤怒了,对他们说:

“‘什么话!我不愿帮助你们成傲慢者!’

“‘我们是劳动者,劳动者是正义的。至于公司是以垄断利益为目的的。’组合的人说。

“这真是等于放屁的理由。我于是对他们这样说:‘不错,你们是劳动者吧,这是好的。你们想不让资本家独占利益,这见解也可佩服。但公司方面也曾做着有益的事。如果没有那公司,公众的不便不消说,兵工厂的工人们就要不能上工去了。所以,政府的补助如果必要,理应组合与公司平等地同受。组合与公司互相协调了图社会一般的便利,这不才是真正的美的劳动者的精神吗?’

“被我这样一说,组合的人们很不乐意地回去了。后来觉得我的话不错,就重来道歉,要求我代陈政府。我和政府去说,政府也赞成我的意见,同时补助公司与组合。自此以后,公司与组合双方和好,现在平和地营业着。凡事一为感情所驱,把判断弄错误了,自己与他人就都会受到无限的损害的啰。”

四　历史的精神

“喂,安利柯,听了许多时候认真的话,也许已感到厌倦了吧。”舅父轻快地把语调一转,又继续说:

“话虽如此,你要想用了自己的眼去看实际的社会,用了自己的心去作正确的判断,非有我舅父的这精神不可啊。

“学校繁琐地把十代百代的历史教授学生,无非养成无益的知识而已。历史的真的精神,除了我舅父方才所告诉你的以外,更没有别的了。

“冗长的历史书中,什么某国国王在某处被杀咧,某年某月某种战争开始咧,继续若干年咧,战死者若干咧,某国取得若干赔款或领土咧,诸如此类的事,记得很多很多。不错,这样的事原曾有过,但因了这些,历史的精髓是无从知道的啰。

“徒然记忆了许多这样的事有什么用?要知道历史非有真的心不可,又非有正确判断的头脑不可。所以要成真的历史家,只读书是不行的。须练习把周围日常生活的事实用了自己的眼去看,用了自己的心去感受,用了自己的头脑去判断那自由正义的精神是在怎样地发展着。对于村中发生的一件琐屑的小事,能注意,能不为他人的意见所动,仔细观察,用了自己的心与头脑去批判,这就是将来成大历史家的准备哩。

“在成大历史家以前,非先成小历史家不可。能知一家的真的历史的人,才能知一国的真的历史。张三与李四的邻人相骂之中,实包含着拿破仑和英国拼命战争的萌芽啊!

“你如果能够写出自己一村的历史,那你就能给予道德宗教或政治以大教训了。这比之于徒事理论的学者的大著述,其价值不知要高得多少呢!”

第十

一　不知身份

第二个星期日，安利柯又和舅父去公园散步，在教会旁的石级上坐下。今日游人仍多，从港埠那面沿了墓场小道走着的，约有二三百人光景。有拽着母亲的小孩，有曲背白发的老人，有医生，有渔夫，有军人，有船员，有宪兵，有农夫，有侯爵，也有小富翁。

舅父熟视着他们，忽然不高兴了，唧咕地说：

"喂，安利柯，看那样儿啊！看那全不调和的丑态啊！"

"舅父，你说什么？"安利柯问。

"那服装啰。服装原须适合自己的职业或趣味才好，可是现今却和从前不同，只以模仿富者为事了。这种服装表现着虚伪的心，大家想把自己装扮成自己以上的人，多可笑！"

舅父继续说：

"喏，你看那边携着手在走的二少女，一个是渔夫的女儿，一个是洗衣作的女儿哩。她们却都穿着有丝结的摩洛哥皮的鞋子，真是像煞有介事！那种鞋子，如果在从前，只有侯爵夫人或博士夫人才穿的。

"啊，那边不是有一个贵妇人来了吗？你看，那个似乎俨然地着黑衣服的。其实，那是以搬运石灰为业的女扛驳夫哩。不管鞋子匠与裁缝师怎样地苦心，那种服装和那种女子是不相称的。服装的式样或色彩虽模仿了贵妇人，不能说就可适合于任何姿态或步调的女子的。

“那些少女的母亲的时代真好啊。那样华贵的长靴，天鹅绒或绸类一切不用，在朴素的木棉衣服上加以相称的围裙，宝石等类不消说是没有的，至多不过在头上插些石竹花而已。那种朴素而稳重的样儿，全像是一种雕刻，看去很是爽快。农家的女儿们，下级船员或渔夫的女儿们，心与形相一致的，真可爱哩。

“风气坏了的不但是女子，男子也成了伪善者了。我在这许多行人里面曾仔细留心，看有否戴从前劳动者所曾戴的帽子的，竟一个都找不出哩。在现在，连下级船员也把他们上代所戴的帽子加以轻蔑，都戴起饰有绢带的流行麦秆帽或高贵的巴拿马帽来。他们从前原是只要有粗朴的上衣一件就到处可去了，现在却饰着嵌宝石的袖纽，穿着有象牙雕刻纽扣的背心了。唉！昔时的壮健正直的船员们现在不知哪里去了！昔时的船员们，自有其和那被日光照黑了的脸色相调和的服装，无须漂亮的衬衫与领带。

“弥漫于现代的虚伪，不但造出了职业与服装的不调和。那些劳动者们大都已忘去了自己的美，伤了自己的德，一心想去模仿富豪博士或贵族。其中竟有从侯爵或博士讨得旧衣服，穿了来卖弄的青年，还有喜欢穿每年来此避暑的旅客们所弃去的旧衣服的孩子们。那样子多难看啊！他们把虚伪的现代社会整个地表现出来了。

“看啊！我这恰好合身的用汗换来的化斯蒂安织品的衣服，有素朴味的这仿麻纱的衬衫！这是我可以自豪的，这和从富豪身上取下的天鹅绒服，与任你怎样洗涤也有污点的向人讨来的绸衬衫，是全然不同的。近代人常做着平等主义的乐园的梦，其所谓乐园，只是女婢想希望有和伯爵夫人同等的服装。这种灭亡的平等观，是会把强壮与健康的自然美破坏的。

“但是，安利柯啊！裁缝与鞋匠虽造成了社会的虚伪，还不必十分动气，更有可怖的事哩。

“看啊，那些人们不但诅咒适合自身的服装，还以自己的身份职业为耻呢。这才是可怖的近代病啊！此风在大都会中日盛，且竟波及到这小小的桑·德连寨来了。

“安利柯！你将来如果选定了自己的职业，要釉职业自夸，决不可以自己社会的地位为羞耻。

“我旅行柏林，曾为意大利人感到大大的耻辱。那里的人们并没有我们意大利人一样的伶俐与懂得艺术，可是所有一切的阶级的人，对于自己的地位都有着一种矜夸。不论是电车上的车掌、马车上的马夫、小卒、店员，或清道夫，都不问其社会地位的高下，对于职业用了矜夸与自信，执行着自己的义务。在那里，谁都不看上方，但看下方，似乎夸说：‘我才是了不得的人，’向上拈着髭须。

“可是在意大利却完全相反。意大利人只看上方，一味苦心于模仿上方。自己没有一定的立足点，拈着髭须以自己的地位自负的人，到处都找不到。意大利人所最擅长的就只是装无为有。做鞋匠的如果要想成为一个全街首屈一指的鞋匠，照理只须拼命努力就好了，可是他却一味想向世间夸耀自己不是鞋匠，即使只是星期日一日也好。到了积得些许的财产时，就想不叫自己的儿子再做鞋匠，至少想养成他为律师，为医生，为官吏了。所以，意大利人是想把自己的无能用虚伪来遮瞒的卑怯者。像这样的家伙，哪能一生不苦啊！

“要想把自己提高的向上心原是好的东西。但虚荣心与蔑视自己的职业的精神是可诅咒的。只要能完成自己的职务，在鞋匠就应以正直的鞋匠自夸，在农夫就应以正直的农夫自夸，在兵卒就应以正直的兵卒自夸，还应自夸是一个正直的人。决不会有想以平民冒充贵族或捐买爵位等下等的事。

“我有一个朋友，他到了五十岁，积得了财产，就去捐买爵位。对于那种人，我即不愿再交友了。平民出身有什么可耻？爵位在人有什么用？捐买了爵位，结果适足为真正的贵族所嘲笑，为平民所鄙贱而已。那样的人，和那因鄙夷父亲传下来的帽子一定要戴巴拿马帽的下级船员，及平日赤了足背石灰桶的女扛驳夫在粗蛮的足上套着贵族用的摩洛哥皮的鞋子一样。

“如果我真是伯爵或侯爵，那末对于这代表着国家一部分历史的爵位，也原不该引以为耻。我对于伯爵侯爵不艳羡，也不故意加以鄙薄，只是见了伯爵称伯爵，见了侯爵称侯爵而已。我决不想受非分的权利。

“安利柯！如果树根向上生长，鸟住在水里，鱼住在空中，将如何？可是，世间尽有这样的人哩，不知身份，也应有个分寸，我与其做那样不知身份的人，宁愿做穷人，宁愿做病人。穷人只要劳动就可得钱，病人只要养生就可治愈,至于不知身份的人,是无法救治的。”

舅父说到这里,安利柯不禁插口问:

“舅父,不知身份的人,世上确似乎很多。他们究竟有什么不好呢?”

“这吗?唔,喏,有个很好的实例在这里。”

舅父继续说出下面的话来:

“喏,那边走着两三个不知身份的人。我很知道他们的历史哩,你且听着!

“看那昂然阔步的青年吧,他不是戴着漂亮的黑帽子,穿着时髦的印度绸的裤子与华丽的背心,像煞一个绅士吗?无论他怎样地装作绅士,素性是一见就可知道的。那血红的领带与绿色的背心,多不调和?那闪闪发着光的表链也不是真金,是镀金的。指上虽亮晶晶地套得有两三个指环,当然也是赝物。

“喏,看啊,他带领了四五个跟随者,样子多少骄慢!那帽子大约值三十元吧,你看他脱下咧,戴上咧,已不知有几次了。他的用意似乎在引人去注目他,他以得到阔人的注意为荣。

“他是一家酒店里的儿子,其亲戚不是裸体的渔夫便是赤足行走的女子。他怕这些人们呼他为‘侄子’、‘从兄弟’或‘舅父’。有一次,他与斯配契的富豪之子在街上同行,有亲戚和他招呼,他竟装作不相识的路人管自走过去了。

“他的父亲从一升半升酒里,积得若干钱,想把他培养成为律师,叫他入了赛尔兹那的法律学校。他毫不用功,一边却以博士自居,结果就被斥退了。于是,父亲又想使他成为教师,把他转学到斯配契的工业学校的预科去。在那里也连年落第,等到被学校斥退的时候,口上已生出髭须了。从此以后,学校的椅子在他就不及弹子房与咖啡店的有趣味。他什么都不知道,却要像煞有介事地谈什么政治,谈什么社会问题,喜欢发毫无条理的议论。

“有一次,那家伙曾在激进党的无聊报纸上发表一篇荒唐的文章,当地的不学无术的人们居然赞许他是个学者了。那样的家伙没有从事职业的腕力,至多只会在选举时做个替人呐喊者,或在乡间做个恶讼师而已。

“那家伙是不喜饮母亲手调的汤羹的人,是恐怕漂亮的裤子弄脏要用手巾拂了藤椅才坐的人。无论他怎样做作,自以为了不得,究竟是个卑贱无学的家伙，故遇事动辄埋怨富人与有教养者，把由自身的弱点而起的不平委过于社会，于是就俨然以革命家自许了。那情形宛如水中的鱼硬想住在室间，拼命挣扎着。如果那家伙不做这样愚举，弃去了虚荣心，去做一个身份相应的正直的下级船员、渔夫或农夫，还是幸福的……”

二　幸福在何处

舅父的话还未完毕：

“不知身份的实例，不但是男子，女子也有。喏，你看那在门旁立着的女人啊。她穿着黑缎的上衣，戴着加羽饰的漂亮的帽子。那家伙也是个不知身份的人。你看，她手上有指环，还有腕镯，胸前有金链子，还有金表，……那样儿宛如市上金首饰铺的陈列柜。她虽全身用贵重的金饰包着，可是没一件不是恶俗的流行品，她是个除了自傲、不自然、土俗以外，什么都没有的家伙。人在她旁边通过，那理发店中所用的香水的气息就扑鼻而来。她自己好像登入了象牙之塔，俯目看人，似乎不屑与人交谈的样子，常把口半开了不出一声哩。

“她在二十年前曾充作了领小孩的女婢，随某姓家属到南美的寥·格兰代地方为佣。在那里与一老翁结婚，五六年之后，丈夫死了，遗产由她承袭。如果于遗产以外能承袭得若干常识的教养，原是很好的，可是她却什么都不知道。她把她那肥胖的躯体装饰得如火鸡一般地华丽。回到故乡以后，不屑再与旧日伴侣来往，闯入贵妇人队中。可是她的出身是大家都知道的，见了她那竭力地装作有教养的样子，竭力地避去土语掺用葡萄牙语，……就是愚者也不禁要发笑起来哩。

“大家都称她为‘男爵夫人阁下’，这绰号含有着讽刺与怜悯。她并不是什么坏人，如果顾到了自己的身份，不忘掉往昔的地位，老老实实地与鱼肆的主妇们或下级船员的女儿们和睦交往，那么她必会被大家所爱护亲近，必能利用自己与财产来聚集一伙快乐的朋友吧。而且，从身份比她高的人们看来，也必会把她当做好人，好好地待她的。

“哪，安利柯！世间不知身份的人何其多啊！这种人都要寂寞地陷入不幸中去。如果自己能在力量相应、气质相应的职业上得到矜夸与悦乐，原是一旦就可转为幸福的,可是……

“他们不明自己的天职,又梦想着不当的幸福,所以只着眼于世间的外表,以为非有钱就不能快乐。所以,只要能有钱,就什么都可牺牲。如果不能赚到钱,至少也须装作有钱的样儿才爽快,这是何等浅见啊。

“哪,把富认作幸福的标准,这是大大的谬见啊。神的摄理并不如此。握了锹锄整年在日光下赤足劳动的人们中,也有非常幸福的人;拥有巨万之富的人们中,也有非常不幸的人。人常做一行怨一行,以为换了职业就可幸福,那是错的。人非在适合于己的地位境遇中是不会幸福的啊。

“譬如:一日都未曾劳动过的富者,不能领略终日流汗劳动着的樵夫的安闲。樵夫完了一日的劳作,在以空腹临晚饭的时候,是感到无上的幸福的。樵夫能熟睡到天明,而富翁之中却常有夜里睡不着的人。

“顺便在这里说给你听吧。凡不做筋肉劳动的人,是不知道人的尊严的。从事劳动,不但能使血液里的毒素由皮肤发散,并且连精神中所存的毒素也向外排除,使心情清快。精神中一经积有毒素,就会对人生悲观或给他人以恶感。

“人生最高贵的悦乐在有健康的内脏、强健的筋肉与爽快的精神。没有了这三者,一切道德的经济的幸福就都不能获得。所以,安逸的富人反不如贫穷的筋肉劳动者来得幸福。贫穷劳动者常能不寻求幸福而得幸福,富人到处寻求幸福反求不到。

“所以,人不可太富,但太贫了也要不得,不贫不富,从事于自己的职业即可生活的中等人最为适当。从来有名的道德家、高尚的伟人,差不多可以说都出于这阶级的。

“不要一味着眼于上方,模仿他人。能着眼于下方的,才是智者。住三层楼不如住二层楼的安全,住二层楼不如住平房的安全。地位低些不要紧。只要我所做的事比人优越就好了。安于二等鞋匠,不挂一等鞋匠的招牌,正直地来做一等鞋匠以上的工作:要这样的人,才真是尊严,真是聪明。也要这样,才能领略到人生的尊严的满足。这满足会在自己的周围造出悦乐与道德的健康的空气。对吗?安利柯!又,人无论是谁,在某一时候,在某一地方,在某一事务上,总会遇到立在人上的机会的。哪,只要顾到自己的身份,在适合的境遇中,用了爽快的心情去努力劳作,总有一日会遇到非此人莫属的机会。这样的人才能知道幸福。如果不知身份,不幸的心情就会愈弄愈深起来,这是很明白的事。那些不知身份的人们,日日想求幸福,其实,他们的希望正和雀的想生鹰,狐的想与狮子争百兽之王一样。”

舅父说到这里,忽然站起身来说:“啊,就快去吧。”

第十一

一　柠檬树与人生

又过了几日,舅父在自己的庭园里对安利柯这样说:

“安利柯!我爱大地,大地是万物之母,在万物是最后的朋友啊。大地把我们永远抱在那温暖的怀中。我在遗嘱上曾写着:‘勿将我的遗骸火葬,给我埋在可爱的土中。’真的,如果你们不害怕,不厌憎,那么最好请给我埋在那株大柠檬树之下。我爱柠檬,尤其是那株柠檬,是我手植的,有着种种可纪念的事。初种的时候原是很小的一株,现在,你看,已经长得那么大了。坐在那树下,就觉芳香扑鼻哩。

“安利柯!爱好大地,种植树木,是非常有意味的事啊。譬如说,你现在种下一株苹果树去,将来树长得比你还大,长寿不凋,会用了树荫、花、果使你的子孙快乐。还会将你培植的苦心告诉你子孙知道哩。

“我崇拜大地,陶醉于大地之香。每当长晴以后,好雨袭来,树木顿吐艳绿与芳香的时候,我冒雨到室外去看,仿佛觉得树林里充满了美的诗,天地重回复到太初一般。

“我被大地的雄辩所动,有时竟有执了锹茫然许久的事。土是活的,其中盘着的无数草木之根,宛如生命的脉管。我能倾听大地的脉搏,辨悉大地的言语。大地把其希望或要求告诉我!有时说要饮水了,有时说要吃什么了。我用喷水壶把晶珠似的水灌溉,大地就快乐地吸入。我握了锄把永眠的土加以翻动,那土就在日光下跳起身来,吸收了新的生命,长出可爱的萌芽。

“大地把一切的东西都收受了去,为我们净化。化腐败物为养料,再化成可爱的蔷薇花瓣或葡萄的卷须。动物与人虽只管把污浊的排泄物散到地上,大地却有把此净化的神圣的功能。

“不但此也,大地于净化一切的不净物转成芳香与甘脂以外,还用了那绿的叶来使空气清净。在红尘万丈的都市中疲劳了的人们,一到乡间,入了大地的怀抱里,就会身心顿爽,恍如苏醒。只要一得这大地的健康的母亲的接吻,谁都能够恢复清新的感觉与纯洁的心情。

“试想啊,法兰西为德意志所败,曾担负过五十亿的巨额的赔款。战败国要支付五十亿的巨款,为什么不曾灭亡呢?这就是因为法国有着爱土地的农民的缘故。现在醉心都会的人们虽群趋入巴黎、马赛或里昂,但整几百万的农民却能爱着土地,为了爱和良心握着犁锄,所以法国是决不会灭亡的。

“但是,我们意大利怎样?意大利没有爱好这生命之母的大地的人。神所恩赐我们的最肥沃的土地,在许多世纪以来供给过我们面包与葡萄酒的土地,有谁在酷爱它啊!

“大地给予我们健康与诗,还不竭地供给财富。我们非酷爱土地不可。大地很宽大,常以百来偿一。

“安利柯!哪,你也来坐在这柠檬树下吧。真香啊!我在一切植物之中,爱有酸味的果木,尤爱柠檬。柠檬富于雅趣,有不断的生命之香,发育虽缓,生长力很是坚固,叶常绿,根叶花实无一部分不香。

“在植物性的酸味之中,最佳的就要推柠檬了。因为香味太好了,食用时颇令人感到奢侈哩。你如果夏季旅行到地中海沿岸一带,那才会知道新鲜柠檬的香味的可爱呢。

“柠檬还有许多优点。它终身开花,结着青的实与成熟的实,这是和别种果木不同的地方。别种果木每年只开花一次,结实一次,柠檬则终年毫不疲倦,不论何时都快活旺盛地饰着芳香的绿衣,垂着泼剌的实。如果我在出世以前,神问我:‘你倘生而为树,你愿成什么树?’我必将这样回答:‘我愿成柠檬树。’真的啰,我最爱柠檬!

"人的劳作和树的结实是一样的。人到能劳作,树到能结实,都要长期间的培养。树的培养叫做栽培,人的培养叫做教育。你今年十四,用树来比喻,已是快要开花的时期了。花为了结实的希望而开,希望就是立一生的计划的东西。

"人非立有一生的计划不可。无论立了怎样的大计划,在计划本身是无限量的。世间尽有在计划中过尽一生的人,这恰和只开花而不结实的草花一样。

"聪明的人对于未来立了大计划,把自己的思想精神全倾注在这计划里,又把全体的注意与热爱倾向于这方面。可是,像柠檬样的果木,尚且有果实未成熟而先萎的事情。这就因为没有使之成熟的力的缘故。

"所以,安利柯!你第一须有希望之花,这是使你的心闪耀的诗。第二,你非结完全成熟的果实不可,这相当于你完全实行你自己的计划。但只这样还不够,成就了一个计划就心安了,是暮气的人。你如果已成就了一事,还非实行其次的计划不可,恰如柠檬的次第结新实一样。能这样的人,无论何时都有着青年的欢喜、壮健的精神与快乐的觉悟。

"但是,终年结实繁多的柠檬也以春季开花最多。人在一生中虽常须开希望之花,但究以青年时所开的花为最美。所以,你须于青年时开出最美的花来,显现泼剌的力与芳香的精神。这力,这精神,就是将来结百倍之实,使你快慰的东西。

"说虽如此,你即使成了大人,成了老人,也非像柠檬的样子开新的花不可。一到老年就失去希望与诗的,是无用的人。人所开的花,芳洌彻于死后,其实又能亘千百年为多数人造福的。人生之花——是的,人生之诗,才是能使人快乐的东西。如果没有了这,人生就如枯木了。我们为了要结无限之实,须搜集宇宙之精华,不断地开发出新花来。"

二　一切的人都应是诗人

安利柯见舅父以柠檬为喻,来说人的一生,就说:

"舅父,你与其做船长,不如做诗人来得适当呢。"

"唔,唔。"舅父点了好几次头,继续说:

“人都应是诗人。人依了希望，有的为农夫，有的为渔夫，有的为工场工人，有的为船员，有的为机械师吧。但无论做何职业，如果其心非诗人之心，不能开出美的人生之花来。

“人之所以能流着汗，乐于从事辛苦的工作，就因为有美丽的人生之花在微笑相招的缘故。如果人生是秽浊的无希望的，人怎能有流了汗去辛苦工作的勇气啊？

“人类的历史可以说是诗的历史。诗是数千年来人人所曾歌咏的东西。在没有轮船、火车的时代，不，在比这更以前的远古，人类用着石器的时代，诗早曾被歌咏过。二三千年以前的诗，尽有传至今日的。五六百年前的诗，留传被讽咏者更不知多少。最好的诗，无论经过几百年也不会消失，仍被新时代的人所爱恋。

“诗亡，国也就亡。在国民最勇敢、最正直的时候，最是产生好诗的时候。我们国里从前曾有过诗人但丁。但丁是意大利的国粹。如果没有但丁，今日的意大利也许比现在更要堕落哩。但丁时代的意大利真是兴隆，当时世界文明的中心就是意大利啊！

“安利柯，我国非再出一个伟大的诗人不可。伟大的诗人有伟大的精神，他能歌咏国民的心与力，使全世界的人都受到光辉。

“为什么诗能兴国？就因为生命如能充满希望，必定生出诗来的缘故。人为重负所苦，抬不起头来，而前途又没有希望，这就不会产生诗了。

“但丁当时的意大利，冲破中世纪的暗黑昏沉的时代之烦恼，替人类寻出一道光明来。这就是文艺复兴。现在的意大利，无论从精神方面看，从经济方面看，都是很萎靡的国家。但像从前意大利人从非常的苦恼中唤起了大的力，给世界人心以光明的样子，我们也须再放一次世界的光来救援。

“所以我嘱咐你：对于一切事都不要灰心，抱了希望，积极勇猛前进。如果遇有困难，当认为新胜利的预告而期待其将来。又，在正当的事上，非做英雄豪杰不可。为了显现美的精神，当不畏一切。这样做去，你就会了悟诗能救国之故吧。”

舅父说到这里，就拱了手静默在沉思之中了。

第十二

一 伊普西隆耐的伟大行为

今日是与舅父决定到谛诺岛去远足的日子。安利柯特别早起,五时就离了床。

因为还觉睡意蒙眬,安利柯就伸头窗外去吸受清凉的空气。见有一老人驼了背在汲池水浇灌柠檬及柑橘等类的果木。他把上衣、麦秆帽、手杖都放在露天椅上,一任晨风吹拂雪白的头发,很愉快地劳动着。

“咦！好奇怪的老人!”

安利柯再去细看那老人:虽无力地闪动着细小的眼睛,鼻子、颚、颊却很有神气,最觉得滑稽的是他的脸孔宛如地形模型:大皱纹、小皱纹、曲皱纹、直皱纹丛生在脸上,恰如用山河区划着国境一样。

“妙得很,那脸孔宛如用摩洛哥皮制出的。”安利柯正自出神,恰好舅父由窗下通过。安利柯叫说:

“舅父,早安!”

“唔,早安!”

安利柯就问舅父:

“舅父,那老人是谁?”

“他么？那是每天早上来替我浇灌庭园的。你起来太迟,所以还未见过他吧。他每日起来很早,我七时起床来看,他早已回去了。每日黎明他就悄悄地开了篱门进来,浇灌毕了,仍悄悄地关了篱门回去。真是一个好老人啊! 咿呀,这老人,说起来还是意大利独立史上有功的人物哩! 可是许多写《格里勃尔第传》的记者都把这老人的名字忘怀了。关于老人的话,今日就在远足途上说给你听吧。"

舅父这样说了,管自走到那方去。

* * *

半小时以后,安利柯与舅父乘了小舟,扬帆向谛诺岛进发。舅父衔了古旧的烟斗,和安利柯谈关于老人的事:

"老人生于桑·德连寨,本名叫做亚查利尼,世人却以伊普西隆耐的绰号唤他。在这儿,人大概都有绰号,没有绰号几乎认为是一种羞耻。老人的绰号有过有趣的故事:距今七十多年前,他当时在蒙塾里,对于字母 X 的发音不准确,读作'伊普赛'。于是先生、学生都揶揄他,替他取了一个'伊普西隆耐'的绰号。他颇以此绰号为辱,在最初曾以拳头对待,据说有一次竟打伤了同学的鼻子。

"直到现在,老人似乎还不忘这事,一提起绰号,常这样说:'船长,那时呼我绰号,我就要动怒! 现在倒是呼我的本名,我反而不快了。'

"伊普西隆耐自幼捕鱼,据说,其祖先一向是渔夫。祖父与父亲都非常长寿,祖父活到九十五岁,父亲至九十三岁才死。

"老人述及自己的家系时,常这样说:'自我出世以来,我家只遇过二次不幸。一是一八一七年祖父的死,一是父亲如熟果坠落似的死去。我家以后将不会再遇不幸了。如果有,那就只是我的如熟果坠落的死了。'老人这样说时,嘴边常浮起寂寞的微笑。

"伊普西隆耐今年八十四岁了,很强健。去年尚能在强风中驾船到斯配契。最近因为他老妻不放心,非天气好,便不许他上船。

"这伊普西隆耐是救过爱国者格里勃尔第将军的生命的人! 如果没有他,意大利也许还未独立吧。赖有老人救了格里勃尔第,奥斯托里亚人因被击退,波旁王党才被从耐普利逐出,意大利始有今日。

"你已读过匮查尼或马利阿的《格里勃尔第传》了吧。人皆知格里勃尔第离罗马后曾屡经危难,而知道伊普西隆耐曾救过他的事的却很少。现在我就把伊普西隆耐救格里勃尔第的故事来说给你听吧。

“那时，格里勃尔第将军处境极危险，如果一被奥斯托利亚[①]人捉住，就要立遭枪毙。警察、侦探、军队都在探访将军匿身的所在，将军因而不能安居罗马，有时扮作农夫，有时扮作船员，有时扮作普通平民，在志士们保护之下逃生。每至一处，多则居五六日，少则只四五小时而已。

“意大利的托斯卡那被奥斯托利亚军占领，将军就从那里逃出。可是不能到避难的目的地配蒙德，赖有少数志士的保护，匿身于蒯尔菲氏的别墅中。

“但这别墅也非安全之地，蒯尔菲为想在坡德·韦耐列方面找寻避难处，乃急忙先往勿洛尼卡。

“到了勿洛尼卡，遇志士旅馆主人彼得·格乔利，就托他找觅到配蒙德去的小舟。

“格乔利急赴配诺辟诺，由那里乘小舟渡过海峡到了爱尔培岛，更进行到卡斯德洛岬。伊普西隆耐恰好和他老父与许多渔夫在那里曳网捕鱼。

“格乔利于许多渔夫之中见伊普西隆耐器宇不凡，就前去恳切地说：‘请你救救格里勃尔第将军！’

“渔夫伊普西隆耐慨然承诺：‘好，如果有用得着我之处，什么都不辞！究竟要怎么才好？现在将军不是在托斯卡那吗？’

“‘是啊，那真是危险的地方，非快瞒了敌人秘密逃到海岸，陪护他往配蒙德不可。如何？你能够尽些力吗？如果能够，我们就把将军送至勿洛尼卡或海上来接头吧。’

“伊普西隆耐见格乔利这样说，就大喜承诺，约定说：‘好！那么后天星期日我在勿洛尼卡候着吧。’

“格乔利与伊普西隆耐再三约定，即回到本土。

“伊普西隆耐负了这样大的使命以后，自思将怎样才好。他觉得在没有鱼市的星期日出发是容易招疑的，乃改于星期六前往。从卡斯德尔至勿洛尼卡有二十五英里路的距离。

“他于星期六由卡斯德尔扬帆至勿洛尼卡登岸，就走到奥斯托利亚的代理领主那里，请订立每周售卖鲜鱼二次的契约。代理领主允诺其请求。

---

① 通译奥地利。——编者

伊普西隆耐私心窃喜,乃佯作不知,把谈话移向政治上去:

"'领主阁下,听说格里勃尔第将军已逃到培内伊了,你不知道吗?'他这样故布疑阵说。

"'咿呀,这是你听错了。方才有一中尉骑马走过,说格里勃尔第就出没在这附近一带,叫我要大大地防备呢。'领主说。

"伊普西隆耐佯作不知说:'啊! 这样吗? 那末将军似乎已身陷绝境了。'

"伊普西隆耐与领主定好了卖鱼的契约,自喜第一计已成,乃以渔夫而弄外交手腕,给一封信与格乔利说:'如要订立卖鱼的契约,明日请光临勿洛尼卡。'

"格乔利见信,第二日星期日就到勿洛尼卡。当晚,伊普西隆耐避了人眼,与爱国者格乔利同乘马车到蒯尔菲氏的别墅中。

"伊普西隆耐那时很饥饿,但以重任在身,只以一汤一鸡蛋、一片面包及一杯葡萄酒忍耐过去。

"那是一个热闷的八月的晚上,别墅里蛰居着许多忧伤憔悴激昂慷慨的国士们。忽闻有马蹄声,以为格里勃尔第来了,出外看时,见只是一匹空马在逃行。

"明晨格里勃尔第与列奇洛大尉一同来到。大尉足已负伤,却说要伴送将军到配蒙德。

"不久,伊普西隆耐便被召唤到了别墅的一室里。格里勃尔第将军穿着市民装,在青年们围绕中微笑着。将军见了伊普西隆耐的伟大的风采,亲切地说:'你就是肯载我去船上的首领吗?'

"'呃,是的。阁下!'

"'别称阁下,请呼我为格里勃尔第或朋友。'

"'那么,朋友,是的。'伊普西隆耐改了口回答。

"'你是何处人?'将军问。

"'是桑·德连寨人。'

"将军大喜:'哦,那么和我同乡呢。钱是带着的吧。'

"'呃,少许带着些。'

"'那么能够出发了吧。'

“‘能够,阁下,不,朋友,我昨夜已在这里恭候了。今夜就出发吧,日间恐有不便。’

“‘打算怎样走呢?’

“‘今夜,请向卡拉·马尔谛那步行到海边。我当在那里预浮渔网的浮标。请以此为标记走近拢来。我当在附近恭候,就由那里下船吧。’

“约束既定,伊普西隆耐渔事完毕,就下了浮标,自九时起专心静候着。

“将军由列奇洛大尉及二三十个志士护送到海岸。这些都是决死之士,万一为敌所袭,宁愿自杀,不肯死于敌人之手的。他们所处的真是九死一生的危境。

“等格里勃尔第将军与列奇洛大尉安然下了小舟,送行的志士才慷慨激昂大呼将军万岁。那夜意大利的星辰在他们头上分外晶亮有光。

“满帆孕着东风的小舟,冲破了夜色,早行抵爱尔培岛的卡斯德洛岬。在那里小泊,购入了面包、葡萄酒等类,未明又扬帆前进。恐防岸上有敌人追来,把船向了格勃拉耶对海岸取着四十五英里的距离行驶,在星期二到了利鲍尔附近。于是伊普西隆耐问:

“‘朋友,将怎样呢?’

“‘一切全托付你,听你处置。’将军信赖地说。

“‘我恐有人追袭,故先驶舟到这里暂停。万一遇有危险,那么就护朋友上港中的美国汽船。美国人必会欢迎朋友的,如果无甚危险,夜间再开船吧。’

“将军赞成伊普西隆耐的意见。当夜开出的小舟,于九月五日午后三时安抵坡德·韦耐列,大家竟悠然上陆。啊!这小港对于意大利的自由与文明,真是值得纪念的土地啊!”

二　美的感谢

“安利柯!”舅父用感慨无限的调子,仍把话继续下去。

“因了一渔夫的救助,在小港登陆的爱国者格里勃尔第将如何呢?将军抱住伊普西隆耐接吻,又伸手把袋中所有的金币取出,据说所有的金币只十个光景。

"'只这些了,请留作我感谢的纪念!'将军说着,把手中的金币交去。

"'不,朋友,请收着,因为你有需用的时候。'伊普西隆耐这样谢绝。

"将军茫然了一会,既而说:'那么,且请少留。'即在一纸片上把这次的功绩写了,交付伊普西隆耐。

"我曾在伊普西隆耐那里见过这纸片,把文字录在杂记册上。"

舅父说到此,就从衣袋中取出杂记册来翻给安利柯看。文字是这样写着:

> 船主保罗·亚查利尼君!你曾送我到安全的避难地。这不是为谋你自身的利益,完全为了我。
>
> 一八四九年九月五日
>
> 奇·格里勃尔第
>
> 书于坡德·韦耐列

"如何?安利柯!"舅父又继续说,"这是伊普西隆耐所得到的唯一的奖品哩。在日内瓦,曾有人愿以六百元买取,伊普西隆耐坚不肯卖。这是伊普西隆耐一家的高贵的纪念品。

"啊,对于大胆细心的渔夫伊普西隆耐,这纸片是多么意味深长的东西啊!

"据说,伊普西隆耐在船中曾做了盐渍鸡及鲉鱼等类的菜请将军吃,将军吃得很有滋味哩。

"'朋友,如何?'据说他请求对菜的批评。将军啧着舌头,这样回答:'真是难得的好菜!'

"老伊普西隆耐对着这纸片追怀前事,其心情将怎样啊!

"我再告诉你,这一小纸片不但是伊普西隆耐的大胆行为的纪念品。自那时起,他那向来兴盛的产业,不久就全消损了,他的老父与船伙被人当做抵押品捉去,好久不能放回。最后他只剩了一只小舟,过着穷苦的划船人的生活。那只小舟上记着'格里勃尔第的救助者,一八四九年九月五日'的文字。'格里勃尔第的救助者,一八四九年九月五日',这文字是何等伟大光荣啊!

“伊普西隆耐从来不以自己的功绩向意大利政府求赏。后来,他也喜欢常到勿拉斯卡谛去访问格里勃尔第,但决不要求金钱上的救济。

“我见这可怜的老人气力渐衰,且有儿女需要抚养,觉得非受补助金不可,就和格里勃尔第的弟子代勃列谛斯相商,在去年圣诞节给了他三百元的补助金。不久,代勃列谛斯死了,于是乃改与克利斯裨商议,请他继续给予补助金。

“关于伊普西隆耐,我还有非告诉你不可的事。

“伊普西隆耐现在每日早晨来替我浇灌庭园。这不是我托他如此,乃是他当做对于我些许好意与微劳的报答,来求我让他如此做的。

“我最初原不敢答应,既而见他很是难过,就不再反对,加以承受了。伊普西隆耐非常高兴地说:‘多谢你!我已不能再握橹了,至于整理田圃或是浇灌,还能胜任。终日闲居非常之苦,就请让我做做吧!’

“我希望看伊普西隆耐每晨用喷筒浇灌的样儿,再看二十年。他以感谢的态度劳动着,那神态真是说不出的高尚。一个贫困的老渔夫,满腔崇高的心情无可发泄,不得已想借了浇灌来满足:这样深切的心情如加以拒绝,那也未免太残酷了!”

第十三

一　不幸的少年

安利柯有时驾船，有时垂钓，身体的健康逐渐恢复了。

钓鱼因了鱼的种类而异其饵。钓鲻鱼与鲷鱼，用面包屑干酪的混合物，钓别的鱼，则用蚯蚓或海中的蠕虫。

有一日，安利柯独坐在崖石上钓鱼。浪颇高，潮水是混浊的，钓着了四五尾鲻鱼与两三尾鲷鱼。

他专心一意地注视着浮标继续钓着，忽闻背后有喧扰的声音。这里平常总听不到人声，今日似乎有些两样呢。起初还以为是波浪冲击断崖的声音，既而细听，却是许多人的喧叫，一阵笑声，接着就是悲苦的哭泣声。

安利柯回转头去，见不穿衬衣的那个残废少年美尼清，正在被桑·德连寨的群孩侮弄。

美尼清是个十二岁的残废的小孩，在三四岁时，样子曾是很可爱的，后来忽然带了残疾。父母从此就不爱他，一味加以叱骂，甚至于这样骂他："像你这样的家伙，活着也无用，还是快些给我死了好！"

美尼清不知道自己为何要受叱骂，他尚未知世间和家庭的事情，看到他家的小孩受父母抚抱，或受邻人吻，不禁就想哭出来。

美尼清的父母不肯给他食物，即使给他，那种东西也只有他会流着泪去吃。如果是别的小孩，一定是唾弃不顾的。发了霉的面包皮咧，快腐了的鱼咧，僵硬的无花果咧，谁要吃啊！

说起美尼清的衣服，那真不堪。他的衣服可以说全是破布片凑成的，并且没有人替他缝补，处处都是破洞，可以看见皮肉。

有一日，他的父母竟把他留下，离开桑·德连寨了。据说是到美洲谋生去的，将儿子留嘱伯母照管。

但父母到美洲去，在美尼清也许反是幸福，因为他的伯母德阿特拉不会像他父母一样打骂他。可是，父母去了以后，美尼清却常为恶少年们欺侮了。

恶少年们为什么欺侮美尼清的呢？因为他父母不在这里可以欺侮吗？还是因为他的走相愈大愈可笑的缘故？这可不知道。不过，美尼清横穿过空地时，恶少年们常要追逐在他的后面喧扰：

"虾来了！捉虾啊！捉虾啊！"

的确，美尼清像只虾，他那蹒跚的走步的样儿，既像虾在跳，又像蟹在横爬，其形状之奇怪真是罕见。

美尼清见恶少年们嘲弄他，常涨红了脸，既怒且惭，咬紧了牙齿急走；走得愈急，他的样儿愈像虾蟹。恶少年们也愈得了兴头，追逐着他，围绕了拦阻咧，故意碰撞咧，学他的举动，任情玩弄，不肯休止，除非偶然有正直的船员们路过，把他从这些恶少年中救出。

今日美尼清又照例地成为恶少年们的玩弄物了，恰好为安利柯所见。美尼清不像往日甘受玩弄，拾起石子向恶少年们投掷。恶少年中的一个首领突然扑向美尼清，美尼清"呀"地一声，已被他骑在胯下了。

安利柯目击这光景，他不能自持了，乃放下钓竿，飞跑到空地上，英雄似的怒喝道：

"滚开！卑怯的东西！"

被这一喝丧了胆，群狼似的围绕着的恶少年们把路让开了。安利柯蹴开了那首领者，和蔼地拍着美尼清的肩说：

"起来吧。"

一时吃了惊的恶少年们立即恢复了故态，齐声地叫喊：

"打！打！打这小家伙！"

安利柯扶起美尼清，捏了拳头向周围怒目而视，喝说："来！"美尼清就在这当儿抱头鼠窜而去了。

“打！打！打这像煞有介事的小家伙!”

恶少年的党徒从四面集拢来了。他们扑向安利柯,把安利柯掀倒在地。安利柯翻起身来,捏了铁拳左右冲打,恶少年有的被打倒了,有的逃了。

可是恶少年的党徒很多,安利柯终于被扑倒了。安利柯倒在方才美尼清拾石块的地方,额碰在石块上,簌簌流出血来,仍不屈不挠地翻起身。

这时,大人们从四面跑拢来了。恶少年们这才苍蝇似的散去,安利柯孑然立在中央,因为眼中渗入了额上流下来的血,不能睁眼来看。

一会儿,药剂师和医师都跑来了。安利柯经他们给洗好创口,包扎绷带以后,就淡然无事,仍想去钓鱼。

“没有什么,请别向我舅舅谈起。我钓鱼去了。”他向医生这样说。

“请别去钓鱼了。风很大呢,受了风,创伤要拖延不愈的。还是我陪你回去。”医生劝阻他。

“丝毫没有什么。如果我不独自回去,舅父还以为我出了什么事哩。”

安利柯说了,向医生道谢毕,径自到断崖上收了钓竿与鱼篓,然后向舅父的别墅走去。

舅父这时想去看看安利柯钓鱼的光景,正从门口出来。见到安利柯帽下的绷带,急问:“呀,怎么了?”

“没有什么。不小心从崖上跌下把额碰伤了。”安利柯淡然地回答,可是声音却不禁发颤。

“究竟怎么了？不要是大伤啊。”舅父很不安心地将安利柯的帽子除掉了看。

舅父取起帽子,即蹙了额道:“和谁打过架了吗？啊！一定是那些恶少年。待我去收拾他们,你快进屋子去。”虽断续地说,却似非常激动的样子,匆匆走了。

安利柯想去劝阻舅父,可是等他回转头喊舅父时,舅父早已走远,头也不回一回。

安利柯走进屋子,在自己房中休息了一会儿,等心定下以后取镜自照,雪白的绷带上渗出紫色的血迹。这时候,恰好舅父足音很响地回来了。

舅父突然抱住了安利柯接吻,用感动的语调说:

"安利柯,你做了好事了。你的流血是第二次洗礼。你作为基督教信徒时曾在教会受过第一次洗礼,这次的洗礼是你已成为大人的证据。即使额上留了伤疤也不要紧,这是名誉的痕迹,是你崇高正直的行为的有名誉的纪念品。"

"舅父,我只做了非做不可的事罢咧。我只恨我勇气不足,力量不够。"安利柯这样说。

"好,你已做了正直的事了,用了全力做了正直的事了。别叹力量不够,最高尚的行为是超越理性而激发的。不顾任何的牺牲,炽烈地尽全力的行为,才是人生最可尊贵的。成功或不成功,这些都不是问题。该做的时候,勇往直前去做,这样的精神才是崇高的力量。见利而动的人,决不知道这崇高。你做了好事了,对于绝对的善,你曾奋起过了。"

舅父说时老眼中闪烁着两滴银亮的水珠。

二　不知恩

没有经过几日,安利柯的伤已痊愈了。

自从那日起,美尼清一次都未曾见到。"至少也应该来对我表示一句谢辞的吧。"安利柯这样私念着,空待了许多日子。

过了好久,安利柯在街上走着,见美尼清恰好从对面来。安利柯想看看他用什么态度对待自己。走近前去,哪里知道美尼清睬也不睬地管自走过了。"为什么呢?"安利柯兀自觉得寂寞起来。

"我曾为他尽过勇敢的爱的义务,路上相见,抱了我哭泣了来表感谢,不是人的应有的至情吗?"安利柯自己这样私忖。可是美尼清却连目礼都不作,"谢谢"都不说,垂着头假作不曾看见似的过去了。

安利柯的自负心大大地被损伤了。他不但曾把美尼清由恶少年群中救出,从那次的事情以后,始终不忘记美尼清。如果有机会,还想把自己的果物、穿旧的衣服送给美尼清呢。可是美尼清竟像连这很好的亲切心也不值一顾,管自走开了。

有一日,安利柯问舅父:"美尼清一次都不到家里来吗?"

"哪里会来。"舅父冷淡地说。

“但是,偶然……”舅父似已明白安利柯的心情了,呵呵地发出笑来。

安利柯奇怪了,注视着舅父的脸。

“其实,连警察也该来向你道谢啰。”舅父说了又呵呵大笑。

“在那次以后,你遇到过美尼清了吧?他已向你道过谢意了吧?”舅父问。

“不,虽曾在路上见到他,他却装作不见,管自走过了。”安利柯回答。

“不要他道谢,不也好吗?只要自己做过好事不就好了吗?”舅父这样说。

“不,舅父,我那时并不存要他道谢的意思。从那时起,我觉得美尼清非常可爱,想有机会再帮帮他的忙。可是他竟完全不知道,为什么他不肯与我要好呢?”安利柯说。

“哦,这样吗?”舅父回答说,“这是很明白的啰。且听我告诉你。你有慈爱的父母,幼小时听到深情的摇篮曲,一向在爱抚中长大。但是在美尼清,出世以后不曾从人受过一句亲切的言语,也不曾听到过深情的摇篮曲,他所受过的只是虐待。所以美尼清的心就异常了,他不知道世间有所谓情的东西,总以为谁都不会用深情对待他。所以,虽然也许想对你道谢,却恐怕又遭到你的讥笑,就垂着头管自走避了。”

“那么,舅父,我就到美尼清家里去玩吧。我不知道为了什么,总觉得那孩子可爱。”安利柯说。

“唔。”舅父点头。“但还是不去的好。你如果去访他,他会怕羞不出来见你的。倒不如将他招到家里来玩,一同做些残废者也能做的游戏。因为在家里,无论他的形状怎样可笑,也没有笑他的人。”

“是……”安利柯也点头。

舅父又对安利柯这样说:“话虽如此,美尼清也许有着和那手足同样的不快的心情,无论你待他怎样好,在他也许不但不觉得可感,反而觉得可厌哩。所以,你决不可想从他得到感谢。但也不该对自己的行为失望。一件善行,能实行,在自己已是一种报酬了。望人感谢,等于放重利,是不好的根性啊。别人对于你的善行原应感谢,但自己对于别人有善行,决不该望人家的报答。自己只要帮助了弱者,把人从困苦中救出,替苦痛着的人拭了眼泪就好了。如果在这以上还想要求什么,那是有伤于自己的正义的。”

第十四

一　海波

安利柯熟览桑·德连寨的世间,看到了各种各样的人。而在近来,却常看见默然沉思着的人。有的茫然坐在崖上,看了海在默想;有的靠了崖坡,死也似的卧着在思忖什么;有的躺在沙滩上兀自沉想,不知日影的移动。

安利柯在默然沉思的人们的脸上,感到奇异的悲哀味。如果他们是诗人或是画家,也许可以说他们在追求什么无限的东西吧。可是他们都是肮脏的劳动者与老人,那当然是因为有着什么烦恼的缘故。于是,安利柯有一日问舅父:

“舅父,我常在崖上、坡上、沙滩上见到蹲卧了半日不响的默然沉思的人。他们大概是因为没有糊口的地方,才把光阴这样地消磨吧。”

舅父现出深思的神情这样说:

“不,不是因为没有糊口的地方啰。人这东西,只劳动是不够的。有时非无目的地思考,或茫然地望着海不可。

“我屡次航行外洋,到过许多国土,见到处都有沉思默想着的人,无论在非洲,在欧洲,在澳洲,在亚洲。有的坐在崖上目视着海,有的伫立在湖边树下。其中有年老的,有年轻的,有无学问的,也有诗人。

“无论是什么人,心里都不能无所思虑。不,与其说在思虑,倒不如说忘了自己在追求无限的东西。这在东洋叫做‘冥想’。在牧场上,葡萄园中,森林中,常有冥想的人,可是海更是把人诱入于无限的东西。”

“舅父,为什么单调的海对于人有如此的引诱力呢?”安利柯问。

“这是有理由的。”舅父加以说明,“海渺渺无边,始终摇动着,这就够引诱人了。只要熟视着海,那手不能触目不能见的无限之感,就会把我们捉住。这心情是人所憧憬的。因为人有着超越斯世、追恋永远无限的世界的心……”

安利柯觉得不可思议,被舅父的话所吸引了。

舅父又继续说:

“人有着一个大要求。人不能满足于现在,对于无限,有着憧憬与畏惧敬虔之念。换句话说,人不能满足于一生,想求人以上的价值。这价值就成了理想,成了宗教,使人心归依。”

“舅父,什么叫宗教?我虽曾受过洗礼,但于宗教并未明白。宗教的种类很多哩,为什么人要造出这许多宗教?”安利柯不禁问起这样的事来。

“唔,宗教有种种的种类,这恰和世界上有种种的语言一样啰。人的语言,因国土而不同。但人却用了不同的语言,述说着同一的真理,追求着同一的理想呢。不论是基督教,或是佛教,或是回回教,形式虽尽不同,其实,在教会或寺院所持行的赞美歌、祈祷或念佛,都是以到同一的天上为目的的。

“海也是一个寺院。在海的面前,谁也不禁要抛去了矜夸之念,感到空寂而虔服的。因为海的彼岸似乎有万物之母住着的缘故,又似乎海是人的最后的故乡的缘故。

“如果把全世界咏海的诗搜集起来,就会成一册丰富的诗集吧。其中有杰出的伟大的诗,也有无知小孩在畏敬赞美之余所叫出的感伤的东西。因为在海的面前,人都成了诗人了。

“啊,这样的话不想再说了。说了不禁觉得寂寞起来。你还非做生活上的实际学问不可呢。

“从这窗口望去,见到的不但是海波。俯视那空地上,还可见到熙来攘往的人波。你看,这人的波一日到晚不曾停止。以后,就以‘人生之波’为题,再来谈谈吧。”

二　人生之波

舅父就“人生之波”的话题，说出这样的话来：

“由这窗口望去，从那空地一直到街上，一日中往来着几千几万的人波。其中有各样的人，有秃头，有鬈发，有长汉，有矮子，……还有喜乐的、笑着的、怒着的、悲哀着的。这许多人的喧声，随着风像森林的涛声似的阵阵吹来。

“他们之中一个一个都不相同。你看，蓬了头的母亲拉着头发拳曲得如鸟巢的女儿才走过，接着旁边就现出白头老人与秃发者了。他们各有各的思想，各有各的希望，各有各的悲欢。仔细看去，不觉得像千波万波汇合杂流吗？在这人海之中，各个分子真可谓千差万别；但在日光之下，却都是同等俦伴哩。

“但是，看哪，在那边走着的可爱的小姑娘，到成为像在她旁边的满面皱纹的老媪，其间要经过许多的故事，演许多的悲剧与喜剧咧。我虽说着这话，现在到了七十岁的年龄，摇篮时代的旧梦即使要回忆也回忆不来。七十年！我已在人生之波里游泳了七十年了。

“在街上走着的人，也都是在人生之波中游泳着的。其中有游泳得乏力了在半途溺死的人，也有一生尽力游泳已筋疲力尽的人，又有为不曾意料到的怒涛所袭，冤枉丧了生命的人。

“这样，人人都一边泳着人生之波，一边各自制造其自己的价值。有的受了悲哀的打击，不能复抬起头来；有的却能从怒涛下冲出，巧捷地继续游泳。由此看来，人竟好似为了制造自己的价值，投入人生之波去游泳的。

“怎样的人才最有价值呢？读破了千万卷书的人最有价值吗？不是，仅只读书是不能冲破人生之波的。由书卷得来的知识好比是行李一类的东西。如果头脑中塞满了这类东西，反不能轻捷地在活的人生之波里游泳了。

“要在活的人生之波里游泳，第一要紧的是健康的身体。把自己的身体弄壮健，是一生的活学问。第二要紧的是用自己的意志过活。世间尽有不用自己的意志，奴隶似的过其一生的人呢。第三要紧的是道德的价值。如果没有道德，到底不能排除人生的凶浪一直向前游泳的。在人的力中，最强的就是道德之力。身体的健康是一种力,意志的生活也是一种力,但是最伟大的是道德的力。无论身体怎样好,意志怎样强,如果这人无道德的力,他一遇到世间的凶浪就会手足痉挛,不能左右游泳的。世上像这样的人很多。真可怜啊！此外,还有一件可以产生人的价值的事,这就是思考。不能思考的是白痴,白痴就是大大的不道德啊。白痴者自己无正确的意志,是一味做着错误的行动的。人遇到非做不可的时候,要思考,想打胜袭来的人世的困难,也要思考。自己思考了,自己再把思考所得的用意志来坚持。人不如此,决不能得到活的知识。由道听途说或书本上得来的知识,在人世真正的实际竞争上决不是活的力。知道了吗？外来的智慧是不能生出人的价值的啊。"

三　知人

"但是,安利柯,还有更紧要的事。我刚才说过关于人的价值的话了,可是我们应该像普通说的'这人了不得','这人有些痴','这人是卑怯的家伙','这人是天才'……把人的价值来一一判断吗?"舅父说。

"是呢,世间尽有似小愚而实大智的人,也有似小智而实大愚的人咧。"安利柯回答。

"对呀,对呀。"舅父高兴地再把话说下去:"对呀,对呀。人是不能用一句话来断定其价值的。哪,如果说那人受过洗礼,是真实的基督教信徒;那人招呼很谦恭,是个好人。这样轻率地判断,就会陷于大错。

"所以,对于人,能知道其价值是一种活学问。没有这活学问,结果就会被世间所欺,或竟至连累他人吃亏。

"要使一家店铺发展,做主人的非知道伙计不可。

"做裁判官的要行正当的裁判,非知道被告不可。

"做教师的要善导学生,非知道学生不可。

"做将军的要指挥军队,非知道士兵不可。

"做政治家的要治国,非知道国民的心不可。

"亚历山大帝深知其部下,故不曾被部下背叛,成了大功业。奇利亚斯·希柴因为不知道其臣下的性质,故终于陷入悲运。

“拿破仑所以能一时支配欧洲者,不仅因为他善战,实因为他能知道人。

“可是,世上常有因为不知人的缘故,致引起种种的不幸与大问题,不能现出自己的真正的价值。

“英国的商人以金钱来定人的价值如何。人的价值能视其所有的金钱之多寡而评定吗?”

舅父提出了质问,暂时停止谈话。

“金钱与财富不能评定人的价值。”安利柯答。

“为什么?”舅父反问。

“虽没有钱,高尚的人尽多,格里勃尔第贫穷得至于拿不出搭救自己的船夫的谢礼,却不愧是救援意大利的人人物。无论怎样有钱,如果徒行不义,不能救助一人,这种家伙是没有人的资格的。”安利柯答说。

“啊,你说得不错。但因此就说金钱可以不要,那是大错。如果不能以劳动取得金钱,营独立的生活,就成了卑屈的人。生活不能独立的人一定有着某种缺点:或是不竭力劳动,或是用钱太浪费,或是没有信用……到底什么原因不能一定,总之一定有着某种缺点。

“说虽如此,却不能用金钱来定人的价值。那么人的价值应该用什么来评定呢?”

“舅父方才不是教过我了吗?”安利柯说。

“唔,我曾教过你什么?”

“你说,人的价值在乎用了健康的身体,自己的意志、道德及思考去生活。”

“唔,我曾这样地说过。要知道人的价值,非看透其健康、精神与才能不可。可是对于人,无论是谁,都容易犯一次见面就决定爱憎的毛病。最初的瞥见所产生的印象有时原很准确,有时却会意外地错误,非留心不可啊。

“像我这样容易动感情的人,对于他人往往有时一见面就以为可爱,有时一见面就以为可憎。我曾因此遭到大大的失败。一见面就以为这是个好人,马上判断其价值,于是并其道德才能也另眼看待。结果呢大遭失败,向来的亲切转为仇恨,友爱变成绝交了。反之,一见以为可憎的人,就只觉得他可憎,无论他有任何优点都不复看见了。我也常有这样事,哪知过了若干时候,发见最初认为可憎者,竟是高尚的有手腕有才能的人物哩。但恨自己误认,把好人交臂失之而已。

“所以,当评衡人的时候,要考虑了又考虑,静心地探索其真价值。那人乐着或是悲着,在顺境或在逆境,名誉素好或素坏,不要用这些条件轻率地判定其人的价值,应该进一步观察进一步推究。探索人的价值,可以作为研究社会研究历史的活练习。

“我们非把历史深究批评,认识其人物的真价值不可。在历史中,有把正人当做不正者而埋没的事,有把功劳者的功劳加以否认的事,也有把野心家不义者认做正人的事。完全理想的人物原是没有的。理想的人物只好树立于我们的心里。我们是把眼前的人和心内所树立的理想人物相比量,因其接近的程度来评定价值而已。所以我们又须有完全的理想。

“知道了吗?托里诺是你的先生,未曾教过你这样事吧。所谓先生,原是只会教理论,不能切近于实际的。

“说到实际的研究,种类很多。我今日所教你的是对于人的研究。从你那样的年龄起,把自己的朋友、附近的人们,好好地注意观察,将他们的长处短处,以及隐藏的善或恶的性质行为,细细探索,那么就会发生对为人的兴味与深厚的同情,而且对于人也就有所防备了。这样做去,你自会成一个精密的人心的鉴赏家。凡能够了解人生的尊贵的意味的人,能知道任何书本上所不曾载着的事。知人真是高贵的事。世间能知人的人实在太少,我对此颇觉得有些寂寞哩。你要想具有诗人、哲人及大人物的资格,非有能把人的长处善处锐敏感味的心不可。浅薄的独善者只知图自己的利益,忽略人心的尊贵的处所,把人生弄成无趣味的东西。要得人生的大喜悦,知人是非常重要的事。

“舅父所说的这话,你现在还未能切身体会吧。但等到舅父死去了,你成了大人的时候,仔细想去,必会恍然明白,觉得舅父的话紧要吧?那时请对了死去的舅父的叮咛表个谢意,……哪!”

第十五

一　真的职业须于儿时选择

有一日，舅父带了安利柯在林间散步。舅父平常总是善谈说的，这日不知在想什么，默然不语，只时时叹息，好像独自有所感触。

“舅父，你为什么这样叹息？”安利柯试问。

“唔，我正在想着一件重大的问题。”

“什么事？”

“人类这东西，只有着一件自由。任凭人类怎样夸大，究不能以自己的意志来处置自己的生死，人在什么时候要死，无法自知。我原还不算十分衰老，但从一方说来，也可说活到现在是侥幸的。不过，安利柯，人虽不能用自己的意志来支配自己的生死，但对于自己的职业，是有着选择的自由的啰。你将来想选择怎样的职业？”

“我选择职业，须在出了中学、出了大学以后。”安利柯回答。

“你父亲叫你将来干什么？”舅父又问。

“我父亲并未明白地告诉我。大约以为我年纪尚小，还谈不到此吧。”

舅父于是说：“咿呀，不是。小儿时代所想念的事，会影响一生哩。职业只要选择就好，这话虽合理，其实大误。少年的时候如果不先有考虑，年长以后会没有真正去思考的力量的。有人问牛顿：‘何以能有如此的物理学上的大发现？’他天真烂漫地回答说：‘因为我从儿时就有思考的习惯的缘故。'哪,儿童时代所发露的心的光明,是任何学力都不能换得的宝物啊!因循寡断地等待,倏忽已成老大,就不能以旺盛的精神勇猛前进了。啊,世间最没有易老如人的东西。如果要想一生不走错路,非从少年时定好进步的步骤不可。"

安利柯思忖了一会儿,突然向舅父这样说:"但是,舅父,所谓职业,不都是毫无趣味的东西吗?对于职业,没有一个不吃一行怨一行的。这样乏味的职业,我实不想选择。"

"你说没有一个不怨自己的职业?试问做什么职业的人在抱怨?"舅父不高兴地说。

"不是吗?我常听别人说过。市上的医生也曾这样说:'忙得终日没有休息,医生是奴隶中最苦的奴隶,还说一天到晚,连安心吃饭的工夫都没有,为病人与受伤者尽了力,毫不感谢;略不小心,医坏了还要受杀人的恶名。

"还有,我母亲的哥哥不是做律师的吗?那位舅父也叹说哩,说律师是窃盗一般的职业,一元钱也不是用正当的手段取得的。

"此外,做船长的,做技师的,做经纪人的,也都说乏味乏味呢。"

"安利柯!对于说那种话的家伙,你要当心!那些人们是没有真正思考的尊贵的精神的!"舅父绯红了脸,郑重地说:"对于自己的职业抱怨的人们之中,决不会有好人。如果他能认真地打量'人'的事,断不至鄙视自己的职业的。高尚的人都对于自己的职业感到兴味,尽力快乐地干着。凡是说自己的职业乏味可厌的人,生活的标准就根本错误了。"

舅父说到这里就默然了。安利柯想听听舅父关于生活的标准的意见,于是问:"所谓生活标准的错误,是什么意思?"

二 错误的生活

安利柯问及错误的生活标准,舅父乘这机会,起身来说出下面的话:

"唔,对了,你好好听着!世间无聊的误解的人实在太多。他们一味思忖着干什么才可成富翁,干什么才可成名人,怎样才可不劳而成功。他们除了错误的事以外,什么都做不出来。

"他们不是在那里做自己认为非做不可的愿做的事,乃在那里看着自己的朋友或周围的人们，羡慕他人生活的舒适。觉得医生可以赚钱，就想做医生；觉得技师收入多了，就想做技师；觉得律师可以致富了，就想做律师。他们并没有什么真见解，只是在那里看人学样，流着馋涎而已。所以做了医生、做了技师、做了律师以后，如果不能满足预期的欲望，就要吐露愚痴的怨言了。

“世间有种种职业。有医生，也有教师，有画家，也有律师。可是误解的人们只打算医生、教师、画家与律师何者最为安乐易富，择其便利者为之。他们是不想自己的天分与使命的虚伪轻薄之徒。虚伪轻薄之徒对于自己职业当然不会有自信或矜夸的。对于自己的职业无自信与矜夸的徒辈，不但破坏自己的价值，并且是破坏国家实力的国贼啰！

“我们真要成高尚的人，非对于自己的职业有喜悦与矜夸不可。要对于自己的职业有喜悦与矜夸，非有做合于自己的天分与趣味的事业的决心不可。如果对于自己所做的事觉得无味可厌，那就是未曾仔细考虑去选择合于自己的职业的缘故。

“厌弃自己的职业，结果就会厌弃自己的生存；厌弃自己的生存的是精神的病人，决不是健全者。可是现在，世间不健全的人实在太多，已成了所谓‘病的世纪’了。这实在就是养成人类不幸的一大原因啊。你非给人类以新的力与喜悦不可。要想给人类以新的力与喜悦，非先在自己的职业上自己找出无上的力与喜悦不可。

“这样看来，可知儿时的精神在职业选择上是很重要的。”

三　须自知

“安利柯！关于职业的选择，我们尚有更重要的事情非知道不可。”舅父继续热心地说。

“世间有一种可恶的名叫虚伪的东西。所谓虚伪者，就是欺妄。把毫无价值的事认作真实的有眼的盲者，就是虚伪的人。虚伪欺瞒的家伙，是不肯尽力尽心的寄生虫。

“可是，不自知的或不能作正直思考的人们，结果会成为欺瞒的虚伪者。他们不知道自己，不知道自己有多少力，有何种天分，该干什么。只是一味轻易地模仿他人，当然做不出有意义的事来。

“所以，希腊的贤人曾在代尔甫维的亚普罗殿门挂了‘须自知’的匾额，用来警戒国民。因为不知道自己的人，一切都不能真实的缘故。因为不知道自己的人，都要说谎作伪的缘故。

“动辄热中、易起空想的人们，全然忘了自己，以为他人所能干的，自己也必能干。于是见他人赚钱了，自己也想赚钱；见他人成名了，自己也想成名。因为他们不知道自己，愈热中愈露破绽，结果只是一无所成，陷入不幸的深渊而已。

“知道自己，这无论对于自己的幸福，对于他人的幸福，都很重要。要想依照了理想进行，非先知道自己不可。不知自己一味蛮干，犹之无舵而行舟，不识路径而乱窜，结果终至与自己冲突，不但破灭了自己，还要大大地累及世间。

“所以，我们须知道自己的长处与短处，知道自己的义务与天分，决心去干与自己相应的事。我们要这样，就能成为健全的人物，还可以使世间也健全。

“哪，安利柯！所以你为了选择一生应走的方向，非用了全智慧全力量去周详考虑使无错误不可。一经决定了方向，无论他人在干什么，或是说什么话，决不可怀疑，要自信地勇猛前进。如果不能做到这地步，那就聪明人也成愚鲁，天才也无价值，猿猴也会从树上落坠下来。

“犹之登山或行远，到了某地方，路会有两条，有时且竟有分为三条或四条的。遇到这种分歧点的时候，就该打量究竟该取何道。如果茫然地冒昧走去，结果会走入无路可走的绝境，弄成进退维谷。

“如果是登山行远，损失原不过如此。可是人生之路是不能回复的，因选择的路不同，有的前途是绝望，有的前途是光荣，有的前途是贫困，有的前途是富裕，有的前途待着不德的恶名，有的前途待着美德的荣誉。我们该在其中选择那最好的走才是。但这要知道什么是自己应走的路才可以，要知道自己所应走的路，非先知道自己不可。

“啊啊，已说了不少了，就此终止吧。可是，安利柯，我有一件东西想给你。待你要回家去的时候给你吧。那是我所写的东西。

“我啊，我把自己多年的经验写下了，预备等儿子大了给他读。可是我还没有儿子,妻就死去了。我现在就把为儿子写下的东西送给你吧。一向好好地藏在抽屉里呢。这稿本一定可供你作参考。一读就明白,将来到要决定职业的时候,请给我从头再读一遍。"

"舅父,请把这稿本给我。我已改变了我的见解,很想读这稿本,获得健全的见解。"安利柯说。

第十六

一　书信

有一日，舅父正小孩似的快活地看各种变着色的柑橘类的果实，邮差递来了书信数封。

舅父坐在树下的石上，把书信一一开阅。小孩似的快活着的舅父顿时脸色转成忧愁，衰老的脸面愈加衰老了。

舅父把读过的书信藏入衣袋，寂寞地在庭间走着，既而又无力似的回到原处，坐在柠檬树下，寂然不动。

时候已快正午了。舅父不知在想什么，只是默然地低着头。

安利柯想引诱舅父快乐，微笑着走近前去。

“舅父，午后去散散步好吗?”

“唔，唔，唔……”舅父发出颤动的语声，只是用不快的眼光注视着安利柯。

“舅父，怎么了?”安利柯亲切地问。

“唔，唔……”舅父只是这样说，好像很伤感。安利柯不知道舅父为什么如此悲哀，天真烂漫地说：“舅父，已正午了，吃了午餐就散步吧。”

舅父这才略舒了神情，“唔，唔，好。但怎么好呢? 我想倒不如明日与你同到赛尔拉散步半日。”说着立起身来，深深地叹息。

“……啊。秋天了，已到了深秋了!”

天空高爽,木叶在风中鸟也似的飞去。枯叶的气味夹在柠檬香气里,一起冲到鼻间来。

舅父又深深地叹息了说:

"安利柯,秋天好啊。但在有了年纪的人,秋会使他沉思。我想到种种的事,美的,可悲的,都集在一处,迸到我心上来。——呀,不错,安利柯,你父亲今日有信来了哩。你去把信读了,午后就写一篇比平日长些的日记如何?我今日不想散步,让我在庭间静思半日吧。"

安利柯虽觉得有些可怪,但当从舅父手中接到书信时,却是欢喜的。待舅父就食桌去以前,拆开来看,信中是这样说:

安利柯:

听说你自从住在舅父家里受舅父照拂以来,身体的健康已完全恢复,现在很强健了。舅父来信曾这样说,市上的医生也说你和数月前已判若两人,可以依旧用功了。

父亲母亲都很欢喜,你真做了一件难得的事了。人无论干什么,第一要身体健康。你能争得这健康,就是一种大大的修业。

舅父很爱你。舅父没有舅母,也没有小孩,很喜欢你住在桑·德连寨。住在那里,在你原是叨扰,而在舅父则得了你,足以忘去长年来的寂寞,真是幼孩似的欢喜着呢。舅父又能把最好的事教给你。

但是,你既已恢复了健康,就非和这好舅父作别,回到父母这里来不可。父母为了等候这日子,与你分别很是长久了。

母亲听到你两三日内就可回来,真是高兴。我从未见到母亲有这样高兴过。你要和舅父分别,原舍不得,但为了要使母亲快活,非回来不可。

关于叫你回来的事,曾通知舅父,得其允许。你可向舅父表示衷心的感谢,就此回来。还要好好告诉舅父,使这善良而聪明的舅父安心。你年已不小,应该学习学习用言语表出自己心情的能力了。

要好好地与舅父道别,决不要使舅父失望啊。因为舅父来信嘱不要派人来接,你就独自回来吧。我们等你回来后,预备再到舅父那里道谢去。

安利柯读了这封信,胸中悸动了。既喜且悲,喜的是快可与父母在一起,悲的是就要与舅父分别。

二　当日的日记

午餐后,安利柯徘徊庭间,与五六个月来看惯的花木作别。午后三时光景才写这日的日记。午后三时就写日记,这原是第一次,依了舅父的吩咐,执起笔来,就想起种种的事,差不多写也写不尽。安利柯是这样写的:

十一月十日

一想到桑·德连寨的日记就只有这一日了,不禁依恋难堪。

真是突然,我总以为至少到圣诞节可以与舅父在一处的,不料今天父亲来信叫我回去。

今晨睡醒的时候,不,就是到了午前,也还不曾想到要回去的事。所想到的只是在圣诞节前所要做的事而已。从现在到圣诞节还有四十日光景,在这期间,我在桑·德连寨还有许多事想做,还有许多事想请教舅父。我在小学校时,很喜欢读童话或历史故事等类的书,近来则兴趣转变了,喜欢查察植物与世间的事。很想在这四十日中最详细查察舅父庭间的植物与桑·德连寨的人物,做一篇长文寄给托里诺的先生看。如今中途停止,真是可惜。但我现在已知道准备是要经过许多时日的,啊,真是一日都不能放松。每日每日逐渐注意了查察,我知道会有一日可以达到大大的研究的目的。从今日起,我就对于任何事物都去深加注意观察、仔细思考吧。

如果我把《桑·德连寨的社会》与《舅父庭间的植物》二长文写了出来,将是怎样有趣味的东西啊。可是现在不及完成就要与舅父作别了。幸而我因了舅父的教导,已能够对于事物做种种观察与思考,这是何等可感谢的事啊。

我见舅父今日样子有些与平时不同,只是寂然地坐在柠檬树下沉思,就晓得必有什么不快的事发生了,很为不安。果然,父亲来了叫我回去的一封信。

舅父既没有舅母,又没有孩子。寂寞的舅父只把庭间的树木爱抚着。舅父的爱我,真是难以言语形容的了。舅父为了我,不惜竭其全心全力。有一次,我因替美尼清抱不平受了伤,舅父那样地为我喜愤交集,至于眼中迸出泪来。我真幸福,有这样的好舅父。有着这样好的舅父的少年,除我以外,全世界恐再找不出第二个了吧。舅父比从前教我的任何先生都伟大,我从舅父处听到了闻所未闻的教训。又,我听了舅父的教示,知道人的可尊贵,此后非自己成了有尊贵精神的人,使舅父欢喜不可。

今日正午,舅父从衣袋中把父亲的信递给我时,舅父的手曾颤抖着。舅父在海上生活过多年,他的手是经过海风锻炼过了的。我见到那顽健的手发颤的当儿,觉得舅父的柔爱的心将完全在手上颤动出来了。如果早知道那封信是父亲来叫我回去的,我会把舅父的手捧住了接吻吧。

我那时又看到舅父的眼睛。向来轮番流露威光与柔光的舅父的眼睛,那时曾昙暗着。如果我早知道了这理由,就会去抱住了舅父的项颈在那眼上接吻吧。

真就要与舅父离别了吗?一念及此,不觉流泪。但与爱我者分别的悲哀,可以唤起美的心情来的。我流了泪,断肠地觉到一种美的勇敢。同时在心中叫说:"舅父!我不得不别去了。但我将来必誓为正直的人,使舅父欢喜。舅父啊!请再活二十年!那时我三十五岁。在这期间内,舅父会知道今日的悲哀是一种尊贵的悲哀吧。

真的,我赖舅父的指导,知道人的尊贵的精神了。从今日起,我成个勇敢的人吧,成个真正的人吧,把心弄聪明吧,每日把三件善事来实行吧。

今日午餐未曾多吃东西。我因为怕要流泪,就比舅父早离开食桌到庭间去了。在庭间回绕了一周,把纪念很深的花木一一注视,和它们道"再会"。花木也似能领解人意,它们虽不说话,似乎也知惜别。它们并不哭泣,却似乎在对我说:"我们永远在这里,请你再来。"

绕毕了庭园,我再开了栅门走到农夫所住的屋里去。我不曾对他们说就要回去的话,只把农夫夫妇及小孩的相貌熟视了好久,恐怕以后记不清楚。

我又从庭间取了番红花回到屋中,供在壁炉架上舅母遗骨的坛旁。在那时,我不禁深深地向那坛儿行礼了。

现在到晚餐还有一二小时,要想写的事尚很多,姑且当做临别纪念,到小丘上去看一会儿海上落日的景色吧。还有那些松树哩,也去和它们一别吧……

三　临别的散步

到了临别的前一日，安利柯与舅父散步到赛尔拉村去。赛尔拉是个高原的村落，可以俯瞰莱列契的街市，又可以望见广大的意大利全境的大部分。

眼下从槲树或橄榄林间，可以看见莱列契的古城，远眺则桑·德连寨如画。桑泰·马里亚、化可那拉或配特沙拉等的港湾咧，大大的斯配契湾咧，中央耸着宫殿的斯配契街市咧，鸟巢似的造船所咧，林木葱郁的巴尔可里亚咧，都被收入在望中，真是好风景。

澄碧的海湾在日光中荡漾着，似在与累累结着葡萄的原野及壮丽的市街的色彩争美。远方沉静的绿海中，浮动着巨大的海龟似的军舰与轮船，各种式样的帆船则在其间滑行。

安利柯都对着这风景神往了，既而差不多和舅父同声地叹息着说：

“好风景啊！”

舅父非常感动，向安利柯这样说：

“看哪，围绕着我们的自然与艺术多丰富！山与海的范围内的无数东西，不是原被无限的水平线包围着吗？我们也应有大自然似的大气量才对。

“看哪，那里有橄榄林，有葡萄园，有结着谷物的田野，……那些都是我们生活上所不能缺的东西。意大利人要想独立，就非这样地自己制作面包不可。

“再看哪，向那里。那里不是有堡垒吗？堡垒上备有大炮。还有，哪，铁甲舰在破浪行进。铁甲舰上的大炮如果一放，可以使整个市街化成灰烬。那堡垒与铁甲舰是守护祖国、防备敌人的侵袭的。国家为了独立与正义，非与外国战争不可。你也该与国家一样，武装了去抵抗不义或暴力。

“看哪，一直那面，不是朦胧地见到蛋白色的雾气吗？那就是所谓‘水天仿佛青一色’的境界，是天与地连着的无限的彼岸了。啊，我们只靠面包与武器还不够，我们非向那无限的彼岸远望不可。使人崇高的就是这对于无限的憧憬。无限的憧憬，即是追求理想的心，即是求真、求善、求美、求神的心。如果人的事业只是面包与武器，那么人与动物相差也就有限了。

“你该追求伟大的理想。你该追求神而生存于高尚的信仰、希望与爱之中。生存于信仰、希望与爱的人，即是生存于正义、劳动与理想的人。怎样的人最伟大呢？最伟大的是生存于信仰、希望与爱的人，即生存于正义、劳动与理想的人。

“哪，安利柯。你有着敏感的高贵的心与正确思考的头脑，所以，你该会求正义，爱劳动，望见高高在头上的理想吧。”

安利柯默然听着舅父的话。舅父说话从未像今日的热烈过。一种莫可名状的力在安利柯心中俄然涌起了。

两人默然下了赛尔拉的高原，恰好，大炮的声音“嘭”地由斯配契那边传来。

“那是什么声音？”安利柯问舅父。

“那吗？……”舅父管自走着，既而提起了精神这样说：

“那是罗马的午炮，是正确的正午的信号。全意大利凡是有城寨的都会，到处都依了这午炮‘嘭’地发声计时哩。每日由罗马把正确的正午告知各地的都会，全国都会放出那‘嘭’的炮声来。罗马是永远的都城，是国家的心脏。这心脏的鼓动，把正确的时间传给国家全体的肢体。罗马的时间就是意大利全国的时间。我们的祖国只有一个心脏，但奉侍这心脏的肢体却无限地扩张着。

“安利柯，你该爱你的国家，你该爱意大利。意大利是世界最美的国土，我旅行过全世界，所以很知道。意大利在文艺复兴时曾把灿烂的文化惠及全欧洲。以后的意大利失去了可以教化全世界的东西了。但罗马的午炮在全国城市齐声轰鸣，好像在教我们重新再来教化世界。‘好，我们大家起来，为全人类再创造意大利的文化。’我们就这样地回答这永远的都城吧，我们每日向这永远的都城这样叫说吧。”

舅父说着，脱了帽子向都城方面行礼，安利柯也随着脱帽行礼。

第十七

安利柯与舅父离别时，就从舅父接受了预约的原稿，因为不知写着些什么，在归途中急急阅读。果然，里面写着很好的话。安利柯不知道将怎样有益于己。这原稿本是舅父写了留给自己未来的孩子读的，现在却给了安利柯以真正的大教训。

舅父的原稿是这样地写着：

一　序言

这是"你须知自己"的歌。亚当因为不知道自己，触动神怒，被放逐出了乐园，与其妻夏娃踯躅于棕榈树下时，和了琴凄然唱的就是此歌。

二　关于职业

要正直！

须用了头脑想！

努力地劳动！

能正直，能好好地想，能努力地劳动，无论做什么职业，都不是可耻的。

*　　*　　*

无事不须劳力。

也无事没有利益。

* * *

但职业有好的也有坏的。所谓好的职业,就是适合于自己的职业;所谓坏的职业,就是不适合于自己的职业。

* * *

职业上有等级。

能使自己喜悦而于人有益的职业,等级最高。

* * *

拙劣的工作,不会结实。

* * *

无论任何职业中都潜藏着宝贝,执锄去掘,就能掘着。

* * *

无能与完全的劳动之间,其差无限。

* * *

能做出好鞋的鞋匠,比之于无能的律师、无智的大学教授或拙劣的医生,地位要高。

* * *

官署的好书记比之低能的上议院议员,价值不止百倍。

* * *

才能如不炼出,事业就无味,而且不能结出果来。

* * *

任何职业都有诗与理想。

低能者或坏人,无论干什么,会玷污其职业。

* * *

职业犹之林木,愈向上长,其职业愈崇高。

* * *

好的见解,要热中于工作时才会发生。

* * *

观看他人所做的好的作品,是有益的,但须自己用功夫磨练自己的手腕。

*　　　*　　　*

有益于最大多数的职业,价值最高。

*　　　*　　　*

勿就不喜欢的职业。

就了某种职业,如果觉得不喜欢,难以忍耐,那么不如停止了改就别种职业的好。

*　　　*　　　*

错误的事,如果一味任它错误过去,错误就会愈弄愈大,结果会弄到手足无所措。

错误可以变成悔恨。

*　　　*　　　*

最不幸的,是对于自己的职业抱着不平的人。

最幸福的,是对于自己的职业有兴味的人。

三　农夫

身体精神都染了病的人,快去做五六年农夫吧。

人的堕落,与物的腐败一样。

物虽腐败,只要置诸土中,就能分解成清洁的植物的养料。人亦然,虽已堕落,只要与土亲近,就成清洁健全的人。

*　　　*　　　*

与土亲近,握着锄犁的农民,在人们中最为健康。纵有医学博士若干万人,也无术使国民成健康者。农民实比医学博士牢握着健康的秘诀。

*　　　*　　　*

罗马人原在罗马种田的。那时罗马人虽极少数,因有着它国人不能及的健康,能伸展其势力于地中海沿岸,竟支配了亚洲与欧洲。

后来,罗马人失掉了固有的健康,其大帝国也就陷入于灭亡之渊了。

*　　　*　　　*

健康的自耕农民,营着幸福的生活,……这样的国最强。

*　　　*　　　*

这样的人最美：

赤足踏土，皮肤被日光晒得赭黑，掘土下种，吸着从绿叶丛中吹来的风的农民。

这样的人最龌龊：

一日到晚，脸色苍白，坐在柜台旁，渴望有钱收入的神经衰弱的家伙！

* * *

乡下的泥土上，产生引导未来的哲人与诗人。

都会的尘埃中，产生使国家破灭的卖国奴。

* * *

美德与健康的农夫共生。

恶德随不健康的都会里的人运行。

* * *

大都会是人类的坟墓。

泥土是产生一切有用之物的母亲。

* * *

强烈的土的气息、麦叶的气息、森林的气息，是人的最好的药物。

* * *

绿野与青空，最有益于眼睛的卫生。生活于绿野与青空之间者，其眼睛自然好。

眼睛好的人，有着望见永远的心。

* * *

我的孩子啊！

你该祝福大地，和祝福你自己的诞辰一样。

* * *

如果农民饥不得食至于诅咒人生了，国家就要灭亡。

农民的饥饿与病弱，其罪在国家。这罪与盗贼及杀人无异。

* * *

有两只手就可糊口，只有农民是如此。世间还有比农民更强的吗？

* * *

农民是人类社会最初的劳动者，农民有着一切人类祖先的心。

*　　　*　　　*

一切东西出于泥土,复归于泥土。

艺术、道德、哲学,以及宫殿、纸币、食物、衣服,都从泥土来,也非终归于泥土不可。

*　　　*　　　*

朝阳最初的光,现在农民的头上;落日最后的微笑,映在农民的面上。

*　　　*　　　*

露的真珠,在农民的足下笑颤。太空是为农民而设的大浴缸。森林的风涛,小鸟的叫声及小虫的微吟,是天为农民特设的音乐。

*　　　*　　　*

农民虽不读诗集,却营着最好的诗人生活。

休息在垄畔树下,无思无虑地不觉日影之移动:这心境就是大诗人的心境。在这时候,“自然”在农民的心里呼吸着。

*　　　*　　　*

农民与最大的创造者亲近,朝夕与之共语。

天地的创造者亲自把秘密告诉农民,对他们说:种子该在何时下,肥料该怎样下,今年收成必好,收获该在何时。

农民又与宇宙间最伟大的东西为友,就是:与太阳光为友,与太空中波动的风为友,与倾盆的大雨为友,与廉纤的春雨为友,与孕育一切的大地为友。像这样光荣的人,此外还找得出吗?

但农民却自忘了这光荣,遇见什么伯爵、侯爵等类,竟至不敢说话。这是何等的矛盾啊。

*　　　*　　　*

生活无忧的自耕农最能享受自由与独立的幸福。

他们不必因为怕到办事处过了时刻,时时看表。

他们想休息一二日,也不必向上司提出请假书。

他们的主人是太阳与大地,太阳与大地从未叱责他们。他们疲劳了或是不高兴了,就可不待主人的许可横倒在草上,或回家去休息。想吸烟了,不论在陌头或在树下,都可以自由地吸,因为那里没有悬着“不准吸烟”的禁牌。

*　　　　*　　　　*

农民终日劳动，但在劳动之间，天然有间隔的休息。这休息期间的快乐，农民以外的任何人不能用钱买得的。

*　　　　*　　　　*

劳动的所以神圣，实因其有着自由与独立的精神的缘故。

但在资本家的工场中服务的劳动者，无自由也无独立，故工场劳动者在劳动上无神圣的自觉。

有自由与独立的精神的劳动者，只是农民。

*　　　　*　　　　*

只要一百日，不，只要十日已够。如果十日不从乡下送食物给都会，地球上若干亿的人们会在一日间死灭。人口调节的最后的手段就只这事。

*　　　　*　　　　*

都会把农民从土中获得的东西消费。都会中人们的消费食物，恰如把辛苦所得的农作品投入火炉一样。

都会的人们不劳而食，只是计划出虚荣、偏见或流行等种种恶事来欺骗农民。

*　　　　*　　　　*

人类最后的大战争，就是农村与都会的战争。

*　　　　*　　　　*

人类的希望由农民产生。人类最初的希望，是由播种子的农民，发见金色的禾穗的农民，发见葡萄的花的农民才生出来的。

这希望生长起来，于是才现出了人类一切的希望。

无希望就无理想，无宗教，也无神了。

*　　　　*　　　　*

梨子四月开白的花，次第生长，遂成硕大的果实。农民摘下果实，喜悦地放在掌上估量着重量。

这喜悦除了农民是不能想像的。

*　　　　*　　　　*

农民对了那庞然堆着的新麦，莞尔地观看，何等快乐啊。

这样丰富而美的欢喜，非农民不知道。

收获的麦,每粒每粒都闪着汗的光。

*　　*　　*

农民的同辈中,有园艺家,有牧畜者。

他们耕耘、剪枝、接木,或带了牛羊之群到空野去。他们的劳动是国家的源泉,他们是国家的中队长与大队长。

*　　*　　*

果实犹之乎人。

果实累累地青青地悬在树上,好像内中潜伏着英雄的小学校学生的头。园艺家就像小学校的先生,眺着各个果实,施以培养,培养成功了,把它们送到世间去。接木咧,剪枝咧,施肥咧,一旦所费的苦心生了效力,园艺家对了硕大的可爱的果实,心中真有说不出的欢喜。

*　　*　　*

园艺家用了自己的伎俩与勤劳收得了果实,把其中最良好的送给朋友与市场时,自己感到荣誉的矜夸。

他们把挑选剩下来的自己享用,……这是何等的谦让啊。

园艺家实有着这样的高尚的矜夸与谦让的美德。

*　　*　　*

园艺家由果树园走入菜园去,那里有生气蓬勃的莱菔,行列整齐的生菜,深红如宝玉的番茄,从土中探首张望的芦笋,肚皮大大的南瓜:到处都呈现出各自的形状与色彩,膨胀着生命力。

这个,那个,都充满了水分,生意旺盛地吐出特有的香味。在这样的园中走着的园艺家,比坐在王侯的食桌上更幸福。

*　　*　　*

园艺家把自己种着的蔬菜,各当作人看着:

带苦味的苦瓜,犹之以警语来警戒世间的义人。

莴苣如优柔顺从的人。

石刁柏像早熟的少年,迅速地抽出鲜嫩的芽来,采摘稍迟就老硬不可口了。

番茄形状不甚好,香味也低劣,可是富于滋养分,其情形宛如农民。那赭赤的颜色,不就是农民的康健表象吗?

牵牛花开出鲜丽的花来，可是花瓣见日即萎，其果实毫无实用，恰如虚荣浪费把财产荡尽的女子。你把牵牛花的实剥出试嚼吧，气味真讨厌哩。虚荣的女子也如此，表面虽然漂亮，内部很可鄙。

南瓜如高慢的西班牙人。看去很庞大，其中只是水分与空洞。南瓜无论怎样重，摆在水里总是浮的。并且，它又像个不能独立自尊的人。试看，它不能独立，只是缠绕着附近的树木或棚架，伸张那与它有妨害的叶。它似乎很自傲地横行繁衍，但你只要用小刀在茎上轻轻一划，叶就立时萎死。庞大的南瓜也毫无忍耐力，把其空虚的躯体堕落到地上来了。

甜瓜虽略似南瓜，但不妨害别人，也不做空架子，很谨愿地伏在地上，把富有香味的大实隐在沟畔。用人来比喻，恰如一个寡言谨慎的人。

胡椒表面样子很可爱，但恰似个易怒而善作讽刺的人。

马铃薯一见如愚痴的哑子，但恰如一个在暗地里埋头营着平凡工作的劳动者。

莱菔原无什么伟大处，其茎根中藏着甘味与辣味，恰如世上非存在不可的平凡男子。

芜菁与菠棱菜，不加糖与酱油就没有什么味，恰似不知荣辱，不使人悲喜的平淡的人。

像这样地把植物一一与人比拟，其中还有像那挂起了博士官爵的头衔傲然俯临民众的向日葵。向日葵这家伙，其身份原是草类，却似乎俨然地装出了树的架子，戴了黄金的绶章，高矜地站着。其情形宛如以猿猴冒充帝王。它那神气虽这样高傲，其果实却没有用处，只配做鹦鹉的饵。

* * *

园艺家不但能从自己的果树园或菜园得到享乐，如果意大利有多数人去从事园艺，意大利就会立刻成为富国了。

如果读了我这文章，就是一个人也好，有人想去从事园艺，我的文章就不枉费了。又假使这位园艺家自己赚得了钱，在死去以前把其经验很有趣地写为一书，人们读了这书，就立志去做园艺家，更于自己的一生中获得赢利，我就愈感到满足了。又如果永远陆续有这样的新的园艺家出而努力，我将怎样地欢喜啊。

我们意大利阳光充足，土地肥沃的地方能出果实。但意大利种不出像法国的莓与甜瓜那样好的东西来。梨也不及英国。马铃薯呢,又不及德国。我们在这点上,对于法国、英国、德国,实有愧色。非一雪此耻不可。

*　　　　*　　　　*

农民的同辈中,还有园丁。

较之于忘恩者、虚荣者或养成贪鄙的坏人的学校教师,培植出好花的园丁,不知要幸福多少。

园丁的工作在乎创造出美来。园丁日夜在想法使花开得美丽。园丁所最厌忌的是污物。园丁费了心力使人生美化。

像我这样过着海上生涯的人,可怀恋的第一是美丽的花。见到有好花放着馥郁的香气,我几乎会对了这地上的爱陶醉。造出这样好花的园丁,真是惠人不浅哩。

*　　　　*　　　　*

意大利可产全世界的美丽的花。

阿尔卑斯山有北极产的美花,东南部能产非洲的草花。又如冰河的龙胆,澳洲的"亚卡西亚",喜望峰的"西斯",都可在意大利种植。

如果我能施行一种魔术,使二分之一的意大利人成为农夫、园艺家或园丁,那么意大利不知将怎样美,怎样健康,怎样幸福啊!

*　　　　*　　　　*

能兼操数人的工作的完全的农民,大概都养着牛马或猪。

家畜专门的牧畜者与农民的幸福略有不同。以畜牧为业的人,在苍空之下,碧草原上,放着大群的牛羊,对于健康来说也是无上的职业。

牧畜者所需的知识技术不多,头脑不妨简单。到了积有经验,就能创造出优良的马牛或羊来,获巨万之富。大牧畜家可以开拓国家的大富源。

意大利尚有许多适于牧畜的草原,竟没有在这许多草原上去求无限之富的人。现在最优良的牛马或羊,不是产生在阿尔卑斯吗?

*　　　　*　　　　*

古来牧者曾做过王者。现在印度地方,还把牧者一语做着最名誉的称呼。

*　　　　*　　　　*

如果想知道牧畜者的盛况,只要到南美洲去一看就明白。

在阿尔普丁共和国,广阔的牧场上有饲着数万匹牛马或羊的大牧畜家。那真可谓壮观了。说到大牧畜家的富,更是可惊。

*　　　　*　　　　*

可是,我的孩子啊!

如此快乐的农民、园艺家或园丁与牧畜者,也不能全没有烦恼与困难。任何职业都附带着危险和困难。

他们有暴风与饥馑的烦恼。农民的大损害,是保险公司或拓殖银行所不能赔偿的。

如果害虫一起,更不得了。农民与园艺家非毕生与虫害奋斗不可。

此外还有一件,经济上的打击,往往能使农民与园艺家等受苦。如果市价暴落或是敌不过外国输入品,那么一年辛苦的收获,不得不流了泪贱价售给人家。

咿呀,此外还有一件更大的灾难哩。这就是发生于农民间的都会病。如果农民觉得劳苦了得不到相当的利益,倦于耕种,梦想着繁华的都会生活,那就不堪设想。这时,颓废与疲敝会吞没农民的灵魂。

能和此等的危险困难奋斗而得胜利者,是国家之宝。农民如果畏惧此等危险与困难而罹了都会病,那么国家就非灭亡不可了。

四　船夫

我的孩子啊,
我把最好的事教给你吧。
上船去,
扬起了风帆,
行到无国境的大洋。
去!
这才是勇敢的男儿的事业。
去,把印度的金刚石,斯堪的那维亚的毛皮与美洲的糖带了回来。
上帝把大海给予勇敢的男子,说"可以此为家"。
去,听各国国民的言语!

去,从五大洲携了纪念物来,把村中装饰成一宫殿!

要成船夫,先须有勇敢的心志与强健的手足。

要有与怒涛抗衡的勇气。

要有强大的腕臂。

要能耐饥渴。

要有抵抗潮风的皮肤。

要能永久地沉默。

要能与危险奋斗。

要甘于咬嚼咸硬的腌鱼,比食雉鸡的肉还有味。

要惯耐寂寞,在单调的生活里也能发见欢喜。

去做目穷无限的水平线的生活吧。

如果不愿做被人使役的水手,那么去做船长就是。

做了船长,尽可领略发号施令的男性的喜悦。

只要部下爱戴,船长真是最崇高最荣誉的职位。坚毅勇敢,头脑正确的船长是船的王国中的理想的王。

愈是饱尝无限的孤独与寂寥的船员,愈有深刻的爱。

无限的苍空,无限的海波,能令人痛切地感到人生的微弱的悲哀。这悲哀才能引起沉默的冥想,养成深切的怜悯心与幽邈的思想。

片尘不染的清洁的大气,唯有乘船的"海洋之子"才能吸受。

从长期航海回来的人,才会用从衷心的涌出的情爱去抚抱小孩。

海上生活能令人性格坚强,品性加美,能令人养成勇气与宽大之德。

海上生活者才是真的现实主义者。因为他们所营的是不能预知何时有危险的生活,故能把安宁的今日最愉快地度过。

人在一生间如果能轮番地做农夫与水手的生活,那才能享受水陆二种的理想的悦乐。

我的孩子啊,你想:

在数年前,意大利的轮船数在欧洲曾占第二位。现在已突然不振,把许多海上权失去了。啊,意大利须从这不幸与耻辱中跃起,成一个联结东洋与西洋的大贸易国不可!

* * *

但海上生活者也不免有危险与烦恼。

不知何时要遭难的危险，身体的过劳！长久不能见亲爱的家属朋友与故国的苦痛！

我们若无战胜这危险与烦恼的勇气，意大利是不能得救的。

五　商人

不论是谁，多少都不免有些商人的意味。譬如：农民把所收获的出卖，学者把知识换钱，艺术家把其所造出的艺术品掉换面包。

*　　　*　　　*

可是，世间还不可不有以商业为专门的商人。世间有许多人生产了各种物品待售，而在一方面世人又有各种的需要。有的要想得产自边鄙的东西，有的想得舶来的外国货物。所谓商人，就是把各种各样的生产品分配给一般人，而在其劳力上取得利益的人们。

欲为一完全的好商人，须具有种种品德。

商人最要紧的是见机。商人要像猎犬一样具有锐敏的嗅觉，嗅到各方面的情形，莫失良机。

次之，商人须实行经济道德。不可贪不正的利益，不可因疏忽大意而遭损失。

商人又须坚忍。因了市面的变动，什么危险原都不能预料的。但即使处到逆境，也非有忍耐奋斗的预备与决心不可。

想积钱的，喜做都会生活的，喜干事务的，……这样的人适于选择商业。虽然做了商人，在百忙之中也仍可有玩味那静的喜悦与诗的机会的。

*　　　*　　　*

能发见新的财源是愉快的事，故商人一经嗅到新的赚钱的方案，就很兴奋，好像做将军的人感到必胜的预算时一样。

但一味热中于赚钱，就容易流于专事投机，不能再做踏实的买卖了，这是一种不健全的事。

*　　　*　　　*

最初就投下大资本去干也好，但也须知道：今日的豪商在当初大都是从小资本逐渐扩张的。如果你没有正确的头脑与机敏的手腕,大资本也会消蚀净尽。

* * *

全世界最能营商的要推英国人。英国人会把其精神生活应用到商业上,真使人佩服。他们的商业占到全世界第一位,就由于此。是商人同时也是诗人。像这样的商人,唯英国人才有。

* * *

我们常有贱视商人的倾向,其实商业本身并不卑贱。无论什么职业,从事的人的心情如果卑贱,那职业就看去像卑贱了。正直高尚的商人所营的商业,实是高尚的职业。

* * *

我的孩子啊!

如果你自己觉得你的天职是商业,这是好的。你就好好地去做商人吧。

但,即使从事商业,至少每日要有一小时去追求诗歌艺术的理想!日夜孜孜于金钱,结果就会成了拜金狂,把心弄到干涸枯竭。没有情爱,也没有人所应有的感激,只认识金钱:像这样的人,才是可耻的东西。

* * *

商人还有一件非具备不可的,就是信用。商人无信用不能发展。正直营业,不卖劣货,是得信用的方法。

有一次,我在勃拉达非出面去经营商业不可了。那时替我筹划资本的某富豪不问我资本的有无,只问我说:"你有信用吗?"

信用是如此重要的东西。

六　工业家

国家富强之源在工业的发展。

全世界最富的美国,工业非常发达。又,德国的工业的隆盛,真是可惊。

记起一件事来了,我曾听到科学者孟特克查教授说过这样的话。

教授充了意大利的特派员,于一八八五年之冬,出席柏林的学术会议。据说:有一夜,被延招参与德国皇太子的夜会,皇太子亲切地问教授道:

“到了柏林以后,有什么感想?”

“我于三十年前曾到过柏林,那时的柏林与现在的柏林,真有天壤之差,柏林的进步实在了不得!”教授答说。

“看得出有进步吗?”据说皇太子微笑着这样说。

“德国不但在武力上,在工业上也把法兰西征服了。”

皇太子见教授这样说,就说道:

“这胜利才是我们所用了全力期望着的。”

皇太子的话是对的。唯有工业最发达的国家,才能制服它国。

英国何尝不然,英国是现在世界的一等国,拥有一等的军舰。但英国之所以能为今日的英国,实由于工业的发达。

就这点说,意大利还是一个贫国。有一次,辟克萧氏主张把意大利的商品输出于印度,我问他道:

“究竟意大利有什么东西配卖给印度?”

我这样一问,他似乎穷于回答了,只说:

“是,今后原非大大地发展工业不可。在目下只不过是些蜡、火柴、油类与通心粉等类的东西罢了。”

试想,把火柴与油输贩于印度,能有若干利益呢?这样幼稚的事,只等于骗小孩子而已。

我的孩子啊!

你如果能备了最进步的机械,经营一大大的工场,我就不惜从心底里对你赞美。

敏捷的机轮在大工场的各处疾转,无数的职工依了指挥拼命地劳作,你如有一天处于这地位,你就是一大工场的王了。你可以成了生产与财富的支配者,昂头阔步,还可以把面包与慰安惠给劳动者,叫劳动者依了你的意志尽力劳动。世间还有比这愉快的事吗?

话虽如此,工业上也难免有打击,非预先觉悟不可的。

第一,工业的生产品非与外国货竞争不可。要战胜外国货,工场中自首领以至职工就须同心同德,用健全的头脑精神与手腕,协力劳动才行。一旦自己的出品不及外货,竞争就立刻失败,工场也就不能自存了。

次之要担心的,是输出国的市价的暴落。这原是时运使然,无可如何的事，但能平日出品精良，资本上有所积贮，就可减少恐慌了。

要之，大工场的主人须用了世界的知识，世界的精神，怀抱那制出世界首屈一指的出品的决心与努力才行。

七　艺术家

我的孩子啊！

你如果能成为一个艺术家，那是何等的幸福啊！

艺术家有的操了乐器，有的执了画笔，有的手执石膏或大理石，有的执了笔写小说或诗，都在找出自然与人生的秘密，与造物主相竞争。自然界把其秘密揭示于艺术家之前，使艺术家对了美生出狂喜，或笑或泣。人生也把其深的秘密报告给艺术家，使艺术家对之或奋，或笑，或泣。艺术家捕捉了自然与人生的秘密，写成绘画，做成音乐，或是做成文学，就会放永远之光，在人心中开出花来。“人生短促，艺术悠远。”诗人这话，确说得不错。

*　　*　　*

世界之中，有一种世界是任你怎样考虑劳作都不能满足的。人都自知有这一种世界。为了医疗这渴想，非在这人间世中现出新的感动不可。人对于美的东西，天然有赞仰之心，如果所见所闻都是丑恶，人就将不堪生存了。

把这新的感动与美的欢喜赠给人的，只有少数的天才艺术家。少数的人创造，多数的人加以赞美。

*　　*　　*

在世间唤起新的感动，造出美的东西，使人心惊喜赞美者，谓之艺术家。

艺术家所给予民众的利益，迥与学者或大将军的功绩不同。俗众纪念学者或大将军的功绩，不惜为之造像，而大艺术家的功绩，则往往使未来的时代人心里迸出崇高的感激与赞叹。

艺术家所给予世间的美，高耀于义士所给予世间的正义。惊喜于美的叫声，愈胜过对于正义的嘈杂，人类才愈能向上。

我的孩子啊！

如果你能成为一个大艺术家，你会超越国境，被全人类祝福，为一切女性所礼赞吧。又,在你死后,仍会连续不断,在人心中发为不尽的光明而为人所喜悦吧。

*　　　*　　　*

我的孩子啊!

如果你想成一大艺术家,须具一大决心。

何以故?因为艺术家决不可流于凡庸。只是嗜好艺术,或仅有艺术上的天分,并不就可成艺术家的。艺术家非有伟大的感激与不屈不挠的大精神不可。不,大艺术家即在悲哀痛哭之际,也非能闻到天在他心里的呼声不可。天的呼声叫你做诗人,那么就做诗人;天的呼声叫你做雕刻家,那么就做雕刻家;又如果叫你做小说家或建筑家,那么你就做小说家或建筑家。你若不能排除一切艰难,向着燃烧似的美的爱好勇猛迈进,即从事了艺术,也无非只成为一个无聊画家、拙劣文士或江湖俳优而已。这样的人算不得艺术家,乃是最可怜的乞食艺人。

*　　　*　　　*

世间该有许多平凡的人,各自埋头营一部分的工作。他们虽平凡,却幸福而有益于世。但艺术如果平凡,那就无异于无益有害的赘疣,无法救治的不幸者,徒然消费的乞丐了。

*　　　*　　　*

艺术品不是实用品,是人间所断不可缺少的奢侈品。故为艺术家者,虽身处任何困境,仍须有奢侈逾王侯的气度。这所谓奢侈,并非卑贱不道德的奢侈,乃是陶醉于自然人生的美的高尚的奢侈。

平凡的艺术家恰如披金箔纸衣行乞的乞食者,或手无军队自以为王的夸大狂者。

亚当的子孙所罹的烦恼之中,最大的烦恼就在求享最大的奢侈,想得最优美的生活。

你须把这事加以深思。

*　　　*　　　*

有一个故事:

隆巴尔地曾有一个被大家期待为天才画家的青年。他往罗马学画,有一作品在罗马展览会当选。他自己及他的父母对于他的前途都怀抱无限的希望。谁知他的作品的当选反成为他的不幸之源。

他想成就为一个大艺术家,把其一家从贫困中救出。不料此后竟做不出比处女作稍好的作品来。也曾屡次出品,结果都不当选,所得到的只是嘲笑而已。

他没奈何就只好回到故乡去。这时,青春的大志已渐消失,徒然郁郁不得志地过着日子。社会大众已早无人顾及他的画了,大家都把他认作平凡无价值的画家。其实,把他认作平凡无价值的不但是社会大众,他自身也早已全失了自信力了。他常暗地里自怨自伤。

他苦心又苦心,想一雪耻辱,曾几次变更画风,改变色彩,做新的尝试。可是愈努力,作品愈不为人所欢迎。

他结果怀疑自己,烦恼愈增,神经大受刺激,至于不能安眠。却没有决然投去画笔改就别种职业的勇气。

他在欲望与绝望之苦痛间,辗转困闷,年纪也渐渐老大了。我很知道他的一切,晚年境况的零落与道德的颓废,几乎令人目不忍睹。

他动辄悲哭或愤怒,结果至于失去朋友与领略清静的喜悦的能力,荒颓的精神渐次剥夺他的身体上的健康,终于患了长久的脑病而死。

* * *

我的孩子啊!

你可知道在美术之都的巴黎有多少画家?巴黎现拥挤着八千个称作画家的人,其中女子三千,外国人三百。可是这八千人之中,能以自己的作品生活的只八十人。试看:巴黎现在的七千九百二十个画家,都是在恼恨与屈辱之中过活的天下的大不幸者。

* * *

你如果想投身于艺术,你须学习那在伟大的艺术品中所闪烁着的精神。不过,第一,你须自觉你自身的价值。这是从事任何职业都必要的。

决不可信任他人的口头赞语。但是,把作品去求高明的先辈批评,是很要紧的。如果那先辈不点头嘉许,你就该怀疑自己的天分。不过,他人虽不称许你,倘你自信你非从事艺术不可,那么你就该勇气百倍地更去努力制作。

如果鼓不起这勇气,那么你该自己断念于艺术家,速去寻觅适合于你的职业。世上尽有能力只配替碗店做花样，替商店绘广告，而徒然梦想着米开朗琪罗或拉斐尔，弄得一家难以糊口的人。你切不可像他们。那些家伙原是玷污神圣的艺术殿堂的诈欺商人，一生非在羡望与怨恨之中苦闷地度过不可。

这种冒充的艺术家，世间很多。这些家伙往往自衣服以至头发都要装出特别的样子，口衔了烟斗，只管悠然地吸烟。这样的家伙何尝会知道正义人道。他们实是不知身份的天地间的废物。

* * *

我方才所说的是艺术家志望者的黑暗面。但既有黑暗面，一定还有光明面，艺术家的喜悦就在这光明的一面。

在常人所认为平凡的事物，从艺术家的眼中看去会看到不可思议的奇异的光辉。常人所绝望了的东西，艺术家能寻出无限的希望来。

真的艺术家能于黑暗中看出光明，于悲哀中看出力，于平淡中看出人间的奇宝，对之生起喜悦来。

真的艺术家能找出学者与富豪所不及见到的高尚的喜悦，使悲哀者得安慰，使绝望者奋起。真的艺术家把头脑上所不能思考的真理，以心感得，表现之于诗或绘画与音乐。

大艺术家的功用，宛如使枯野开花，使沙漠生水，使死者苏醒。

大艺术家感到了常人所不能感到的尊贵的东西，表现成作品时，自己也会发生出无限的惊奇来。有一个名叫费迦斯的希腊大雕刻家，据说当他雕刻成一丘比特的神像的时候，不禁自己跪下去礼拜哩。对于自己所做的工作，能有如此高尚的喜悦与尊敬者，只有大艺术家啊。

所以，国家无论怎样富强，如果没有伟大的艺术家，不久国民就会堕落，终而至于亡国。因无艺术而亡的国，不能给后世的国以何等的光明。艺术的光是永远不亡的，产生这光的喜悦为大艺术家所特有。

八　技师

技师也是有趣味的职业，能成就为一个相当的技师，就能过很舒服的生活，故想做技师的人很多。因之，平凡的技师在世间也就指不胜屈了。

技师的专门学是二学。要做技师须有特别的天分，只有常识是不够的，只是才能敏捷也还不够，非天生有设计与数学等的优秀天才不可。好的技师往往在幼时已能发挥其特长。他们在幼时已喜在杂记本上做设计，喜模造大炮咧、机关车咧、机械等的玩具，而数学的成绩常列最优等。这样的孩子，如果再有强健的身体与敏活的心，那么将来就不难成一技师了。

如果我能活到二三百岁，我颇想划出一世纪的四分之一就是二十五年来学成一个技师。

技师对于公众不知有多少的贡献。筑路，造桥，凿隧道，建工场，备机械，都要依赖技师。

技师能使地面改变形状。平山，割裂大陆，除去岛屿，排除湖水，穿山成孔，都是技师的事。技师富于地理学与地质学的知识，故裂山开河，都能胸有成竹而无错误。

技师做这样的工作不消污手流汗，只要有一支铅笔，就能完成大工程的设计。技师真是有趣味的职业，他能指挥许多工人，实现自己的计划，完成其大事业。

* * *

技师之中有种种人。

有的造蒸汽机，有的凿了苏伊士运河，把亚非二洲分离，缩短了欧洲与印度的距离。有的把南北美洲用巴拿马运河分割，使全世界的交通为之改观。还有飞行空中宛如乘船渡过大海的飞机的技师。

* * *

说到优良的技师，意大利原不少于别国。在意大利，土木技师不十分必要，而机械技师与矿山技师还大大地不够。现在机械技师都仰给于阿尔卑斯山那面的诸国，矿山技师也非雇用外人不可。这足见意大利人才的缺乏，诚是可耻的事。

* * *

你看，那从赛尔奇尼亚等地方收了方铅矿，制造铅、银与锑的配得尔沙莱工场，不是用着英国的技师吗？

在古昔，意大利曾有过达·芬奇、米开朗琪罗等样的人，他们是世界最伟大的美术家雕刻家，同时也是世界最伟大的技师。现在的意大利已不复有这样的人了。但他们是我们的祖先，我们非在同胞之中再产出这样的伟大人物不可。

*　　*　　*

完善的道路，壮丽的铁桥，宏大的隧道，一经造成，公众将怎样喜悦啊！至于造成这种大工程的技师，喜悦更在民众之上。

*　　*　　*

但技师当承担这种设计与工程时，尽可暗中做人所不知的不正行为。所以，要做真正的高尚技师，非有严正的道德的精神不可。把设计马虎些，原可多得包工的余利，一旦所建的工程因了暴风洪水或地震一败涂地，技师就要从世人受到道德的诃责了。

*　　*　　*

技师到了晚年，享乐着闲散的生活，如果见到自己所手成的桥梁、教会或会堂，将怎样地喜悦啊。学者的学说有时会不流行，政客的议论有时会消灭，而因了技师的设计所成就的建筑物或桥梁，常永远存留着。如果这些建筑物或桥梁再有浓郁的艺术美，又是何等的可乐的事啊。

*　　*　　*

技师在其屋内生活与户外生活相均衡的一点上，亦较别种职业为优。技师的生活，才是身体健康与精神健康二者相调和的生活。

技师在室内用点或线绘铁道的设计，或打建筑的图样。图案成就了，就到户外晒在日光下或做旅行生活。轮番过着用脑的屋内生活与投身大自然界的生活的技师，真可谓是有着幸福的健全生活的人了。

九　法律家

法律家的任务，在拥护天下的正义，惩斥不义，建国家于健全的道德的基础上。

但是，我的孩子啊！

你在从事研究法律之前，须自己三思。

为什么？因为法律家志望者中，像下面所说那样的人不少的缘故。

一般想学习法律的人，常误以为学法律不必要有特殊的才能与优秀的精神,只要有常识就够了。于是,不善数学的,不会绘画的,怕触着尸体的,没有为义而战的热情的家伙,都想去学法律。

*　　　　*　　　　*

法科大学好比是只垃圾桶,其中有蠢物,有没用的东西,有热中于学位的没出息的纨绔子弟。咿呀,里面还夹有着那误认无聊职业为理想职业的愚鲁的优柔者。

学习法律的家伙中,大抵都是以月末取少许俸给为唯一希望的人,无才力胆量去营可以获利的商业的人,以及没有为自由正义而奋斗的勇气、却想钻营官僚的人。如果机会碰得凑巧,不消说也许可以占得相当的地位吧。

但垃圾桶中也许有可珍的东西,法律家中也会有少数好的人物。这就是自觉了自己的尊严,以国民的先导自任,而投身于法律的人们。

我的孩子啊!

如果你要为法律家,非做这样的人物不可。倘你自问没有雄飞的天分,那么清洁芳香的田野安闲生活,比之逼人的沉闷与腐臭的官衙空气不知要好到若干倍啊。

*　　　　*　　　　*

律师多的国家决不是好国家。

国民如果强健活泼,那么,他们应把矿工的斧、农夫的锄、机械师的两脚规看得比恶讼师的短笔头更重。

社会颓废疲敝了,寄生虫乃蠕蠕繁殖。一切的坏律师、恶事务员以及似靠放屁理由捏造不平的下等人,就都是寄生虫。他们把明白的法律弄得乌烟瘴气,把一件纠葛弄成许多纠葛,酿出无谓的麻烦与混乱。

对这样的社会,不禁令人起这样的祈求:"安得再出一个美的正义的代表如亚历山大大王者,把人类的错综纠纷一刀两断啊!"

扰乱正义的恶讼师一味想以蛛网来陷法律,用荆棘来刺正义。他们全然是蛇蝎,他们之中如果有一个生存在世,正义就永无出头的希望。

*　　　　*　　　　*

啊,我不觉言之过甚了。但这也就是我历来受过恶讼师的亏的报复啊。以下我还须平下气,就了法律学的正干——即是职业,来述说其长处与短处。

法律博士的文凭可以诱你起卑贱的野心,也可授予你辩护正义的最上的权利。

就是说,你可以做大理院长,在正邪的判决上取得王公与国会以上的权威;又可以做枢密院议长,掌握亚于国王的权力。

原来,法律家可以做任何的恶计划,也可以攀登任何的高官高位。

所以,你如果以爱护正义的精神,去做一个法学的名家,眼见世界可渐就光明了吧。又,既从法律学中知道了许多的方向,你的应取的方向也可明白无误了吧。

* * *

但法律上的方向,无论走哪一条,都须有用了明白的知识与强固的意志去实行的道德。不屈不挠的精神,是主张正义的法律家的生命。

法律家是宣告正义的神之使者。唯有这神圣的正义,才配普施洗礼于国民。

正义如高耸接天的岭上的雪,融化了为潺湧,为泉水,为溪流,最后成了河水,润泽田野。如果这小源有了毒,对于汲饮的人将怎样有害啊。

* * *

你如果自信真正有凛凛的勇气,那么就去学法律。你如果自信有替国家去作正义战斗的精神,那么就去学法律。

* * *

如果你有宏大的心与燃烧着的临危会爆裂的信实力,你就是高尚的人了。

你如果能这样,你就能无限地向上,恰如由平原登小丘,由小丘上山巅,再由山巅上天空。

* * *

决不要相信所谓新思想的美国式的冒充的东西。那是假扮真理的思想上的歇斯底里,"因为是新的所以是真理","今日的东西比昨日的东西还正",……你切不要信任这样的教义。

人的良心中,有战胜一切的神的呼声。良心的呼声,决不因任何理论而推翻,纵有恶魔的大军,也不敢在它的面前活动。

* * *

法政学中,有种种可走的路。

如果你不惯于生活的怒涛急浪,喜求平稳无事,那么你可去棹舟小河,做清闲的官吏吧。

但如果你不怕疾风雷雨的袭来,富于辩才,那么去做法律家吧。

又,你如果对于正义觉到饥渴,对于正义的胜利感到无上的兴奋,那么你就去做裁判官吧。

你如果热爱国家,崇仰国史上历代爱国者的热血,留心于国家的命运与发展,研究不怠,不自禁地奋起为国而战的义气,那么你就去做政治家吧。

但,你既选定了这政治家的方向,就该摈除私心,牺牲自己的幸福,抛弃了一切,投入自己的义务里。政敌来嘲骂你也好,来迫害你也好,你当全然不顾,一心去求良心的赞慰。凡是怕牺牲与殉教者,决不配做最伟大的政治家。

如果你想执了笔去论评政治上的问题,你不可不专心一念坚守着下面的话,这话就是:"一曰正义!二曰正义!三曰正义!"

你如果能代表正义发挥为热血的文字,那么你的笔就能胜过千万把刀剑。

十　医生

你爱人,喜触人的身体,能不嫌避尸体的气味、痛苦的呻吟与可怕的创痕吗?

你能牺牲了自己的快乐,至于一小时都不得安闲吗?你能对于无知者的无礼的言语不动气吗?你能持续你救人痛苦的热心,不怕麻烦吗?

用得着你的时候被人尊敬,到了用不着的时候就谁也不再来顾到你,你能不厌于这样的职业吗?

如果你对于这些质问有摇头的勇气,那么,你去做医生就有了第一等的资格了。

*　　*　　*

你如果想做医生,那么,可先去寻一个附近的不大出风头的医生,打听打听医生的修业与生活的情形看。打听了以后,你再去自己反省。

*　　　*　　　*

医生对于你的质问,他会老老实实地这样回答你吧:

“在为医生以前,要解剖尸体,解剖腐臭的内脏,还要目击人类的悲惨绝望的光景,耳闻凄苦的呻吟。

“出了医学校以后,要成医学博士,还须加多方的努力,毫无所得地继续做长时间的研究。

“即使成了医学博士,也不见得就有好饭吃。

“医生宛如奴隶或佣仆。遇有出诊,不论在严冬的深夜或炎暑的夏日,都非前往不可。

“富者要批评说不周到,贫者要怨恨说敲竹杠。劳苦终年,也只得侥幸勉强可以不亏欠而已。

“医生想过裕如的生活,先须忍耐许多年月。如果在这期内一不小心,医错了病,就要破坏名誉至于无人请教。非换了码头再去重新受苦静守不可。

“待到给许多无知的司阍、侍者或厨夫的妻子治好了病,信用传到富者耳中的时候,别的新医生又来附近开业,和你抢生意了。医生真不是好做的职业。”

*　　　*　　　*

话虽如此,这却不是医生的全部真相。医生还有着别的一方面。

虽不有名,在乡下过着安闲生活的医生很多。而且这种医生,往往大家都爱护他,尊敬他。

患者之中原有忘恩负义的,但安适的医生常淡然若忘,可以从别的患者的深情的报答中得到慰藉。

这样的医生常很快活,能安睡,能吃,能笑。他因为欢喜与人谈话,村间的事,街上的事,都能明白。因之能对谁都亲切,能以深情去接待贫困的患者。

替人把病治好,原能被人欢喜。即遇到有不能治愈的患者,也可以真诚地给以安慰,减轻其苦痛。能如此好好地做去,决不会没有报偿的。

这样的善良的事,除了医生还有谁能做啊。

*　　　*　　　*

品性善良，能作正确的诊断与最灵捷的治疗的医生，是世间最幸福的人。

这样的医生恰和大诗人歌德所描写的博学者浮士德一样，能辨善恶，能退恶施善。

这样的医生是一切病苦者的救主。无论任何伟大的人物，在病苦时都非在他前面低头不可。王侯、贵人、富豪、大臣，一为病魔所袭，所依靠的就只有医生。富豪虽给医生以金钱，而医生却能给富豪以健康。健康的价值优于金钱百倍。

* * *

任凭你是王侯或富豪，在痛苦之下是一律平等的，在医生的面前，诚然是可怜的人，故不得不拱手呻吟求医生的救助。

* * *

这时，医生同情于人的悲苦，起了怜悯之情，把人的病苦引为自己唯一的责任。……这是何等崇高的精神啊。

* * *

遇到苦痛呻吟的垂死的病人时，善良的医生决不计较他人忘恩与否，也决不会想及报酬与利害等事。

* * *

善良的医生即对于临终的患者，也能寻出美的人生的花来。当天真烂漫的幼儿天使似的微笑而死时，当优美的女性表示美丽的感谢而瞑目时，在死者与生者之间，可参与那有永远之光的告别中去。

* * *

把富豪的病治愈了，令其多出谢资，再将这金钱用之于救济贫民。这就不失为高尚的人道的恩人了。

* * *

在自然科学的研究者中，最知道人的是医生。关于人的身心还有许多方面未被发见。如果能把这秘藏揭露，人类的苦痛不知还要减除多少啊。

* * *

我就从此搁笔吧。

我的孩子啊，你如果读了这篇文字，在其中感到了某物，须更自己反省，选择自己所应走的路,将来成一个对于自己的职业有矜夸的有用的人物啊。为了这祈愿,我才写下这篇文字的。

父白契记

*　　　　*　　　　*

白契再记:

前面的文字,原是我为未出世的孩子预先写下的,可是我却连一个孩子都没有。于是把这改给我的外甥安利柯。在上面的文字里,我还要附加几句话。

我在这文中,未曾就军人的职业说过什么话。这并不是我忘记写进去,也并不是我轻视军人。

关于军人,如果你要想知道,那么请把你读亚米契斯的《爱的教育》(《考莱》)时的感想回忆起来。在那本书上,对于军人曾怎样写着呢?亚米契斯在那本书上,曾描出了"人类文化完全发展时军人就不必要"的理想。

丏尊先生故后追忆

王统照

我与夏先生认识虽已多年，可是比较熟悉还是前几年同在困苦环境中过着藏身隐名的生活时期。他一向在江南从未到过大江以北，我每次到沪便有几次见面，或在朋友聚宴上相逢，但少作长谈，且无过细观察性行的时机。在抗战后数年（至少有两年半），我与他可说除假日星期日外，几乎天天碰头，并且座位相隔不过二尺的距离，即不肯多讲闲话如我这样的人，也对他知之甚悉了。

夏先生比起我们这些五十上下的朋友来实在还算先辈。他今年正是六十三岁。我明明记得三十三年秋天书店中的旧编译同人，为他已六十岁，又结婚四十年，虽然物力艰难，无可“祝嘏”，却按照欧洲结婚四十年为羊毛婚的风气，大家于八月某夕分送各人家里自己烹调的两味菜肴，一齐带到他的住处——上海霞飞路霞飞坊——替他老夫妇称贺；藉此同饮几杯“老酒”，聊解心忧。事后，由章锡琛先生倡始，做了四首七律旧体诗作为纪念。因之，凡在书店的熟人，如王伯祥、徐调孚、顾均正、周德符诸位各作一首，或表祷颂，或含幽默，总之是在四围鬼蜮现形民生艰困的孤岛上，聊以破颜自慰，也使夏先生掀髯一笑而已。我曾以多少有点诙谐的口气凑成二首。那时函件尚通内地，叶绍钧、朱自清、朱光潜、贺昌群四位闻悉此举，也各寄一首到沪以申祝贺，以寄希望。记得贺先生的一首最为沉着，使人兴感。将近二十首的“金羊毛婚”的旧体诗辑印两纸分存（夏先生也有答诗一首在内）。因此，我确切记明他的年龄。

他们原籍是浙东“上虞”的，这县名在北方并不如绍兴、宁波、温州等处出名。然在沪上，稍有知识的江浙人士却多知悉。上虞与萧山隔江相对，与余姚、会稽接界，是沿海的一个县份，旧属绍兴府。所以夏先生是绝无折扣的绍兴人。再则此县早已见于王右军写的曹娥碑上，所谓曹氏孝女即上虞人，好习小楷的定能记得！

不是在夏先生的散文集中往往文后有“白马湖畔”或“写于白马湖”之附记？白马湖风景幽美，是夏先生民国十几年在浙东居住并施教育的所在。——以后他便移居上海，二十年来过着编著及教书生活，直至死时并未离开。他的年纪与周氏兄弟（鲁迅与启明）相仿，但来往并不密切。即在战前，鲁迅先生住于闸北，夏先生的寓处相隔不远，似是不常见面，与那位研究生物学的周家少弟（建人）有时倒能相逢。夏先生似未到北方，虽学说国语只是绍兴口音；其实这也不止他一个人，多数绍兴人虽在他处多年，终难减轻故乡的音调，鲁迅就是如此。

平均分析他的一生，教育编著各得半数。他在师范学校，高初级男女中学，教课的时间比教大学时多。惟有北伐后在新成立的暨南大学曾作过短期的中国文学系主任。他的兴趣似以教导中学生比教大学生来得浓厚，以为自然。所以后来沪上有些大学请他兼课，他往往辞谢，情愿以书局的余闲在较好的中学教课几点。他不是热闹场中的文士，然而性情却非乖僻不近人情。傲夸自然毫无，对人太温蔼了，有时反受不甚冷峻的麻烦。他的学生不少，青年后进求他改文字，谋清苦职业的非常多，他即不能一一满足他们的意愿，却总以温言慰安，绝无拒人的形色。反而倒多为青年们愁虑生活，替人感慨。他好饮酒也能食肉，并非宗教的纯正信徒，然而他与佛教却从四十左右发生较为亲密的关系。在上海，那个规模较大事业亦多的佛教团体，他似是“理事”或“董事”之一？他有好多因信仰上得来的朋友，与几位知名的“大师”也多认识。——这是一般读夏先生文章译书的人所不易知的事。他与前年九月在泉州某寺坐化的弘一法师，从少年期即为契交。直至这位大彻大悟的近代高僧，以豪华少年艺术家，青年教师的身份在杭州虎跑寺出家之后，并没因为“清”“俗”而断友谊。在白马湖，在上海，弘一法师有时可以住在夏先生的家中，这在戒律精严的他是极少的例外。抗战后几年，弘一法师避地闽南，讲经修诵，虽然邮递迟缓，然一两个月总有一二封信寄与夏先生。他们的性行迥异，然却无碍为超越一切的良友。夏先生之研究佛理有“居士”的信仰，或与弘一法师不无关系。不过，他不劝他人相信；不像一般有宗教信仰者到处传播教义，独求心之所安，并不妨碍世事。

他对于文艺另有见解，以兴趣所在，最欣赏寄托深远，清澹冲和的作品。就中国旧文学作品说：杜甫韩愈的诗，李商隐的诗，苏东坡黄山谷的诗；《桃花扇》、《长生殿》一类的传奇;《红楼梦》、《水浒》等长篇小说,他虽尊重他们,却不见得十分引起他的爱好。对于西洋文学:博大深沉如托尔斯泰;精刻痛切如妥以妥夫斯基[①];激动雄抗,生力勃变如嚣俄[②]之戏剧、小说,拜伦之诗歌,歌德之剧作;包罗万象,文情兼茂如莎士比亚;寓意遣词高深周密,如福楼拜,……在夏先生看来,正与他对中国的杜甫、苏东坡诸位的著作一样。称赞那些杰作却非极相投合。他要清,要挚,又要真切要多含蓄。你看那本《平屋杂文》便能察觉他的个性与对文艺的兴趣所在。他不长于分析不长于深刻激动,但一切疏宕,浮薄,叫嚣芜杂的文章;或者加重意气,矫枉过正做作虚撑的作品,他绝不加首肯。我常感到他是掺和道家的"空虚"与佛家的"透彻",建立了他的人生观,——也在间接的酿发中成为他的文艺之观念。(虽则他也不能实行绝对的透彻如弘一法师,这是他心理上的深苦!)反之也由于看的虚空透彻,——尚非"太"透彻,对于人间是悲观多乐观少;感慨多赞美少;踌躇多决定少!个性,信仰的关系,与文艺观点的不同,试以《平屋杂文》与《华盖集》、《朝花夕拾》相比,他们中间有若何辽远的距离?无怪他和鲁迅的行径,言论,思想,文字,迥然有别,各走一路。

他一生对于著作并不像那些视文章为专业者,争多竞胜,以出版为要务。他向未有长篇创作的企图,即短篇小说也不过有七八篇。小说的体裁似与他写文的兴会不相符合,所以他独以叙事抒情的散文见长。从虚空或比拟上构造人物、布局等等较受拘束的方法,他不大欢喜。其实,我以为他最大的功绩还在对于中学生学习国文国语的选材、指导、启发上面。现时三十左右的青年在战前受中学教育,无论在课内课外,不读过《文心》与《国文百八课》二书的甚少。但即使稍稍用心的学生,将此二书细为阅读,总可使他的文字长进,并能增加欣赏中国文章的知识。不是替朋友推销著作,直至现在,为高初中学生学习国文国语的课外读物,似乎还当推此两本。夏先生与叶绍钧先生他们都有文字的深沉修养,又富有教读经验,合力著成,嘉惠殊多。尤以引人入胜的,是不板滞、不枯燥、以娓娓说话的文体,分析文理,讨论句段。把看似难讲的文章解得那样轻松、流利,读者在欣然以解的心情

① 通译陀斯妥耶夫斯基。——编者

② 通译雨果。——编者

下便能了解国文或国语的优美，以及它们的各种体裁、各样变化，——尤以《文心》为佳。

夏先生对此二书至少有一半以上的工力。尤其有趣的当他二位合选《国文百八课》，也正是他们结为儿女亲家的时候。夏先生的小姐与叶先生的大儿子，都在十五六岁，经两家家长乐意，命订婚约。夏先生即在当时声明以《国文百八课》出版后自己分得的版税一概给他的小姐作为嫁资。于是，以后这本书的版税并非分于两家。可谓现代文士"陪送姑娘"的一段佳话！

此外，便是那本风行一时至今仍为小学后期、初中学生喜爱读物之一的《爱的教育》。这本由日文重译的意大利的文学教育名著，在译者动笔时也想不到竟能销行得那样多，那样引起少年的兴味。但就版税收入上说，译者获得数目颇为不少。我知道这个译本从初版至今，似乎比二十年来各书局出版白话所译西洋文学名著的任何一本都销得多。

战前创办了四年多的《中学生》杂志，他服劳最多。名义上编辑四位，由于年龄、经验，实际上夏先生便似总其成者。《中学生》的材料、编法，不但是国内惟一良佳的学生期刊，且是一般的青年与壮年人嗜读的好杂志。知识的增益，文字的优美，取材的精审，定价的低廉，出版的准期，都是它特具的优点。夏先生从初刊起便是编辑中的一位要员。

浙东人尤以绍兴一带的人勤朴治生，与浙西的杭、嘉、湖浮华地带迥不相同。夏先生虽以"老日本留学生"，住在"洋场"的上海二十多年，但他从未穿过一次西装，从未穿过略像"时式"的衣服。除在夏天还穿穿旧作的熟罗衫裤、白绢长衫之外，在春秋冬三季难得不罩布长衫穿身丝呢类面子的皮、棉袍子。十天倒有九天是套件深蓝色布罩袍，中国老式鞋子。到书店去，除却搭电车外，轻易连人力车都不坐。至于吃，更不讲究，"老酒"固是每天晚饭前总要吃几碗的，但下酒之物不过菜蔬，腐干，煮蚕豆，花生之类。太平洋战争起后上海以伪币充斥物价腾高，不但下酒的简单肴品不多制办，就是酒也自然减少。夏先生原本甚俭，在那个时期，他的物质生活是如何窘苦，如何节约，可想而知。记得二十八年春间，那时一石白米大概还合法币三十几元，比之抗战那年已上涨三分之二。"洋场"虽尚在英美的驻军与雇佣的巡捕统治之下，而日人的魔手却时时趁空伸入，幸而还有若干文化团体明地暗里在支持着抗敌的精神。有一次,我约夏先生章先生四五人同到福州路一家大绍兴酒店中吃酒,预备花六七元。(除几斤酒外尚能叫三四样鸡肉类。)他与那家酒店较熟,一进门到二楼上,捡张方桌坐下,便作主人发令,只要发芽豆一盘,花生半斤,茶干几片。

"满好满好!末事贵得弗像样子,吃老酒便是福气,弗要拉你多花铜钿。"

经我再三说明,我借客打局也想吃点荤菜,他方赞同,叫了一个炒鸡块,一盘糖腌虾,一碗肉菜。在他以为,为吃酒已经太厚费了!为他年纪大,书店中人连与他年岁相仿的章锡琛都以画先生称之(夏读画音)。他每天从外面进来,坐在椅上,十有九回先轻轻叹一口气。许是上楼梯的级数较多,由于吃累?也许由于他的舒散?总之,几成定例,别人也不以为怪。然后,他吸半支低价香烟,才动笔工作。每逢说到时事,说到街市现象,人情鬼蜮,敌人横暴,他从真切感动中压不住激越的情绪!因之悲观的心情与日并深,一切都难引起他的欣感。长期的抑郁,悲悯,精神上的苦痛,无形中损减了他身体上的健康。

在三十三年冬天,他被敌人的宪兵捕去,拘留近二十天,连章锡琛先生也同作系囚(关于这事我拟另写一文为记)。他幸能讲日语,在被审讯时免去翻译的隔阂,尚未受过体刑,但隆冬囚室,多人挤处,睡草荐,吃冷米饭,那种异常生活,当时大家都替他发愁,即放出来怕会生一场疾病!然而出狱后在家休养五六天,他便重行到书店工作,却未因此横灾致生剧病。孰意反在胜利后的半年,他就从此永逝,令人悼叹!

夏先生的体质原很坚实,高个,身体胖,面膛紫黑,绝无一般文人的苍白脸色,或清瘦样子。虽在六十左右,也无伛偻老态,不过呼吸力稍弱,冬日痰吐较多而已。不是虚亏型的老病患者,或以身子稍胖,血压有关,因而致死?

过六十岁的新"老文人",在当代的中国并无几个。除却十年前已故的鲁迅外,据我所知,只可算夏先生与周启明。别人的年龄最大也不过五十六七,总比他三位较小。

自闻这位《平屋杂文》的作者溘逝以后,月下灯前我往往记起他的言谈、动作,如在目前。除却多年的友情之外,就前四五年同处孤岛;同过大集中营的困苦生活;同住一室商讨文字朝夕晤对上说,能无"落月屋梁"之感?

死！已过六十岁不算夭折，何况夏先生在这人间世上留下了深沉的足迹，值得后人忆念！所可惜的是，近十年来你没曾过过稍稍舒适宽怀的日子，而战后的上海又是那样的混乱、纷扰，生活依然苦恼，心情上仍易悲观，这些外因固不能决定他的生存、死亡，然而我可断定他至死没曾得到放开眉头无牵无挂的境界！

这是“老文人”的看不开呢？还是我们的政治、社会，不易让多感的“老文人”放怀自适，以尽天年？

如果强敌降后，百象焕新，一切都充满着朝气，一切都有光明的前途，阴霾净扫，晴日当空。每个人，每一处，皆富有歌欢愉适的心情与气象，物产日丰，生活安定，民安政理，全国一致真诚地走上复兴大道，果使如此，给予一个精神劳动者，——给予一个历经苦难的“老文人”的兴感，该有多大？如此，“生之欢喜”自易引动，而将沉郁、失望、悲悯、愁闷的情怀一扫而空，似乎也有却病销忧的自然力量。

但，却好相反！

因为丏尊先生之死，很容易牵想及此。自然，“修短随化”，“寿命使然”，而精神与物质的两面逼紧，能加重身体上的衰弱——尤其是老人——又，谁能否认。

然而夏先生与晋宋间的陶靖节，南宋的陆放翁比，他已无可以自傲了！至少“北定中原”不须“家祭”告知，也曾得在“东方的纽约”亲见受降礼成，只就这点上说，我相信他尚能瞑目！

写于一九四六年

夏丏尊先生传略

姜丹书

夏先生名铸，字勉旃，别号丏尊。浙江上虞崧厦乡人也。曾小筑于白马湖边，未遑久居。清光绪十二年生，十九岁留学日京，二十二岁归。初任浙江两级师范学堂译教，旋任学舍监，司训育，合兼授国文、日文。余与先生订交于宣统三年秋，同事者十年。民国元二年之际，是校遵令改制，易名浙江省立第一师范学校，故友经亨颐先生为校长。元年秋，李先生叔同亦来任教习。李与夏，故为留东学友，相交尤契。经先生善治印，先生效之，亦颇可观。尝自刻一印，曰无闷居士。是时，时和年少，不应有闷，而自勉曰无闷，盖其内心已闷闷矣。校中诸师，皆一时俊彦，学子亦多纯良，故学风甚盛。先生为人率真，日与诸生同舍处，身教之功颇著。舍中尝患失物，颇难稽。先生问策于李，李先生曰：若欲以人格感化人，君当自杀。先生韪之，乃绝食。窃物生卒自白，后无此患。民国五六年间，李先生以试验断食故，始与佛为缘，卒至披薙入山。其试验断食之机，乃先生动之也。李入山后，易僧名，曰弘一。先生义切生死，诸事为之护持，而亦自染佛化，但不茹素，不为僧，尝曰学佛在心不在形，故至晚年虽亦皈依佛法，而以居士终其生。民国八九年间，教育趋向随世界思潮而变革，由静而动，由柔而刚，由内而外，标榜之曰新教育。其实教育为时代之先驱，无来不新，无往不旧，而彼顽固之徒，执持成见，辄加阻梗，于是引起新旧之争，而学风亦骤趋激荡，此非一校为然也。其风来自北京，而斯校先迎之，乃遭时忌。先生为教，素重学生个性，并主思想自由，盖以青年思想，若不任其自由表露，即无从是其是而非其非。昔宰我欲短丧，孔子非惟不斥其不孝，且不禁其发言，俟其倾吐而喻之以理，自然感化，此即启愤发悱之道，宰我所以卒成大贤。民国八年冬，学生自治会出刊物，每编竣，须送稿受审于先生。某次，学生施某属一文，题曰《非孝》，其文多作批评语，原冀与人切磋者，先生未之删，及印行，社会哗然，至訾先生与刘大白、陈望道、李次九三国文教师曰四大金刚。大吏以耳代目,斥为洪水猛兽,一若此文为全校教师代表作者,乃张大其事,借故责成校长革教师。经校长素刚正,不受无理之命,乃激起绝大学潮。其事另详经先生传。既而经校长卒得合理去职,先生亦去。今先生已盖棺,可以定论。试问一生端正如先生者,果若洪水猛兽否耶?自是以后,历任长沙湖南省立第一师范、宁波浙江省立第四中学、上虞私立春晖中学、上海私立南屏女子中学等校教职,所至悦服。又在上海与诸同志创办立达学园,并任开明书店编辑主任十数年,间尝为法藏寺译藏经,贡献于文化与教育界者实多。先生之于文学,最注重研析字义及词类性质、作文法则等,义理务合逻辑,修辞不尚浮华,其为语体文也,简当明畅,绝无一般疵累之习,善于描写及表情,故其所译世界名著如《爱的教育》、《绵被》及自撰之《平屋杂文》等,读之令人心神豁然,饶有余味,如见其人,如见其事也。丁丑以后,八年国难,先生与余同陷于沪,乃同誓以守约工夫,克服困厄。往日同声相应,此日同病相怜,故过从益密。先生侷处蜗室,与夫人相对,晏如也。节衣,缩食,渴饮,饿餐,初尚勉强而行之,后竟困而行之,以至于死。敌人屡以利诱之,不动,乃加威胁,羁囚十余日,不屈,无如之何,乃释出,坦然如故,其坚贞如此。初闻寇降,大喜,既而渐不如望,乃复闷闷矣。先生性耿介,一生无请托,且戆直,能为人之畏友。体素健硕,今才周甲,宜不至遽萎,然自中年后,凡事皆悲观,以悲观之人,生衰乱之世,自必心常郁结,易致疾病,且生平嗜酒成癖,老来借酒浇愁,更易伤生。此适与余相反,余素乐天,兴至方饮,可大饮,亦可不饮,故不为酒困。此先生之所以少我一岁,而先我而逝也。呜呼!中华民国三十五年国历四月二十三日即旧历三月二十二日,先生以痨卒于沪,享寿六十有一。临终时,只以弘一大师遗物保存事相付托,无他语。卒后二十一日,其子若孙遵遗嘱举行火化于法藏寺。

赞曰:士穷见节义,岁寒知后凋。夏先生曩曾不见谅于俗人,而今当无间言矣。若能以先生清介之风,推之于人人,则举世非人之事,皆可廓而清之矣。今也,长松(经)先折,晚晴(李)继寂,而先生又已逝矣!高山无语,流水不回,人往风微,吾谁与归?(经亨颐先生长松山房及弘一大师晚晴院皆在上虞白马湖边与先生平屋为邻。)

一九四六年五月

经典译林

Yilin Classics

书名	单价	书名	单价
癌症楼	78.00 元	艾青诗集	35.00 元
爱的教育	39.00 元	爱丽丝漫游奇境	29.00 元
安娜·卡列尼娜	65.00 元	安徒生童话选集	42.00 元
傲慢与偏见	36.00 元	奥德赛	92.00 元
八十天环游地球	32.00 元	巴黎圣母院	42.00 元
白洋淀纪事	39.00 元	百万英镑	35.00 元
包法利夫人	38.00 元	悲惨世界（上、下）	98.00 元
背影	28.00 元	被侮辱与被损害的人	39.00 元
边城	36.00 元	变色龙：契诃夫中短篇小说集	39.00 元
变形记 城堡	38.00 元	草叶集：惠特曼诗选	39.00 元
茶馆	32.00 元	茶花女	35.00 元
查拉图斯特拉如是说	38.00 元	沉思录	29.00 元
城南旧事	29.00 元	大卫·科波菲尔（上、下）	79.00 元
当代英雄	45.00 元	稻草人	29.00 元
地心游记	32.00 元	飞鸟集·新月集：泰戈尔诗选	39.00 元
飞向太空港	39.00 元	福尔摩斯探案集	58.00 元
复活	42.00 元	傅雷家书	49.00 元
富兰克林自传	36.00 元	钢铁是怎样炼成的	39.00 元
高老头	39.00 元	格列佛游记	35.00 元
格林童话全集	49.00 元	给青年的十二封信	38.00 元

书名	单价	书名	单价
古希腊悲剧喜剧集（上、下）	118.00 元	海底两万里	38.00 元
红楼梦	69.00 元	红与黑	49.00 元
呼兰河传	35.00 元	呼啸山庄	39.00 元
基督山伯爵（上、下）	108.00 元	纪伯伦散文诗经典	42.00 元
寂静的春天	35.00 元	假如给我三天光明	32.00 元
简·爱	39.00 元	金银岛	35.00 元
经典常谈	29.00 元	荆棘鸟	45.00 元
静静的顿河	128.00 元	镜花缘	49.00 元
局外人·鼠疫	38.00 元	菊与刀	35.00 元
克雷洛夫寓言	32.00 元	宽容	32.00 元
昆虫记	39.00 元	老人与海	32.00 元
理想国	45.00 元	聊斋志异	55.00 元
了不起的盖茨比	38.00 元	列那狐的故事	39.00 元
猎人笔记	38.00 元	林肯传	39.00 元
鲁滨逊漂流记	39.00 元	鲁迅杂文选集	36.00 元
绿山墙的安妮	36.00 元	罗马神话	16.80 元
罗生门	39.00 元	骆驼祥子	32.00 元
美丽新世界	35.00 元	名人传	39.00 元
拿破仑传	49.00 元	呐喊	29.00 元
牛虻	38.00 元	欧·亨利短篇小说选	36.00 元
欧也妮·葛朗台	32.00 元	彷徨	32.00 元
培根随笔全集	38.00 元	飘（上、下）	88.00 元
普希金诗选	42.00 元	骑鹅旅行记	36.00 元
乞力马扎罗的雪	39.80 元	热爱生命·海狼	38.00 元

书名	单价	书名	单价
人间草木：汪曾祺散文精选	49.00 元	人类群星闪耀时	36.00 元
人性的弱点	39.00 元	日瓦戈医生	68.00 元
儒林外史	42.00 元	三个火枪手	59.00 元
三国演义	59.00 元	沙乡年鉴	42.00 元
莎士比亚喜剧悲剧集	49.00 元	少年维特的烦恼	28.00 元
神秘岛	48.00 元	神曲（共三册）	128.00 元
十日谈	68.00 元	世说新语（上、下）	89.00 元
双城记	45.00 元	水浒传	69.00 元
四世同堂（上、下）	78.00 元	苔丝	39.00 元
谈美	35.00 元	谈美书简	36.00 元
汤姆·索亚历险记	32.00 元	汤姆叔叔的小屋	45.00 元
唐诗三百首	39.00 元	堂吉诃德	78.00 元
天方夜谭	42.00 元	童年	38.00 元
童年·在人间·我的大学	49.00 元	瓦尔登湖	36.00 元
我是猫	39.00 元	乌合之众	35.00 元
物种起源	42.00 元	雾都孤儿	44.00 元
西顿野生动物故事集	38.00 元	西游记	62.00 元
希腊古典神话	49.00 元	乡土中国	36.00 元
小妇人	45.00 元	小王子	29.00 元
星星离我们有多远	35.00 元	喧哗与骚动	58.00 元
雪国　古都	39.00 元	羊脂球	38.00 元
一九八四	36.00 元	一间自己的房间	36.00 元
伊利亚特	82.00 元	伊索寓言：555 则	36.00 元
尤利西斯	58.00 元	约翰·克利斯朵夫（上、下）	98.00 元

书名	单价	书名	单价
月亮和六便士	45.00 元	战争与和平（上、下）	108.00 元
朝花夕拾	22.00 元	中国民间故事	39.00 元
子夜	49.00 元	最后一课	36.00 元
罪与罚	66.00 元